老戏台

——冯俊科中篇小说选

冯俊科 著

人民文学出版社

图书在版编目(CIP)数据

老戏台:冯俊科中篇小说选/冯俊科著.—北京:人民文学出版社,2017
ISBN 978-7-02-013543-1

Ⅰ.①老… Ⅱ.①冯… Ⅲ.①中篇小说—小说集—中国—当代 Ⅳ.①I247.5

中国版本图书馆 CIP 数据核字(2017)第 284053 号

责任编辑 王永洪
装帧设计 崔欣晔
责任印制 王重艺

出版发行 人民文学出版社
社 址 北京市朝内大街 166 号
邮政编码 100705
网 址 http://www.rw-cn.com

印 刷 三河市宏盛印务有限公司
经 销 全国新华书店等

字 数 266 千字
开 本 880 毫米×1230 毫米 1/32
印 张 11.5 插页 3
版 次 2018 年 3 月北京第 1 版
印 次 2018 年 3 月第 1 次印刷

书 号 978-7-02-013543-1
定 价 49.00 元

如有印装质量问题,请与本社图书销售中心调换。电话:010-65233595

目 录

老 戏 台

一

元宵节还没到,老戏台前又热闹起来。

老戏台坐落在淏梁村正中央,三面长满荒草野树,台前那片空地是村人休闲纳凉的场所。戏台到底有多老? 村里没人能说清楚。五尺多高青条石堆砌的台座,五脊六兽的架构,歇山式屋顶,斗拱支撑屋面。据祖宗们传下话说,村里过去每逢节庆婚丧嫁娶,大戏在台上开场,耍老虎斗狮子滚绣球,村民云集热闹非凡。农村刚刚实行土地承包责任制那阵子,有些流浪的民间艺人在戏台上说书、耍猴、玩些小杂技魔术,挣几个零钱混口饭吃。近十多年来,老戏台荒废了。房顶塌了好几个窟窿,露出檩条大梁椽头,瓦垄里长着荒草小树,在风中摇晃。五条虎身屋脊上的筒瓦龇牙咧嘴,有的已经脱落。六只虎兽头掉下来仨,剩下仨有两个摇摇欲坠。戏台上人屎狗尿鸟粪,老鼠刨窝盗的土一堆一堆的。老戏台倾而不倒,大概得益于四角那四根台柱。那四根粗大的圆木台柱虽然漆麻斑驳脱落,却也还坚挺,屹立在四块雕着虎爪的青石柱础上。

老戏台前热闹,是因为溴梁村选村长。

一个多月前,干了八年的老村长辞职到深圳去经营自己的房地产公司了,位置空缺,就选新村长。明天正式选举,今天是司马同和王狗头两个人最后一场演说。老百姓都说:“村长村长,村里皇上。”有了皇帝大权,想干啥不成?要不你看现在,哪个村选村长不像打仗?

司马同是退伍军人,面色微黑,两眼有神,一年四季穿条绿军裤,走路两腿呼呼生风,像忙着去救火似的。王狗头比司马同大七八岁,司马同却看不起王狗头。不仅司马同看不起王狗头,村里很多人都和司马同一样。生产队时,王狗头整天一副病恹恹的模样,时常请假说外出看病,有人发现他跑山西倒腾煤炭跑广州倒腾铁棍山药去了。大队派王狗头赶着两头驴去焦作给队里的“五保户”拉煤,回来时只剩下了一头。王狗头哭得两眼泪汪汪的,说:“半路上碰到一头公驴,咱队那头母驴发情,跟着公驴跑了,死活拉不回来。”后来有人说,王狗头在回来的半路上把那头驴卖了。

司马同说:“就这种鸡巴人,敢让他当村长?”

张小孬是司马同的邻居发小,说:“同哥,你还真别这么说。旧社会有枪就是草头王,现在有钱就能当村长。”

王狗头是溴梁村现在最有钱的。一九七八年,司马同去部队当兵,五年后退伍回家,王狗头已经发了,是县里有名的万元户。村里的第一辆小汽车是王狗头买的,他开着车嘀嘀嘀地满村跑。村里第一栋三层小楼是王狗头盖的(老村长家盖的是两层小楼),外面还贴着瓷砖。他还开了个“温溴保健品公司”,把熟地黄研成粉兑草木灰做成六味地黄丸,铁棍山药磨成粉兑玉米面做成五谷壮阳散,大把大把地赚钱。

冬寒还没有退去,残雪斑斑点点,散布在草丛里树根旁背阴处。老戏台前显得有些冷落。村民们三个一伙五个一堆地有说有笑,悠闲得像散放的羊。

张小孬说:“同哥,听说今天王狗头家杀猪宰羊弄酒,请全村人吃喝。”

司马同说:“请吃喝了就能选他?”

张小孬没说错,溴梁村很多人都在那一条主街上。

溴梁村只一条东西走向的主街。王狗头他爹王和尚六十多岁,带着王瘸根等一帮王姓本家,在街上支了九口大杀猪锅,锅里煮着猪肉羊肉,炖着粉条粉皮白菜肉丸,蒸着大杠子馍,做着糊辣汤。王和尚持一根榆木烧火棍,一边在灶里拨火一边喊:“元宵节咱全村人一起提前过,不管是张王李赵姓啥,也不分男女老少,都来吃吧,全村大聚餐。”饭菜的香味儿在村里飘散开来,村里的大人孩子像赶集似的,纷纷拥来,越聚越多。不少人已掂着小盆端着大碗拿着筷子在等。王和尚抬头看看天,快中午了,喊“开吃喽”,人们疯了一样抄起勺子到锅里舀肉菜糊辣汤,拿筷子扎杠子馍。

老戏台前,司马同对张小孬说:“开始吧。”

张小孬一挥手,支持司马同的那帮杂姓人,咚咚咚敲起鼓当当当打着锣啪啪啪放起了二踢脚。戏台柱子上挂着的两只大喇叭轰然响了起来,播放着刘中河唱的豫剧“有为王我坐江山非容易……”刘中河是豫剧大家,那嗓音虽说有些嘶哑,真假唱腔混搭,却也浑厚激昂,把“坐江山非容易”唱得坎坎坷坷豪气奔放风云激荡。

吃喝的人们听见响声,端着碗提着酒瓶边吃喝边往老戏台走。有人不知道是干啥,相互说:

“咋了,又唱戏?”

"唱个狗比掰①,这年月谁还唱戏?"

"新野县耍猴的老曾又来了?"

"老曾多少年没来了,早耍不动猴了吧?"

"不是耍猴,还是为了选村长。"

人们到了老戏台前,见司马同面前放着一张麻将桌,麻将桌上摆着一堆钱,垒得像小山一样。老戏台的两根前台柱上,拉着一条横幅:"选我当村长,投资二十万。"那二十万块钱,十块一张五千块一捆,整整四十捆。二十万块钱,对靠种地为主要营生的溴梁村人来说,绝对不是个小数。庄稼人心里都有一本账。汗珠子掉地上摔八瓣,辛苦劳作一年,种出的小麦一斤卖一块多钱,玉米一斤卖七八毛钱,二十万要流多少汗珠子?卖多少斤小麦和玉米?

老戏台前人聚得多了起来。

王狗头也来了。王狗头使劲吸了一大口烟,吐出一团烟雾。他挥挥手驱赶着烟雾。烟雾散淡了,露出了他那张脸。他三十七八岁,高高的个子,小平头,啤酒肚,脸上细皮嫩肉,丰满红润,散布着几个麻坑,一天到晚总是堆着笑,像庙里的大肚子弥勒佛。他说:"父老乡亲,我和小同其实没啥大分歧,就为拆不拆这老戏台。我自己掏钱修十字大道,二十米宽。这是建设咱新溴梁村的大工程,可大道正冲着老戏台,老戏台不拆咋修?"

王瘸根原名王常根,因跳墙偷生产队仓库粮食摔瘸一条腿而得名。他端着大海碗往嘴里拨一个肉丸,胡乱嚼两下吞进肚子,喊:"拆吧拆吧,留着它有屌用?"

王和尚拖着烧火棍来了,棍头的火已经熄灭,冒着淡淡青烟。

---

① 狗比掰:溴梁村土话,意思较广泛,或指某人做的事说的话不咋样、不顶用,或对某人做的事说的话断然否定,或骂某人不是东西。

他说："早该拆了，天天戳在村中间，看着它就像又回到了旧社会，直想流泪。"

村里王姓人多，抱团儿，他们都支持王狗头。

司马同问王狗头："修十字大道，就非要拆老戏台？"

王狗头说："我请李嘉诚的专用风水大师来看了，说这戏台戳在村正中间，阻断气脉，财路不通，挡住了全村人发财致富。"

司马同一笑，说："李嘉诚的风水大师？净瞎鸡巴喷吧。风水仙儿的话哪有真的？"

王狗头也笑了，说："老弟你看看，这些年发起来的大款和升官的人，哪个没请风水大师看过？"

司马同说："老戏台没有拆，这些年你不也发了大财？"

王狗头说："咱要当村长，哪能光想着自己发财？"

张小孬爱开玩笑，他说："狗头，拆吧，拆了建个溴梁村天安门城楼，你在上面挥着手，全村人在下面背着锄头排队走，让你检阅。"

人们大笑起来。

王狗头没笑，他吸口烟说："孬，要不叫恁爹来看看？"

张小孬他爹是村里的风水仙儿。

王狗头说："看看咱村这些年一直富不起来，是不是老戏台坏了村里的风水？"

张小孬说："还用叫俺爹？我看了，风水轮流转，穷富转眼间。这戏台留着，将来还能再唱戏用。"

人们一听就知道，张小孬是在向着司马同说话。

王和尚岁数大辈分长，说话常带一句骂人的口头语"咦——我日死恁娘"。他把烧火棍往地上杵了杵，咧着嘴说："咦——我日死恁娘，再唱戏用？我问你，现在谁还再唱戏？谁还再看戏？那电视机里，赤肚肚唱歌的，光屁股跳舞的，搂着亲嘴的，想看啥没有？”

王瘸根说：“当年县里的豫剧团多牛×，现在都跑狗比掰哪儿去了？”

村民们听了这话，嘀咕起来。也是，五六十年代的县豫剧团，在农村人的心目中，那就像现在的中央电视台。可一改革开放，县豫剧团咋就没了？剧院改成了超市，卖鞋袜背心裤头猪肉羊肉胡萝卜大葱小猪娃狗崽子。戏台上支着几口大油锅，哗哗翻滚冒着青烟，爆炸着油条麻花肉丸子。演栓保银环李玉和李铁梅阿庆嫂柯相江水英的角儿们，拉板胡二胡吹唢呐笛子敲锣打鼓拍镲的，现在都忙着跑红白大事歌厅舞厅饭厅酒吧，一门心思挣大钱去了。

王狗头用中指头优雅地弹去烟灰，说：“瘸根老弟说的是。县豫剧团都没影儿了，咱村还留着个塌了的老戏台，让它挡住全村人发财致富的路？”

司马同并不退让，说：“县豫剧团的事咱管不了。这老戏台是溴梁村祖宗们留下的物业，不能拆。将来有了钱，再好好修修，留给子孙们。”

说心里话，这老戏台留着到底有啥大用，司马同也真不太清楚。只是因为与王狗头竞选村长，成了对手，自然就事事对着干反着来。你说东好，我就偏说东不好。

世间事就是这样，再好的也会有不足，再不好的也有优点，关键看你往哪边说。就这个老戏台，你要说拆的好处，我就偏说不拆的理由。这就是溴梁村人说的：马往前拉牛往后坐——较劲儿。

村民们吃肉喝汤啃蒸馍喝酒，围着司马同和王狗头，像是看当年新野县的老曾耍猴。

司马同见这阵势，感觉到在老戏台问题上，不会有人挑明了支持自己。他两手从桌上拿起两大把钱，招摇着说："选我当村长，投资二十万。六万修村里的路，十字大道十五米宽。五万盖养老院，村里人到了六十岁免费吃住。六万翻建小学校，平房拆了建三层楼。两万打机井铺自来水管道，家家不用出门用上自来水。一万安路灯，村里天天夜里亮得像白天。"

张小孬大喊："好！好！"锣鼓声喝彩声吵闹声口哨声二踢脚在空中啪啪爆炸声，又响了起来，老戏台前又是一阵欢腾。

有人递给司马同一个已经啃了两口的杠子馍，说："同哥，先吃，吃饱了再吆喝。"

司马同接过杠子馍放在桌边上，说："看到这么多老少爷们来捧场，心里高兴，不知道饿。"有人递给司马同半碗糊辣汤，说："同哥，喝汤喝汤，润润喉咙。"

一只狼狗从戏台后面树丛里出来，穿行在人群里，四蹄踩地无声，缓慢悠然潇洒。两只狗眼不大，似睁非睁的，露出傲视人间一切的神情。它不急不躁，不叫不咬，悄无声息地走到桌前，两只前狗爪轻轻地抬起，柔柔地搭在桌上，狗嘴一伸叼着蒸馍，又悄无声息地走了。司马同接过碗喝一口糊辣汤，伸手去拿蒸馍，拿了个空；低头看时，才发现桌上蒸馍没有了。

几个王姓人看着司马同和他的那一堆钱，眼神有些不屑一顾，嘴里嘟：

"这个鸡巴货，从哪弄恁些钱？"

"妈那×，现在干啥都是何塘墓碑——要钱。"

何塘是何许人也？在温县沁阳孟县一带，不知道何塘的人多，不知道"何塘墓碑——要钱"这句歇后语的人少。这一带当年曾有一出老怀梆戏叫《何塘墓碑》，唱得家喻户晓世代传说。何塘是明代怀庆府河内（现河南省沁阳市）人，著名的文学家、理学家、音乐家、数学家。嘉靖二年任浙江提学副使，三年任太常寺少卿，四年任太常寺正卿，官至右都御史，掌南京都察院事。嘉靖二十二年(1543 年)病故家乡，葬于怀庆府城南门外的何家祖茔。何塘一生廉洁，死后没有钱财留给子孙。他生前自己写下碑文：子孙胜似我，要钱何用。子孙不如我，要钱何用。

时间久了，墓碑基座下沉，“何用”二字被埋入地下，地上的碑文变成了“子孙胜似我，要钱。子孙不如我，要钱。”

司马同听见了那两个人在嚼，脸上飘过一丝苦笑，心里想：现在是市场经济，干啥不要钱能行？

第二天正式选村长。

老戏台前面的空地上，坐满了参加投票的村民。周围的树上拉着横幅，贴着红纸标语口号。乡里派来监督选举的副书记老邢，在那张麻将桌前坐着，面色威严，包公一般。

选举按照法定程序在一阵热烈闹腾的气氛中进行着。

监票人把最后统计出来的票数送给了老邢。老邢一看，腾地站了起来，屁股上像被马蜂蜇了一样。会场里死一样的寂静。所有投票人都憋着呼吸，睁大眼睛看着老邢。老邢张了几次嘴，没有出声。

王瘸根喊：“老邢，念啊？”

张小孬喊：“邢书记，宣啊？”

邢书记面色如水，目光迟疑。他看了看司马同，看了看王狗头，又扫了一下会场，终于宣了：“王狗头，三百八十七票。司马同，七十六票。”

邢书记话音没落地，会场里就炸开了锅。

张小孬站起来喊：“票数错了吧？”

王瘸根也站了起来，喊：“错？一人唱票，三人监票，五人审票,全村投票的人都在会场瞪眼看着,会错?”

张小孬说:“这票肯定有鬼。”

王和尚拄着烧火棍站了起来,对张小孬说:“咦——我日死恁娘,有鬼?还有神哩,你真恁娘那×敢胡扯。”

王狗头当上了淏梁村村长。

二

司马同像只斗败落魄的狗,坐在屋里的小竹椅子上,眼睛直愣愣地看着地发呆,一直没有说话。

娘说:“同,咱干啥非要当那个村长?当村长有啥好?‘文化大革命’在老戏台上斗大队长王净横,脖子上挂着小黑板,天下大雪,马细往脖子里给他灌冷水,铁叉用巴掌扇他脸,王臭粥一脚把他踢翻在地,摔得鼻青脸肿,差一点从老戏台上栽下来,这你都亲眼看见的,忘了?”

司马同说:“没忘。”

娘说:“要再闹‘文化大革命’,你就不怕村里人斗你?”

司马同说:“斗王净横是因为他偷队里粮食,睡马细妈、铁叉媳妇和王臭粥他姐,我又没干这些,斗我啥?”

娘说:“你为啥就非要去当这个村长呢?”

司马同扬起头说:“您没去新乡刘庄村看看,人家史来贺当村长,家家都住上了独门独户的二层小楼,村子建得像天堂。看看咱村,只有老村长和狗头家盖了楼,村里还是一九五八年大炼钢铁时修的炉灰渣路,啥时候能过上好时光?”

娘说:“狗头不是说要修十字大道吗?”

司马同说:“狗头的话您也敢信?他当了村长,村里的集体财产会被日弄光。”

娘说：“日弄光了是村里集体的，与你何干？你是何苦哩？”

司马同不再说话，他想到了柿花。

柿花在溴梁村是天仙一样的人物。生产队时，司马同还是个中学生，就喜欢上小学的柿花。假期割麦子，麦垄很长，司马同割得飞快。柿花割着割着，迎头对着割来一个人接她，是司马同。砍玉米秆，柿花砍着砍着，突然前面玉米秆倒了一溜，一看又是司马同。柿花去挑水，司马同家里水缸满着也挑着水桶跑到水井边，帮着柿花绞辘轳。柿花对司马同所做的一切总是莞尔一笑，含情脉脉，从不说话，像王家祖坟那一片野桃花，随风摇曳，一声不响。司马同当兵回来，柿花已二十多岁，越发长得漂亮：不胖不瘦的杨柳身材，马蜂腰，细窄细窄的，两手一卡就能箍着；两个乳房高耸，像安了大枣的发面蒸馍；两瓣肥硕的屁股走起路来像两坨凉粉，一上一下地抖动着；脸蛋和脖子白皙，像刚刚出锅的70面粉蒸的蒸馍。柿花含苞待放，粉嫩娇艳，妩媚动人。司马同心中那股火越燃越烈，烧得他浑身燥热神魂颠倒夜不能寐。要选村长了，他想到柿花家在村里也是个大家族，爷爷奶奶伯伯叔叔婶婶堂哥堂弟堂姐堂妹好几十口，他们都有投票选举村长的权利。司马同给柿花写了一封信，专门跑到县城投进了信箱。

信寄走的第三天中午，街上突然传来母老虎在嚼：“小同小同，我日死恁娘！你尿泡尿照照，就你长那鳖形样？就恁家那三间破瓦房？连字都不会写，把‘亲’写成‘新’，把‘爱’写成‘受’。‘新’？新恁娘那腿！‘受’？受恁娘那×！以后再敢给俺柿花写信，把你的爪给剁了。”

母老虎是柿花娘的外号。柿花爹年轻时在县里当过小文职干部，在柿花娘眼里她男人是个比县长省长还大的官，在村里飞扬跋扈为所欲为，遇事浑不讲理。不料柿花爹一场大病病退回家，天天一锅一锅地熬中药吃，人称老病号。柿花哥从小得了小儿麻痹症，半残废。柿花娘依然日日在村里“闯门势”，遇事有理没理先蹦起来嚼人。她口齿伶俐声厉如刀，嚼得人心惊肉跳鸡飞狗跑。街坊四邻和她有了矛盾，谁要是敢和她论理，说得她理屈词穷，或者是揭了她的短处，她会疯了一样向你扑去，然后自己一头栽倒地上，喊：“××打人了，快救人了。”人们围观过来，她“哼啊嗨啊”在地上打滚，嘴里说“××把我心口打疼了，我的娘啊疼死我了，快救救我吧”，装死狗耍赖皮，甚至跑到公社卫生院住几天不出来，让对方出医疗费生活费误工费。这女人臭本事大，在溴梁村里人称母老虎，没人敢惹。

母老虎手里拿着司马同写的信，沿着溴梁村的那条主街一蹦一跳地嚼，身后跟着她家的那条狗。一群刨食的鸡嘎嘎嘎地叫着跑了，村里不少人端着饭碗在街上看她。

张小孬笑着迎了过去，说：“婶，小同咋说也是高中毕业，还能把‘亲爱’写错？”

母老虎把信递过来说：“不信你看看，还能假？”

张小孬接过信看了一眼，笑了，说：“婶，那两个字小同没写错。”

母老虎一把夺过信：“没写错？俺上三年级的孙子给我念的，他能认错？”

街上的人们笑了起来。

司马同和娘正在家里吃午饭，听见嚼声，娘把吃剩下的半碗面条放在桌上，对司马同说：“看看你给柿花写的信，都写些狗比掰啥？八辈先人的脸都让你丢尽了。”

司马同说：“恋爱自由，我没有错。”

娘说："娘眼明，这些年察看过柿花，那是个选高枝站的人。她妈托了很多人，一心想找个城里的干部或有钱人家。咱家靠种地，没车没楼房，柿花能和你恋？"

司马同把眼睛闭着，他不愿再看着娘。

娘的声调低沉凄婉："小同，人活脸面树活皮，你把脸面弄坏了，让娘咋出门？"

电视机里正在播放着动物世界。南非马赛马拉草原上，一只雄狮带着一群母狮在草原上游荡。远处一只雄狮走来，步伐自信缓慢坚定，走到狮群不远处站下。突然，它大吼一声，扑向那只雄狮。两只雄狮拼命撕咬。外来的雄狮胜利了，原先统领狮群的雄狮被咬得遍体鳞伤，伤口流着血。胜利的雄狮摇晃了几下脑袋，抖抖鬃毛，两眼半眯缝着，露出骄傲的目光。母狮们向它簇拥过去，偎依在它的身后，众星捧月般地站着。那只被打败的雄狮目光悲哀，一声不响；停了片刻，孤零零地向远处走了。

司马同拿起遥控器，把电视机关了。他对娘说："想出去打工。"

爹已经死去了好几年，他担心娘一个人留在家里孤独；没料到娘长叹了一口气，答应了。

司马同收拾东西，盘算着夜里走，悄无声息地走开。他动身时已经是后半夜了，天上星光闪烁，地上黑黢黢的，全村人大都还在沉睡。

司马同提着行李悄悄走出屋门，隔壁的半截土墙上探出一个头来，低声喊："同哥。"

张小孬在向他招手。司马同走了过去。

张小孬隔墙塞给他一个纸包，说："同哥拿着，出去有用。"

司马同捏着那纸包，打开看是一沓钱，问："你哪弄的这么多钱?”

张小孬说:“选村长前一天夜里,狗头他妈送的,全村人不论大小,一人一千块。俺家是夜隔[1]晚上狗头妈补送的。”

司马同问:“真的?”

张小孬点点头,说:“同哥,你太傻了,光知道往桌上摆钱。钱再多,摆在桌上,大家也只能看看,谁的都不是,有啥鸡巴用?”

司马同沉默着。

张小孬又说:“还有柿花的事。你光知道写信,写信顶屎用?狗头不写信,早把柿花干了。”

司马同说:“瞎扯。”

张小孬说:“我亲眼看见的。”

司马同说:“骗我?”

张小孬说:“骗你我是孙子。去年秋天,我夜里去老戏台后面小树林里撒尿,从老戏台后墙根那个破洞里钻出来两个人,我赶紧趴在地上,看见是狗头和柿花,狗头拉着柿花的手,分手时狗头在柿花脸上还啃了一口。”

司马同猛然想到,柿花家三年间盖了两座混砖墙新瓦房,临街的土墙换成了红砖墙,盖起了瓦门楼。凭她那半病的爹和残疾的哥,哪有这么多钱?村里曾有人私下说,都是王狗头帮的忙。现在想来没风树不摇晃。再说写给柿花的信,母老虎咋会拿着嚼我?

司马同的心像刀扎一样难受。他抬起头看天,满天的星星忽闪着,忽闪得他有些头晕恶心。黑洞洞的地仿佛也在摇晃,他觉得脚下空虚浑身发软,几乎要瘫坐在地下。

夜幕里,司马同打开院子的后门,幽灵一样离开了淏梁村。

---

① 夜隔:淏梁村土话,意思为“昨天”。

三

新村长王狗头第一次召开全村施政大会。老戏台前的空地上，坐满了聊天打扑克下象棋走地十字棋的人。王狗头吸着烟，满脸微笑地对大家说："父老乡亲们抬举我，选我当了村长。啥叫村长？就是给全村人当孙子，做牛马，白天夜里拉套不歇脚。我保证兑现竞选时说过的话，以后不再让全村人种地，不再受红杠杠日头晒、汗掉地上摔八瓣的苦。"

张小孬问："不种地吃啥？喝西北风？"

王狗头说："两手哗哗点钱，坐在家里当神仙。"

张小孬说："净瞎鸡巴扯，哪来的钱点？"

王狗头说："我拿钱让老少爷们点啊，后天是一号，从下月开始，不兑现大家罢免我。"

村会计王瘸根把一张大红纸贴在了村委会大门口，上面写着：村委会通知：溴梁村全体村民，从下月 1 号开始，不分男女老少，每人每月发五十块钱。

每月初，溴梁村人像追逐肥美草场的牛羊往村委会院里涌去，出来时个个昂扬着头，脸上洋溢着无限喜悦的笑，手里拿着几张十元大钞。有人用手轻轻抚摸着，有人举钱对着太阳看，也有人折叠起来装进了贴身的口袋里。不干活儿，能拿钱，哪个地方的农民能这样？

溴梁村很多人都笑了，像裂开的洋槐花，很灿烂香甜。

麦子收割了，勤快人家在承包地里点种上了玉米大豆，插上了红薯。有些老人孩子多、没有劳力的家庭，月月按人口领到几百块钱，也就干脆不再种地了。他们有的到县城或镇上摆小摊，卖青菜烤红薯炒花生等,也有的到建筑工地当小工。麦茬留在地里,一场大雨过后,灰灰菜蓑衣草狗尾巴草疯长,淹没了歪七倒八污黄色的麦茬,地面一片绿色,显得生机勃勃。

这些人家的地撂荒了。

这年天旱,秋庄稼长得不好。秋收后,一些人家看着那些撂荒的地,像是自己吃了亏似的,也不再像往年那样挥汗如雨地耕地耙地种麦,也揣着钱跑外面找事做,地就任由它荒着了。村委会又贴出了一张告示:凡没有劳力或不愿耕种承包地的农户,和村委会签订协议后,每人每月再增发五十元。所承包的土地交村委会统一管理。

溴梁村立刻哗然。乖乖,不出一点力,不流一滴汗,每人每月能拿到一百元。这是在溴梁村还是在天堂?咱这是当老百姓还是当神仙?不少人家开始算账:一个人一年下来能拿一千多块钱,现在一斤小麦才卖一块多钱,能抵多少斤小麦?算了账,嘴里嚼起来:"妈那×,还种那些狗比掰地干啥?"跑去签了协议,决定不再种地。他们从王瘸根手里接过钱,哗哗数着,遇人就说:"看看人家狗头,金口玉言说钉是铁,这样的村长哪见过?"

溴梁村大片的庄稼地都荒芜了。

村长王狗头那张弥勒佛般的脸上始终带着和蔼可亲的笑,他碰见人就说:"咱农民老是种地,一年到头和土地爷打交道,脏得像头灰土驴,就是因为没有钱。手里有了钱,再种那些地有屌用?"

老戏台前面的空地上摆着麻将桌。王瘸根嘴里叼着烟卷,吐出一团烟雾扔出一张牌说:"领钱搓麻将看电视,这日子气死活神仙。"

王和尚端起塑料杯,喝了一口泡着桑叶的水,说:"咱村过去的大地主王老根和马非,哪有现在的淏梁村百姓舒坦?”

王瘸根说:“这不都是狗头哥的功劳?司马同不知深浅,瞎鸡巴逞能,还和狗头哥叫板,他哪有狗头哥的经济实力?”

村长王狗头给每八户人家配发一张麻将桌,一副麻将牌,让乡亲们尽情娱乐。淏梁村的街道上胡同中大树下院落里,到处都能听见噼噼啪啪的麻将声和欢笑声。

一天,王狗头说十字大道要动工,老戏台终于被拆了。

老戏台是在后半夜拆的。王狗头雇了一家拆迁公司,四周站着雇来的保安,拉起了一道警戒线。警戒线里围挡着一圈石棉瓦墙,像围挡着一处军事重地。几盏雪亮的探照灯照着老戏台,戴着安全帽的拆迁工人攀上爬下的,退瓦,扒椽,拆大梁,卸顶梁柱,推墙壁……石棉瓦墙圈里扬起了茫茫的尘土灰烟,大卡车轰轰隆隆地响着,进进出出。

张小孬起大早去镇上割肉路过,想走过去看看。王狗头拦住了他,说:“孬,别靠近,太危险,这鸡巴戏台太老,房架墙壁都糟透了,整个是一堆垃圾,靠近了会出危险。”

张小孬问:“咋没有让村里人拆?花这冤枉钱。”

王狗头递一根许昌牌烟给他,用打火机点上,自己叼出一根也点上,深深地抽了一口,在肚里憋了一会儿,畅快地喷出一团烟雾,说:“清理这堆历史垃圾,又脏又危险,哪能让老少爷们动手?”

天亮了,村里人发现老戏台没有了。几只起早的鸡在老戏台的废墟上刨虫子蝎子吃。一只公鸡吃饱了,站在一块半截砖上伸长脖子“喔喔喔”叫。

王瘸根端着头号大碗一瘸一瘸地走来,在废墟边呼噜呼噜喝糊涂。

张小孬割肉回来了。王瘸根用手抹拉一下嘴片儿上挂的糊涂渣说:“孬,看看人家狗头村长,建设新农村的速度多快!”

张小孬没理他,瞟了那堆废墟一眼,提着肉走了,嘴里唱着豫剧:

吃罢晚饭往正西,
碰见孩子他二姨。
二姨问我干啥去,
我说西村看大戏。
二姨说啊老叫驴,
戏台没搭你看个屁……

老戏台没有了,拆后留下的破砖瓦碎土坯烂椽头废墟,把那片空地占了一大半,已经没有人在这儿打麻将。那棵粗壮的千年老槐树,依然枝繁叶茂。夏天热,一对六十多岁的老夫妻在老槐树下乘凉。

老头儿说:“一九四五年我十九岁,你十六岁,欢庆打败老日本,咱在这戏台上唱了七天大戏,把你唱给了我。咱还没死,这戏台就没了。”

老太太说:“‘文革’时咱俩参加村里毛泽东思想宣传队,在这戏台上唱豫剧《沙家浜》,我演阿庆嫂你演刁德一,村里人说咱是台上两对头,夜睡一枕头。”

老头儿扑哧笑了,没说话。

老太太扇着扇子又说:“不知道为啥,和尚家咋一直想拆这老戏台?‘文革’开始那年,王和尚要拆老戏台,司马林不让,大闹一场,你忘了?”

老头儿说:“哪能忘?”

司马林是司马同他爹,也是个较劲儿的主。当年王和尚带着一帮造反派，扛着镐头提着斧头，喊着毛主席语录："破'四旧'，立'四新'"，要拆老戏台。

司马林拦着不让，说："恁这是吃饱了撑的？"

王和尚说："老戏台上，净演些帝王将相才子佳人牛鬼蛇神乌龟王八蛋，是最大的'四旧'，破'四旧'要先拆了它。"

司马林说："啥'四旧'？前几天，这上面刚批判过'走资派'老跑和铁安，把戏台拆了，以后在哪里批斗？"

王和尚说："弄到村东头大土坑里斗。"

王和尚们不由分说，捣下了顶棚、门窗、前后台之间的狗头隔断，拆掉了台前两根大柱上的一对楹联。那楹联上雕刻的字个个有小洗脸盆大，上联是"挥一旗千军万马"，下联是"走几步万水千山"。他们抱来一捆玉米秆，引着火把那些都烧了。

司马林看着那堆火，问："和尚，上个月温县一中的红卫兵革命小将在戏台上演豫剧《白求恩》《张思德》，红卫兵小将们再来，在哪里宣传毛泽东思想？"

王和尚说："田间地头，那里更贴近贫下中农。"

司马林搬过梯子，提着油漆桶拿着刷子，用红漆在原先挂楹联的两根大柱子上分别写着：领导我们事业的核心力量是中国共产党；指导我们思想的理论基础是马克思列宁主义。

围观的有人喊："和尚看见了吗？伟大领袖毛主席语录，你们敢拆？"

王和尚说："你……你们是不是反对破'四旧'？"

司马林指着毛主席语录说："和尚，你要是胆子大就再说一遍，啥是'四旧'？"

几十年转眼就过去了。

老头儿说："'文革'时红卫兵造反，破'四旧'恁乱，老戏台都没拆。现在国泰民安吃喝不愁,狗旺咋把它拆了?”

老太太说:“老戏台戳在那儿,天天看不觉得啥,一没了心像叫掏空了一样。”

老头儿扇着扇子,没再吭声。

王狗头拆了老戏台,十字大道却迟迟没见动工。

一天,村里突然有人问:“司马同呢?”

四

司马同背着二十万离开了溴梁村。他到了焦作,把钱分别还给了开贸易公司搞房地产和在银行工作的老战友。

司马同在马路旁的人行横道上信步溜达,脑子里一直思索着张小孬的话。他算了一笔账。溴梁村八百一十三口人,一人一千块,得多少钱?每人月领五十钱,不再种地的每人再发五十块钱,一年要多少钱?一算账,司马同才发现了自己与王狗头的差距。这种差距不仅是经济上的,更是思路和观念上的。他觉得自己很失败很失望,也太无知太幼稚了。

三岔路口的书摊上,琳琅满目地摆满了各色图书。摊主把一本《钱通神论》书用夹子夹着,悬挂在最显眼的地方。司马同取下书翻看,里面有一篇西晋文学家鲁褒写的《钱神论》。鲁褒说:“钱之为体,有乾有坤。内则其方,外则其圆。其积如山,其流如川。……为世神宝。亲爱如兄,字曰‘孔方’。失之则贫弱,得之则富强。无翼而飞,无足而走。解严毅之颜,开难发之口。钱多者处前,钱少者居后;处前者为君长,在后者为臣仆。君长者丰衍而有余,臣仆者穷竭而不足。《诗》云:‘哿矣富人,哀此茕独。’”

司马同看不懂这些古文,好在旁边有对照译文:“钱作为一个实体，有天也有地。它的内部效法地的方，外部效法天的圆。把它堆积起来，就好像山一样；它流通起来，又好像河流。……它对于世人，如同神明宝贝，大家像敬爱兄长那样爱它，便给它起了个名字叫'孔方'。没有了它人们就会贫穷软弱，得到了它人们就会富足强盛。它没有翅膀却能飞向远方，它没有脚却能到处走动。它能够使威严的面孔露出笑脸，能使口风很严的人开口。""钱多的人干什么都能占先，钱少的人便得乖乖地排在后面。排在前面的人就是君王就是长官，而排在后面的就是大臣和仆佣。那些作为君王和长官的富足有闲钱，那些作为大臣和仆佣的贫困且钱财不够用。《诗经》里说：'富人啊总是那么欢乐，贫穷的人啊好孤独悲伤。'"

司马同双手捧着那本书，犹如一头快要渴死的骆驼，在茫茫无垠的沙漠中突然遇到了甘甜的水塘。他看得心潮翻滚浑身燥热，每条血管每个细胞都在急剧膨胀，像要炸裂开似的。他发现这本书里的知识，远比"何塘墓碑——要钱"那句歇后语要详细丰富深刻得多。他买了这本书。

焦作市北郊一条马路边，几个小伙子和姑娘戳着几个硬纸牌子，上写：招煤矿工人，月薪1500元。

司马同在一张牌子下找到了一家煤矿，下井挖煤。

在井下挖煤对司马同来说，算是重操旧业。司马同一九七八年到部队当兵，是基建工程兵，一支"劳武结合，能工能战，以工为主"的部队。司马同所在的部队开始驻在云贵高原的六盘水，后来调到了辽宁铁岭法库县的调兵山镇，负责盘江煤矿和铁法煤矿的基础设施建设。司马同在井下一直干到一九八二年大裁军部队撤销转业到地方。

一天晚上，司马同从井里上来，听见有人叫他，回头看是矿长老盛。老盛约五十岁,秃头秃眉秃睫毛,鹞子眼睛鹰钩鼻,耳朵薄小,嘴唇大而厚实。老盛脸上虽说五官单个不好看,他却能把它们有机地整合调动起来,洋溢出猜不透的笑意。老盛笑眯眯地把他叫到一堆煤矸石边,掏出家伙往煤矸石上哗啦啦撒尿,一边撒尿一边问:“老家哪儿的?”

司马同:“济源老愚公乡。”

“就是那个带着子子孙孙,天天挖山不停的憨愚公?”

“嗯。”

“噢,我说哩。在井下看你几次,发现你挖煤,还真有股憨愚公挖山那劲儿。”

司马同觉得后脊背上嗞嗞发凉。

老盛和颜悦色地看着他。司马同也看着老盛,没有说话。他不知道该说啥。

老盛问:“来矿多长时间了?”

“三个月零三天。”

“想挣钱?”

“嗯。”

“想挣大钱?”

“嗯。”

“后半夜起来,把这堆煤矸石粉碎了,往好煤里兑。”

司马同犹豫了:“行吗?”

煤矸石是混杂在煤里的黑色石头,选煤时作为废弃物被挑出来扔在一旁。

老盛说:“嫌钱咬手?兑一晚上三百。”

小山一样的煤矸石堆,司马同用五十六个晚上兑完了。老盛一把塞给他一万六千八百块钱。

司马同接过那厚厚的一万六千八百块钱,觉得沉甸甸的,像拿着一大把黄灿灿的金条。他心情激动,浮想联翩,夜里睡不着觉,就拿出《钱神论》来看。书里写:“何必读书,然后富贵。”译文为:“为什么要读了书才达到富贵呢?只要想办法弄到了钱,就会有享不尽的荣华富贵。”老盛就是小学二年级毕业,没有啥文化,就会写“盛万桶”三个字,那字写得像蚂蚁爬一样。他原来是煤矿开卷扬机的,现在手里资产近亿。看来祖先们早已发现,文化素质极低的人往往能够在经济上暴富。

司马同在厕所曾捡到过一份《焦作日报》,报上有人专门做过统计,说是现代的富人圈里像老盛这样的人很多,列举了不少暴富的名人。这些名人有的连自己名字也不会写,需要签字就按手印,有一根手指头常年沾着红色印泥。报纸上分析说:“坑灰未冷山东乱,刘项原来不读书。”“古来兴废事,大半误儒生。”原因是读书越多的人,知识越多顾虑就越大,干啥事思前想后怕违纪违规违法,结果是畏首畏尾,啥事也很难以干成。无知的人往往无畏,无畏的人往往敢干,敢干的人就能干成大事。

母老虎柿花妈就没啥文化,上小学时天天“扑咚咚咚”“扑咚咚咚”打腰鼓,二年级没上完就回家了,嫁到溴梁村想干啥没干成?王狗头更是这样的人,小学三年级毕业,做事胆子大,这些年富得流油。矿上人说,煤矿开始改革搞承包时,很多人为了在银行贷到款四处奔走请吃喝托关系,老盛不找银行,谁也不找,他用高额利息民间集资很快就筹够了钱,把这个煤矿拿到了手,不到三年就富裕起来。老盛之所以能挣大钱,关键在于老盛头脑简单胆大敢为,见财就上无所顾忌,各种财源都不放过。

司马同问过老盛:“董事长,恁腰缠万贯,咋还这么辛苦地挣小钱?”

老盛说:“啥鸡巴董事长？听着刺耳。我就是一个煤矿工人,大字只认仨,以后叫我老盛。”

司马同看着老盛,觉得老盛说的是心里话。他虽然有钱,可穿衣打扮说话做事依然像个普通工人。不像王狗头,手里有点钱就摆谱,说话的口气吸烟的架势脸上的表情摆得像《上海滩》里的许文强。

老盛又说:“李嘉诚富不富？五分钱掉到缝隙里,蹲下去用手抠半天。”

司马同点了点头。

老盛有一句话常挂在嘴边:“大钱小钱,正道钱歪道钱,捞到手里都是自己的钱。”

司马同想到了溴梁村人说的“马不吃夜草不肥,人不发歪财不富”。他细细琢磨,“发歪财”远没有老盛说的“捞”字精辟。祖先们创造“捞”字,“手”加“劳”,大概本意就不是要子孙们用手去劳动,那样干太笨太累,而是要用手去把别人的劳动成果弄过来。捞钱,捞财帛,捞油水,捞稻草,捞世界,捞实惠,捞好处,大海捞针,水中捞月……不都是这个意思？这确是一条精明的致富捷径。

司马同干活不惜力,口风紧,老盛慢慢把他看成了朋友,便不再让他下井挖煤,白天睡觉养精神,后半夜开一辆报废配件组装起来的卡车,带他找别人家的煤场拉煤矸石。焦作是个煤城,煤矿多,有些矿煤矸石堆那儿没有人管。后来那些矿发现有人偷煤矸石,就派人看着,不让外人再动。

老盛说:“日他娘,都精了,兑的人太多,不好捞了。走,去山西。”

老盛是山西人,大矿小矿他很熟悉。碰见煤矸石堆,老盛先下车掏出家伙哗啦啦撒尿,瞪着鹞子眼四处瞭望,看没有人便招呼司马同:“来,捞货。”司马同穿着裤头,裼着脊梁,抡起大铁锹,嚓嚓嚓往车上装煤矸石。煤矸石弄回来,司马同开碎石机粉碎了,趁着夜黑往好煤里兑。

司马同跟着老盛夜里干的事,他从来不对别人讲。老盛给的钱,他也从来不当着老盛的面点,接过来就塞进了口袋。

一天夜里,路过山西运城一个煤场,老盛到煤堆上撒完尿回来说:“来,捞货。”

司马同到了煤堆前铲了一锹,以为老盛眼睛花了没看清,说:“老盛,这是好煤。”

老盛说:“好煤咋?更省事。”

再后来,老盛干脆决定把煤矸石和好煤一起弄,见啥弄啥。老盛白天开着卡车,幽灵一样在矿区工厂村镇游荡,发现了目标,后半夜就带司马同下手。

司马同跟着老盛,偷煤矸石、把粉碎后的煤矸石偷着往好煤里兑、直到后来以捞好煤为主,从不惜力,干得一心一意大汗淋漓。司马同只是觉得,干这些活累人不怕,关键是累心。每次弄完货安静下来,就觉得心虚发怵,有些后怕,提心吊胆的,连走路都感到脚下无根,飘飘然,像随时要跌倒似的。夜里躺在床上,司马同想着初识老盛的那天晚上,谎称自己是济源老愚公乡的,现在更加觉得自己有先见之明,防人之心真得有,尤其是跟着老盛这样的“憨大胆”人混,真不能实话实说。

老盛累了,常到城里歌厅发廊找小姐,或者在路边大车店里搂着老板娘睡觉。焦作和山西沿途有好几家大车店的老板娘,都是老盛的相好。老盛每次早上从大车店里出来,就精神焕发满脸喜悦像刚当的新郎,说:“这势睡解乏,一觉起来,浑身轻松。”

司马同不干这些。老盛在搂着老板娘睡觉时,司马同躺在简陋冰冷干硬的地铺上借着昏黄的灯光翻看《钱神论》。书中的很多话常常令他常读常新激动不已。如“谚曰:‘钱无耳,可暗使。’又曰:‘有钱可使鬼。’凡今之人,惟钱而已。”比如“京邑衣冠,疲劳讲肄;厌闻清淡,对之睡寐;见我家兄,莫不惊视。钱之所佑,吉无不利。”译文解释道:“谚语说:‘钱虽然没有听觉,却可以暗中指使别人做事。’这话难道是假的吗?又说:‘有钱便可以役使鬼神。’更何况是人呢?”“那些京城中的达官显贵,在学堂里总是疲倦得打不起精神;对于清谈一事也极厌恶,每遇清谈之类的事,便瞌睡得不行,可是见到孔方兄便不同了,没有人不惊醒凝视的。钱所能够给人们带来的佑护,可以说是吉祥没有不利的。”

这些话说得真好。

王狗头为啥能选上村长?老盛为啥能让那些老板娘们服服帖帖地陪他睡觉?自己为啥深夜不睡觉把煤矸石粉碎了往好煤里兑?为啥心甘情愿地跟着老盛四处跑去弄货?不都是钱役使的?看过《钱神论》,司马同常爬起来偷偷数钱,数老盛发给他的钱。一张一张的,哗哗直响,像听一曲美妙悦耳的歌。一数钱,司马同也是惊醒凝视不再瞌睡,也是困累皆无浑身轻松。

一天后半夜,司马同睡得正香,老盛叫醒了他,说:“走,捞货。”

初春的豫西北,寒风依然凛冽。车灯光洒落在公路上,冰冷苍白,天飘洒着细小的雪粒,挡风玻璃外面白茫茫一片。路上的车很少,老盛车开得很快。两只夜游的狐狸大概想穿过公路,在突然照射来的灯光里停了下来,傻傻地在公路边站着。老盛转动一把方向盘,猛踩一脚油门,卡车呼地向两只狐狸直冲过去。两只狐狸惊恐地跳下公路,撒腿跑了。

老盛显得格外兴奋,骂道:“妈的×,下雪天还跑出来,是找食还是找死啊?”

他见司马同没有反应,侧脸看了一眼,司马同睡意未尽,两眼似睁似闭,如同庙里闭目默诵经文的和尚。

老盛说:“嘿,醒醒,告诉你一个好消息。”

司马同睁开了眼睛,问:“啥好消息?”

老盛说:“昨天签了一个合同,猜猜能赚多少钱?”

司马同说:“猜不出来。”

老盛说:“租了一千四百亩地,租期三十九年,一亩地一年净赚一百八十块,算算共赚多少钱?”

司马同摇摇头,又迷迷糊糊地睡了。他对这个消息不感兴趣。

司马同醒来时,天上飘起了雪花,纷纷扬扬。老盛打开卡车的一面侧板,和路边的另一辆装满煤炭的卡车齐头并在了一起。老盛说:“白天路过,这车抛锚了,天冷,那司机怕冻,搭我的车跑回焦作了,说是明天再开车来拉。明天再来还拉个尿?来,快捞。”

他俩冒着漫天飞雪,把那辆抛锚卡车上的煤倒到了自己的卡车上。

老盛跳上车开着往焦作返。他脸上红扑扑的,说:“老天爷真帮忙。”

司马同说:“天没亮,下着雪,慢点开。”

老盛说:“敢慢?留有轮胎印,万一被追上不死也得脱层皮。”

司马同不再搭话,系好安全带,两手紧紧抓着眼前的把手,两眼直直地盯着车外。雪花像一只只白色的蝴蝶,稀稀疏疏地直往挡风玻璃上撞。雨刮器吭哧吭哧地在挡风玻璃上来回转动,不停地清除着雪花。

老盛不时地看着反光镜,甚至把头伸出车窗外往后面张望。车开得越来越快。盘山公路像扭着的麻花,路面常年被重载卡车碾轧得坑坑洼洼。雪像一张洁白干净的孝布,覆盖在坑坑洼洼的路面和山野。卡车颠簸着前行,在麻花山路上扭来扭去,人在驾驶室里被颠得上下跳跃甩来甩去。到了一个下坡带拐弯的地方,卡车左边的一个前轮突然脱离了车体,骨碌碌地顺坡滚下,像刚才惊恐逃下坡的狐狸。司马同"娘啊"惨叫一声,双手迅速抓紧面前的扶手,伸直了两条腿,两只脚蹬实,弓起脊背紧紧顶着驾驶座的后背,闭上了眼睛。这一招是司马同当兵时跟老班长学的。在"天无三日晴,地无三里平"的云贵高原乌蒙山区,时常有车翻进山沟。

老盛还没有反应过来,卡车便翻着跟头栽进了几十米深的山沟。

司马同醒来时,雪已经停了。

山谷里寒风飕飕,死一样的寂静。一只猫头鹰在三四米远的雪地上,叼着吃老盛带在路上还没有来得及吃的道口烧鸡,不时地扬起头咴咴咴地叫唤,让人毛骨悚然。司马同解开安全带,活动活动手脚,发现除了身上有几块擦伤,别无大碍。卡车被摔得七零八落的,煤炭撒得山坡山沟都是,在白茫茫的雪地里黑白分明,格外显眼。驾驶室的顶盖已经没了,不知被甩到了何处。方向盘顶进了老盛的前胸,把老盛的胸脯挤压成了软塌塌血糊糊的肉饼,鲜血染透了他的全身。老盛睁着眼睛,七窍出血,嘴巴咧开,露出一嘴黄板牙,面目狰狞可怕。老盛已经死了。老盛小肚前的腰包被撕裂开了,露出一堆豁边缺角的百元大钞。

司马同把那些钱一张一张地抽出来,钱上浸着老盛的血。他最后抽出了三份东西,令他大吃一惊。一份是《土地租赁合同》:甲方　河南温县溴梁村委会(温溴保健品有限公司代理),乙方　山西××县盛家坪村委会(盛大农业开发有限公司代理)。主要内容是：乙方租赁甲方1381亩地，租期39年，每亩每年租金490元。签订合同之日，乙方向甲方预付6年租金，共计406.014万元。是王狗头和盛万桶签的字。一份是王狗头签字的预付租金《收据》。还有一份是《合作经营"盛溴现代农业联合开发有限公司"协议意向书》，主要内容是：1.该公司由"温溴保健品有限公司"和"盛大农业开发有限公司"联合成立，共同经营溴梁村1381亩土地；2.该联合公司注册资金100万。盛万桶出资75万，占75%的股份，任董事长；王狗头出资25万，占25%的股份，任副董事长；3.每年按所占股份份额分配利润。

《合同》《收据》《意向书》上满是血迹，盖没盖章，一时也看不清楚；日期是：2月26日，就是昨天。

司马同简直不敢相信自己的眼睛，身上每一根汗毛都在不停地颤抖着。猫头鹰不再叫唤，瞪着眼睛看他，眼珠子在骨碌碌地转动。司马同嘘了一声，猫头鹰叼着一只烧鸡腿展开翅膀飞走了。司马同长长地吸了口气，定定神，把钱收好，《合同》《收据》《意向书》装进了屁股后面的口袋里，扣上了扣子。

五

老盛老家的村长和家人来了。司马同把出事过程说得很简单："陪盛矿长进山拉货，下雪路滑，车到这个地方掉了一个轮子，翻进了山沟。"

村长叫盛开拓，是老盛的亲弟弟。他含着眼泪说："我哥白天跑着看地谈判签合同，夜里冒雪翻山越岭拉货，连卡车都受不了，人哪受得了啊？"说着泪水簌簌顺颊流了下来。

老盛的遗体被收殓在一副柏木棺材里，装上卡车运往山西盛家坪老家。司马同决意送老盛最后一程。自己跟着老盛干了一年多,挣了十多万,这真的要感谢老盛。

盛家坪坐落在太行山晋城地区一个山沟里,周围荒山秃岭,沟壑纵横。拉着老盛棺材的车没有进村,就听见一片哭声。进了村子,看见有人抹鼻涕擦眼泪的,看出来坪里不少人对老盛的死感到悲伤和痛苦。村里有一广场,中央搭着灵棚,灵棚上方拉条黑布,黑布上粘贴着雪白的字,每个字有卡车轮胎那么大:盛万桶董事长千古。两边的对联是:天堂财路更宽阔　黄金无数尽享用。周围摆放着各色花圈,纸糊的宇宙飞船、空客380、路虎轿车、金山银山摇钱树、童男童女等,占了大半个广场。在一阵震耳欲聋的鞭炮声和孝子们悲痛欲绝的哭喊声中,老盛的棺材被抬进了灵棚。

老盛的丧事办得很隆重。广场上支着六口大杀猪锅,锅里煮着牛猪鸡鸭鱼肉米饭面条蒸着蒸馍。树上绑着喇叭,播放着哀乐。乐声低沉悲伤催人泪下,伴随着杀猪锅里升腾的香气弥漫着山村。人们端着饭盆饭碗你来我往,迎头碰面相互只是点点头,嘴大嚼也不说话。来往过路的司机们听见哀乐声,也停下卡车,端着大碗喝着面条啃着鸡腿筷子扎着蒸馍,吃完后脸上带着微笑一声不吭地上车开着走了。村里人说,这是古老的吃丧风俗,老盛的福气会带给所有吃丧的人。

司马同看见广场北边有个戏台,戏台上有几个人在插松枝,挂白帐布和灯笼等。那戏台看上去是新盖的,咋那么眼熟?五尺多高青条石堆砌的台座,五脊六兽的构架,歇山式屋顶,斗拱支撑着屋面。司马同走到戏台前,一块汉白玉石镶嵌于戏台底座上,阴刻着小洗脸盆大的字:“司马懿大戏台”。戏台四角,四根粗大的圆木台柱油漆一新,坚挺地屹立在四块陈旧的雕花青石柱础上。戏台前面的左右两侧,竖立着两座石碑,分别为明、清两代所立。年代最久的是那块明代碑，风化斑驳，字迹模糊，用玻璃框罩着。仔细看，最左侧刻着："溴梁村司马氏族恭立。"

司马同心里咯噔一下：这不是溴梁村的老戏台吗？咋跑到这儿啦？

治丧委员会主任盛开拓，见司马同对老戏台感兴趣，走过来说："这戏台建好才几个月，一场戏还没有演过，我哥就走了[①]。治丧委员会决定唱三天大戏，送送我哥，后天演第一场。"

司马同问："这戏台哪儿弄来的？"

盛开拓说："河南温县溴梁村，我哥花三百八十万买的。"

司马同"噢"了一声，没再说话。

盛开拓身上有着一些村长们的共有特点：好显摆，用溴梁村人的话说是"爱吹牛×"。盛开拓说："我们盛家坪地处深山，我哥开煤矿有钱了。看到乔家大院王家大院的旅游很赚钱，我哥想把盛家坪也弄成一个旅游景点，请来个广东的风水大师。那大师说是给香港澳门广东的很多富豪高官都看过风水，看得很准很灵验。大师在盛家坪一番堪舆后说，想要聚大财，要有一座老戏台。北京的颐和园、江西的婺源、山西的平遥，火起来的地方哪个没有老戏台？我哥的一个朋友是焦作人，叫王狗头。他们俩是当年搞煤炭生意时认识并结下了友谊。王狗头说他们村正好有个老戏台，是司马懿当年唱戏用的。我哥带着我陪风水大师去了溴梁村。那老戏台破烂得快塌了，我哥和我一看都摇头。王狗头拿着手电筒，带我们到了戏台后面，拨开杂树荒草，墙根下塌个洞。钻进洞，王狗头打开手电筒，戏台的下面齐刷刷摆放着几十口大缸，个个缸口朝上。王狗头脱下一只鞋拿在手里，在一个缸半腰擦了几下，缸半腰

① 走了：豫西北、晋东南一带俗语，意思为"去世"。

闪烁着金光，细看是镶嵌着一尊一尺多高的金戏俑。王狗头说这些缸上个个都镶嵌有金戏俑。墙根躺着两块石碑，王狗头用脚蹭去一个石碑上厚厚的灰尘，显现出‘万历三年重修戏台碑记’。大师紧紧捏了一下我的手，又捏了捏我哥的手。这是来前定好的暗号，摸手表示不，捏手表示行。大师既然捏了手，意思是可以买。我哥问卖这戏台谁说了算？王狗头说他是村长，他说了算。我哥出价二百万，狗头说每个缸上的金人就值不少钱，价格太低村里人不会同意。与王狗头不断地讨价还价，我们和大师也不断地摸手捏手，最后双方商定三百八十万。王狗头先要了一百万定金，说选村长时塌了几十万元窟窿，先补上。我哥答应了。回来路上风水大师说那些金戏俑缸，一个现在就值八九万。”

司马同问：“那些缸有啥用？”

盛开拓说：“台底下共有九十六口金戏俑缸，碑文记载是明代重修时放的，说是台上唱戏时台下的缸有聚声扩音效果，这是老戏台的一绝。”

司马同提出想看看。盛开拓叫人打开戏台侧边的小门进去，拉开电灯，戏台下面是空的，中间横着码放十二排大缸，每排竖着码放八口大缸，一排方口缸一排圆口缸。每个大缸约半人高，一人环抱不住，缸口朝上对着戏台。每个缸的腰部镶嵌一尊金戏俑，在灯光下闪闪发光。那些金戏俑形态各异，造型逼真，有弹三弦、拉胡琴、吹唢呐笛子笙箫、敲鼓打锣拍镲，也有的舞姿婀娜做引吭高歌状。司马同仔细查看那些缸，发现有新旧两种，交错摆放着，新缸上没有金戏俑。他问盛开拓：“咋新旧两种缸呢？”盛开拓说：“有三十六个明代金戏俑缸我哥卖给广东人了，一个缸十一万。我哥说先把买老戏台的投入捞回来。这些缸就是起个聚音扩音效果，新缸旧缸还不是都一样？”

司马同想起了爹当年不让王和尚拆老戏台的事，爹是否知道老戏台有这一绝？爹临去世也没有告诉他这个秘密。

盛开拓说："盛家坪是深山区，地少金贵。溴梁村是平原，地多肥沃，他们村人一有钱就不愿种地。我哥和王村长商定，准备在溴梁村再租一千多亩地，专门种铁棍山药和绿色食品，成立一个现代农业联合开发公司经营。近期正在商量签合同，也不知道签没签好，我哥就……"盛开拓又想哭。

从戏台小侧门出来，过了一座雕刻精美的小石桥是盛开拓家。盛开拓家门口有一辆路虎牌越野轿车，威风凛凛地停着。盛开拓带着司马同进了大院。大院里迎面一个圆形水池，中间立着一座四米多高的太湖石，瘦透露皱造型别致。水池和太湖石后面是一座欧式三层小楼，青瓦盖的顶，石条砌的墙，西洋式窗户。迎面屋门两边的墙上，贴着两个磨盘大的"囍"字，红颜色虽已退减却依然醒目。楼前草坪上长着几棵梨树，梨树上挂着几片枯黄的残叶。树下面摆着由各色假花名草组成的图形。这是一个豪华的山村院落，院落里散发出富丽堂皇的气息。

这时，院外来了个女的，手里端个盆，盆里是从操场上的杀猪锅里打来的肉菜。司马同一看，竟然是柿花。柿花红红的脸蛋，乌黑的头发盘绕在头上，用一根藕荷色的缎带扎着；白皙的脖子敞露着，一条做工精美的项链闪烁着金光；穿着奶白色的紧身羽绒服，胸脯高耸，肚子微微隆起，那双杏眼依旧娇羞妩媚，只是少了点勾人魂魄的光泽。柿花变成了一个成熟的富家少妇。她像神话人物突然降临在司马同面前，令司马同不知所措。司马同简直不敢相信眼前看到的真是柿花。

柿花看见了司马同，愣愣地站着，脸上惊讶腼腆羞涩愧疚，表情复杂，很难说得清楚。柿花做梦也没有想到，对她倾慕多年的司马同,竟然会出现在她家,站在她面前。她的心如揣着一只野兔扑腾扑腾直跳,手在颤抖,盆在摇晃,肉菜散发出的香味儿和白色的热气,弥漫在她和司马同之间。

盛开拓赶紧接过柿花手里的肉菜盆,对司马同说:"这是我夫人,焦作人。"

柿花抿了抿嘴唇,像要说话,司马同的手机响了,是张小孬打来的。

张小孬在电话里说:"同哥,你在哪儿?快回来吧,狗头辞职不干村长了。"

司马同:"为啥?"

张小孬:"他说自己能力不行,溴梁村建设新农村任务太重,干不了啦!"

司马同拿着手机,瞟着直愣愣站着的柿花,嘴唇张张合合,没有出声。他脑子里一片空白,不知道该说啥。

六

溴梁村人对在外面干事的人回来,迎头碰上都不先打招呼。外面干事的人无论官再大钱再多,要先同村里人打招呼;不先打招呼会遭人骂。辈长的人骂:"咦,我日恁娘,真是翅膀硬了?眼里还有谁?"同辈的人骂:"这个鸡巴货,出去三天回来就仰头撅尾的,不认人了?"晚辈人不骂,嘴里也没有好话:"恁大官恁有钱,还回来干鸡巴啥?"

司马同进溴梁村时天已经快晌午了,到了老戏台那片空地旁,没想到碰见了王狗头。应该说是王狗头碰见了他。王狗头开着小汽车正要出村,吱的一声把车停在司马同身边,摇下车门玻璃,一脸微笑地说:"老弟回来了?"

司马同这才看清开车的是王狗头。司马同沉默了一会儿,突然伸出一只手端起王狗头的下巴。

王狗头吓了一跳:"你想干啥?"

司马同说:"想看看你的嘴,又去哪儿咬肥肉吃?"

王狗头把头甩开了,说:"净瞎鸡巴扯,哥咬肥肉吃还能忘了你?"

司马同没有说话,皮笑肉不笑地盯着狗头看。王狗头觉得脸上有些发烧,烧得像刚喝过酒,心里有些发毛。

司马同说:"盛万桶死了,二月二十六号和你分手,二月二十七号死的。"

王狗头把车开到路边停下,打开车门出来,掏烟盒叼出一根点上,深深地吸了一口,把烟雾吐了出来。他问:"你是不是有啥话要说?"

司马同说:"盛万桶开车蹿山沟里摔死的,就我和他在一起,没有旁人,我给他收的尸。"

狗头说:"这我知道了。"

司马同说:"我在盛家坪见到了柿花。"

王狗头的脸霎时变得通红,问:"你到底想说啥?"

司马同没再说啥,径直走了。

三天过去,司马同刚吃过早饭,王狗头来了,一脸的微笑。他说:"老弟,哥这些天神经衰弱,整夜睡不好觉,天天像熬鹰一样。哥能力真的不行,正好你回来了,村长你干吧?"

司马同说:"你当村长,是乡亲们投三百八十七张票选的,谁想当就当?"

王狗头说:"再投票选村长,我保证全票都选你。"

司马同和王狗头在村委会办公室谈了一个上午，商定的结果是：王狗头辞去村长，把卖老戏台的三百八十万如数交回村委会。司马同承诺，对王狗头卖老戏台和柿花的事保密，永远不对任何人讲。

王狗头离开溴梁村的那天，瘸根、母老虎柿花妈等人围在小车旁送行。王狗头吸着烟吐着烟雾，笑眯眯的风度依然。他说："我去深圳发展，挣了大钱再回来建设咱溴梁村。"

母老虎柿花妈一脸的柔情依依不舍，说："头，一个人在外面混太辛苦，恁媳妇走三年多了，遇到合适的就再办个人①，白天端茶递水，夜里也好有个暖脚的。"

王狗头点点头，优雅地向送行的人摆摆手，钻进小车走了。

司马同当上了村长，带张小孬去了盛家坪。到了盛家坪，直奔村委会。盛开拓坐在沙发上，见到司马同，赶紧站起来。司马同说："今天是万桶哥三七，我再来给万桶哥烧烧纸，看看他。"

盛开拓拉着司马同的手，满脸沮丧，说话带哭腔："同哥，柿花失踪了。"

司马同和张小孬听了大吃一惊。

盛开拓眼里泪珠闪动，说："三天前，柿花留下一张纸条，说和我分手了，去很远的地方，不让我再找她了。"

司马同问："柿花和你过得好好的，咋会突然失踪了？"

盛开拓说："柿花是狗头村长介绍的，我们结婚才十个月零九天。结婚前狗头村长和我哥商量好，两个村子的农业联合开发公司成立后，我当总经理，柿花当副总经理。我哥一死，这副总经理咋也跑了？"

---

① 办个人：溴梁村俗语，意思为"娶个老婆"。

司马同明白了。他心里明白又不便明讲,便指着张小孬介绍说:“这位是张先生,河南有名的风水大师。我请他来是想给万桶哥看看,看他到底冲犯了啥,恁有钱,人咋说没就没了?也给你看看吧,好好一个家,咋说散就散了?”

盛开拓抹了一把快要流出的泪珠,像遇见救命恩人一样,紧紧握着张小孬的手说:“张先生法眼高超,给我们好好看看。”

三个人出了村委会大院,张小孬一眼瞭上了操场上的戏台,停下脚步问:“这戏台啥时候盖的?”

盛开拓:“盖成有几个月了。”

张小孬走到戏台前,前后左右上下仔细查勘一番,然后问盛开拓:“这戏台原本是只平原虎,咋进山来了?”

“平原虎?”盛开拓听了大惊失色,想了想说,“噢,张大师说得对,它原来是平原一个村里的,我哥买来的。”

戏台旁边有一个石头高台,张小孬登上高台放眼张望,伸出左手,用大拇指在其他四个指头的指节上不停地掐着,嘴里嘟嘟囔囔,然后跳下高台,咂咂嘴说:“你们看,这戏台尾坐北山,口朝南坪,位临五黄星。五黄星为灾星。五黄临门,运气阻塞,破财伤命,凶险发生。戏台止脊的两吻虎头啸天,五条脊背的虎身镂空,台柱础石为虎爪蹬地,气势汹汹。平原虎放进了山,哪有不吃人的?”

盛开拓脸色变得苍白,惊恐地看着张小孬。

张小孬拿目光继续审视着戏台,对盛开拓说:“快把这个戏台请走吧,看样子还要吃人。”

盛开拓浑身发抖,拉着司马同的衣角走到一旁,背着张小孬低声说:“同哥,你看看这咋整?”

司马同说:“盛家坪恁些人,下一个吃谁还弄不准哩,你怕啥?”

盛开拓说："我哥走了，村里现在我是老大，又是我哥的亲弟弟，下一个吃谁不是明摆着？柿花也走了，家也破了，是不是都与这虎有关？"

司马同面色凝重，没有说话。

盛开拓说："同哥，要不把这只虎再送回溴梁村？"

司马同思考着，脸上露出的神情像个要拯救盛开拓走出苦海的救世主。

他思考片刻，慎重地点了点头。

三个人来到了盛万桶墓前，村委会已经让人把三个花圈摆在老盛的坟前。盛开拓燃着了花圈和一堆锡箔。司马同恭恭敬敬地对着老盛的坟墓三鞠躬，趁盛开拓没注意，从屁股后兜里掏出一沓东西扔进了火里。那东西和花圈一起燃烧，变成了一堆灰烬。一阵旋风过来，旋起的灰烬像一群黑色的蝴蝶，越过老盛的坟头，飘飘摇摇地向远处飞去。

七

第二年春天，桃花杏花盛开，柳枝吐绿，榆钱洒落满地，戏台在溴梁村人一片欢腾和鞭炮声中竣工了。

戏台没有再盖到原来老戏台的地方，盖在了村子北面的良田上，那里祖祖辈辈种着蔬菜庄稼。戏台坐北朝南，正对着老戏台的方向，戏台前是十亩大的水泥操场，宽敞气派，周围栽着柳树松墙。戏台的模样和建筑风格和老戏台几乎一模一样，古朴庄重，油漆喷画一新，台座、柱子、房梁，全是钢筋水泥浇铸。

不少人说："怪像老戏台。"

司马同笑着说："狗头当村长时，老戏台已经给当成历史垃圾拆了。”

不管咋说，溴梁村又有了戏台，演不演戏立在那儿，也是对祖宗们的一个念想。

司马同召开村民大会，手拿一份《现代农业报》，读着报纸上的话：“现代农业要打破一家一户的经营方式，对分散的农田施行规模化、公司化经营。”

村民们喊：“啥叫规模化、公司化？”

司马同解释说：“就是把各家各户承包的地集中起来，形成规模，由公司来经营。”

“那不又成生产大队了吗？”

“生产大队是把土改分的地无偿地收到一起，现在是拿钱把地集中起来，不是白收。”

“谁拿钱？”

“公司拿钱，公司经营。”

村民大会结束后，村委会贴出了告示：“溴梁村各户，凡不愿耕种的土地每亩六千元，一次性付款后，收归溴河现代农业开发总公司统一经营。”

这公司是司马同以村委会的名义成立的，村长任董事长兼总经理。

王瘸根承包有十八亩地，不想交给溴河公司。独生子王小怪正吃饭，差点把碗摔了。他喊道：“你老糊涂啦？咱家恁些地你种啊？”

王瘸根说：“你不种，我种。”

王小怪冷笑一声，说：“你种？你五十多岁人了，能种个啥？你没算算，十八亩地十多万块钱，存银行光吃利息一年有多少钱？”

王瘸根算算账，小麦一块三毛钱一斤，亩产七百五十多斤，卖不到千把块钱，除去农药化肥浇水费用和除草收割脱粒运送等人工投入，能落下多少钱？十多万啊，可真不是小数。

王瘸根咂咂嘴，和司马同的公司签订了合同。

溴梁村像王小怪这样的年轻人很多，他们说："见报纸上登过，美国日本的农民都这样。"不少人家去签了合同，把地交给溴河现代农业开发公司经营。

王瘸根手里突然得到了一大笔钱，高兴地躲在屋里数钱，整夜睡不着觉。秋天刚过，王瘸根把自己家的三间旧瓦房扒了，盖了一座二层小楼，和老村长家一模一样。村里不少人家也开始扒房，扒了草房盖瓦房，扒了旧瓦房盖小楼。一时间，溴梁村房倒屋塌尘土飞扬地震了一般，接着是新瓦房新楼房如雨后蘑菇遍地生长。

溴梁村的村容村貌日新月异，发生着崭新的变化。

麻将声噼里啪啦地又响了起来，白天夜里不停。人手里有了钱胆子就大，赌场上赌注也越下越野。过小年那天，王小怪打麻将赌钱两天两夜没回家，输给张小孬三十多万。三十多万是小数？王小怪吓得说去拉屎，从厕所翻墙提着裤子跑了。张小孬非要搬到王瘸根新盖的小楼里过春节，王瘸根挡着不让，争执半天，老泪纵横地写下字据："我和老伴在张小孬的杂面公司看大门做饭打工到死分文不要，抵账二十万。立字为凭，永不反悔。"

张小孬问："剩下的十多万咋办？"

瘸根说："等那龟孙子活着回来，也在你这公司干吧，一直干到死。"

溴梁村有个孩子在中国财经大学读三年级，搞新农村建设课题调研，暑假回来和村长司马同谈得很投机。两个多月后，他在

《溴梁村农业经济改革的情况调查》里写道："盛万桶采取盗窃掠夺式发展，是资本主义原始时期的一种手段。王狗头采取小额度不间断浸润式发展，常见于资本主义在农村的初级发展阶段。司马同用巨额资金搞规模化垄断性经营，对农村原有的经济体制采取塌方式瓦解，成了农村土地、劳动力和资本的所有者、支配者和受益者，获取财富的手段更成熟更精绝也更暴利。发展下去，原来以土地为基础的农村经济体制将很快不复存在，原有土地的主人——农民，将沦为失去土地的劳动者——自由民，他们通过唯一的自然技能——劳动，寻求着自己的生存空间。"

那孩子的研究真有科学预见性。

司马同当村长不到八年，溴河现代农业开发总公司统一经营了溴梁村百分之七十五的土地。

司马同以新建的戏台为中心，东西走向修了一条四十米宽的街（中间有十米绿化隔离带），村委会定名叫"司马懿大戏台大街"。这个名字太长，也拗口，人们习惯叫司马大街。新建大街两边是溴梁房地产、农产品加工、农机修理、优良种子等公司工厂，十三座古香古色的四合院、四栋商品楼、两个超市、一个小学校，这些都是溴河现代农业开发总公司的产业。这条街成了名副其实的司马同家大街。司马同在统一经营的土地上，搞绿色种植、科学养殖、观光农业、农家乐等。

这时候，有些精明人意识到：司马同当年把戏台建在这个地方，真是一种超前谋略。

几年后，村民卖地的钱快用完了，才发现不劳动就没钱，没钱就没饭吃，没饭吃肚子空着就像刀剐一样难受，这根传动带式的发展链条以前竟然没人发现。老人们说：

“知道肚里没有食儿是啥滋味儿了吧?”

“有地,撒上一把种子种上几棵菜,没钱也不至于饿肚子。”

“没地种,没粮食吃,房子盖得像寺庙、金銮殿,顶狗比掰用?”

人们终于明白了:土地是农民的命。遗憾的是现在命没有了,命被掌握在司马同公司的手里。

好在村长司马同公司的大门永远敞开着,村民们可以随时进工厂、分公司、种养殖基地去干活挣钱。村民们像散放野养了一阵的牛羊,陆陆续续自觉自愿地又返回圈里来,到原先的土地上劳动。

王瘸根说:“原先是在自己的地上为自己干活,现在是在司马同公司的地上为司马同干活,不自由了。”

张小孬说:“人有钱就自由,不劳动没有钱,你自由个㞞?”

人有钱不仅自由,而且还任性。村长司马同手里有钱,过上了皇帝一样的日子。顿顿鸡鸭鱼肉,大碗喝酒,说要把生活困难时期的那些损失补回来。几年时间,司马同补得像一头吹胀的猪,体重达二百多斤。司马同的秉性也变了,修炼得说话柔和,步履缓慢,脸上始终带着和善的微笑,像一尊款款移动的弥勒佛。

有人说:“司马同越来越有点像当年的狗头。”

有人不认可:“他可比狗头有谋略,活得比狗头滋润。”

司马同咋能不高兴?十年多结四次婚离三次婚,明里暗里合法的不合法的共生育了九个儿子五个女儿。三个离了婚的妻子离婚不离村,每家住一套豪华四合院,领着自己的子女单独过。

普京第二次参加总统竞选的那年二月底,一场西伯利亚寒流过来,天下起了大雪。

司马大街一座古香古色的四合院堂屋里,司马同坐在西洋壁炉前的沙发上,喝着信阳毛尖茶,和王瘸根、张小孬侃大山,侃《钱神论》。

这些年，司马同手不释卷地研读《钱神论》，认识不断加深。他尤其赞赏鲁褒对子夏的话持大不以为然的态度。司马同指着翻开的那页书说："你们看，鲁褒说：子夏云：'死生有命，富贵在天。'吾以死生无命，富贵在钱。何以明之？钱能转祸为福，因败为成，危者得安，死者得生。性命长短，相禄贵贱，皆在乎钱，天何与焉？"

张小孬低着头，嘴里咔吧咔吧地嗑着瓜子，没有吭声。

王瘸根吸了一口烟说："净都是些狗比掰之乎者也的，俺听不懂。"

司马同笑了，说："子夏是春秋末年咱温县老乡，卜杨门村人，孔门十哲之一。咱这个老乡受他老师孔夫子影响太深，迂腐得很，他说的意思是：'死生是命运所决定的，富贵是上天所决定的。'他净瞎鸡巴胡扯。"

张小孬仰起脸，问："他咋瞎鸡巴胡扯？"

司马同说："你看人家鲁褒批他说：'死生并非命运所决定，富贵也不过因为钱而已。因为钱可以转祸为福，变失败为成功，使危险的人变得平安，使快死的人得以续命。性命的长短，官位、俸禄的高低，都是在于钱的多少，天又怎么能决定呢？'"

张小孬瞪着眼睛，问："性命长短，也在于钱多少？"

司马同喝了一口茶，说："咋不是？得了病没钱看，还不是早死？卜子夏晚年儿子得了病，就是无钱医治死了，他自己哭成了瞎子，四处流浪，也不知道饿死到哪儿了。要是有了钱，能落到那种地步？"

张小孬低下了头，继续咔吧咔吧吃瓜子。

王瘸根把烟拿到嘴边没抽，斜眼看看张小孬，说："那姓鲁的话也不全对。”

司马同问:“咋不全对?”

王瘸根说:“他光说了钱可以转祸为福,咋没有说转福为祸呢?”说完狠狠吸了一口烟。

王瘸根此刻说这句话,是想到了儿子王小怪拿卖地钱赌博输了三十多万的事。八年多了,那龟孙子不知道是死是活,到现在连影儿都没有。

司马同说:“福咋会转为祸?钱多了会咬死人?”

王瘸根吐出一串烟圈,没再说话。

雪越下越大,地上的积雪有淹着脚厚。天出奇地冷,风像刀子似的飕飕刮着,冻得的人伸不出手。就在三个人侃大山的那天夜里,溴梁村发生了一个惊天动地的事情:司马同死了。

司马同的死,令全溴梁村人感到意外和震惊。

黎明时分,大雪纷纷扬扬地下着。村里人听见街上有女人的哭声,那哭声显得声嘶力竭悲痛欲绝。大家跑出家门,见司马同离了婚的大老婆、三老婆和现任的四老婆,从各自家里跑出来,冒着大雪哭着喊着疯了一般往刘翠屏家跑。刘翠屏是司马同离了婚的第二任妻子。司马同死在了刘翠屏家,躺在刘翠屏家厕所的水泥地上,肥白壮硕的身躯一丝不挂,眼睛紧闭,嘴唇咧开歪斜着,人早已经不行了。刘翠屏坐在水泥地上号啕大哭,怀里抱着死去的司马同,像抱着一头煺光了毛的大白肥猪。那几个女人到了刘翠屏家,不由分说揪着刘翠屏的头发拖到屋外面,按倒在雪地里用巴掌扇,用脚踢,嘴里嚼着很难听的话。司马同的十几个子女也闻讯跑来,各自护着自己的母亲,又吵又嚷,四合院里乱成了一锅粥。

第一任妻子王杏花,是司马同的结发妻子,五十岁出头,人长得像高头大马,却养得细皮嫩肉。她问刘翠屏:“狐狸精,七天前他住在我那儿,人能吃能喝能睡,我给他炖的乌头附子汤每顿喝一碗,咋一到你这儿人就没了?”

第三任妻子黄柿花三十三岁,体态娇小,柔美可爱,结婚五年多生了四个孩子,最小的孩子才六岁多,刚上小学。她说:“四天前他从俺家走时,还吃了一大碗炖驴鞭羊肉。害人妖精你说,是不是你把他害死的?你说说,他死了我和孩子们以后咋过?”

第四个妻子马菊花二十三岁,细眉大眼,满头彩发,一看就是个现代美人。她五年前读黄河农业专科学校时到淏梁村实习,离开时肚子里就有了司马同的孩子。她现在正怀着司马同的第三个孩子,鼓着大肚子,已经五个多月了。她哭得脸变了形,盘腿坐在地上,两手拍打着地上的雪,泣不成声地说:“老作死的,昨天夜里正下大雪,我不让你来,你非要来这烂骚货家。你可来了,你咋就不回去了?你不回去,叫俺娘们以后还咋活……啊——”“啊”没出来,人就噎昏过去了。

刘翠屏二十八岁,样子长得像当年的柿花,是四个妻子中最漂亮的。她和司马同没有结婚就生了两个孩子,结婚后又生了两个。这时她坐在雪地里,浑身泥雪,衣衫被撕拽成了破烂,披头散发像个疯子,她哭诉着:“他来俺家就喝了一碗乌头附子汤。俺后半夜醒来,发现他没在床上,以为他走了。天亮我去厕所,发现他倒在地上,人已经硬了。”

雪还在下着,司马同像被遗忘在厕所里的一条死狗,赤裸裸地躺在水泥地上。

医生来了,拨开司马同的眼皮看看,拿听诊器在胸前听听,诊断为:“气温骤降,疲劳过度,突发性心脏病猝死。”医生听说司马同常喝乌头附子汤,说:“那东西叫断魂草,哪能常喝?”

淏梁村不少人闻讯赶过来,有人劝架,有人把司马同抬到了床上，盖上床单。司马家族的几个长辈叫来司马同的子女们，商量怎么处理后事。听说司马同死了，溴梁村人说啥的都有。快八十岁的母老虎柿花妈满头银发却依旧头脑清醒，她在家里掐着手指头算，算司马同这些年弄了溴梁村多少亩地，置办了多少产业，算完后嚼："妈那×，溴梁村一条司马大街都是他的。不义之财弄多了，能不折寿？满掐满算，还差一年一个月零两天，他才活到六十岁。"

张小孬说："卜杨门村的卜子夏说'死生有命，富贵在天'，这话一点都没错。"

王瘸根说："钱多了有屌用？多了惹祸，能要人命。"

司马同死后第二天，太阳出来了，像火球一样，血红血红的。太阳光照在身上，人们却感觉不到暖和。地上的积雪也没有融化，白皑皑的，像司马同家人穿的孝服。司马同的灵棚搭在戏台前空地上，四个妻子十四个子女围着黑漆漆的柏木棺材分班值守，各司其哭。戏台上演了三天歌舞豫剧，放了三个晚上电影。司马大街的两边摆放着花圈，各公司工厂商店超市宅院的门口都贴着白纸门联，悬挂着白色的灯笼绣球，整个司马大街上白花花的，悲怆肃穆。街上架着十多口杀猪锅，煮肉蒸馍熬粉条白菜，吃丧的人们你来我往川流不息。

温县大部分人都是明朝山西移民的后裔，丧葬习俗和盛万桶家的盛家坪基本上一样。

按照掐算好的日子，司马同死后第七天午后三刻，抬到坟地埋葬。天又飘起了小雪。哀乐和鞭炮声响了起来。司马同的大儿子司马壮走到灵前，举起供桌上的香火盆，啪地摔在地上。灵棚里的孝子们听见摔盆声，立刻放声大哭。那帮司马家族人在灵棚里撒开绳子，着手捆绑司马同的棺材。

这时,王狗头来了。王狗头的父母前些年先后去世,他送走了父母后就没有回来过,村里人也不知道他这些年在哪儿搞营生,这次也不知道他何时回到了溴梁村。王狗头依旧留着那副小平头,啤酒肚,外穿一件黑色夹克,里面是黄色保暖衬衣,脖子上戴着小拇指粗的金项链,面皮血红鼓胀,像刚开膛破肚取出来的一副猪肝。

司马壮看见王狗头,赶紧跑过去扑通跪在地上,嘭嘭嘭磕了三个头,说:“狗头伯,俺爹不在了。”这是豫西北农村的习俗——孝子报丧。

王狗头弯腰拉司马壮起来,说:“恁爹刚……刚死,普京又……第……第二次……当……当总统……了。”

司马壮很惊诧:俺爹死和普京第二次当总统有啥鸡巴关系?司马壮闻到了王狗头嘴里喷出的酒气,酒气很重,才知道王狗头刚喝过酒,他大概醉了。

王狗头摇晃着身子,走到司马同灵前,恭恭敬敬地鞠了三个躬。孝子们听说王狗头前来吊唁,停止了啼哭。司马壮扶着王狗头,王狗头摇摇晃晃、踉踉跄跄地围着司马同的棺材转,转了一圈后站到了棺材前头。

司马壮以为他该走了,说:“狗头伯,恁走好。”

王狗头没走。那些准备抬司马同棺材去下葬的人伫立在旁边,手里拿着绳子、棍子看着他。王狗头一手扶着司马同的棺材,一手从口袋里掏出烟来用嘴叼出一根,拿打火机点上,深深地吸了一口,烟卷上的火圈闪烁着红光,瞬间向上燃烧了半寸多。王狗头憋了片刻,畅快淋漓地吐出了一团烟雾。浓浓的烟雾散漫开,笼罩在司马同棺材上方。

灵棚里死一般的寂静。

王狗头打了一个饱嗝,喷着满嘴酒气说:“小壮,恁……爹当村……长，把咱村……老……老戏台……下……六十个……明代……缸，上有……大金……金……戏俑，卖……给港商，一个……十六万……你知……知道……吗？那可是……咱……咱淏……梁村……老……祖宗留……下的。”

王狗头的话像晴天霹雳。

司马同的妻子子女们听了这话，个个抬起头来，泪眼蒙眬，惊讶地看着王狗头。那些准备抬棺材的人们也都惊呆了，看看王狗头，看看司马壮。

司马壮拉着王狗头的胳膊，想搀扶他离开。王狗头一把推开司马壮，继续说：“六十……个……明代……金……戏……戏俑缸，金……金戏俑……尺……尺多高，一个……十六……万，恁爹独……吞了……盖……盖戏台……弄……弄地……司马大……大街……都用……的……的那些……钱。”

一阵短暂的尴尬沉默，司马壮才发现王狗头好像没有醉。司马壮的脸上慢慢升起了一股怒气，大声说：“狗头伯，恁是想给俺爹算死账？还是想回来第二次当村长？”

王狗头摇晃着身子问：“啥……算……算死账？啥第……二次当……当村长？”

司马壮的声音立刻变得凶狠起来，说：“我看恁是净瞎鸡巴胡扯。老戏台当年是你当成垃圾拆的，我爹去哪弄恁些缸卖？要真有缸，一定是恁给卖了吧？”

司马同的妻子儿女们围了上来，站在司马壮的身后，像一群围着猎物的猎狗，对着王狗头喊：

“那时正是恁当村长，肯定是恁给卖了！”

“恁说，卖缸的钱都弄哪儿了？”

“俺爹刚断气，恁跑来诬赖俺爹，到底操的啥心？”

那阵势,那氛围,仿佛要把王狗头撕烂了吃掉似的。

王狗头一激灵,看着仿佛要把自己撕烂吃掉的司马家人,两眼发直,嘴唇颤动,身体摇晃。他迟疑了片刻,啪啪啪拍着司马同的棺材说:“小……同,你这一……一死,哥我……咋也糊……糊涂了?”说着,一头栽倒地上。

灵棚里顿时慌乱起来。那些准备抬棺材的人扔下手里的绳子和木棍,有人撕开王狗头的嘴,见他牙关紧闭;又扒开眼皮,眼珠无神,便使劲掐着王狗头的人中穴。人们七嘴八舌地大声呼喊:“狗头醒醒,狗头醒醒。”有人喊:“小壮,快把恁家的小竹床搬来。”司马壮跑进家里,搬来一张司马同生前夏天乘凉的小竹床。人们七手八脚地把王狗头搬到了竹床上。抬棺材的人把捆棺材的绳子解下来捆着小竹床,抬着王狗头,冒着小雪快步往医院走去。

一个老太太从柿花家出来,拄着拐棍,颤巍巍地向村外走,嘴里不停地喊:“狗头——狗头——你可不能走啊!”

老戏台下面有六十个明代金戏俑缸被卖的事,在溴梁村传开了。人们弄不清啥叫戏俑,只知道金和缸,传来传去,金戏俑缸传成了金缸,金缸又传成了大金缸。一时间溴梁村人议论纷纷:

“隐约听老辈人传下话说,重修老戏台,不用外来钱。没想到老戏台下面放有六十个大金缸。”

“狗头酒后吐真言,司马同把老戏台下面六十个明代大金缸卖了,这肯定是真的。”

“怪不得他司马同这些年发了,一条街都是他的,原来用的都是全村祖宗们的钱。”

“听说柿花与这事也有关系,她嫁的第一家是山西啥坪村?老戏台是弄到那儿卖的。”

……

但村里绝大多数人都不相信是司马同卖了那些缸，都知道现在的戏台还是人家司马同新建的。连王瘸根都说："当年那老戏台，司马同死活不让拆，狗头非要拆，说老戏台立那儿不好，两人差一点打起来。"

人们终于想起来了。当年确是王狗头说要修二十米宽的十字大道，请李嘉诚的专用风水大师看过，说老戏台断了溴梁村的气脉，挡了全村人的财路。他当上村长就把老戏台当成历史垃圾拆掉了，拆的时候周围还站着保安，隔着围墙，夜里干的。

人们猛然醒悟，群情激奋，整个溴梁村像一锅沸腾的开水：

"乖乖，老戏台下面有六十个明代大金缸，一个卖十六万，总共九百六十万，快一千万啊？"

"怪不得当时不种地，每人每月能领五十块钱，交出地再发五十块钱，他是把九百六十万存在银行给我们发的利息啊！"

"你知道个尿，利息能有多少？他是把九百六十万拿去投资老村长的房地产，赚的是大钱。"

"不行，祖先们给咱留下这么多大金缸，王狗头都弄哪儿去了？"

"对，问问王狗头，大金缸都弄哪儿了？"

埋葬了司马同几天后，村里有几个年轻人满怀激情和愤怒，去医院找王狗头。医院说："溴梁村那个叫王狗头的，那天喝多了，输过液第二天就出院了。"

从此，王狗头再也没有回来过溴梁村。

鸦雀无声

到目前为止的一切生产方式，都仅仅以取得劳动的最近的、最直接的效益为目的。那些只是在晚些时候才显现出来的、通过逐渐的重复和积累才产生效应的较远的结果，则完全被忽视了。

——[德国]恩格斯《自然辩证法》

一

听说市场上卖的一些西红柿又红又大，都是用药物喷洒出来的，不是绿色食品。我有些不相信。正好院子里有块空地，就想自己种绿色食品西红柿。市农科院的高级工程师老毕是我的高中同学，我便打电话告诉了他。几天后，老毕笑盈盈地来了，提着一个纸箱，打开看是一箱西红柿秧苗。

老毕说：这是刚刚培育出来的，是最好的品种。

秧苗栽下后，果然长势良好。到了该结果时，棵棵都结出了西红柿。可后来发现，那些西红柿长得太慢了。一个星期过去了，没有太大变化。两个星期过去了，还是没有长得太大,颜色也只是绿中泛些粉红色,不是太红,不好看。

这是什么新品种?

我打电话给老毕:你是骗我还是把品种搞错了?这样的西红柿怎么能是优质品种?

老毕问:你是嫌西红柿长得太慢了?

我说:这样的长势,再过两个星期也吃不上。

老毕听完笑了,说:这好办。

老毕来了,从包里拿出三瓶化学药液。他打开瓶盖让我闻。一瓶有股扑鼻的清香,一瓶酸烈呛人,还有一瓶散发出恶臭。老毕把三瓶化学药液分别用三盆水兑好。一盆水浇到西红柿根部,一盆水喷洒在西红柿枝叶上,另一盆水喷洒在西红柿上,然后对我说:三天后这些西红柿就可以摘了。

我问老毕:这些化学药液有毒吗?

老毕说:倒进嘴里喝,肯定不行。

第二天清早,我起床一看,奇迹真的出现了。西红柿苗变得又粗又壮,枝叶繁茂。西红柿个个像气吹似的,长大了许多。又过了一个夜晚,西红柿变得又红又大,色泽艳美,鲜红欲滴。看着这些魔术般出现的西红柿,我吓得有些发毛,赶紧打电话问老毕:这西红柿敢吃吗?

老毕说:别人都在吃,你咋不敢吃?

我放下电话,看着那些又红又大的西红柿,想着老毕的话,心里直犯嘀咕:这些用化学药液三天长大的西红柿,真的敢吃吗?

这篇文章刊登在《新农科技报》上。清晨,司马槐抄起这份报纸准备铺在篮子里去枣树林里捡枣,就在拿起来的那一瞬间看到了这篇文章。他坐在院子里的石碌上，一字一句地把这篇文章从头到尾看了两遍，心里像一锅滚烫的开水：吃这些三天长大的西红柿，不就是在吃那三种化学药液吗？

现在有些人咋疯了？最好吃的辣椒里兑有苏丹红，最好喝的牛奶里兑有三聚氰胺，雪白的蒸馍都是用硫磺熏的，蓬松焦黄的油条里兑有洗衣粉，最瘦的猪肉里有瘦肉精，最好喝的酒里兑有敌敌畏。用剧毒农药1059浇韭菜，韭菜长得肥嫩厚实，产量很高。还有邻村焦郎庄，一直被誉为市里的绿色蔬菜供应基地，可听知情人说，他们种的蔬菜都是在夜里偷偷喷洒剧毒农药。越喷洒剧毒农药，蔬菜就越是长得叶肥色绿，连一个虫眼也没有，城里人看着就越喜人。话说回来，这些化学东西的神奇效应农民们哪会知道？还不都是那些被称为科学家或专家的人发明创造出来的？那些所谓的科学家或专家们的脑子是被驴踢了还是钻进了邪风，竟然去发明出这么神奇的化学物品来？看来，有些好看好吃的东西可能更害人，温水煮青蛙，笑里藏刀，软刀子杀人。

司马槐觉得自己的手有些发抖，心在快速地跳动，脸上冒出了一层虚汗。他想起了自己家的那片枣树林。几十年来，枣树林的那些枣儿在不经意间也发生了奇异的变化，这种奇异变化与用化肥厂的肥水浇灌有没有关系？

司马槐家的枣树林在溴梁村南面，那是他家的老财院。老财院里长着十九棵枣树。爹活着的时候，每年一到冬天，爹就催促司马槐到枣树林培植枣树。司马槐挥镐舞锹地在一棵一棵枣树根部刨出圆坑，吭哧吭哧地挑来一筐一筐的猪粪鸡粪和一担一担的人粪尿，埋进坑去。到了春天，他挑来一担一担的井水浇在枣树的根部。爹拄着榆木拐棍站在旁边看，嘴里唠叨说：冬春培植好，秋天结大枣。其实，那时候枣树上结的枣也不大，也不太多。那十九棵枣树品种不同。九棵是甜枣树，结的枣儿不大，圆溜溜的，咬一口嚼在嘴里，脆生生甜滋滋的，像灌了口蜜一样。三棵是酸枣树，结的枣儿小，像小拇指头肚，成熟时是乳白色。那枣儿小归小，可味道酸烈，像裹着一包烈醋，轻轻咬一口，酸得满口流酸水，吃两口能酸倒满嘴牙。村里一些怀孕妇女扛着圆鼓鼓的肚子，常到这几棵树下钩枣吃。还有七棵是灵宝枣，个儿大些，椭圆形，酸里带甜，甜里带酸，酸甜酸甜的。收枣时，爹在一根长竹竿上绑一个木头钩，用木头钩钩住枣树枝轻轻摇晃，大枣噼噼啪啪地跌落下来，掉在枣树下像地毯一样柔软的草地上。司马槐那时年轻，性子急，举着钩子钩住枣树枝死劲摇晃，没有摇几下，木头钩咔嚓就被掰断了。司马槐埋怨爹："铁钩结实，为啥不让用？非要用木头钩。"爹说："铁钩结实，死劲摇晃，还不把枣树摇晃死了？恁老祖爷说，枣树怕铁钩，摇晃树会疯荒。用木头钩摇晃，越摇树越旺。"枣树顶部有钩不到的枝，爹叫司马槐爬到树上，抓住枣枝摇晃。剩下一两个小枝时，爹就说："不要摇了，留着吧。"看着挂满枣儿的枣枝，司马槐说："我费劲扒拉爬上来，干啥要剩两枝枣不摇？"爹说："留给鸟吃。"司马槐问："鸟有啥功劳，留枣给鸟吃？"爹说："啥功劳？树上的虫不是鸟吃的？没有鸟，虫把枣树吃死了，你还能吃上枣？"

后来，爹去世了。爹去世的第二年，村里从县化肥厂引来了肥水，自从用上肥水浇枣树，上粪浇水那些繁重的活儿就彻底不再干了。费力流汗的活儿不干了，可每年大枣结得比爹活着的时候任何一年都格外多，长得也格外好。看到不费力气年年丰收的大枣，司马槐的感觉就像爹当年被共产党从旧社会的三座大山下解放出来一样，有着说不完的轻松和喜悦。

啥叫肥水？其实是废水，就是从县化肥厂排出来的废水。那废水从化肥厂合成车间、蒸馏车间、冷却塔，包括从化肥厂工人洗澡的澡堂里流出来，说是含有很多化肥残留。化肥厂长老狄说：这些废水是地地道道的肥水，用来浇地，不用再上化肥，不用再上底肥，也不用再上人粪尿，庄稼长得壮实，亩产能达八百至一千斤。他还编顺口溜说："肥水是个宝，庄稼离不了。一年浇三遍，不用上肥料。"

肥料对种庄稼的农民来说，就是多打粮食的法宝。俗话说："庄稼一枝花，全靠肥当家。"有了肥料庄稼就能长得好，打得多。当时的溴梁村地多贫瘠，盐碱地沙土地胶泥地料礓地多，没有肥料，庄稼就像营养不良的孩子，长得稀稀拉拉，病恹恹的，遇到旱涝虫害，种一百斤种子，只能收获八十多斤，收的没有种的多。为了改良土壤，多打粮食，庄稼人一年四季，有三分之一时间在积肥。人粪尿不够，政府就号召群众多养猪，说养一头猪就是一个小型化肥厂。提起养猪积肥，司马槐的心里就翻腾着说不尽的苦水。

司马槐家养了五头猪。炎热的夏天，太阳火烧火燎地烤着，司马槐钻进齐腰深的玉米地割青草，玉米叶子把身上拉得青一道紫一道，汗水浸泡着，火辣辣地难受。割完青草捆成捆，背着一大捆死沉死沉的青草回到家来，扔进猪圈里，担两担清水往青草上泼。猪吃了泼水的青草拉的屎就稀，拉屎也快。还有些草猪不吃，就往上面撒一层土，泼上水，猪在上面拉屎撒尿踩和，沤上几天就成了猪粪。出猪粪是一件又脏又累的体力活。司马槐跳进猪圈，挥舞着三刺耙，把猪踩实沤好的粪一大块一大块地劚松了，再用铁锨一锨一锨地铲起来扔出猪圈外面。猪圈里屎尿遍地，腥臊烂臭，呛得他肚子里一鼓一鼓的直想呕吐。用三刺耙劚猪粪时，那五头猪也不老实，它们开始时拥挤在一起，瞪着十只猪眼惊恐地看着司马槐，拱着猪嘴唧唧地叫唤，后来就满圈地奔窜跑跳，猪身上带的稀泥屎尿，溅得司马槐腿上身上脸上脏兮兮的。有一次，司马槐举起三刺耙狠劲地劚下去，没有料到一只小猪跑过来，正好钻到三刺耙下面，一耙不偏不倚地劚在小猪头上，小猪四蹄伸直，浑身颤抖，眼睛翻白，唧唧叫唤两声就没有气儿了。司马槐抱着死去的小猪，心疼得流出来眼泪，有好几天坐卧不安。猪粪出圈后，再用三刺耙把大块的劚成小块，小块的劚碎，敲打成土状。用两只箩筐装满猪粪，一担一担地挑到几里地远的庄稼地里。一担猪粪足足有一百多斤，出一次猪粪要担上好几天才能担完。猪粪担到庄稼地，回来时箩筐不能空着，还要在路沟里担满满的两箩筐土，撒到猪圈里，重新开始下一次积肥。司马槐恨透了弄猪粪。

化肥是啥东西？祖祖辈辈的溴梁村人只知道肥料，就是能够肥地的人粪尿猪鸡粪，从灶台里掏出的草木灰，还有拆除百年老房的墙土，从来没有听说过啥叫化肥。司马槐第一次知道化肥，是大队长老山通过在县供销社当副主任的二爷弄来的一小袋日本尿素。那日本尿素装在绵软结实的塑料编织袋里，封口的地方有一根线，老山在众目睽睽下搓了搓手，像拉手榴弹拉环一样，捏着线头嚓地一拉，口袋就开了。里面露出一粒一粒像大米一样的东西，洁白晶莹，在太阳下泛滥着光泽。司马槐正好赶到了，他嘴里啧啧啧地直响，说："这老日本的米咋恁白？"伸手抓几粒放进嘴里，立刻跳了起来，喊："我操，这老日本米咋苦嚓嚓的，蜇得满嘴像火烧？"

老山说："你真是个憨囟屎。这是日本化肥，给庄稼上的，你知道吗？"

司马槐说："不知道。"

老山说："是化——肥——就是用化——学——做成的肥料。"

老山一脸的傲气，故意把化和肥、化和学两个字分开，把它们的音节拉长。

一提老日本，提起化学，司马槐的心里打了个激灵，立刻警觉起来。他说："老山，这是老日本用化——学做成的肥料？"

老山说："那还有错？你看看这袋子上写着：尿素，日本株式会社。"

司马槐说："老山，你不知道老日本的化学厉害？"

老山瞪着司马槐，问："老日本的化学厉害，你啥意思？"

司马槐说："当年，老日本在县城俺连种他姥姥家，扔过一个化学炸弹，他姥姥、姥爷和街坊邻居十几家几十口人身体溃烂，变成了聋子瞎子和哑巴，一年多后全死光了。到现在那些院子还草木不生，蝇虫绝迹，没有人敢住。这些你都忘了？"

老山脸色如水，没有吭声。

司马槐说："现在老日本又弄化学做成肥料，用这化学东西上到庄稼地里，到底是好还是坏？打的粮食会不会把人吃成聋子瞎子和哑巴？会不会把人吃死？你敢保证？"

司马槐的话像炸弹，炸得溴梁村人哑巴了一样，都没有吭声。老日本当年用化学弹造成的那种危害、那种惨状，全村、全县二十多岁以上的人，谁不知道啊？既然是老日本用化学做的肥料，那就看看吧。

老山提起那袋日本尿素，悻悻而去。

当大家还是像祖祖辈辈那样，嗨哟嗨哟地挑着猪粪或人粪尿往庄稼地上的时候，人家老山已经从繁重脏累中解脱出来了。他欢快地吹着口哨，轻轻松松地抓上几把日本尿素撒在小麦地里，结果是小麦比全村的长得都好。靠着路边的打麦场上，老山把小山一样的麦子堆放在路边。他在麦子堆上插了一块木板，木板上用毛笔写着醒目的字：日本化肥好，亩产860斤。

小山一样的麦子堆，老山一直堆放了好几天。听天气预报说要下雨了，才赶紧把麦子收进了仓库。

溴梁村人激动起来了。院里院外，前街后街，田间地头，人们嘴里都在交口称赞：

“妈那×，这老日本的化学肥料咋恁厉害？一亩地产量比两亩地还多！”

“我操，早知道咱也去弄袋日本化肥用用。”

……

老日本的化学肥料厉害是真厉害，但不是谁说想弄就能弄到的。那化学肥料太金贵了，一袋日本进口的化肥要三十五块钱。也非常不好买，筹够了钱没有后门也根本买不到。庄稼人没有别的念想，一天到晚都念想着咋样才能让庄稼长得好，能够多打粮食。面对化学肥料的诱惑，司马槐想出了一个主意。他在饭场对大伙说：“咱三家五家地凑钱，找老山他二爷合着买一袋化肥，回来后再分咋样？”就这样，溴梁村开始有人一袋一袋地扛回了化肥。有了化肥，上的方法也讲究。要用手一小撮一小撮地捏着，精心地丢到离庄稼的根部四指远的地方。太近了不行，肥力太壮，会把庄稼烧死；太远了也不行，天气热挥发快，会失去肥力。有一省心就有一费心。上完化肥就不像上完农家肥，要不分昼夜地赶紧浇水，浇水晚了蒸发的氨气会把庄稼叶子熏干枯死。为了及时给上了化肥的庄稼浇水，也真是累死了人。浇水用的辘轳是汉代传下来的。一个三尺多高的梯形辘轳架上，架着一个直径一尺左右、七尺长的圆筒，圆筒的两头朝相反方向缠绕着两根牛皮绳，牛皮绳上挂着两个大水桶。辘轳架两头站着两个人，绞动着辘轳把，两只大水桶一上一下地从井里把水绞上来，倒进水池里，水就顺着小水沟慢慢向地里流去了。两个壮劳力用辘轳浇地，挥汗如雨，腰弯酸了，手磨出茧子，一天也浇不了半亩地。土井不够用，不到半年时间，溴梁村的田野里新打了二十几眼土井。

县里要建化肥厂了。化肥厂是专门生产化学肥料的工厂。有了化肥厂的肥水那该有多好？不用割草背草挑水沤猪粪，不用跳进腥臊烂臭的猪圈里剾猪粪，不用掏钱求人买化肥，不用钻在庄稼地里用手一撮一撮地丢化肥，更不用扭屁股弯腰地摇着辘轳把去浇地。肥水沟一年四季打地头流过，肥水里既有化肥又有水，庄稼想啥时候浇就啥时候浇。不费力气，也不用掏钱买化肥，这不是天大的好事？

后来的现实告诉了溴梁村人：老狄的话一点儿没错，那肥水可真是神水。就像那神奇的化学药液能让西红柿三天长大一样。庄稼每年浇上三遍，啥肥料也不用再上，也不用累死人的辘轳浇水，小麦玉米谷子穗大粒饱满，年年丰收。就连枣树林里的老枣树，每年浇上两遍肥水，便像焕发了青春一样，枝壮叶绿，也不再长虫了，枣儿结得也格外多，长得格外大，个儿大饱满，色泽鲜亮，一嘟噜一嘟噜的，把枝条压得像村西头的老罗锅一样，弯得直不起头来。司马槐经常扯着五音不全的嗓子，学着豫剧《李双双》里的喜旺唱："庄稼人有哇了它，可是真得法啊……"

提起大枣，司马槐突然想起了前几年卖大枣的事。司马槐拉着一架子车的大枣在街上卖，一个怀孕的女人说："买点小酸枣。"他拿起一个枣递过去，买枣的女人咬了一口嚼了嚼，说："你这是啥狗比掰酸枣？寡甜淡酸、苦不拉叽的。"司马槐又拿一个递过去，那女的咬了一口嚼了嚼，"呸呸呸"地吐到地上，说："咋都是一个味儿呢？"扔下半个枣气哼哼地走了。司马槐自已拿起几个枣咬在嘴里嚼了嚼，果然像那个怀孕女人说的，都是一个味儿。要是在夜里吃，凭品味道肯定猜不出吃的是大枣。他突然发现，本来形状不同、品种分明、味道各异的甜枣、酸枣和灵宝枣，这些年长得咋都是大大的、圆圆的？一律紫红颜色？大得有些可怕，圆得有些出奇，颜色就像嫩紫皮的茄子。哪些是甜枣、酸枣和灵宝枣，味道全都差不多，也分不清了。吃在嘴里就像嚼蜡，一点也没有枣的味道。这是不是肥水里那些化学的东西造成的？这近几年，大枣虽然年年丰收，可连司马槐自己和家人也不爱吃枣树林的枣了。他曾给老山说起过枣的神奇变化，老山说："'肚饥吃糠香，饱了肉当糠。'现在的人是肚里油水大了，嘴变刁了。"

司马槐又想到了用化学药液三天催大的西红柿。

二

溴梁村有个习俗：无论苹果柿子还是桃梨大枣等，长在树上是有主人的，一旦掉在地上，就成为公众的了，谁捡到就是谁的。每到大枣成熟时节，枣树林里是鸟儿欢乐的世界。尤其是天快黎明时，鸟儿叽叽喳喳地开始吵窝。喜鹊、乌鸦、灰麻雀、斑鸠、啄木鸟，在枣树林里追逐撕咬飞翔鸣叫，把一些早熟的大枣蹬落在地上。每年到了这个时节的早上，司马槐都要去枣树下面捡落在地上的枣。

司马槐提着大荆篮走进了枣树林。枣树林里静悄悄的，竟然没有看到一只鸟飞，没有听见一声鸟叫，异常地寂静。司马槐看看地上，地上落的枣稀稀拉拉的，没有往年那么多。是不是有人起得早，已经捡过一遍了？

司马槐后悔今天起床晚了。

司马槐奔向那棵枣树王。枣树王的树龄至少百十年以上，每年结的枣最多。下面是否跌落的枣也多？他到了枣树王下面，看到地上躺着一只乌鸦。走近一看,那乌鸦一动不动,眼睛圆圆地睁着,嘴里咬着一颗枣,那枣又红又大,被乌鸦咬去了一半。司马槐说:“吃,吃,死劲吃,撑死了吧?”他弯腰捡起乌鸦,发现乌鸦身体发凉变硬,已经死了。司马槐觉得奇怪。三年自然灾害时见过饿死的鸟,鸟也有被撑死的?他有些不相信。他抬头看看枣树,一些枯黄的枣树叶在秋风吹拂中飘落下来,露出的枣又红又大,挂满了枝头。有几只乌鸦和灰麻雀,呆呆地卧在枣树枝上,不吃不动也不叫,傻了哑了一样。司马槐挥动着两个胳膊,嘴里“啊啊啊”地轰鸟。那鸟儿们依然不动不叫,没有任何反应,死了一般。司马槐捡起一块土坷垃向鸟儿扔去,鸟儿卧在枣树枝上岿然不动,有一只灰麻雀身子微微一晃,忽扇着翅膀从枣树上跌落下来。司马槐捡起来拿在手里,感觉到那只灰麻雀的身子还微微发热,它的两只眼睛圆睁着,嘴一张一合的,没有声音。很快,灰麻雀两腿猛地一蹬弹,死了。

司马槐心里有些不安起来。他提着两只死鸟小跑着回家,啪啪啪地拍着东屋的窗户,喊儿子司马连种起床。没有料到自己大张着嘴,却发不出声来。他跑到水缸里舀了半瓢水润润喉咙,试着喊喊,还是不能出声。咋了?哑巴了?

司马连种从东屋出来了,睡眼惺忪,看着爹一只手里的死乌鸦和灰麻雀,一只手不停地比画,嘴不停地张张合合,“啊啊啊”地发声,却说不出一句话来。怎么了?爹也哑巴了?司马连种连忙喊:“爹、爹、爹!”

司马槐的嘴一直“啊啊”地叫着,说不出一句话来。

溴梁村第一个不会说话的是老山。老山是村委会主任,在召开全村群众大会传达乡里“科学种田会议”精神时,没有讲几句,就光用手比画,嘴里“啊啊啊”地叫,说不成话了。司马槐当时还逗他说:老山,啥叫科学种田?你讲啊?讲啊?怎么没有说几句,就给我们‘啊啊’起来啦?

老山“啊啊”直叫唤,一句话也说不出来,急得脸红得像紫茄子。

司马槐嘲笑他说:“算屎了吧!你当大队长几十年,话说得太多了,老天爷想让你歇歇嘴。”

王太轻是村里第二个不会说话的。他拉一架子车白菜,停在县城农贸市场门口,大声叫卖。一个买的人说:“便宜点,五毛钱一斤。”王太轻说:“五毛五一斤,少一分钱不卖。”两个人正在搞价钱,突然王太轻说不出话来了。买白菜的人以为他不吭声就是同意了,抱着白菜就走。王太轻揪着他不让走,也不说话。很多人说:“这卖菜的刚才还大喊大叫,现在咋哑巴了?”

不到三年时间,溴梁村王太重、王铁叉的弟弟王三哏等,有十多个人相继突然间都不会说话了。不会说话的人也有区别,有人还能“啊啊”出声,有人干脆光张嘴,一点声音也发不出来。

司马槐想到这些,他紧紧地拉着儿子的手,神色慌张起来。他觉得,好像有一场大灾祸要临头了。他想到了那些抹药后三天长熟的西红柿,便把那份报纸递给了司马连种,用手指头端点着那篇文章。

司马连种说:“爹,我看过了,是咱县的女县长写的。这和你不会说话有啥关系?”

司马槐又想到了当年老日本在县城扔的化学炸弹,想到了老山扛着第一袋日本化肥进村那天他说的那些话,想到了现在包括自己在内的溴梁村的哑巴们……司马槐弯腰捡根树枝,用颤抖的手在地上写:“毛主席说:历史的经验值得注意。”

司马连种没有弄懂爹的意思,疑惑不解地看着司马槐。

司马槐又写:“老日本,化学炸弹,肥水,哑巴,这些你想过吗?”

司马连种醒悟了,说:“爹,你是说肥水沟的水有问题?”

司马槐沉重地点点头,用棍子又写道:“走,找老山。”

司马槐的手里拿着一沓纸和一支铅笔,司马连种提着死去的乌鸦和灰麻雀,爷儿两个去找老山。

老山正要出门,手里也拿着笔记本和圆珠笔。他在本上写:“来干啥? 还提着鸟,死的?”

司马连种说:“我爹也哑巴了。”

老山写:“老槐,你咋还会哑巴?”

司马槐写:“早上去捡枣,回来就哑巴了。”

司马连种说:“是不是肥水闹的?”

老山写:“村里人都这么说。”

司马槐写:“化学炸弹,化学肥料,化——学——厉不厉害?”

老山写:“没有想到,咋您厉害!”

司马槐写:“咋弄?”

老山写:“找化肥厂,肥水沟不能再流咱村了。要赔偿!”

司马槐指一指乌鸦和灰麻雀,写:“鸟咋都死了?”

老山用眼睛扫了一眼死鸟,写:“这几年,村里死的鸟多了。”

司马槐写:“和化肥有关吧?”

老山写:“化肥厂每天冒着黑紫黄烟,三天不刮风就变成黑锅盖罩在村上,呛死人,都有毒。人都哑巴了,鸟还不死?”

司马槐写:“妈那×,化肥厂害得咱人鸟不能活,找他们去。”

司马连种说:“走,找他们去。”

老山写:“提着鸟,叫上太轻太重狗胖三眼,哑巴们都去。”

溴梁村浩浩荡荡地走出了一群人,有人手里拿着小笔记本或一沓纸和笔,王三哏胳肢窝里夹着块木板,手里捏着粉笔,像是去参加考试的学生。

这群人到了化肥厂,厂大门紧闭。门卫老焦是个彪形大汉,肥猪一样的身体横在钢筋棍焊成的大栅栏门里,突兀着猪一样的大嘴,喷着唾沫星说:“狄厂长有令,闲杂人员不得进厂。”他指了指旁边的木牌子,木牌子上写着:工厂重地,闲人免进。

原来,化肥厂早就听说淏梁村出了不少哑巴,要到厂里闹事,令老焦把他们挡到门外。司马槐知道老焦是啥人,就在三哏拿的木板上给老山写:这鸡巴货是个土匪,咱不惹他。咱到县政府去上访,您同意吗?

老山看看紧闭的大栅栏门,看看门里面站着土匪一般的老焦,拿着粉笔在“同意”上画了个圈。

淏梁村人拿着笔记本和笔,拿着木板和粉笔,司马槐手里提着死鸟,又浩浩荡荡地向县城涌去。

司马槐和老山他们不想在化肥厂大闹,原因他们自己心里清楚——淏梁村出现这样的悲剧,难道他们自己没有责任?

三

淏梁村南面,原来有一条东西走向的土坡。由于土坡地不好耕种浇灌,就世世代代荒着,上面长满了荒草灌木,还有一座早已倒塌荒废的土地爷庙。八十年代,县里要建化肥厂,选中了这个土坡,土地爷庙和那道土坡很快被夷为平地,建起了一座化肥厂。土坡周围的牛村、焦郎庄、淏梁村听说化肥厂要排废水,要挖一条废水沟。都知道那废水含有化肥,是不掏钱不费力气就能让庄稼年年丰收的肥水。三个村子为了让那条肥水沟从自己村的地里流过,打得不可开交。

公社孙书记来了,传达了县里的决定:“肥水沟从溴梁村过,流进村北面的禽河,可以使下游半个县都能得到肥水。”牛村和焦郎庄干部黑丧着脸走了。当时,老山是溴梁村大队长。孙书记对老山说:“老山,肥水沟往恁村流过,恁村那个老牌坊碍事,咋办?”

“拆!今天夜里就拆。”

“还有几座坟也碍事,咋弄?”

“迁!死人都想让活人过得好,迁十几座坟啥狗比掰大事!”

老山带领溴梁村人,当天夜里就把几百年历史的老牌坊拆了。化肥厂北墙外那几座碍事的坟,是司马槐家的祖坟,那里埋葬着司马槐的父母和先人。老山对司马槐说:“老讲用,把老祖宗们请到村东地吧?那里风水好,也安静。”

“老讲用”是司马槐的外号,溴梁村妇孺皆知。

动祖坟在农村是一件大事,不到万不得已是不能惊动祖宗的。夜深人静时,司马槐独自一人跑到祖宗的墓骨堆前转了好几圈,想了很多。他想到了割草挑土养猪积肥出猪粪的艰辛,想到了老山用日本化肥的第一年把小麦亩产860斤写在麦子堆上的木牌,想到了几家人兑钱央求老山二爷买化肥的不易,想到了将来不用买化肥就能用上化肥厂的肥水沟,想到了牛村、焦郎庄村干部在争夺肥水沟时那凶神一样的脸、瞪着牛蛋一样的眼睛,想到了老山给孙书记表态的话……司马槐没有再说啥,带着一帮司马家族人,跪在祖坟前扑通、扑通磕过头,刨出祖先们的尸骨重新装殓,吹吹打打,放鞭炮撒纸钱,抬着八副黑漆漆的棺材,把祖先们请到村东地去了。

几天后,化肥厂厂长老狄来了,甩着八字步,一摆一晃地领着一帮人来溴梁村地里规划放线挖肥水沟。他们有人在前面测量,有人在后面提着白灰筐，抓出一把一把的白灰在地面上撒出两条雪白的灰道。溴梁村人围着看。看着看着，五小队的人高兴起来，因为肥水沟往北进入禽河，经过的地大部分都是五小队的。其他小队的人看着没有戏，骂骂咧咧地散去了。司马槐的眼睛睁得溜圆，一眨不眨地看着老狄他们把两条白灰道直直地放了过来。再延伸一百多步就到了自己家的二十亩地，过了那二十亩地就是自己家的枣树林。

老狄说："老槐，感谢你和恁祖先们，大力支持化肥厂建设。"

司马槐说："听说那肥水是神水，浇地不用上肥料就能多打粮食？"

老狄说："那还有错！你赌等着笑吧。"

司马槐看着快要流到嘴边的肥水，高兴得像过年。他不停地搓着手，一会儿站在老狄左边，一会儿站在老狄右边，围着老狄不停地转。他说："老狄，恁干活真麻利，真有股毛主席说的'革命加拼命精神'。"

老狄笑了，说："老槐，你少给我头上戴臭袜子。再拼命今天也拼不到恁家的地头。"

西边的太阳还有一竿子高，大队长老山就说："老狄，天快黑了，歇吧。到我家吃饭，明天再放。"

老狄乐呵呵地拍拍手上的土，甩着八字步，一摆一晃地跟着老山走了。

司马槐看了一眼不远处自家的地和枣树林，看着远走的老狄他们，骂道："这个鸡巴老山，真不是个东西！"

第二天一大早，司马槐就跑去放线的地方看。到了晌午，连老狄他们的影儿也没有见。几天过去了，一直没有看到老狄他们来放线。撒过白灰道的地方沟已经开始挖了，他还是没有看到老狄他们来放线。一直到放过线的沟已经挖好了,老狄他们还是没有来。司马槐的心里有些犯嘀咕:“咋弄的,不挖了?咋偏偏快到自己家的地和枣树林时,肥水沟就停下来了?”

天刚放亮,司马槐被尿憋醒了,听见老榆树上的麻雀们在叽叽喳喳地吵窝。他披衣服下床,开开屋门,看见太阳透过老榆树枝叶的缝隙,把斑斑点点的光洒到西屋的房脊上。他从门后面的地上提起一把斧子,往村南面那片枣树林跑去。他想把小肚子里憋的那泡尿撒在枣树林旁自己家的麦地里。司马槐刚出村头,迎面碰上了王太轻。

王太轻问:“跑恁快干啥?有狗撵?”

司马槐说:“轧枣干。再不轧,枣树都长疯荒了。”

王太轻走了。司马槐觉得尿在肚子里憋得太难受,看来已经坚持不到自己家的麦地了。他前后看看无人,两边的树园里杂树疯长,有几只乌鸦和麻雀在叫唤,便从裤裆里掏出家伙,一边走一边尿,在黄光光的土路上尿成了连在一起的“Z”字形。

溴梁村有句俗话:“三月三,轧枣干。”每年阳春三月枣树发芽前都要轧枣干。轧枣干,就是抡起斧子在枣树干上砍,每棵树干上隔三岔五地砍十几斧子,砍破树皮,露出树干中的白色,流出一些汁液。司马槐当年曾经问过爹:“这枣树长得好好的,干啥每年都要砍?”爹说:“你不砍它,长得太快,还不长疯了?就像你,不廓砍你身上的毛病,你随便长,能长成人?”后来他才知道,小枣树长到快结枣时,用斧子砍它的树干,为的是不让它长得太快,太快了树干就长得像根竹竿,细高脆弱,大部分养料用在了长树干上,只能结稀稀拉拉的枣,村里人就说:“这枣树长疯荒了。”每年轧了干的枣树,就长得慢,长得粗壮敦实,能够承受住满树丰硕的果实,结枣的年期就越长。多年后,司马槐看到县农科所的技术员,用铁丝、绳子把苹果树桃树的枝条捆着钉在地上，拉扯着枝条不让往高处长，说这是从国外引进的新科技成果，能够使果树长得慢，树干粗，产量高，结果期长。司马槐脱口就骂："扯淡。溴梁村人抡斧子轧枣干，是发明这种技术人的祖先。"

司马槐刚轧好一棵枣树，地邻居郑狗胖来了。

郑狗胖说："老槐，还有心思轧鸡巴枣干？老山他们把肥水沟规划跑了。"

司马槐："咋规划跑了？"

郑狗胖："听说老狄他们不来了，让村里自己规划。"

司马槐说："不会吧？规划咋没有看见撒的白灰道。"

郑狗胖说："老山怕咱几家人看见闹事，就没有再撒白灰，改在地上揳木揳，隔没有多远揳一个木揳，把咱几家的地绕过去了。"

司马槐一听就火了，跑过去一看，果然在以前挖好的地方，揳着木橛的肥水沟走向，往西拐了一个大弯，绕过了司马槐家的那片枣树林和二十多亩承包地，从老山家和另外十几家的地里穿过去了。

这时，老山带着那十几户人家来了，他们扛着家什来挖肥水沟。

司马槐提着斧子，气昂昂地站在老山面前，横着身子不让他们挖。他质问老山："我请走了祖先，让开了路，这肥水沟为啥不走直路走弯路，偏偏绕过我家的地？"

老山显出一脸无奈，说："老讲用，这是老狄他们规划的。"

"你这样干，我立马把俺祖先们再请回来，你信不信？"

"你疯了？祖先们能随便搬来搬去？这真是老狄规划的，我有啥法？"

“啥老狄规划的？毛主席说：‘路线确定之后，干部就是决定的因素。’你是大队长，是溴梁村干部，老狄还不是听你的哩？”

“要是听我的，我让肥水沟绕着咱村子转八个圈，啥时候流光了啥时候算。”

“你说的比唱的还好听。你就是有私心，想用肥水浇恁家的地。你要好好学习学习毛主席的《为人民服务》，狠斗‘私’字一闪念，灵魂深处闹革命。”

“老讲用，这都啥狗比掰年月了，你还动不动扯这些？你的‘私’字斗没斗？你的灵魂深处咋不闹闹革命？”

司马槐从小熟读私塾，脑子管用，记性好，孔孟之道和古人的一些经典语录出口能诵。他不仅出口能诵，还能把这些经典诵得很在地方。吃大食堂时，队里有几个年轻人到大锅里抢吃稀粥锅里的红薯疙瘩，司马槐说：“古人云：融四岁，能让梨。你们都二十好几了，咋还抢红薯疙瘩吃？”年轻人说：“饿。”司马槐的脸立刻变得庄严起来，说：“古人云：饿死事小，失节事大。”年轻人说：“啥狗比掰节？人都饿死了，还要啥节？”老讲用气得直咂嘴。

“老讲用”出名，是在“文化大革命”中。那时，全国掀起了活学活用毛主席著作热潮，司马槐把《毛主席语录》和毛主席的“老五篇”，就是《矛盾论》《实践论》《为人民服务》《纪念白求恩》和《愚公移山》，背得滚瓜烂熟，在溴梁村、公社、县里的讲用比赛中拿过头名。县革命委员会成立“活学活用毛主席著作讲用团”，司马槐是讲用团里的名角主力。他对马克思、恩格斯、列宁、毛主席的很多语录，烂熟于心，遇事遇景，张口就来，把革命导师们的经典语录和现实结合起来，用得恰到好处。“老讲用”后来就落了个毛病，“文化大革命”以后多少年了，遇到有些事情或同别人争论，还是动不动就搬用革命导师的语录，拿革命导师们的语录说事。

司马槐说："老山，你这是利用大队长的权力为自己谋好处。"

老山说："你净狗比掰瞎扯。这沟拐个弯，十几家都能得好处，咋为我自己谋好处？"

那十几家人拢在一起，七嘴八舌地冲着司马槐说："走直线，只有恁几家地能得好处，按老山说的挖，十几家的地都能得好处。你不能为恁几家，把十几家的好处都弄没了吧？"

司马槐说："那我家的地咋弄？"

老山说："少数服从多数。"

司马槐说："毛主席说：'真理往往掌握在少数人手里。'"

老山说："你有啥狗比掰真理？"

司马槐突然想到了刚才一边走一边尿的"Z"，说："让肥水沟在咱队的地里多拐几个弯，再流进禽河不就行了？"

老山想了想，笑了，说："老讲用，毛主席教导我们说：'只要你说得对，我们就改正。你说的办法对人民有好处，我们就照你的办。'那就多拐几个弯，把大家的地都照顾到？"

司马槐说："毛主席还教导我们说：'犯了错误则要求改正，改正得越迅速，越彻底，越好。'"

老山又板起了脸，说："不过，这要老狄同意才行。"

老狄回答得很痛快："看在老槐和他祖先们的贡献分上，可以多拐几个弯，只要不影响厂里排水就行。"

就这样，一条连续不断的"Z"字形的肥水沟，穿过老山、王太轻、王太重等十几家的地，又折回到司马槐、郑狗胖几家的地，连续拐了十几个弯，最后流进了禽河。

肥水沟开通的那天，司马槐和五小队的人满脸喜悦，站在沟的两边看。那些水有些混浊，混浊里泛着白色，冒着热气儿，散发出轻微刺鼻的氨水味儿。老山说："氨水味道越呛人，说明里面化肥含量就越多,水就越肥沃。”

老山和王太轻、王太重几家的地在沟的上游,他们不知道从哪儿弄了两台潜水泵,丢进肥水沟里,“突突突”地闷声闷气地响着,从一根小碗口粗的皮管子里,肥水哗哗哗地喷流出来,灌到了他们的麦地里。这东西抽水很厉害,等肥水沟流到司马槐家的麦地和枣树林时,沟里的水已经很少了,有气无力地流着。司马槐跑去说老山:“不要太贪了,灌多了不怕把麦给恁淹死?”老山说:“你是急狗比掰啥?化肥厂里肥水有的是。”

司马槐悻悻地回来了,半路碰上王太轻。王太轻问:“干啥去了?板着个驴脸?”

司马槐说:“买小猪娃去了。”

王太轻问:“恁家小猪娃不是好好的,咋又买?”

司马槐说:“跌肥水沟里喝水,撑死了。”

王太轻问:“噢。买的猪娃哩?”

司马槐说:“没买。”

王太轻问:“为啥?”

司马槐说:“妈那×,只有两只小猪娃,掂掂这只太轻,掂掂那只太重,没合适的。”

司马槐说完走了。

王太轻突然醒过闷儿来。他板着脸想骂司马槐时,司马槐已经走远了。

司马槐回到自己地边的肥水沟,卷起裤腿跳进去,用桶捂着沟底使劲往上提,每次只能提半桶,提三四个半桶,才能灌满两桶。司马槐提着两桶满满的肥水,一桶一桶地浇灌到麦地里。这样干虽然费事,有些累,但比积猪粪出猪粪担猪粪轻松多了。司马槐又想到了那头被劁死的小猪。有了这条肥水沟,真是好到天上去了。

司马连种来了，说：“爹，这侍弄多费劲儿？”说完跑了。没有多长时间，司马连种背着一张旧门板来了。他把门板横挡在肥水沟里，又掩上一些土，沟里不多的肥水慢慢积聚起来。他对爹司马槐说：“耐心等吧，把肥水聚得漫出沟沿，让它自动流进麦地。”一直等到下午，肥水快要聚满到沟沿时，郑狗胖来了，说：“老槐，你们家办的啥狗比掰事，不叫下游人活了？”说完跳进沟里，一脚蹬倒了门板，聚起来的肥水哗的一声全流跑了。

司马槐对儿子说：“你看看，你看看，干啥都不能性急。古人曰：‘方寸起岑楼，一勺生龙鱼。’还不如半桶半桶地弄。现在可好，白聚了半天。”

司马槐用桶提着肥水，用了十几天的时间，把自己家的二十多亩麦地和枣树浇灌了一边。冬天又赶上两场大雪，春天的麦苗长得格外好。麦苗分蘖快，分蘖多，麦秆粗壮结实，叶子黑油油的。二月初，是麦苗淹住乌鸦的时候。别的小队麦苗连麻雀还没有淹住，五小队的麦苗长得就淹住了膝盖。四月，别的小队麦还没有抽穗，五小队的麦穗就开始扬花了。嫩黄细小的麦花挂在又粗又长的麦穗上，轻轻闪动着，发出淡淡的花香。枣花香、麦花香，混在一起，弥漫了五小队的田野和大半个村子。蜜蜂们成群结队，嗡嗡嗡地在枣树林和麦地间穿梭般地飞忙。五月，五小队的麦地一片金黄。麦秆高大粗壮，麦穗硕大，颗粒饱满。微风吹来，沉甸甸的麦穗波浪一样地翻滚流淌，发出“沙沙啦啦”的声响。

七小队的王铁叉，站在自己家的麦地里，看着没有浇过肥水的麦子，长得稀稀拉拉的，像面黄肌瘦的病秧子，手捏着麦穗软软的，麦浆还没有灌满，还要等上十多天才能收割。司马槐家的麦子已经收割完了，小山一样的麦垛垛在打麦场上。

司马槐看见王铁叉沿着场边的小土路走过来，揪下两个麦穗放在手里搓搓，用嘴呼呼呼地吹飞麦壳，把颗粒饱满的麦子扬手倒进嘴里，嚼着对王铁叉说：“铁叉，搓一把尝尝？这麦子里的麦筋真黏，真多！”

王铁叉说：“你慢慢嚼吧，别黏着你的喉咙，把你憋死。”

司马槐说：“憋死也比饿死强。”

王铁叉没有再说啥，仰头对着远处的天，骂着一些云遮雾罩、也不知道是骂谁的话走了。

打完场，司马连种推过一架磅秤，磅过后用根棍在场地上画着一算，亩产八百多斤。司马槐听了，仰着脸哈哈大笑起来。不光是司马槐家，老山家、王太轻家、王太重家、郑狗胖家，所有沿肥水沟两边有地的人家，庄稼蔬菜都是大丰收，笑得合不拢嘴。

司马槐家的枣树林自从浇上了肥水，也有了神奇的变化。春天，全村的枣树，干柴柴的没有一点绿色，唯独司马槐家的那片枣树林的枣树，吐出了嫩芽，嫩芽长得也快，几天工夫就覆盖了枝头，绿茵茵的。当别的枣树刚开始发芽，司马槐家的枣树花就开了。一串一串细碎的枣花，在清早太阳光的照耀下，像金黄色的珍珠，泛滥着乳黄色的光，散发出扑鼻的清香。秋天，枣树上结的枣又红又大，有的红得发紫，泛着紫油色的光。有的红里透白，亮漆漆的。司马槐捡起掉在地上的一个大枣，用手抹了抹上面的土，放嘴里啃了一口，禁不住说：“这枣真是又大又好吃。”

秋天，麦茬地种上玉米，一遍肥水浇过，玉米很快就发芽出苗，黑油油地往上长。玉米苗长到两三寸高，湨梁村闹腾起来了。带头的就是仰头骂天的王铁叉。王铁叉领着很多人，有的挑着水桶，有的端着脸盆，小孩子端着大碗，像挖宝一样跑到肥水沟里舀水，浇自己家的玉米。司马槐看着一窝蜂样的人群，骂道：“妈那×，恁都太自私了吧？把俺好好的玉米都磐死了。”

王铁叉说："恁妈那×。到底谁自私？肥水沟是全村人的，凭啥光恁用？"

那些人不理五小队的人，纷纷到肥水沟里舀肥水。

王三哏拿把马勺，一马勺一马勺地在肥水沟里舀水，好不容易灌满了两木桶，挑着正要走，司马连种跑过去，抓着三哏的桶不让走，说："恁把俺好好的玉米苗磐死了，给俺赔。"

三哏说："赔？赔你个鸡巴。恁些人磐，凭啥叫我赔？"

拉扯半天，连种提着三哏肩上担的一只桶鋬，抠着桶底，把桶抠了个底朝天，另一只桶摔在地上，两桶肥水浇在了王太轻的玉米地里。三哏抡起扁担，打在连种的腰上。连种抓着扁担，一脚把三哏蹬翻在地。三哏一个鲤鱼打挺翻身起来，一手揪住连种头发，一手搂住他的腰，把连种按翻在地，骑在身上，抡起鞋底啪啪啪地抽打连种的脸，打得连种"妈哟妈哟"直叫唤。

王铁叉端着一个大脸盆，穿过司马槐家的玉米地，跳进肥水沟里舀肥水。肥水沟里的肥水已经很少了，舀了半天，连稀泥带肥水才舀了一盆。他端着盆刚走几步，司马槐拦住不让他走，说："铁叉，你磐坏了我的玉米，不能走，把这盆肥水浇到我地里。"

铁叉说："老槐，你们他妈的麦季已经吃了一季肥了，秋季咋连口汤也不让俺喝？"

司马槐说："想喝去化肥厂喝。你今天说啥也不能从我这地头过。"

铁叉不再说话，艮着脸，扬手把一盆肥水带着稀泥泼在司马槐的脸上，司马槐变成了个泥水人。司马槐张口骂铁叉，泥水流进嘴里，又苦又辣又呛，他赶紧"呸呸呸"地往外吐，吐几口就闭紧了嘴巴。他想去打铁叉，又睁不开眼睛。等他能睁开眼睛张开嘴时，铁叉早已无影无踪了。

五小队的玉米地像老鳖翻了潭一样，喊声连天，骂声一片，打成了一锅粥，脸盆、木桶、大碗、扁担、马勺等各色器具扔得满地都是。

司马槐像一只从泥水坑里跑出来的老狗，浑身淌着泥水去找老山。老山在大队屋里坐在柳圈椅上吸旱烟，吸得悠然自得，有滋有味，吐得满屋烟雾缭绕。

司马槐一屁股坐在办公桌上，用手指着老山说："毛主席说：'不要等问题成了堆，闹出了许多乱子，然后才去解决。'你大队长咋当的？全村人打成一锅粥，你咋连屁也不放一个？"

老山吐出一口烟雾，漫不经心地说："老讲用，放屁有用？有用我就顿顿吃红薯，天天放屁。"

司马槐说："你是不是要等出了人命再去管？"

老山说："你忘了毛主席还说：'解决问题像过河，不解决桥或船的问题，过河就是一句空话。'我正在找桥和船哩。"

司马槐说："你这样一口一口地吸着大烟，桥和船就找到了？"

老山说："找到了。"

司马槐问："在哪哩？"

老山说："我刚给老狄打过电话，老狄说化肥厂现在缺水，要咱村出钱出人出力，帮他们再打两眼机井。把水供得足足的，肥水沟里流出来的水不就多了？"

司马槐高兴起来，说："你看看，毛主席说得没有错吧：'干部是决定的因素。'干部带了头，一步一层楼。干部带了头，群众有奔头。"

老山抽完了旱烟，把烟袋锅在办公桌腿上啪啪啪拍得很响，说："叫王铁叉再端一盆肥水，泼你狗日的一头脸。快滚你个尿吧。"

司马槐跳下办公桌走了。

溴梁村按人头,每人出二十块钱。老山带着村里的青壮劳力忙活了整整两个冬天,给化肥厂打了两眼机井。安上抽水机,井里的水从小洗脸盆粗的皮管里喷涌出来,蓝莹莹的,清澈净亮,飞溅起的水珠晶莹剔透,欢快地流进了化肥厂。肥水沟里的水一下子多了起来,像条小河,哗哗奔流。

司马槐发现,沟里的水多了,却不再混浊,也没有了呛人的味道。他找到老山:"沟里的水咋寡淡寡淡的?"

他们去找老狄。

老狄说:"厂里光生产尿素,哪有恁些肥水?"

老山说:"俺全村人省吃省喝出钱费力,两眼机井白打了?"

老狄说:"再打三眼机井,三年半内完工咋样?"

司马槐一听急了,说:"老狄你疯了? 两眼机井两个大坑,俺村就跳进去了。再挖三个大坑,准备把俺村人都埋了?"

老狄笑了,说:"你真是个农民,没有眼光。化肥厂准备扩建了,要引进几条日本化肥生产线,生产磷肥、氮肥、钾肥,再办个编织袋厂,专门装化肥。到那时候,肥水沟里啥肥料都有了。"

老山和司马槐笑着走了。

老山在全村社员大会上说:"以往到了冬天,主要任务就是积肥沤粪,深翻土地。现在我们要科学种田,依靠化肥厂,亩产超千斤。溴梁村新的五年计划是:帮助化肥厂再打三眼机井,扩挖多挖肥水沟,要让全村的田野里,布满大渠小沟,同蜘蛛网、毛细血管一样,肥水遍地流,年年大丰收。"

五年间,化肥厂也有了飞速发展。单拿烟囱来说,原先一个烟囱,现在变成了六个。六个烟囱一个比一个高,一个比一个粗,一个比一个冒出的烟雾大。冒出的烟雾在太阳光的照射下泛滥着不同的颜色，有黑色、黄色、紫色和绛红色。

溴梁村的田野里，纵横交错，蜿蜒着大大小小的肥水沟。沟里日夜流淌着混浊呛人的肥水，肥水一年四季浇灌滋养着溴梁村的庄稼。

到了收获季节，溴梁村里一片欢笑声。夏天，打麦场上，麦垛垛得像小山一样，脱粒后的麦籽粒大饱满。秋天，家家户户院子里的树干上、木桩上、房檐下，挂满了玉米穗，玉米穗个个像棒槌粗。蔬菜也长得一年比一年好。司马槐抡起三刺耙劚萝卜，劚出来的胡萝卜、白萝卜个个像壮汉的上半截胳膊。大白菜的芯儿格外瓷实，小孩儿们踩在白菜芯上跳跃着奔跑。

四月，麦子裂开口子，抽出了嫩穗。有些嫩麦穗刚长到一寸多，黑密密的吸浆虫在穗上落了一层。几天后麦穗就由绿变黄，由黄变黑，死去了。司马槐心急火燎地到县城去买农药喷洒，半路碰见了王太重。

王太重说："囟㞞货，钱多了？"

司马槐说："不买药咋弄？"

王太重说："舀肥水沟里的水往麦穗上泼啊，一泼虫就死了。"

司马槐说："肥水恁神？能壮地，咋还能灭虫？"

王太重说："化肥厂从外地收购了一个农药厂，建在化肥厂旁边，排出的水也流进了肥水沟，那里面有不掏钱的农药。"

司马槐一试，果然管用。司马槐笑了。

整个溴梁村人都笑了。他们在欢歌笑语中迎来了一个又一个的丰收年。

三十年的时光，像吸袋烟的工夫，一转眼就过去了。

令人没有想到的是，三十年后的溴梁村，咋会出现了这么多哑巴？

四

溴梁村一群上访的哑巴，情绪激动地到了县政府。门卫说："哪村的？想干啥？"

溴梁村人手里拿着木板、笔记本和笔，"啊啊"喊叫，说不出一句话来。有人嘴张张合合，并不出声，用手比比画画，像哑巴演剧一般。

门卫莫名其妙："这是一群啥鸡巴人？来干啥？"

围观的人慢慢多了起来，人们议论纷纷：

"上访的？"

"上访的咋不吭声？"

"不是有几个人在'啊啊'叫唤吗？咋听不清他们说的啥？"

"哪个哑巴剧团来演哑巴剧？"

"演啥狗比掰哑巴剧，手里还拿着木板、本和笔？"

"还提着死鸟哩？"

"道具吧？"

……

有个人认识司马槐，走过去问："老槐，你们这是演的哪一出戏？"

司马槐闭嘴不出声，用笔写：见县长。

那人有些生气，骂司马槐："看你那鸡巴怂样！见县长就吓得不敢吭声？"

女县长出来了。女县长说："请你们到政府第一会议室谈谈。"

一干人跟着女县长到了会议室。分管工业的副县长、工业局长、化肥厂狄厂长、制药厂石厂长,都坐在那里。

女县长说:“淏梁村出现这么多人不会说话,应该引起我们高度重视。据说是与化肥厂、制药厂排出的废水有关,请你们有关部门谈谈。”

狄厂长说:“我们厂排出的水里面含的都是化肥残留物,对庄稼生长有好处。淏梁村用我们厂的肥水浇地这么多年,省了多少化肥钱?”

司马槐写:你们厂排出的水有毒。

狄厂长说:“有毒?有毒你们的庄稼还一年比一年长得好,年年大丰收?”

司马连种说:“新闻里广播,用1059剧毒农药浇韭菜,韭菜长得肥嫩粗壮,也是年年丰产。难道说那些韭菜没有毒?”

工业局长说:“废水里有没有毒,要拿出科学证据来。”

司马槐写:证据就是俺村哑巴越来越多。

狄厂长说:“哑巴多与肥水浇地有没有直接关系,要经过科学论证,才能得出科学结论。啥叫科学,你懂吗?”

司马槐写:马克思说:“在科学的入口处,正像在地狱的入口处一样。”你们真讲科学,把我们都送进地狱了。

老山写:制药厂排出的废水也有毒。

制药厂石厂长说:“我们厂排出的水都做过净化处理,不可能有毒。”

司马连种说:“用你们的废水往虫上泼,虫立马就死了。没有毒虫咋会死?”

石厂长说:“那是专门留下的农药残余,让你们灭虫的。好心还办成坏事了?”

司马槐写:毛主席说:“爱讲假话的人,一害人民,二害自己。”

石厂长说:“我发誓,我们厂的废水里要是有毒,明天我们全厂人也变成哑巴。”

司马槐写:列宁说:“那个叫喊得最凶和发誓最厉害的人,正是想把最坏的货物推销出去的人。”

女县长和那些带“长”字的人,看着司马槐如此熟练地写出革命领袖的经典语言,目光诧异,不知道该再说啥了。是啊,革命领袖们的话都是至理名言,是放之四海而皆准的革命真理,你们都是共产党的干部,敢说我司马槐说的话不对,可你们哪个人敢说革命领袖们的话不对?这一点,老讲用司马槐的心里绝对有数。

会议室里立马一阵沉默。

司马槐把死乌鸦和灰麻雀放到桌上,写:这鸟是咋死的?

石厂长说:“我们只生产农药,不研究死鸟。”

老狄说:“老槐,当年规划废水沟,你把祖坟都迁走了,还要我革命加拼命,这些你都忘了?”

司马槐写:老狄,你是温水煮青蛙,把我们都煮了。

工业局长、狄厂长、石厂长,那些带“长”字的人们坐在桌子一边,语声朗朗,气势夺人。溴梁村的人坐在桌子另一边,除了司马连种会说话,其他人时而“啊啊啊”叫喊,但连不成语言;时而默默无语,鸦雀无声,手忙脚乱地在木板上、纸上写着。

在木板上和纸上写字表达意见,和用嘴说话表达意见,有着两种截然不同的效果。用手写字,要一笔一画的,写得慢,没有用嘴说话快,往往是一个字没有写好,对方好几句话就喷射出口了。更重要的是,写字没有像说话那样,能把声音、语调和言辞,快速有机地结合在一起,形成口头语言的巨大气势和强烈的撞击力。唇枪舌剑,磅礴有力。更何况那些带“长”字的人,都是在数百人、上千人面前做报告的老手。在这种阵势面前,尽管司马槐用革命领袖们的经典语录抵挡一阵，可哑巴了的溴梁村人依然像做错了事、屈理了一般，正在被带“长”字的人们训斥着，也像在认真听着带“长”字的人们的指示，在一笔一画地做着记录似的。

女县长稳稳地坐着，面无表情，一声不吭，听看着任凭她的臣民们用各自的方式，倾诉着各自的理由。

司马槐看了一眼女县长，心里很窝火：“啥鸡巴县长？泥胎一般。”他觉得心里有好多话要说，无奈写字太慢，又急又气。

女县长终于说话了。她用手轻轻拍了一下桌子，说：“溴梁村群众说的情况，和废水有没有必然关系，目前也只是一种可能性。县政府将组织专家对这一情况进行认真调查。”

司马槐写：列宁说：“在今天这样的现实面前，不顾事实，只谈可能性，简直是可笑的。”

司马槐写完站起来，把写好的那张纸和那份《新农科技报》扔在女县长面前，把死乌鸦和灰麻雀摔在桌上，拉着司马连种走出了县政府第一会议室。

五

司马槐家枣树林的两棵枣树上，正对着化肥厂的方向系着一条红布横幅，上面用黄广告色写着一行字，每个字像架子车轮子那么大：围堵废水，保家护田。

司马槐叫司马连种拉上架子车，又叫上郑狗胖，拉来一车一车的土倒进肥水沟里，堵住肥水沟里的水不能往自己家地里流过。下游一堵，上游的王太轻、王太重和老山都急了，他们也挥锹舞镐拉土，纷纷填沟。溴梁村人都行动了起来，一天工夫，纵横交错、蜿蜒在田野里的大沟小沟被填平了。化肥厂、制药厂排出的废水，没有了沟渠,没有了约束,便自由自在地向淏梁村的田野漫淹开来。

黄河自从出了三门峡,展开它放荡不羁的雄姿,一下子摊开了十几里宽的河道,汹涌澎湃,不停地吞噬着岸两边的土地。不知道从啥时候起,黄河岸边的人们用麦秸树枝,和沙土搅拌在一起,举起石夯,唱着“呼儿嗨哟”的打夯歌,筑起了十多丈宽、两丈多高的黄河大堤,用来阻挡夏秋暴涨的河水。每年冬天,人们都要去修筑养护黄河大堤。自从修起了三门峡水库,黄河基本上处于断流状态,人们才不再修筑养护黄河大堤。

今天,看到四处溢流的废水,淏梁村的人们一下子激动起来,他们纷纷扛着镐拿着锹拉着车,砍树枝捆麦秸,抬着石夯,向村南面奔去。年纪大的老头老太太,看着忙乱的后生,嘴里直问:

“咋了? 黄河又涨大水了?”

“雨季过了,哪来的大水?”

……

在老山的带领下,淏梁村人拿出了当年修筑养护黄河大堤的技术和干劲,又举起了石夯,唱起了“呼儿嗨哟”的打夯歌,连夜奋战。修筑这样的堤坝,比起当年修筑黄河大堤那样的巨大工程,简直跟玩过家家似的。不到三天时间,在化肥厂、制药厂与村地之间,筑起了一道八九米宽、三米多高的堤坝,结结实实的,挡住了向淏梁村地面流来的废水。

化肥厂的地方毕竟是过去的坡地,地势高,废水在淏梁村受阻,转向牛村、焦郎庄,漫无声息地涌流了过去。牛村、焦郎庄的人也急了,村中立刻响起了“当当当”的锣声,不知道谁还点响了几声铳枪。村民们都有着保家护田的天然激情,都有着修筑黄河大堤的传统技能。他们听见锣声铳声,便纷纷涌向村外田间,也在自己的田地上筑起了一道坚固的堤坝。

三个村子筑起的堤坝连在一起,形成了一个封闭的椭圆形,像一条巨大的蟒蛇,死死地盘卧在化肥厂制药厂的四周,把两个厂围得水泄不通。两个厂的废水无处可流,倒溢回灌,不到一天时间,全厂里没有了一块干地,没有一个人能再穿鞋上班,全都是挽起裤腿、光着脚丫子蹚水行走。村里的人听见老狄在化肥厂的大喇叭里喊:紧急通知,紧急通知,下班的、倒休的,立刻到工厂围墙处修筑堤坝,阻挡废水倒流。

工人们立刻行动起来,用煤渣碎砖泥土和没有来得及清走的废料,把工厂四周的围墙堆砌加固起来,也修筑起一条堤坝。

化肥厂农药厂的效益太好了,到了这个关口,工厂里依然机器轰鸣,随着"滋滋"的响声,一团一团白色的蒸汽不停地喷射出来。那六个高耸的烟囱,依然像往日一样,冒着滚滚的黑紫黄烟,笼罩在化肥厂上空。溴梁村人纷纷骂道:"老狄这个鸡巴货,真是要钱不要命。"

几天后,废水在两道堤坝中间的空地上快速积聚起来,放眼望去,泽国一般,化肥厂成了泽国中的孤岛。

化肥厂厂长老狄终于忍耐不住了。他领着一干人,挽着裤腿,手里提着鞋,拄着根木棍,蹚着淹过膝盖深的废水,一步一摇、几步一停地向溴梁村走来,像一群当年黄河涨大水时黄泛区逃难的灾民。老山、司马槐、王太轻和溴梁村很多人,站在堤坝上,有的拿着纸张和笔,有的拿着小木板和粉笔,形成一个半圆的铜墙铁壁,堵住老狄他们不让上来。有两个小伙子抬着一块黑板,拿着粉笔和黑板擦,在老山身后站着。

老狄说:"老山,爷们,咱先上去再说话行不行?"

老山用粉笔在黑板上写:不行,这是溴梁村的地。

司马槐也拿着粉笔,在黑板的边缘上写:肥水里没有毒,你就站在里面吧。

老狄说:“这腿脚又不是庄稼,哪能用水老泡着?”

司马连种喊:“泡吧,泡得你也哑巴了再上来。”

司马槐写:不要再搭理老狄。让他也用笔写,平等对话。

司马槐写好后,示意两个小伙子高高举起黑板,扭过身子,对着溴梁村人绕转一周。溴梁村人鼓起一片掌声,那些会说话的人喊:“好!好!老狄闭嘴,用手写,平等对话。”

老狄说:“爷们,溴梁村的好爷们,咱有话好好说。先让我们上去行不行,好爷们?”

女县长来了,带着孙乡长和派出所吴所长,手里提着死喜鹊和灰麻雀。老狄们站在水里,看着前来的上司和同僚,脸上露出了获救的喜悦。溴梁村人沉寂下来,用充满敌意的眼神看着女县长等人,都不再说话。

女县长说:“老狄,经市科研所研究,废水里确实含有大量的有害物质,长期食用含有这种物质的粮食蔬菜水果,可以破坏人的发声器官,致人哑巴。这些鸟儿的死也与废水有关。”

老狄一干人听了,哑巴了一般。溴梁村的哑巴们一听,急了,纷纷跳下堤坝,冲过去要打老狄、老石他们。

孙乡长急忙拦住,说:“有理说理,打人犯法。”

吴所长把手铐晃得哗啦哗啦响,嘴里喊:“不许打架,谁先动手就铐谁。真鸡巴没有王法了?”

老山写:地是溴梁村的,绝不允许他们踏上半步。

老狄说:“好爷们,咱上去再说吧?泡得真难受。”

司马槐写:难受?爷们都哑巴了,鸟都死了,不难受?

狄厂长看看女县长,女县长看看溴梁村的人。溴梁村人,包括那些哑巴和哑巴的家人,那些害怕自己将来说不定哪天也会变成哑巴的人,群情激奋,一个个怒不可遏。

女县长对老狄和化肥厂那干人说:“你们先回厂里去,马上停工吧。”

狄厂长看了看女县长,带着自己那干人转过身子,提着鞋,拄着棍,骂骂咧咧的,蹚着废水回厂里去了。

女县长在大堤上说的话像一把火,点燃了溴梁村这堆柴火。愤怒的烈火熊熊燃烧起来,烧得溴梁村人满街流窜奔跑,相互诉说、书写着满腔的怨恨和悲情。

老山带着司马槐、王太轻、王三哏等十多个哑巴,开始去县政府上访。他们三天两头站在县政府大门一侧,举着纸牌标语,上面写着:

清除污水毒害,还我绿色家园。

工厂要赔偿,哑巴要说话。

溴梁村哑巴们的上访引来了嗅觉灵敏的记者。各类媒体的记者们蜂拥而至。电视台的记者扛着摄像机晃来晃去不停地拍摄,报社的记者手指头像演奏钢琴般地敲打着电脑,广播电台的记者把录音机录音笔不停地往人们的嘴边塞。很快,这一事件在省电视台、广播电台和省报上曝了光。电视黄金时间,播放着老山带人举牌上访的镜头,司马槐提着那两只死鸟,不停地在电视里摇晃。收音机里,播放着王铁叉那激情满怀的喧嚷:“化肥厂要再不关张,溴梁村就变成哑巴村了。”省报市报的头版头条,通栏标题用核桃大的字体写:溴梁村离哑巴村还有多远?

溴梁村哑巴们上访的新闻惊动了高层。一位分管工业的副省长拿着中央某领导的批示,带着省里几个专家来到溴梁村。那些专家们一进到溴梁村,像鸟儿寻找食儿一样,散开飞向不同的地方。有人拿着小铲这里挖一小铲土那里挖一小铲土，装进了玻璃瓶里。有人跑到那几口一百多米深的井里打水，把打出的一些水装进了玻璃容器。还有人拿着像给架子车胎打气的气筒一样的东西，爬到房顶和树上，对着天空抽气，然后把抽的气压装进一个小罐子里。

几天后，县委县政府做出决定："化肥厂、制药厂立即关闭。对湨梁村受害群众予以赔偿。"

化肥厂制药厂彻底停工了。

那条结实的堤坝里，围着停工停产的化肥厂制药厂。周围村里的人都把堤坝里叫作圈子里。圈子里一汪的废水，像个湖泊，在微风的吹动下，飘散着一团一团黄色紫色绿色红色白色褐色等各种说不清的东西，像开放在废水里的各色花朵，散发出浓烈呛人的气味。有人说，那些无处排泄积聚起来的废水，把化肥厂制药厂的机械设备、化工原料、制药材料等，都浸泡、腐蚀了。厂里的工人们有不少人恶心头晕呕吐，又无事可做，就都放假回家了。几十天后，圈子里的废水才慢慢渗落下去，所有的树木都已经干枯死去，地上寸草皆没，白茫茫的一片。

湨梁村、牛村和焦郎庄的人说："乖乖，幸亏堤坝筑得早，把毒水挡到了圈子里。再晚了，还不知道有多少人变成哑巴。"

按照副省长的指示，县委县政府责令化肥厂制药厂，立即关闭停产。要不惜一切代价，给受到毒害变成哑巴的湨梁村人看病。

六

一辆豪华大巴车，拉着老山、司马槐、王太轻等湨梁村的一群哑巴。车上装着水果蒸馍方便面火腿肠叉烧肉矿泉水司马懿大将军酒等，跑焦作跑郑州跑西安跑上海跑广州跑北京，去的都是有名的医院，找的都是著名的专家。在广州市，一家旅游医院的胡教授说："美国有个专家研究出一种治疗哑巴的新技术：环境疗法。"

司马槐写：啥叫环境疗法？

胡教授说："就是让哑巴到很少有人去过的名胜古迹、风光景点旅游参观，那些地方空气好，环境优美，可以让哑巴们高兴，高兴了就会激动，激动了就要表达，表达欲望强烈了就会刺激语言神经系统，语言神经系统活跃了就有助于让哑巴开口说话。"

溴梁村的哑巴们听了，立刻欢呼跳跃起来。

胡教授的指点，给溴梁村的哑巴们带来了无限的希望和喜悦。他们围着老狄，坚决要求增加美国专家的新疗法。老狄哭丧着脸答应了。此后，老狄不仅带着溴梁村的哑巴们看病，沿途还增加了必不可少旅游项目。

老山、司马槐、王三哏这些庄稼汉子，除了哑巴不会说话外，能吃能喝，能玩能闹。他们每顿饭都是大口吃肉，大口喝酒，两三口吞进一个蒸馍，一瓶司马懿大将军白酒一撅两半，划拳一次论输赢，顷刻间就灌进了两个人的肚子。一桌饭没有等菜上齐，便被风扫残云般地吃了个精光。这些人腿脚麻利，体壮如牛，有用不完的力气，登山爬楼如走平地一般。这些在黄河边长大的子孙，见水如命，喜好游泳，在洞庭湖上乘游船游览，司马槐、王三哏扑通、扑通跳进了湖里，开船的艄公和导游小姐吓得面色苍白，喊他们赶紧上来。上船后司马槐用指头在老山的手心里写道：水真清，比黄河好多了。

在北京游昆明湖时，司马槐脱下衣服穿着裤头又要跳，老狄急忙拉住他，说："老槐，这是首都北京，皇家园林，不是黄河叉、洞庭湖，下去游泳要罚款。"

司马槐用指头在老狄手心里写:你拿。

老狄说:“还要逮进去关十五天。”

司马槐吐了吐舌头,穿上了衣服。

两年过去了。

两年多来,这群哑巴们在华山黄山泰山武夷山云台山云蒙山、太湖西湖洞庭湖鄱阳湖昆明湖、二七塔大雁塔小雁塔东方明珠塔中央电视塔、兵马俑虢公墓颐和园圆明园长城等风景名胜,都留下了他们轻快的足迹和欢乐的笑声。看了两年多,哑巴们玩得很高兴,很尽兴,很激动,但病情没有任何好转,他们依旧只会“啊啊”,不会说话。

一天傍晚,溴梁村的哑巴们从北京司马台长城景点回来,在王府酒店的大堂登记住宿,司马槐突然想起了广州那家旅游医院的胡教授,想起了胡教授说的那个美国专家。他拿起笔给老山写:叫老狄买机票,送我们去美国。

老狄看着纸条,问:“为啥?”

司马槐写:美国环境好,有疗效。

老狄扑通给司马槐和老山跪下了,几乎是哭着说:“爷们,我的亲爷们,钱全花光了。”

大堂里的保安过来了,引来了一些人围着观看。司马槐一手拿纸一手拿笔,老山大腹便便梗着脖颈,他们威武雄壮地站在老狄面前。一个办过手续准备住酒店的小伙子看到这种场景,挺直身板站在老狄一边,质问司马槐和老山:“要账也不能把人往死里逼啊! 做人都有尊严,你们想干什么?”

大堂里围观的人越来越多,他们盯着司马槐和老山,眼睛里射出不满、憎恶,甚至愤怒的光。老山心里发怵起来,赶紧拉老狄起来,在纸条上写:屋里说。

安排好住宿后，溴梁村的哑巴们来到老狄屋里集中。司马槐写：老狄，你为啥不带我们去美国？

老狄说："卖工厂的钱全花光了，工人全解散了，又借了一百万也快花光了。再买机票去美国，飞到一万米高，我从飞机上跳下去，死鸡巴算了。你们哑巴还留一条命，我连命都不要了。"

哑巴们围着老狄，都不说话。

老狄像孙子似的，又想往地上跪。

老山拦住了他，写：再商量。

溴梁村人看到狄厂长的这副可怜相，经过一番认真热烈的交流，最后达成了共识：两年多来，化肥厂和狄厂长也真是尽心尽力了，厂全倒闭了，钱也花光了，看来这哑巴真的是看不好了。逼急了，老狄真的要跳飞机死了，电视报纸一曝光，显得溴梁村人多不厚道。再说了，以后要再想旅游找谁去？

老山写：人的命天注定，该死鸡巴朝上挺。老狄带咱们名医院名医生都看了，鸡鸭鱼肉都吃了，名胜景点都要了，东西南北都跑了，我看就算尿了吧！

有人点了点头，司马槐带头鼓了几下掌，算是同意了老山的意见。

哑巴们坐着豪华大巴，平平静静地回到了溴梁村。在以后的日子里，他们手里也不再拿木板、粉笔、本、纸和笔了，见了面想说啥，顺手捡根树枝、柴火棍、碎砖头、瓦片等，在地上墙上随便写。

七

太阳依旧东边升起西边落下，日子依旧一天一天地过着。

围着厂子的堤坝依然像两条巨大的蟒蛇，死死地盘卧在化肥厂农药厂周围。两个厂早已人去厂废,在岁月风雨的剥蚀中,变成了一堆遗址和残骸。两道堤坝之间的空地,寸草不生,一树不长,白茫茫一片,满目凄凉。

冬天,下了一场雪。老山大病一场,后来提出辞职。司马连种选上了溴梁村村委会主任。连种年轻气盛,有精力,有激情,有思路。他带着一干人跑广东福建浙江考察,回来在全村大会上说:“办厂吧,办厂能挣大钱。”

司马槐用手里的木头棍梆梆梆地敲着身边的废旧架子车棚,用粉笔在车棚上写:地不种了?

连种说:“地都让肥水污染了,种粮种菜谁还敢吃?”

“不种地吃啥?”

“有钱啥不能吃?想吃啥买啥,都是绿色食品,像城里人一样风光。”

司马槐的手不动了,也不再“啊啊”。村里的那些老哑巴们,不知是意识到自己年纪大了还是遇到了不听话的后生,这时心里都哑巴了,一声不吭地看着摩拳擦掌、要大干一番事业的年轻人。

溴梁村现在绝对是年轻人的天下。血气方刚的后生们,早已遗忘了当年化肥厂的肥水给村里带来的祸害,也遗忘了司马槐、老山这些哑巴们。

那个年代的事情和那个时代的人,像翻日历一样被翻过去了。

一时间,圈子外面的溴梁村,疯了一样开始圈地办厂。几年间,村里这厂那厂越办越多,越办越红火。老山的儿子办了个造酒厂、养鸡场,王太轻的儿子办了个饲料厂,王太重的儿子办了个养猪场,王三哏的儿子办了个造纸厂,司马连种办了两个厂:塑料编织袋厂和颜料厂。

几十家这厂那厂,像雨后春笋般地出现在昔日的耕地上。祖祖辈辈传下来的耕地,像一九四三年蚂蚱吃秋一样,转眼间都没有了。

办厂给溴梁村带来了丰厚的经济收益,村容村貌出现了日新月异的变化。美国白宫风格的村委会大楼,庄严气派,坐落在村子中央,院子里经常停放着路虎、霸道、奥迪等豪华高档轿车。村里世世代代的炉灰渣路,修成了柏油路。路两旁的水泥电线杆上,装着像北京长安街的华灯,整夜放射着灿烂的光芒。村东建起了高高的水塔,自来水管铺设到各家各户,水龙头一开,可以尽情地洗菜做饭洗衣洗澡。村西建起了电视电信发射塔,上面架着好几口大锅小锅,家家免费安装了电视机,每家发一部手机免费使用。村里过去的烂瓦房薄草房都奇迹般地消失了,家家盖起了三四层、五六层的小楼,有的楼外面还贴着华丽的瓷砖。箩筐和架子车早已不见了踪影,小汽车、卡车、拖拉机在村里奔驰。还有一种摩托车,前面一个轮子、后面两个轮子载着拖斗,溴梁村人把它叫狗骑兔子。这种“兔子”轻便快捷,开起来“突突突”地冒着阵阵黑烟,穿梭般地在工厂里、院落里、胡同里奔跑。村委会还盖起了幼儿园和养老院。村里六十岁以上的老人,每月发一百五十元生活费。司马槐、老山这些老年人,享受着过去做梦都梦不到的幸福生活。

一天,连种对司马槐说:“爹,把咱老财院的枣树砍了吧?”

司马槐捡起一块瓦片,在地上写:你要干啥?

连种说:“建厂。”

“两个厂还嫌少?”

“再办一个塑料凉鞋厂,能挣大钱。”

“圈地去啊?”

“地已经圈完了,村里没有地了。”

“枣树林是恁老祖爷留下的,传到你手就没有了?”

“老祖爷那时不懂得实业救国，光知道种枣树，小农经济，一年才卖几块银元。我建起这个厂，一年最少能挣三十万。”

“你要恁些钱干啥？”

“送恁和俺妈去美国旅游。”

“我和恁妈老了，走不动。”

“挣了大钱，给恁和我妈包专机、雇保姆，让二老像皇帝皇后一样生活。”

司马槐阴沉着脸，翻翻眼睛，看着给自己涂抹着未来美好生活图画的儿子，拿着瓦片的手在发抖。

司马连种又说：“爹，那些枣树多年没有人打理，死的死，疯荒的疯荒，一年下来收不了两篮子枣，留着它们干吗？”

司马槐写：喂鸟。

司马连种说：“喂鸟？这些年天空无鸟叫，村里无鸟飞，你哪还见过一只鸟？”

司马槐最了解自己的儿子，尤其是他当了村委会主任，政绩突出，官气十足，说一不二，他认准的事你很难改变他，已根本不把他这个爹放在眼里。司马槐叹了一口气，把瓦片扔到地上，扭过脸，摆了摆手，低着头走了。

第二天，老财院的枣树全被锯倒了。很快，一个塑料凉鞋厂建成了。连种的塑料凉鞋厂刚建好，就接了一张大订单。厂里机器轰鸣，没日没夜地响着，司马连种接连几天几夜奋战在塑料凉鞋车间。一天早上，他站在凉鞋机的出口，看着一只只吐出来的塑料凉鞋，像看着印钞机一张张印出来的人民币，眯缝着眼笑。司马连种弯腰拿起一只新下机器的塑料凉鞋，往脚上蹬着试，穿上一只，再穿另一只时，一头栽倒在鞋堆里，口吐白沫，不省人事。

两年后的冬天，司马连种从北京一家大医院被拉了回来。那家大医院司马槐去过，他和老山那些人当年曾在那家医院看过哑巴病。拉回来的司马连种除了嘴能说话，浑身不会动弹，直挺挺地躺在床上。

司马槐写：咋诊断的？

连种说："半植物人。"

"咋得的？"

"医生说弄不清楚，怀疑是化学污染。"

"咋不再看了？"

连种说："专家说，这病是世界性难症，花钱再多也看不好。"

"化学那东西，你不知道它的厉害？你姥姥家当年让老日本的化学炸弹炸得十几家灭门绝户，到现在那些院子还没有人敢进，你忘了？"

老伴哭了。老伴抱着儿子连种整天哭，一边哭一边骂司马槐："你哑巴了多少年也不死，儿子不哑巴，可现在跟死了一样。"她转口又骂连种："不让你办厂你非要办，办一个不够办两个，两个还嫌少办了三个。这下可好，三个厂都败了，塌了一屁股饥荒，这以后日子咋过？"

司马槐拿起一张硬纸板，用圆珠笔在上面写：古人云："利旁有倚刀，贪人还自贼。""利"字旁边就是一把"刀"。一把刀，你知道吗？那把刀专门杀贪利的人。

司马槐写完，把硬纸板放在儿子床边的橱柜上，转身走了。

县里的经济也突飞猛进地发展，县城焕发了勃勃生机，炸裂般地向四面八方扩张。各种园区、工厂、研究中心、商品楼等越建越多，郊区农村的耕地已经不多了，一分一厘的耕地都显得金贵起来。县政府为了保护耕地不突破红线，向死人要土地，开展了轰轰烈烈的平坟运动。一片片一群群长满荒草野树的坟地，顷刻间变成了平地。县里号召移风易俗,建起了火葬场,成立了殡葬改革执法大队,强力推行人死火葬,绝不允许再起新坟。

老山搬进了儿子马鳖新盖的楼里不到两年,就病倒了。市医院检查说是肾癌。儿子马鳖花了不少钱,给老山换了两个肾,最后还是没有看好。老山临咽气前让儿子马鳖叫来了司马槐。

马鳖说:“槐叔,俺爹说他死后不想火化,让你想想办法。我爹辛苦一辈子,死了连块埋葬的地方都没有了,咋弄?”

司马槐和老山是从小一起光屁股长大的。他两个一起经历了人世间的风风雨雨,见证了淏梁村五六十年代那原始自然的田园风光,见证了化肥厂的肥水给村子带来多年大丰收的喜悦和不知不觉中带来的祸害,见证了改革开放后那火热的经济浪潮给村子带来的繁荣发展,见证了村里轰轰烈烈办厂在带来巨额利润的同时带来的灾难。司马槐看着躺在床上脸浮肿色蜡黄的老山,心里像刀割一样难受。他让马鳖拿来笔和纸,一笔一画地写了一段字:

> 山哥,孔融《临终》里说:“生存多所虑,长寝万事毕。”千百年来,淏梁村一代一代的人在这块土地上出生,又在这块地上死去,地下埋着一代一代死去的祖先们。你看见田地里留有多少坟墓?俺老祖宗司马懿名气还不大?死了埋在哪儿?不知道。子孙后代哭老祖宗找不到墓骨堆。成吉思汗不比咱牛×?一死,偷偷埋了,连盗墓贼都不知道他埋在哪儿。山哥,想开了,人死如灯灭,化成青烟飞。眼睛一闭,夜深人静时,让鳖在酒厂院里找一块空地,挖个坑,偷埋吧,偷偷埋进黄土里算了。

马鳖说:“爹,俺槐叔想的倒是个主意。入土为安,咱就偷埋吧?”

老山微微点点头。

司马槐又写:我死了也想偷埋,可俺连种把三个厂都卖了,我连偷埋的地方还找不着哩。

司马槐的手在发抖,眼眶里的泪水在打转转。

马鳖说:“槐叔,您别伤心。您百年后,也到我的酒厂,和我爹做伴。”

司马槐拉着老山的手,泪水从眼睛里流了出来。老山的眼圈也红了。

世间没有不透风的墙。农村的人传统观念严重,死后都不想火化。老山偷埋的事不知道被谁知道了,在村里悄悄传播开来。有人死了,也学着老山。有老山带头,我们害怕啥?后来,不光是溴梁村,周围一些村子也有人死后采取了深夜偷偷埋葬的办法。今天还见过这个人,第二天这个人就像蒸发了一样,生不见人,死不见尸,消失得无影无踪。活着的人心里都清楚:这个人永远也看不到了。

火葬场发现了死人被偷埋的秘密,向县领导建议:“采取严厉手段保护良田耕地,坚决打击破坏殡葬改革的行为。凡发现有偷埋的新坟,必须扒出来就地火化,加倍收取火化费。”

老山生前曾当过几十年的村领导,大概是得罪了人,被举报了。这个老山,当年为了反对化肥厂污染,保护耕地,曾经带领着溴梁村的哑巴们到县政府上访,同化肥厂打官司,上过报纸电视,闹得风风雨雨,在全县也小有名气。死去的老山,本应该带头执行殡葬改革的规定,保护耕地,怎么胆敢无视政府保护耕地的重大战略决策?县里的个别领导,大概是被什么事勾起了对老山过去所作所为的回忆,决定抓住这个典型,杀一儆百,刹住人死了偷埋的风气。

一天,殡葬改革执法大队的人来到马鳖的酒厂。这帮年轻人气势汹汹地操着家伙,提着汽油桶,挥镐舞锹地把埋进地下已经快一年的老山挖了出来,在棺材上泼汽油,点火焚烧。马鳖的酒厂里围满了人,看着被焚烧的老山,如同围着一堆冬天取暖的篝火,没有一个人吭声。在庄严肃穆的气氛里,溴梁村人像是在默默地为老山举行火葬仪式。这种火葬仪式有人在电视纪录片里见过,那好像是在印度吧?印度人死后,尸体放在架着的木材上焚烧,有人在做着法事,超度死者的亡灵。谁也没有想到,溴梁村的老山死后快一年,竟然享受了印度人的待遇。司马槐没有看过这个电视纪录片。他看着熊熊燃烧的烈火,听着烈火中噼噼啪啪的响声,仿佛看见老山在棺材里忽地一下坐了起来,浑身烈火,挥着胳膊,用手指着司马槐,大声地哭,大声地喊,大声地埋怨:"老槐,就是你,给我出了这样的馊主意,让我死后偷埋,入土了也没有让我得到安宁。"

司马槐好几次深夜从梦中惊醒,都是因为梦见了那天被烈火焚烧的老山。

其实,司马槐给老山出偷埋的主意,就是想让老山入土为安。黄土地里埋死人,祖祖辈辈不都是这样?一代一代的溴梁村人,从黄土地上出生,被黄土地滋养,死后再埋进黄土地,化成一捧泥土。苍天厚土,生死轮回,这不是天经地义的事?可谁能想到,轮到了老山,被埋进黄土地快一年后,竟会被人从墓骨堆里扒出来,泼上汽油焚烧?司马槐活到这么大岁数,哪见过这样惨烈的事情?连听都没有听说过。每当想起这些,司马槐就觉得周身火烧火燎的,像是那焚烧老山的烈火在焚烧着自己。

司马槐几乎要发疯了。

典型,就是具有代表性的人物和事件。用典型示范,就是用典型来教育人们,推广某种经验和做法。泼汽油焚烧的老山就成了典型。这个典型在报纸上、电视里曝了光,在全县引起了强烈的震动。准确地说不叫震动,应该叫震慑。震慑了那些濒临死亡的人和他们的家人,震慑得他们为死者将来的去向胆战心惊,夜不能寐。

秋天,下了一场小雨,紧接着寒流过来,树叶很快变黄变黑变干,在阵阵风中飘落下来。司马连种眼看着不行了,他对司马槐说:"爹,我死后也不想火化。"

司马槐写:想偷埋?

连种说:"嗯。"

司马槐写:学恁山伯,被人举报了,挖出来泼汽油烧?

连种哭了,没有吭声。

司马槐写:爹答应你。

连种说:"真的?"

司马槐写:真的。

连种说:"我也不想像俺山伯,挖出来泼汽油烧。"

司马槐写:不会。我虑了很长一段时间。化肥厂那圈子里原先有咱过去的老祖坟,把你埋到咱老祖坟里咋样?

连种问:"行吗?"

司马槐写:行。

连种问:"咋行?"

司马槐写:毛主席说:"废物可以利用。"圈子里是被化学污染的毒地,不是良田耕地。就像当年恁姥姥家被老日本扔过化学炸弹的院子,没有人敢进去。再说,咱老祖宗本来就埋在那儿。你埋在那儿,带个头,将来我和恁妈死了,也埋在那儿。村里人死了,都埋在那儿。看看咱们这些被化学毒害的人,死后能不能化成肥料,把毒地再变成良田？

连种听了，苦笑着说："爹想的有些道理。"

司马连种死了。司马槐让人在寸草不生的白茫茫的圈子里，在他们原先老祖坟的地方，给连种挖了个墓坑。挖墓坑时，司马槐特意让司马家族的年轻人把墓坑挖得很大，很深，翻出了几米深的新土，摊开有两分多地的面积。在堤坝上川流不息的行人眼皮底下，司马连种的墓坑整整挖了三天。司马连种出殡时，司马槐特意放在大白天，在全村人众目睽睽之下，让司马家族的年轻人抬着连种的棺材，出了院子，走在溴梁村的大街上，招招摇摇地把儿子埋进了圈子里原先老祖坟的地里。他特意让人把连种的墓骨堆堆得又高又大，矗立在圈子里。

司马槐的胆子咋恁大，竟敢明火执仗、毫不掩饰地把他的儿子埋在圈子里？他真的不怕殡葬改革执法大队？溴梁村人都在感叹。堤坝上来来往往的人，也看到了司马连种那冢一样大的墓骨堆，不少人驻足观望，指指点点，议论纷纷。几个月过去了，竟然是出奇地风平浪静，没有见到殡葬改革执法大队一个人来，没有见到有人去扒开司马连种的墓骨堆泼汽油焚烧。

司马槐埋葬儿子的大胆决策和产生出来的惊人后果，完全超出了溴梁村人的意料。溴梁村那些濒临死亡的人和他们的家人，也不再胆战心惊、夜不能寐了。他们有了学习的榜样。榜样就是力量，榜样就是一杆指引方向的旗帜。王铁叉死了，埋进了圈子里。王太轻死了，也埋进了圈子里。溴梁村死去的人，都埋进了圈子里。他们都立起了坟堆。不过，他们都不是招招摇摇地埋进去的，都是在夜深人静时偷偷埋进去的。他们的墓骨堆都不大，只有司马连种的三分之一左右，有的更小些。

聪明的溴梁村人，把死后偷偷埋葬和历代祖宗死后立墓骨堆这两种方式，在新形势下，在这个被化学污染的特殊的圈子里，创造性地结合起来了。

牛村和焦郎庄人说："那是县化肥厂的地，这么多人死了埋进去，县里咋就没有人管管？"

淏梁村人说："埋进去的都是淏梁村人，谁敢管？"

那两个村人说："淏梁村人咋？死了都恁金贵？"

淏梁村人说："过去化肥厂肥水害得淏梁村多少人成哑巴，死了占块地咋啦？"

牛村、焦郎庄人不再说话，自己村里有人死了，也在深夜偷偷地埋进了圈子里。再后来，离县城十几里远的村子里人死了，不想火化，又不能占用耕地，也在深夜偷偷埋进了圈子里。有人开玩笑，把那圈子里叫"公坟特区"。在"公坟特区"里，享受着特区外面无法享受的待遇：埋进去的人可以立墓骨堆，没有人管，也没有人问。渐渐地，在无声无息中，"公坟特区"里的墓骨堆越来越多。

一天，司马槐拄着棍子在堤坝上遛弯，没想到迎面碰上了老狄。化肥厂停工停产后，老狄被调到省城一家化学工业公司工作了。上个月退休，回到县里走走。

老狄说："爷们，走在这堤坝上，想起当年办厂，就觉得心里有愧，感到真对不起你们。"

司马槐从口袋里掏出一根圆珠笔，在小本上写：你当年只把我们害成了哑巴，并没有让我们得癌，我和王三哏们都还活着。

老狄说："这堤坝外面咋办了恁些厂？十几个大烟囱冒出的黑紫黄烟，像帽子一样扣在恁淏梁村上空，不憋得慌？"

司马槐写：好些人得了癌症，每年都死十几个人。

老狄说："真的？"

司马槐写：老山的孙子才十五岁，得肺癌去年死了。

老狄说:“爷们,咋不见你们去告状?”

司马槐写:厂太多了,告哪个?

老狄说:“全告啊!”

司马槐写:厂是村里人办的,活儿是村里人干的,告谁?谁告?

老狄说:“哦,过去县里办化肥厂你们就告,现在恁村自己办厂,害了恁些人也不告?啥狗比掰爷们!”

司马槐写:村委会一听说有人告状,就挨家挨户一把一把地发钱,拿了钱谁还去告啊?

老狄说:“爷们,当年我办的是国有企业,没有权力给你们发钱,你们就把我折腾得够呛,差点让我跳飞机。”

司马槐笑了,写:你是好人,花钱给我们看病,还旅游,两个厂都毁了。

老狄说:“现在的人和我们当年都不一样了,为了钱,啥事都敢干。”

司马槐写:大年初二,老山的儿子马鳖让公安局逮走了。

老狄问:“为啥?”

司马槐写:春节卖茅台酒,喝死了两个人。公安局一查,司马懿大将军白酒里兑的敌敌畏,喝的人都说是真茅台,猛喝。

老狄说:“老山咋不管管?”

司马槐写:老山死了。老山一死,马鳖没有人管,胆子越来越大。鳖还办个养鸡场,天天往鸡嘴里塞避孕药,白天黑里用电灯泡烤着,鸡渴了就喝化学药水,不到二十天都长四五斤重。夏天一打雷,鸡一堆一堆地死。死鸡全村没人敢吃,都又加工成鸡饲料了。

老狄问:“为啥不敢吃?”

司马槐写:听说男女吃那些鸡多了,都不会生孩儿。

老狄说:“哦,我说现在城里恁些人为啥都不会生育,看来都是吃恁村的鸡吃的?"

司马槐写:王太轻的儿子生产地沟油、瘦肉精,也让公安局逮走了。

老狄觉得血流加快,身上起燥发热,便脱去夹克,露出了里面穿的白色汗衫。胸前的汗衫上印着几个血红的字:太行化学工业公司。

司马槐看见那几个血红的字,身子立刻有些发抖起来。他写:老狄,恁快点穿上夹克吧!

老狄问:"咋了?"

司马槐写:我这一辈子就怕化学。看见化学就眼晕,听见化学就心慌,想着化学就发怵。

老狄赶紧穿上了夹克,拉上了拉链。停了片刻,他问:"连种现在干啥?"

司马槐一听,哭了。老泪纵横,泣不成声,用棍子颤巍巍地指着圈子里连种的墓骨堆,在地上写:连种没有了,在那儿埋着。

老狄面色凝重起来,半天没有吭声。

老狄知道了司马连种的死因后,叹了一口气,说:"爷们,现在钱真是万能啊。有些人只要能赚钱,啥厂都敢办。只要肯花钱,啥厂都办得很红火。有些人只要能拿到钱,连死了都笑哈哈。"

司马槐写:马克思说:"资本来到世界上,每个汗毛孔都滴着肮脏的血。"一点都没有错,至理名言啊!

老狄说:"老讲用,算了吧。现在谁还知道马克思?"

司马槐写:也是。我有一次给老山写马克思的话,他孙子问我,马克思是不是村里马克想的哥哥?

老狄听了,一脸的苦笑。

春天又来了。今年春雨下得勤,一连几天细雨霏霏。春雨过后春光明媚。不知道啥时候,也不知道是谁,发现了司马连种的墓骨堆上长出了一棵青草。那青草的名字叫鬼见愁。鬼见愁冒出地面时先长出两片绿色小叶,然后贴着地面钻出一根紫红色的藤,那藤一节一节的,每个节点长出几根细白色的根须,伸向地下,汲取营养和水分。地面上长出两片叶子后,再向前伸长出新的一节来。有的节点上还会分叉长出两根新藤。这种草生命力和繁殖力极强,遇到合适的气候条件,会贴着地面四散开来,一节一节地疯长,连鬼见了它都发愁。后来,鬼见愁长成了一片,连片的鬼见愁里还长出了灰灰菜、野苜蓿等青草。再后来,还长出了牵牛花、苦菜花和野菊花。鲜花青草,布满了司马连种的墓骨堆。再后来,司马连种的墓骨堆旁,竟然又长出一棵小树,是一棵枣树。

几年过去了,王铁叉、王太轻和老山的孙子等人的墓骨堆上也长出了鬼见愁、青草、野花和小树。人们说,"公坟特区"里的墓骨堆越来越多,阴气越来越重。没有人敢到"公坟特区"里走动,这在无意间,也成全了那些青草、野花和小树。

县里的车辆、人口剧增。为了解决道路紧张、交通拥堵,那条八九米宽、三米多高的堤坝,被铺成了柏油路。路上来来往往的人们,骑车、开车、行走,看着圈子里的"公坟特区"。特区里的墓骨堆和空隙间,长着一片片绿茵茵的青草,一簇簇色彩斑斓的野花,一棵棵横生疯长的野树,生机勃勃,绿意盎然,包围着那堆破旧不堪的化肥厂遗址,包围着那些矗立着的机械设备残骸,形成了一道独特的风景线。

一天,年近八十岁的司马槐提着一把斧子,向村南走去。他的后面跟着十多岁的孙子,那孙子也很俏皮,像当年他爷爷司马槐一样,掏出家伙一边走一边撒尿,在地上撒出一段连续的"Z"。

村里一个在郑州上大学的人回来了,问司马槐的孙子:"你爷爷提着斧子干啥去?”

孙子说:“奶奶说,我爹坟堆旁长的枣树老不结枣,爷爷去轧枣干。”

大学生很诧异:“轧枣干? 啥叫轧枣干?”

孙子说:“我也不知道。”

大学生紧走几步,追上了司马槐,问:“槐爷,上哪儿去?”

司马槐指了指“公坟特区”的方向。

大学生一脸茫然,问:“去那儿干啥?”

司马槐捡起一个瓦片,在地上写:找墓地。

大学生没再吭声,看着司马槐驼着背,提着斧子,颤巍巍地径直往“公坟特区”走去……

何处安放

农民对地产的热爱今昔一致，都达到了顶点，土地的占有欲在农民身上点燃了全部激情。

——［法国］托克维尔《旧制度与大革命》

一

春天的奇思特村分外地有韵味。各种颜色的花开了，红的绿的黄的白的，一棵棵一簇簇一片片的，布满了奇思特村野。这个泰姆河岸边的古老村庄只有一条由鹅卵石混着沙土铺成的主路，路边长着各种生机勃勃的花草树木。这条主路和这个村庄的历史一样悠久。村里散落着一座座用芦苇、麦秸或茅草覆盖房顶的农舍，墙壁上用彩石和红砖砌出的精美图案，它们都是建造于十七世纪。还有一条从泰姆河分流出来的小河，翻卷着细细的浪花穿村而过，河上的那座石桥，是十四世纪的产物。司马征去过欧洲很多乡村小镇考察游览，发现类似于奇思特的村子很多。他和众多的游客一样，每当漫步在那些古老的村落中，欣赏着绮丽迷人的风光，呼吸着历史沧桑和浓郁清新的气息时，就一直在想：那些村子曾经历过英国轰轰烈烈的工业革命和羊吃人运动,它们是以何种方式度过了几百年的风雨岁月?

正在这时手机响了,司马征一看又是爹司马晃打来的。爹这一段时间动不动就打电话来,每次电话里几乎就是一句话:赶紧回来溴梁村,划院地盖房。司马征在伦敦大学硕博连读,毕业后恋爱结婚生子,又在伦敦开了个《溴医堂》中药铺,已经有十一年没有回去过了。他想:爹妈大概是年纪大了,太想他了吧?

这一次爹是真急了,在电话里大声呵斥道:你再不回来弄块地盖房,等我和恁妈死了,连埋的地方都没有了。

司马征关上电话想:爹说得也太邪乎了吧?据县志记载,溴梁村有着两千多年的历史,比奇思特村古老得多。在司马征的印象里,溴梁村地处中原大地,一马平川。千把口人,四五千亩耕地。村里树木很多,有的大树几个人抱不住。村里也有一条主街,两边也盖着一些草屋瓦舍。溴梁村的春天也是景色宜人,非常好看。村中人家之间有着茂密的杂树草地相隔。红的桃花粉的杏花雪白的梨花等,开放在各家院落和树园中间。牛猪鸡鸭散养着,在草地林子里恣意游荡。还有几家住得离村子较远,鸡犬之声相闻,相互却看不见房舍。小时候,爹带他去地里干活,出了家门,半天才能走出乱蓬蓬密麻麻的林中小道,才能看到村外一望无际的田野。一望无际的田野上有一条河,河水碧清见底,潺潺流淌。河上有一座青砖白灰建成的圆拱式桥,那桥建于何年何代,村里已没有人能说清楚。记得那桥圈着拱形的青砖缝里塞了很多铁片,铁片锈迹斑斑,被风雨岁月剥蚀得用手一抠就掉下一块。河的两边引出几条清沟,清沟里河水清澈,如血管般蜿蜒在菜地和麦田里。地面太宽阔,一畦庄稼两三步宽,几百步长,浇地时人们在清沟边豁开一个口子放水流进去,然后该干什么就去干什么,过了半天回来一看，一畦庄稼才浇灌了大半畦。割麦子时，由于麦畦太长，爹和娘两个人分开从两头往中间对着割。等快要接上头时抬头一看，才发现两个人并不在一个畦里，错开了好几畦。田野间散落着许多坟墓，三五个一群的，十多个一群的，那大概是一个家族的。离村子两里多的上岗地，那一片的坟地最大，大大小小的坟头有数百个。一些墓前的石碑由于历史久远，岁月的风雨剥蚀，上面的字迹已看不清楚，也不见他们后人上坟的踪迹。村里几家大户人家的坟，被茂密的柏树遮盖着，杂草丛生，狐兔野物生存其间，显得阴森可怕，平时很少有人敢进去。爹常说，当年老日本来村里抢粮，全村几百号人躲在树林和野坟里，老日本硬是没有找到。有几个胆大的日本兵钻进去，迷在里面摸不出来，被村里人用三齿耙劚死了埋在乱坟里。

就这个千把口人的村子，四五千亩的土地，爹妈死了，咋会连埋的地方都没有？

二

司马征回来了，那是二〇〇九年的夏天。

他在溴梁村站下了公共汽车，站在路边。路上的大卡车、摩托车、拖拉机、三轮车、自行车穿梭般地来来往往。司马征不知道该咋走。溴梁村的夏天真热，热得超乎他的想象。过去溴梁村的树很多，枝叶茂密，田地里是绿油油的小麦。太阳虽然火辣，人们站在树下和背阴处，还能感受到丝丝的凉爽。眼前的热是干热，因为没有树木，没有麦田，没有任何绿色，太阳直直地射在身上、地上、水泥路和高楼上，一切都裸露着，生出滚滚热浪。司马征看到了指路牌，在路牌上找到了溴梁村的大致方位，便疑疑惑惑地向前走去。路的两边盖着一栋接着一栋的楼房，楼房的一层大都开着商铺，商铺里卖衣服鞋袜水果卤肉书本光盘自行车摩托车羊肉烩面等。不时看到一些用红砖、石棉瓦、玉茭秆和土墙等围着的大院，门口的牌子上写着××塑料厂，××制药厂，××化工厂，××造纸厂，××食品加工厂。透过围墙的豁口往里看，都是几十亩、上百亩、几百亩大，大院里歪歪扭扭地盖着几座楼房或平房，有的门窗已经破碎了。地上丛生的杂草野树，有半人多高，在灼热的太阳下有气无力地半卷着叶子，像垂死挣扎般地挺着。溴梁村怎么会这么热？热得万物都蔫耷拉着头，人也透不过气来。司马征不停地擦着汗，喘着气，心里有些烦躁。

迎面看见了一座砖圈桥，桥被铁栏杆围着，旁边一块石头上刻着“溴梁村清代古桥”几个字。他停足细看，才认出了这就是原先离村子两三里外的那座桥，只是桥下的河没有了，潺潺流水没有了，桥头桥下长满了荒草，河道的地方都盖上了楼房。司马征这才意识到：到家了。

爹司马晃在电话里真没有说错。一望无际的田野，村子与田野间的树园和一片一片的坟地都奇迹般地消失了，那些景象好像在溴梁村根本没有存在过。

司马征走在水泥铺成的路上。水泥路在太阳的照射下泛滥着白光，路两边没有一棵树、一棵草，路面很干净，干净得像条拔光了毛的鸡腿，白光光、直挺挺地伸着。村里的空气干燥，呼吸到嗓子眼里，有些发干发涩。在路的拐弯处，路牌上写着“溴西街”“古桥南街”等，这都是他从来没有听说过的街。自己家在哪条街上？爹没有说，他孤零零地摸着街道走。走了好几条街，司马征竟然没有找到自己家门口。司马征抬头看看天，已经中午了，村里人应该是正在吃晌午饭。吃晌午饭，是村里最热闹的时刻。记得小时候，街道两边长着高大粗壮的树，树荫下的人们都端着头号大碗，碗里盛着鸡蛋干面条、豆角蒸卤面、腐浆酸面条等，还有的一手端着鸡蛋汤，一手用筷子扎着三四个大馒头，吃啥饭的都有。他们或蹲或坐或走或喊或唱或吵或骂或笑，啥样的吃饭人都有。可今天的溴梁村街上，不仅没有了大树和树荫，也没有看到一个人在街上吃饭，只有几个打闹的小孩子从他身边跑过，还有两条狗在一堵老墙的背阴处懒洋洋地卧着。

这是溴梁村吗？他有些犯疑惑。十多年没有回来，回来后怎么像个外地游客来到一个陌生的地方旅游一样？他想起来了，溴梁村曾经被国内外媒体宣传过，说溴梁村在不到十年的时间让农民全都上了楼，上了楼的农民们吃饭当然就不会在大街上了。媒体还说，溴梁村的农民彻底摆脱了土地的束缚，不再顶着炎炎烈日挥汗如雨地在地里收割麦子，不再钻进像桑拿室一样的玉茭地里喘着粗气去上肥除草，不再冒着寒风大雪冻得鼻涕眼泪直流地去平整土地掏井挖河。总之，他们终于离开了土地，无限喜悦地过上了做梦都想的和城里人一样的幸福生活。

司马征在网上看到溴梁村翻天覆地日新月异的变化，曾经为自己是溴梁村人激动过，骄傲过。可现在回到了溴梁村，走在溴梁村的大街上，他觉得脚底有些虚软，有些腾云驾雾般的感觉。眼前的一切使他感到有些陌生，有些孤独，心里没有了丝毫的激动，也没有感到骄傲。他想起了一首诗：

先祖坟前思还乡，
血脉殷殷恩泽长。
举目难寻进家路，
低头不觉泪两行。

司马征虽然没有流泪，但心里还是有些失落和惆怅。诗是谁写的，他记不清楚了。

司马征终于看到一个人，这个人正在村中大十字路口的一棵老槐树下嚼人。

嚼人，是溴梁村的土话，就是骂人。溴梁村人有很多土话，爹满嘴土话。司马征上小学学了普通话，就开始觉得溴梁村人和爹说土话是因为他们太土，没有文化，讲的那些土话都是随口喷出来的。上大学时，他突然心血来潮，在图书馆里专门研究了几天溴梁村人的土话，吃惊地发现，爹和溴梁村人说的那些祖先们留下的土话，文化的内涵竟然是那么丰富，文化根源竟然是那么深厚。那些土话远比现代人的语言要睿智、深邃和博大。比如嚼人，新华字典解释说："嚼"（ júe ）字义同"嚼"（ jiáo ）字，如"咀嚼""过屠门而大嚼"。再查"嚼"（ jiáo ）字，才真的知道了这个字的厉害：上下牙磨碎食物。把人当成食物放在嘴里用上下牙磨碎，那该是一种何等的情景？想来令人不寒而栗。再比如，爹和溴梁村人把光膀子叫"裼脊梁"。"裼"读 xī 音，现代汉语词典上解释为敞开或脱去上衣，露出身体的一部分。全中国的人都知道裸着上身、不穿衣服叫光膀子，有几个人知道上身不穿衣服叫"裼脊梁"？其实，把上身不穿衣服叫光膀子并不准确。农村人夏天穿着汗褂、背心时，膀子都是光着的。唯有"裼脊梁"，才更加准确地表达了上身不穿衣服的状况。溴梁村人不仅把光着上身叫"裼脊梁"，还把光脚丫子叫作"裼巴脚"，把赤裸着的全身叫"裼肚肚"。

再比如，溴梁村人把最好的朋友、铁哥们叫"老怀"。现代汉语词典中把年岁大的人、在某些方面富有经验、很久以前就存在的等，都叫作"老怀"，指胸部或胸前思念怀念和腹中或心里存有等。溴梁村人把好朋友、铁哥们叫作老怀，认真品味，细细琢磨，觉得他们对“老”字和“怀”字的含义运用得是多么全面、深邃和老到。

司马征走过去，发现嚼人的是孙得意。孙得意裼脊梁，肩上搭个发黄的烂毛巾，坐在一把破柳圈椅上，地上放着一个吃完面条的空碗，还有一碗汤，汤上漂着两片红薯叶。他叉开两条腿，胸上腿上汗毛很重，黑森森的，像没有煺毛的猪。他裼巴脚踩着地，旁边扔着两只破布鞋，半仰着头脸，半眯缝着眼，像一尊坐着的黑煞神。他扯开瓢一样的嘴，先吆喝几声：“溴梁村人都听着！”然后开始嚼：

咱村有人叫老卖，
卖完好地卖树林，
卖完树林卖坟地。
卖得全村没地种，
卖得没地留子孙。
卖完子孙还不算，
接着再去卖先人。
卖地钱，吃死恁。
吃恁全家长疔疮，
疔疮烂得流脓水。
臭脓水，淹死恁：
一祖先二爹娘三大姑四老姨，
淹死恁：
五姊六妹七哥八弟九儿子十龟孙。
恁祖先……

孙得意是司马征小时候的老怀，这个老怀从小就会编着圈儿嚼人，只是学习不好，小学毕业后就一直在家种地。爹后来告诉司马征，孙得意噘人在淏梁村是出了名的。自留地里被人偷了一个南瓜、两棵白菜和几个西红柿，孙得意能端着饭碗边吃边噘，转着村子噘好几圈。端着饭碗噘人，是孙得意的创意。他说，噘人就要在全村人都吃饭时噘，那时候听的人多。半时半晌的人都不在家，你噘谁听？

司马征听着孙得意噘人，发现他噘的内容丰富，语言尖酸刻薄，语调顺口押韵，唯有声调不像男人，像女人，女声女气的。他噘得不紧不慢，有调门，有节奏，像六十年代淏梁村的老民间艺人刘瞎河说书似的。孙得意正噘着，发现有两个人走过来，便停下来，对那两个人打声招呼，说上几句话，就像唱戏里的道白。那两个人没有吭声，笑着走了，他接着又噘起来。

司马征觉得孙得意有点像个戏台上的演员，随时变换着腔调和嘴脸。孙得意噘了一阵又停下来小歇时，司马征走过去说："老怀，别噘了，有啥好好说。"

孙得意看看是司马征，说："老怀你回来了？你不知道，那个老狗比掰有多欺负人！你知道，村后地那口老砖圈井边的那块坟地，是俺孙家的老坟，老坟里埋着俺的先人。可那个老狗比掰把它卖给了化肥厂当污水池。你说欺负人不欺负人？我就是要噘他，让他祖宗八辈全家不得安生。"

狗比掰，是淏梁村噘人的口头语，比如"你这个狗比掰人，真不是好东西"。有时也指对他人说的话或办的事表示断然否定："你做那事是狗比掰""你说的话是狗比掰"。

孙得意噘的那个"狗比掰"是谁？司马征不知道。他只是觉得噘得太难听，尤其是新时代的村民，也应该讲点道德、文明一些才是。他劝说道："得意哥，老坟地埋着恁孙家的先人，那先人留下的子孙有好几十户近百人，人家都不吭声，你在这儿噘啥哩？"

"你说那话是个狗比掰!"孙老怀翻脸了,"吃饭千口,主事一人。我是老孙家的长房长孙,我不嚼谁嚼?"

孙得意从地上端起碗,刺溜刺溜地喝了两口红薯叶汤,润润嗓,大声吆喝道:"老卖老卖我告诉恁,谁要敢在俺先人头上动一撮土,俺先烧恁家房,再杀恁家人。最后俺也像老木头一样,把自己倒上汽油点了,俺要用命来祭奠俺先人。"

孙得意一脸正义,一副大义凛然的气魄,像个烈汉勇士,发誓要为孙氏家族的利益不惜牺牲自己的生命。

孙得意吆喝罢,没有再理司马征,扯开嗓子又嚼了起来:

恁祖先,不是人……

司马晃不知道听谁报的信,来接司马征回家。司马晃临走时看看周围没有人,轻声对孙得意说:"侄儿,嚼吧,嚼死那个老狗比掰。为了钱,把村里良田千顷都卖光了,把子孙后代们的衣饭碗都卖光了,子孙后代们将来吃啥?现在又卖村里的祖先们。嚼他,狠狠地嚼他。"

三

一条狗跑来,冲着司马征汪汪叫。爹冲着狗在地上狠狠跺了一脚,狗悄无声息地夹着尾巴走了。

司马征看着悠悠离去的狗,对爹说:"得意嚼得真难听。"

爹说:"得意是拿了孙家人集体兑的钱出来嚼的。孙家人多心齐,兑钱雇人,有的管去乡里、县里告状,有的管在村里嚼。得意是管嚼的,他隔三岔五地在大十字嚼,嚼了快一个月了。开始还有人稀罕看,现在都习以为常了,不看了。你常年不在家,村里事你不知道底细，不要乱吭气。”

司马征问：“嚼了顶用？”

爹说：“到现在也没有看见化肥厂在孙家坟地动工。看来嚼也怪有用。”

司马征问：“村里恁些地，咋都弄光了？”

爹说：“地再多哪经搁着卖？”

司马征觉得奇怪，问：“农村地咋也能卖？”

爹说：“咋不能卖？”

司马征问：“咋卖？”

爹说：“村委会主任王武德说，现在要求城乡一体化。咱村离县城近，规划的五环路把咱村环进去了，环进去就变成一体了。变成了一体，城里的地能卖，咱村里的地咋不能卖？”

司马征看看爹，问：“环进去的地都是好耕地，好耕地能卖？”

爹说：“环进去的地每亩给三百块钱，就不让再种了。放上三年，就成了荒地。荒地不是耕地，就可以卖了。”

司马征又一次想到了溴梁村人的聪明。

爹说：“城里人嫌城里房贵，就在咱村买地盖房。离县城远的外村人做生意发了财，想让孩子在城里上学，也来咱村买地盖房。来咱村买地盖房的城里人和外村人有百十多户，都是盖的五层六层的，还有八九层的。娘那×，拿钱多的院地划得大，楼房盖得可洋气了。前院用石头垒有假山，假山上往下哗哗流水。后院弄有花园，花园里不种粮食，净种些不能吃不能喝的花花草草。”

司马征想到了刚才看到的那些厂，问爹：“那些门口挂着这厂那厂的牌子，里面咋都荒着？”

爹说：“王武德一开始对村里人说，弄些有钱人来村里办厂，一亩地的收益比种地强得多。他带着一帮人出去招商引资,回来时屁股后跟着一群人。这些人进了溴梁村,活像民国三十二年时蚂蚱吃秋庄稼一样,呼呼啦啦地你圈五十亩,他圈一百亩,这人又圈二百亩,地说没就没了。”

司马征问:“那些厂咋没有办起来?”

爹说:“办的都是啥狗比掰厂?有的厂冒着黑紫黄烟,呛死人。有的厂尘灰盖天,从旁边过得小跑,慢了灰尘落得满头满脸满身,像头灰土驴。有的厂天天往外流水,流那水腥臊烂臭,流到哪里哪里寸草不生,人闻着恶心头晕。村西头的刘蛋三十二岁得了肺癌,王三毛在塑料厂干两年突然变成了哑巴,看见谁直‘啊啊’不会说话。郑望江的孙子生下来长着两个头,村里每年都要死十好几个人,最小的才五岁,得的都是千奇百怪的病。村里人去那些厂里闹,说污染,就停工了。现在都是长着半人深的草,撂荒好几年了。”

司马征问:“村委会不管?”

爹说:“村委会说和人家签有合同,都是五十年七十年的。妈那×,地都圈走了,村也污染了,厂也停工了,挣个狗比掰钱?有钱人把咱村的地都糟蹋光了。”

司马征问:“没有地种粮食,老百姓靠啥活?”

爹说:“靠征一亩地给的三百块钱。三百块钱顶个啥?咱村现在都像城里人一样,吃粮吃菜都要拿钱买。买的那些菜粮都是用化肥催出来的,含农药都超标,哪有自己种的好?农民想种地,可地都快没有了。”

司马征问:“一亩地三百块年年都给?”

爹说:“年年给?美死你了!一次给你就完了。”

司马征:“祖祖辈辈留下的地,给了三百块钱,子孙后代们就永远没有地了?”

爹说:“王武德说,将来的子孙们都成了城市人,光鲜体面,还要地干啥?”

司马征说:“一亩三百块,太便宜了。”

爹说:“便宜?给你三百块钱就不错了。有的地说不好,只给二百多块。”

司马征问:“农民的地不是都承包的,签有合同吗?”

爹说:“签合同?恁木头爷咋死的,你忘了?”

木头爷的死司马征哪会忘。刚才孙得意嚼人时还提到了木头爷。司马征最先是在凤凰网上看到的,题目是:农民张木头舍命护地,点汽油烈火中丧生。司马征打电话问爹详情,爹说是因为种铁棍山药。铁棍山药是河南温县的特产,是山药中的极品,历史悠久,药用和营养价值极高,曾为历代皇家贡品,也是同仁堂不可或缺的重要药材,一九九四年荣获巴拿马万国博览会金奖。木头爷是溴梁村种铁棍山药的好手。他承包的三十亩地原先是溴河故道上的胶泥料礓地。为了能种铁棍山药,他带领全家烧草木灰,攒人粪尿,深翻细耕打理了五六年,才把薄地变成了好地。随着铁棍山药在市场上销路走好,木头爷种铁棍山药也出了名。木头爷种铁棍山药出名,得益于他编的顺口溜:

铁棍山药是个宝,
男人吃了女人受不了,
女人吃了男人受不了,
夫妻吃了床受不了。
楼上吃了楼下受不了,
全楼吃了土地爷受不了。

司马征在伦敦开溴医堂,铁棍山药是经营的主要品种。司马征把木头爷的这段顺口溜用英文翻译了作为广告,贴在溴医堂里,引来了很多买铁棍山药的顾客,铁棍山药顿时供不应求。一九九八年司马征第一次回来时,和木头爷签了合同,准备在英国专营木头爷的铁棍山药。

爹告诉司马征,木头爷说小征在英国卖咱溴梁村的铁棍山药,信誉比命大。铁棍山药是祖传宝贝,必须保证质量。他咬牙让三十亩地停歇了六年,六年内三十亩地只种庄稼不种一根铁棍山药。因为铁棍山药很费地力,一块地种了一次铁棍山药后,停六年不能再种。六年中,木头爷每年拿出一小块地来精心培育品种,把其余的地深翻细耙,上足底肥。到了第五年,又停了一年白茬地,连一棵庄稼也不种。第六年春天,木头爷把三十亩地全部种上了铁棍山药。春雨贵如油,那年春雨下得勤,春雨绵绵,地又肥,种又优,山药苗破土而出,一天一个模样。夏天,秧苗咔嚓咔嚓拔着节长,秧上长出片片绿叶,很快覆盖了地面。

一天,王武德对木头爷说:“村委会决定引进一家制药厂,地点选在你那三十亩地。村里以每亩二百八十元的补偿把你的地收回了。”

木头爷说:“凭啥?”

王武德说:“凭规划。”

木头爷说:“承包三十亩地是村委会定的啊!”

王武德说:“收回来不是村委会定的?”

木头爷说:“我和村委会签有承包合同。”

王武德说:“村里跟制药厂也签订了合同,小合同要服从大合同。”

木头爷看着六年的心血说没就没了,急了,跑到乡里县里去要说法。乡里县里接待他的人都说，地是村里的，村委会的说法就是说法。

一个乡土地所的干部到村里来做工作，劝木头爷说："新时代的农民一定要把自己从黄土地上解放出来，哪能老想着种地？咱农民种地种了几千年了，还没有种烦？种地能把自己种上楼？种成城市人？"

木头爷说："我是农民，农民就是要种地。没地种，吃粮吃菜吃铁棍山药从哪来？从屁股眼里屙出来？"木头爷有些疯了。

爹说："制药厂来开工的那天，七八台铲车和推土机像当年老日本的坦克车一样，在山药地里'突突突'地横冲直撞，又刨又铲。木头爷仰天无泪，冷不防把一桶汽油倒在了自己身上，划根火柴点着了。木头爷在烈火中喊：'地没有了，山药没有了，我咋给小征交代啊？'"

木头爷最后被烧成了像化肥厂烧锅炉的炭。

新农村的大街上真干净，不时有摩托车飞驰而过，竟然飞不起一点灰土。爹领着司马征边走边说："你刚才看到的那些围起来里面长满荒草的院子，有一个院子就是把恁木头爷家地征走的那家制药厂，停工好几年了。"

司马征听了心里一剜一剜地疼，没有再吭声。

爹又说："趁现在村里地还没有弄完，你手里有钱，赶紧回来划块地盖房。要不再过几年，连搭窝棚的地方也没有了。咱划块地就是不盖房，抹上地基放到那儿，也能留下一块地，将来种上点粮食和菜，不是也有个活路？"

司马征点了点头。

四

天刚下过一场雨,晌午后的太阳像火一样地烧烤着村子,地上冒着腾腾热气,村里如蒸笼一般,蒸得人们不愿说话,鸟儿不鸣狗也不叫,一片寂静。司马征跟着爹去找村长王武德。

王武德家的大门很气派。两边是敞开的八字形影壁墙,两座黑色大理石建造的汉阙重檐式门柱,左边的柱子上挂着一个白牌子,牌子上写着脸盆大的黑字:溴西果品蔬菜公司生产基地。进了院子,迎面是一座假山,假山后面一条水泥铺就的路直通二百多米外的一栋七层小楼。路的一边是果树林,种着苹果、大枣和桃树等。另一边是菜地,种着萝卜、白菜、辣椒、西红柿等。司马征看了看王武德的院子,约有百十亩大。

王武德裼脊梁,露出肥胖的蝈蝈肚,坐在小楼前葡萄架下的藤椅上喝着茶,看见司马征和他爹,抬起手啪地在自己脸上扇了一巴掌。司马征吓了一跳。爹说:"别怕,恁德叔不论看见谁,都先扇自己一巴掌。"

王武德笑了,说:"这是小时养成的毛病,那时候咱村里树多草多水多,蚊子密密麻麻,经常咬我的脸,也没有啥东西打,就用手,时间长了就成习惯了,有没有蚊子咬都想打。"

爹说:"武德,小征回来了,想盖房,俺家划院地的事你能不能咬个牙印?"

王武德欠了欠屁股,看了司马征一眼,不紧不慢地说:"小征,你在英国有房有业,还稀罕溴梁村这巴掌大块地?"

司马征按照爹的叮嘱,笑着说:"德叔,咱村在您领导下家家户户都盖了新楼,很快就变成县城了,真比英国强。过几年我还要回来哩。”

王武德又啪地扇了自己的脸一巴掌，说：“你咋是个憨囟屎，回来干啥？咱村人多地少，把你爹娘弄到英国多好。听说那儿地面宽得很，骑马跑一天看不见一个人？”

爹说：“英国人说话我和他妈听不懂，就爱在溴梁村听你叫唤。”

王武德笑了，说：“你也是个老囟屎，小征拿钱给雇个翻译不就行了？”

爹说：“英国也不是满地钱，一抓一大把。”

王武德说：“小征不是开有中药铺吗？中药价钱有啥谱？看村西头人家王孬，在莫斯科也是开了个中药铺，发了，发大了，买了一栋楼，娶了四个俄罗斯媳妇，生了一堆孩子。他妈去莫斯科住了一年多，临回来连多少个孙子孙女都没有弄清楚。孬还说，死都不再回来溴梁村。看看人家孬，多有志气。”

王武德再次扇了自己一巴掌，这一巴掌有些重。

司马征发现王武德虽然经常往自己脸上扇巴掌，其实扇得轻重是不一样的。有时扇得不重，只是象征性地轻轻一扇，点到为止，有时甚至只是做做动作。有时就扇得有些重。

司马征不知道，王武德不停地往自己脸上扇巴掌，扇轻扇重，都是有学问的。这种学问是他当村委会主任多年悟出来的。对待上级，自己无论对错都扇，扇了都有好处。自己错了扇得重些，表示一种认错、被惩罚的态度：我已经扇了自己巴掌了，杀人不过头点地，还能让我咋办？自己没有错，扇巴掌就轻些，不仅显得自己谦虚，还能让领导自己去反思——扇自己巴掌的过程就是让领导反思的过程。在这个过程中，那些有点明智的领导会感到自责或不好意思。对待下面的老百姓，扇自己巴掌就是一种威慑，这种威慑能够摆平很多难缠的人和难缠的事。对待难缠的人或事，开始扇得轻些，让对方看到村委会主任自己扇自己巴掌，心里会感到有些难堪或不好意思。如果见效不大，就慢慢扇得重些，威慑力就不断地加大：我王武德作为村委会主任，是溴梁村的一把手，已经在不停地扇自己巴掌，而且越扇越重，你还能有啥说的？还有啥事一直纠缠不清？如果遇到执迷不悟的人，随着王武德对自己越扇越重，直到狠扇自己一下表示结束，就象征着他以强大的威慑力，要彻底摆脱难缠的人和事情。

爹看见王武德扇自己的巴掌重了，就有些急了，说："武德，你说那些狗比掰话顶屌用？我是溴梁村老根户，凭啥不给我弄块地盖房？"

王武德也收起笑脸，说："村里地恁紧张，你就一个儿子还在英国，老院子还能住，凭啥非要再给你划个新院地盖房？"

爹说："老院是我们弟兄几个共有的，咋是我一个人的？"

王武德说："你那几个弟弟不是都跑到城里去了吗？"

爹没有吭声。

王武德又说："村委会有规定你不知道？凡是离开村子二十年的，一律不再算溴梁村人。恁那几个兄弟就是回来，老家也没有他们份了。"

王武德站了起来，不再说话，像磨道的驴一样在葡萄棚下转悠着，不时地往自己脸上扇巴掌，而且有越来越重的趋势。

司马征看着王武德，心里真感到有些不好意思起来。他想到了孙得意嚼人。想到了孙得意嚼人，是想到了钱的魔力。他还想到了爹说的村委会卖地。

晚上，司马征拿出一千英镑塞给爹，让爹给王武德送去。爹不去，说本村人划院地是不要钱的，干啥要给他钱？还是外国钱！司马征说八月十五快到了，只当给他送礼钱，咱也不缺这点钱。再说德叔可能没有见过英镑，见了会喜欢。

爹去了。爹回来说，王武德正在吃饭，把英镑给了王武德，说是小征的一点心意，请他德叔闲时候去英国逛逛。

爹说："王武德那个鸡巴货，一只手拿着英镑不停地甩，甩得哗哗响，一只手往自己两边的脸上时不时地扇巴掌，说：解放前在郑州给英国人擦皮鞋时见过英镑，以后就再没有见过。"

几天后，村委会给司马晃划了一块新院地。

五

楼房是请老梁设计的。老梁是司马征读县高中时的同学，毕业于同济大学，曾在北京圆明园修缮队当过技术总监，跑过世界上很多国家；后来又被洛阳黄河古建工程公司聘为顾问。老梁干活利落，很快就把新院地规划好了。他绘好图，放好线，钉好木橛。镇中伯一声开工，挂在竹竿上的鞭炮噼噼啪啪地响了起来。鞭炮声中，司马家族的人有的嘴里叼着骆驼牌香烟，有的啃着酱猪蹄和烧鸡，他们边抽边啃边挥锹抡镐帮着打地功。

打地功就是城里人说的打地基。按照老梁放的白灰线，挖好了地基，开始打夯。打夯是个力气活。八个小伙子手里拿着粗麻绳，麻绳有两米多长，系在一块圆的、直径一尺半、高约一尺的青石头上。那青石头叫作硪，或者夯，有几十斤重。打夯要唱打夯歌，唱着打夯歌打夯，一来嘴乐身不累，二来能拢齐人气。

领头的司马墩先唱："伙计们准备好啊？"

大家唱着呼应："好啊。"

司马墩唱："使劲往上扔啊！"

大家呼应着唱："扔啊！"

随着一唱一和，八个小伙子齐心协力绷紧绳子，把几十斤重的夯抛到了三四米高的空中，再狠狠地砸下来，砸得地面颤动。地基打了一遍夯，镇中伯拿着铁锹把夯过的地面铲平，洒上水，铺一层浮土，再接着打夯。就这样一层一层地打，三天后，地基打好了。

下午，太阳刚偏西，工匠们说着笑着往地基上抹灰，铺砖石。不知道从哪儿突然拥来了一大群人，个个头上缠着白孝布，手里举着花圈、纸人、纸马、纸电视机、纸电冰箱等，呼呼啦啦摆了一地。他们扑通、扑通跪在地上不停地磕头，嘴里祖先、爷爷、奶奶，爹啊娘啊的，喊啥的都有。还有几个人挥着铁锹，在房屋正中间的空地上圆起坟堆来。

司马征急了，一个箭步跑过去，用手夺一个人的锹，两只脚不停地踢圆起来的坟堆。

一个八十多岁的老头过来，一屁股坐在坟堆上，对司马征说："这是俺家的老坟，这地下埋着俺的先人。俺爹妈就埋在你家的房底下。你们哪里不能盖楼，非要在俺爹妈头上盖？"

司马征看着老头那张不要命的老脸，呆在那儿，不知道该咋办了。

这时，有人点燃了花圈、纸人、纸马等。烈火熊熊，灰烬在热浪中像黑色的蝴蝶四处飞扬。编织那些纸扎的柳树枝、高粱秆，在烈火中噼噼啪啪地响着，青烟灰烬弥漫了一院子。司马征拿着铁锹，跑过去扑打火苗。火苗没有扑灭，倒看到一个小伙子提着大竹篮子，往空中大把大把地抛撒白纸钱。外圆内方烧饼一样大的白纸钱像雪片一样，纷纷扬扬，飘飘摇摇，忽忽悠悠，慢条斯理地落在了人们的头上、身上和地上。司马征去夺那个小伙子装着白纸钱的篮子，又有人点起了鞭炮，噼噼啪啪的鞭炮声响了起来。那群人听见鞭炮声,齐刷刷地盘腿坐在地上,扭鼻涕甩眼泪地放声哭喊起来。那哭声听起来很大,听下去觉得那仅仅是声音,干干的,并没有流露出丝毫的悲伤。哭闹声引来了溴梁村很多人观看。

打地功抹地基盖新房,是农村人的大喜事,可这突然降临的一群人,把司马征家的大喜事变成了办丧事的地方。

爹气得脸色铁青,一蹦一跳地去找王武德,说:“武德,我日你先人,你把滩人的坟地划给我?”

王武德来了。他往自己脸上啪地扇了一巴掌。这一巴掌扇得有些重,脸上顿时就红了。他板着脸对那个八十多岁的老头说:“你们哪村的?”

老头吓了一跳,说:“我这么大岁数了,你当着这么多人扇自己脸,你是欻[①]谁哩?”

王武德说:“我自小就有这个毛病,谁也不欻。恁说这是恁家坟地,有啥证据?”

老头往地上跺着脚说:“俺是黄河滩的,这下面有老师法,不信挖挖看?”

滩人拿着锹往地下挖。挖了一阵,挖出个灰橛,灰橛下面还有一块大方砖,砖上刻有两行字:灰橛南十二丈五尺七,东七丈八尺三孙善祖坟。

灰橛,是溴梁村的先人创造的划分地界的标志。平原上的村子地面再宽,空地再多,地依然非常金贵。家家户户的院地、田地、坟地之间,为了把一分一厘的土地所属划分得清清楚楚,使它作为永久性的基业遗留给自己的子孙后代,都要下灰橛标志界限。下灰橛很有讲究。定好地界后,在确定的位置挖一尺多深的坑,在坑

① 欻:温县方言,意思为“用惩罚自己的方式让对方难堪”。

底用铁火柱往下扎二尺多深的洞,把白灰水浇灌下去,在地下形成白灰柱子,上面放块刻有字的砖,砖上再放上石橛,石橛周围再种上枸杞。就形成了地下有白灰柱,中间有刻字砖,上面有石头橛,地上长有枸杞的地界标志。

王武德问:“孙善祖是谁?”

老头说:“俺老爷。”

王武德站在灰橛的位置往前后左右四周看了看,说:“这里的坟‘文化大革命’时就平了,一直种庄稼,谁还记得这里是你家的祖坟?”

老头说:“这灰橛你不是看见了? 现在政府讲以人为本,死去的也是人。谁都有祖先。你没看报纸电视? 人家周口市一夜就新圆起了一百多万座坟。一百多万座啊,那是多少人的祖先,你知道吗? 俺爹妈的坟咋就不能再圆圆?”

王武德扇了自己一巴掌,说:“村委会有规定,老坟一律不能再圆。”

老头不再看王武德,他冲着司马征说:“你敢在俺祖坟上盖房,我就死给你看。我死了也要埋在这儿,和我父母祖先做伴儿。”

老头说着站了起来,拄着拐杖晃晃悠悠地向司马征走去。

司马晃急了,去拦那老头,嘴里骂道:“算了算了,这个狗比掰地方我不要了。”

司马晃回头对王武德说:“武德,恁家院里地方大,百十多亩,我上恁家的院里盖去。”

黄河滩人火了,揪着司马晃的衣领,举起拳头、巴掌要打他,说:“你这喷粪的嘴,这是俺家的祖坟,你敢骂这是狗比掰地方?”

溴梁村人多势众,拉开了黄河滩人。

王武德说："老晁，算尿了吧，真没有想到他们还有这么多后人。"

黄河滩人不由分说，在那个院子里圆起了几个大坟堆，几乎占满了整个院子。每个坟堆上都压着白纸钱，几个没有焚烧的花圈也放在上面。

后来听说，黄河滩人第二年在坟堆间的空地上种上了菜。几年后，那几个大坟堆越来越小，菜地越来越大，不仔细看，都以为是个菜园子。黄河滩人私下对溴梁村的亲戚说，黄河滩原先地很多，这些年搞黄河滩工业开发区，全建成了工厂，地没有了，吃菜全是买的。后来知道，买的菜都是用化肥催的，叶子上撒的农药一层摞一层，吃多了得癌症。黄河滩人就想办法四处弄地，弄来地自己种粮种菜自己吃。溴梁村人听了，说黄河滩人不穿衣服比猴精。

几天后，村委会在别的地方给司马征家又划了一块院地。

六

为了一扫在黄河滩人祖坟上盖房带来的晦气，为了让爹妈高兴，司马征要在这块新院地上盖出全溴梁村、全温县最奢侈、最豪华、最别致、最光彩夺目的楼房。司马征拿出来五十多万。司马征在伦敦开的中药铺溴医堂，生意非常好。英国人爱用中药养生，尤其爱吃温县的铁棍山药。他不缺钱。

司马征几年前就筹划着给爹妈盖楼了。他觉得农村的楼房不能盖得太高，但一定要具有世界水平，一定要让溴梁村人长长见识，看看欧洲的乡村小镇都是啥样的村民居舍和田园风光。比如那里的名居豪宅，都不是太高，两层居多，三层的很少。不像在溴梁村盖房的那几家土财主,包括武德叔家,楼房盖了五六层、八九层高。盖那么高除了炫富,能有啥用? 大都是在一楼做饭待客,二楼住人,三楼堆放杂物,四楼以上基本上是野猫耗子的居所。司马征特地在考察时,选择了一些乡村小镇的特色庄园,从不同的角度拍了许多照片,最后把照片都给了老梁。

伦敦郊区的丘吉尔庄园,在门的设计上就很有特色。丘吉尔的第一代祖先在修建庄园时,从大门到卧室安了一百五十多道门。据说是为了和情人在庄园里厮混,等老婆到达庄园后从第一道门进到卧室,必须要走过一百五十多道门。这等于层层设防。司马征受到启发,说自己常年不在家,为了安全,使小偷不容易进到父母卧室,请老梁在设计门时借鉴这一风格。为此,从院子大门到二层楼上父母的卧室,老梁设置了整整十五道门。

司马征给爹盖的两层半小楼竣工了。这栋楼无论从建筑风格、雕刻彩塑、所用材料以及院内格局,真是让溴梁村人大开眼界。

大门口是一片敞开的草地,草地中间是一个红色大理石砌成的花坛,花坛里安放着一尊三米多高的金属雕像,雕像是罗丹的名作《思想者》。思想者裼肚肚,驼背坐着,弯曲的右手托着下巴,两眼目光冷峻,低头审视着眼前的地。

爹围着思想者转了好几圈,问司马征:"这个狗比掰货,咋裼肚肚坐在咱家门口?"

司马征说:"这是外国一个著名雕塑家的作品,名字叫《思想者》。"

爹说:"他思想啥? 是不是思想为啥把我放到这儿?"

司马征笑了笑,没有再给爹解释。

思想者的两侧是八字形开面,像是古代的衙门。思想者的后面是正院的大门。进了大门是一条三尺宽的路,用清一色的花岗岩铺成。迎面是一栋两层半高的楼。单就楼的人字形山墙朝向,就和全溴梁村的所有房子都不一样。它正对着大街,面南朝向。四个四叶式圆形石柱墩上,立着四根多立克式石柱,直通人字形屋檐下面的水平横梁。横梁是一条雕花的砂岩。整个墙的主体由红砖砌成。一层的中间是圆拱形正门,两侧是两个欧式的白色窗框,镶嵌着彩色玻璃。二层楼的整面墙用红木雕刻造型分格,镶嵌着一整块透明的大玻璃墙,豪华庄重,采光充分。二层顶部横着的砂岩梁上,是半层高的三角形框架,在三角形框架的正中间位置,雕刻着一尊牛头。那牛头比南非马赛马拉草原上野牛的头还大,牛角高扬,牛眼圆瞪,虎视眈眈地看着院里和大街上。牛头的两边开着两扇造型别致的小窗户。

有人知道,司马晃是属牛的。

这种楼房的外观形制用料,让所有看到的人眼睛一亮,有不少人脱口而出:"这楼房真牛×。"

爹说:"我盖了一辈子房,从来没有见过这样的楼房。"

很快,溴梁村人还传播出一个信息:司马征盖楼用的大理石,和古希腊修建卫城用的大理石出自同一个采石厂。门窗上的彩色玻璃,和梵蒂冈教堂门窗上的一模一样。墙上涂着的油漆,卖漆的人当场大口喝过,是最环保的。砌墙的红砖,和莫斯科红场建筑物上的红砖出自同一厂家。最讲究的要算地面用的地砖,据说是从当年装修克林顿办公室剩下的地砖中弄一部分走私过来的。

新楼盖好后,司马征买了一挂十万头的鞭炮,把大门口和院子里崩得炮屑飞溅,青烟弥漫。在一阵鞭炮和街坊邻居们的喝彩声中,在溴梁村人无限羡慕的目光中,司马晃夫妇高兴得像当年做新郎新娘似的,咧着说不出话的嘴,搬进了新盖的豪宅。

谁知这么好的楼,母亲住进去第二年就得了肺癌,很快就去世了。

母亲真是命苦。

七

二〇一二年的秋天，司马征又接到了司马晁的电话，说自己吃不进饭，浑身无力，连站起来走路的力气都没有了。司马征急匆匆地从伦敦赶回了溴梁村。

爹躺在床上，脸色灰黄，说话声音有些绵软。司马征带爹到市医院检查，医生看了看片子，说发现肺上长了个东西，是不是癌还不好确诊。他没敢给爹说，只是说是腰脊椎骨质增生，压迫到两腿神经，不大要紧，回家抹点药理疗理疗就行了。

从市里回来路上，爹突然说不想回新院，要回老院子去。

不到十年时间，溴梁村已经分成了两个村子。一个是新村，在老村子的北面、西面和东面，呈“凹”字形围着老村子。村子的南面是县城，不允许往南发展。新村子的楼盖的都是三到八九层高，砖或水泥钢筋浇筑的墙，有的墙外面还贴着华丽的彩色瓷砖，楼顶上盖着红或青色的瓦。街道是水泥铺成的，街道两边有的人家开着小卖铺，街上人来人往，不时有大车、小车、摩托穿行，非常热闹。老村子已经很少有人居住了。依旧是一条东西走向的土路，两边是低矮的旧瓦房破草房，有不少人家的院墙屋墙已经倒塌，房顶上和院子里长着野草小树。

司马征家的老院子就在老村子的南头。司马征把爹搀扶到了老院子。秋天了，久不住人的院子一片荒凉。满院的野麻、艾蒿、鬼子姜、狗尾巴草，现在都变得有些枯萎发黄，枯草间落着一层树叶。院里的颜色就像爹的脸。

司马征扶着司马晃进了老屋，老屋里弥漫着一股陈旧的气味。司马晃坐在八仙桌旁的柳圈椅子上，抬眼看着屋里的墙，墙上有几张原先糊的报纸已经崩裂脱落下来，悬挂在墙上，像朵朵开败的残花。

司马晃对司马征说：“去，把墙上那些破报纸全都撕下来，看着眼晕。”

司马征去撕墙上的报纸，发现报纸是“文化大革命”期间的《温县一二·九造反兵团报》。有几张同一天的报纸还平平整整地贴在墙上，报纸上通栏标题写着：红卫兵勇破四旧，平祖坟斗志昂扬。

司马征说：“爹，这报纸可都是文物啊！”

司马晃说：“啥狗比掰文物，都给我撕了。”

司马征撕去报纸，露出了里面的土墙。土墙是用泥土和着麦秸垛成的，随着撕去的报纸，墙上飘下一片灰尘。灰尘带着陈旧发霉的气味弥漫开来，直往他的鼻子和嗓子眼里钻，他的鼻子和嗓子有些发辣，直想咳嗽。司马征低头看看脚下的地，地是用黄土夯的，夯得很瓷实，因为踩踏的时间久了，变得有些黄中发暗，暗中发亮。小时候，他每天都趴在地上玩，记得地面上裂开了几块皮。他曾把一块地皮抠翻过来，发现下面有着一层稀稀点点的白色。爹说那是小孩子撒的尿多了，渗到下面结成的尿碱。司马征说我在地上撒过的尿才有多少，哪会在这地下结成尿碱？爹说你尿的次数不多，可我爷我爹我和你四个叔叔都在这地上尿过。这种尿碱有好处，能防虫蚁，不比现在的杀虫药差。司马征又环视着屋里的床，那床是槐木做的，已有一百多年的历史，据说爷爷就出生在那张床上。还有那条长板凳，那把小木椅等，都有着几十年、上百年的沧桑岁月。

老屋的一切对司马征来说是那么熟悉,因为他一出生就跟着奶奶住在这屋里;又是那么的陌生,因为他毕竟在伦敦那个繁华的世界大都市生活了那么多年,怎么也没有想到老屋的一切都还依旧。

司马晃半天没有说话。

司马征抬头看看坐着的爹,爹正在看着八仙桌下面,目光有些发直发呆。

司马征说:“爹,看看老房子,咱还回后街住吧?”

爹说:“征,把后街新院那楼拆了吧?”

司马征瞪大了两眼:“拆楼? 爹疯了?”

不过,后面三个字他没敢说出口。

爹说:“拆吧。”

司马征问:“为啥?”

爹说:“拆了种地。”

司马征说:“好好的楼,咋要拆了种地?”

爹说:“种地。现在村里没有地了。吃粮吃菜都得买。买的粮食和菜都是用化肥催的,上的都是剧毒农药,咱村每年死不少人,都是得的肝癌肺癌胃癌食道癌的,医生说与吃买的粮食和菜有关系。咱村人没有黄河滩人精,黄河滩人说他们自己吃的粮食和菜上的都是人粪尿,种菜从不打农药,有了虫用手去逮。他们说,那些种地种菜专业大户从来不吃自己种的东西,他们种的东西都是卖给城里人吃的。现在咱村人迷糊过来了,也想自己种粮和菜。可是城乡一体化了,没有地了。拆了楼弄出一块地,咱也自己种东西自己吃。”

司马征想了想,对爹说:“那就在咱这老院种,不是一样吗?”

爹看看他,没理他。停了一会儿,爹说:“把那个东西搬出来。”

司马征问:“啥?”

爹说:“灰橛。”

司马征四处瞅瞅:“啥灰橛?”

爹用拐棍指着八仙桌下面说:“眼瞎了,恁大个东西看不见?”

八仙桌放在老屋北面墙的正中间,从司马征记事起,八仙桌就是一个非常神圣的地方,上面敬奉着司马家族的历代先人牌位,下面收拾得干净利落。奶奶、母亲在世时,每天早上起床的第一件事,就是用抹布蘸着清水把桌子擦洗一遍。年下时上面摆满了猪头鸡鸭鱼肉水果等各种供品,香炉里插着香火,青烟袅袅,满屋里飘动。

八仙桌下,司马征看见了那个灰橛。那灰橛乍一看像块大土坷垃,其实是石头的,圆锥形,大头有头号碗的碗口粗,尺把长,灰黄色的,浑身不太光滑。老房子里常年没住人,灰橛躺在八仙桌的下面,覆盖着一层灰尘,不仔细看不知道那是啥。

司马征问:“搬它干啥?”

爹说:“叫你搬你就搬!”

司马征弯下腰去搬那灰橛。那灰橛约有二十斤。司马征吭哧着,从八仙桌下面搬出了那个灰橛,弄得浑身两手都是灰土。

“放哪儿?”

“去洗干净。”

“贼次耐①,洗它干啥?”

“叫你洗你就洗,啰唆鸡巴啥?”

---

① 次耐:溴梁村土语,意思为“脏”。

司马征把灰橛搬到院里，用水洗干净，又搬进来放在爹面前。爹指着那个灰橛，问司马征："知道是哪来的？"

司马征摇摇头。

爹说："新院地下挖出来的。"

司马征说："挖出来个灰橛又咋了？还非要拆楼？"

爹说："知道灰橛下面的砖上写的啥字？"

司马征还是摇摇头。

爹说："咱农村人拉屎撒尿喜欢敞亮，用玉茭秆或土墙一围就是厕所，屎尿再臭，风一吹啥也闻不见了。不像城市人，吃饭睡觉拉屎撒尿都在一个屋里。你把厕所盖在楼里，恁妈嫌太次耐，经常吃不进饭，就让司马墩在院子里挖了个厕所，没想到挖出了两副棺材，旁边立着这个灰橛。"

司马征还是没有明白爹的意思。

爹又说："这灰橛下面有一个刻字的砖，砖上写着：司马宫坟茔。你知道司马宫是谁吗？"

司马征说："不知道。"

爹说："司马宫是我的老爷，你的老祖爷。新院地原来是咱家的老祖坟，坟里埋着咱家历代祖先的棺材。原来离村子两里多远上岗地的那一大片老坟，你还记得吧？老坟是好多家的，其中也有咱家的老坟。你爷爷奶奶民国三十二年死在外地，咱家祖坟的具体位置我也记得不太清楚。'文化大革命'时破四旧，把那一大片坟全都平了，石碑砸了，柏树刨了。几十年来，生产队种菜种粮，把那块地翻来翻去。后来，楼房越盖越多，村子向外扩展，真没有想到，咱把新楼盖在了自己家的祖坟上。我和你妈天天和祖先们住在一起，我和你妈住上面，祖先们住下面，你想想那是啥心情？你妈住进去才两年，把命都贴进去了。"

爹说去找过王武德。

王武德说:“老晃,年代多了,连你自己都不知道那里是你家的祖坟,我咋会知道?”

爹说:“武德,能不能再给我划块新院地?”

王武德说:“你是真不清楚还是装糊涂?咱村里哪还有好地?剩下的几块七不齐八不整的地,下面不是张家王家就是李家郑家的祖坟哩,那就更麻烦。再说,你正好在自己的祖坟上盖楼,谁也说不出啥来,就只当你给你祖先看坟哩。”

爹对司马征说:“武德说的是实话,村里真是没有好地了。”

爹停了一会儿,又说:“征,咱用你在英国挣的血汗钱,买了咱自己的祖坟,在上面盖了恁排场一栋楼,我死了咋去见恁爷爷奶奶和祖先们?村里还有人说,大门口你弄那个裼肚肚的思想者,老盯着地看,盯着地看想啥?就是想不通你咋会把恁好的楼盖在自己的祖坟上。”

司马征苦笑一下,他这才明白了爹不去新院住的原因。

司马征想了想,对爹说:“这老屋太次耐,咱先还住到新院,我这几天把老院子收拾收拾,再搬过来住?”

司马晃答应了。

八

秋天的来临,新溴梁村的人们并没有意识到。因为那里没有树木花草等参照物,他们看到的依然还是那些反射着热浪的楼房、白光光的水泥路、穿梭般的车流和顾客如织的小卖铺。他们感到新溴梁村依然是那么的火烧火燎,那么的热气腾腾,那么的轰轰烈烈。只有到了老溴梁村的人,才会感到有些冷静,有些安宁,有些清醒。因为他们看到了那些经过春夏两季疯长的花草树木,现在都气数已尽,开始慢慢露出枯萎凋落的迹象。

司马征来到了老院子。他决定在老院子给爹再盖一栋楼,他无论如何也要给爹盖一栋楼,了却爹一辈子的心愿。他有的是钱。他踩倒了院里那些疯长的野草小树,迈开步子测量着老院子的面积。可量来量去,老院子要盖一座自己理想中的楼,面积确实小了些。

他想到了西邻居。司马征知道,西邻居的祖上和自己的老祖爷司马宫聚过仇,聚仇就是因为盖这座老上房。爹说,曾祖父为盖这座上房,十多岁就开始在院里种树。二十多年后锯倒了那些树,小缸口粗的做大梁,洗脸盆粗的做二梁,大碗口粗的做檩条,枝枝杈杈和小树做椽用。最后缺了一根檩条,曾祖父去锯与西院边界上的一棵树。那棵树原本是野生的,小时候没人注意,直到长大了,能当材料用了,两家人才都围着那棵树不停地看,都说是长在自己家的院里面。那时候村子里人口少,地面很空旷,家家户户之间野草相连,小树疯长,看上去好像并没有严格的边界。为了弄清楚那棵树到底归属谁,曾祖父和西院拉起了天线。

拉天线分边界为的是寸土不让,寸土必争。看似为了争眼前寸土寸地上的这棵树,实质上是争谁能世世代代拥有这寸土寸地。寸土寸地虽然不大,如果世世代代地拥有它,就能拥有它世世代代生长出的财富。为了争那寸土寸地上世世代代的财富,邻里之间为边界拉天线的很多。两家请来了村里的管事人,在院子两头的分界点刨出了灰橛,在灰橛的位置插上一根高高的竹竿,两根竹竿间拉着一条天线。在两家有争议的地方,从天线上坠下一条垂线,垂线接触地面的位置,就是两家院地的分界点。拉天线的结果是那棵树长在两家边界的正中间。

曾祖父对西院说:“树做个价,我给你一半钱。”

西院说:“我要树,不要钱,我也要盖房。”

曾祖父说:“锯吧,锯了一劈两半。”

西院说:“不锯,让它再长几年,我盖房当梁用。”

爹说,两家一直为那棵树较劲,一直把结下的仇恨延续了好多年。那棵树在两院的较劲中一直长到了一九五八年。那时村里大炼钢铁,一切财产充公,才被大队锯倒擩进了炼钢炉。

西邻居和自己家祖上为盖房争边界结下的冤仇,随着岁月流逝,随着祖先们的远去,到爹和他这一代已经淡忘了。司马征看到,当年两家怀着仇恨用青砖垒起的边界隔墙,随着风雨岁月的流逝已经坍塌风化,变成了一道尺把高的青灰土埂,土埂上爬着牵牛花和野瓜秧。不仔细看,两个院子像一个院子一样。西院的两座破旧老房子淹没在荒草杂树丛中。他跨过那道几乎看不清的隔墙,发现荒草和杂树丛里有一块熟地,熟地上蹲着一个人,那人正在用小铲子铲菠菜。菠菜贴着地面长,厚实的叶子碧绿,边缘和尖子有些发红。几畦菠菜长得很好,棵棵像盘子那么大。还有两沟小葱,小葱也长得青绿挺拔。司马征走过去,是镇中伯。

镇中伯佝偻着身躯,眼睛已看不太清楚,他大声问来人是谁。当他知道了是司马征,便问:“征,国外回来了?”

司马征说:“回来了,伯。咋在这儿种菜?”

镇中伯说:“村外没有地了,都卖光了。老院子荒着,开出来种点菜,种点粮,够我吃哩。”

荒废的老院子变成了菜园子和粮田,是司马征没有想到的。

司马征后来看到,溴梁村有很多家荒废的老院子里都开有菜园,种着黄瓜辣椒西红柿白菜等,还有的种玉米小麦黄豆红薯等。问爹,爹感叹说,村外的地,原本是世代先人种庄稼和蔬菜的良田,现在变成了楼房，这厂那厂。村庄里面，原本是世代人居住的院落房舍，现在却长满了荒草野树，荒草野树中的地又被开垦出来种着庄稼和蔬菜。这咋都弄颠倒了？

司马征和爹有同感。他这一辈人活到现在，才发现世间有很多事情都颠倒了。五十年代，自己小时候，吃五谷杂粮不好，拉嘴扎胃，都想吃精米麦面，麦面还要八五的，最好是八〇的，就是一百斤小麦磨出八十五斤或八十斤的面。现在颠倒了，都说吃五谷杂粮好，小米要带着细糠吃，小麦压扁了不出面连皮吃最好，不破坏维生素，有利于健康。小时候，穿粗布土布不好，太土，都想穿洋布、的确良、的卡布的衣裳，连进口的日本尿素袋也成了做裤子的抢手货。现在颠倒了，都说穿粗布土布的衣裳好，纯棉的天然的，冬天保暖夏天透气，有利于皮肤保养。小时候，下雨天不好，连下三天雨就举头骂天“塌窟窿漏了”，都说晴天好，红红的太阳多好的天！现在颠倒了，雨天越多越好，能冲走颗粒悬浮物和有毒气体，有利于净化空气，滋润万物生长。雨天少了就打碘化银弹，搞人工增雨。小时候，住平房草房木板房，点蜡烛煤油灯不好，做梦都想住楼房，“楼上楼下、电灯电话”成了共产主义的重要标志。现在颠倒了，有钱人都想住平房草房木板房，说能接地气；有电灯不用，非要弄个电蜡烛、电煤油灯点上，说是古朴高雅有情调。小时候，说瘦人不好，像个要饭似的；胖人好，富态，做梦都想变胖。现在颠倒了，是瘦人好，苗条健美；肥胖不好，很多人天天吃减肥药喝减肥茶。司马征想：这些标准的颠倒，是大城市或发达地区的产物。溴梁村的这些颠倒，好像和他们并不完全相同。

西院原本也人丁兴旺。司马镇东、镇西、镇南、镇北、镇中老弟兄五个和自己的爹是一辈人，当年都居住在一个院子里，二十多个孩子像养着的一群鸡，叽叽喳喳满院乱跑。夏天的夜晚，院地上铺着几条苇席,苇席上躺着一地的孩子。冬天没有床,床是大人们睡的,孩子们都挤在院里的柴草垛里睡觉。爹说,西院的孩子们大了,有人考上大学毕业后没有回来,有的外出打工,有的做生意挣了钱在村子外面划新院地盖新楼,西院就冷清荒芜了。

镇中伯问:"征,你来这些破院子干啥?"

"我爹也想回来老院住,和你做伴。"

"你爹真是个憨囟㞞,放恁好楼不住,非住这干啥?"

"你咋不搬后街我七哥八哥九弟他们那儿住?"

"他们那儿房子小,不像你给恁爹盖的耗子楼,宽敞。"

"啥叫耗子楼?"

"村里人不是都说,你给恁爹盖的是耗宅吗?"

司马征笑了,没有吭声。

镇中伯又说:"五八年小喇叭里天天播,说共产主义就是楼上楼下、电灯电话。现在都共产主义了,可那共产主义楼我就是住不惯。上楼下楼的磕磕绊绊,收了粮食也没有地方放,瞎不自然。院地里打着水泥,光溜溜的像是和尚头,树木花草不生。屋里打着茅厕,屙尿都在屋里,夏天臭气熏人。墙上涂着这漆抹着那色,花里胡哨。哪儿有住老房舒坦?恁伯生在这儿,长在这儿,出门就看两眼绿,进屋就踩老土地,住着可随便。死了我还想埋在这儿哩。"

司马征看着破旧的西屋,问:"这座西屋破成这样,咋不新修盖修盖?"

"修盖?这屋是我弟兄五个的,爹娘在世时分家我只有小半间。前年想修盖,可还没有动工,老三老四来了,说哥你住着可以,新修盖不行。新修盖了,整个西屋不就都是你的了?我们还有份哩。"

听了镇中伯的话,司马征心里像堵了一团棉花。

他又想到了东邻居。东邻居是六爷的家。小时候,他经常翻墙到六爷的院子里偷葵花。六爷家的院子很大,种着很多葵花。葵花开时满院金黄金黄,香气飘得半个村都能闻到。葵花成熟的季节,忍受不住诱惑,他约上几个老怀,其中就有很会嚼人的孙得意,经常跳过去偷葵花。六爷六奶已去世多年,他们只有一个女儿叫凤萍,司马征叫她凤萍姑。一九五九年,凤萍姑响应国家号召支援青海建设,后来就落户青海西宁,很少回来。

司马征从西院回来,隔着倒塌的院墙看东院。东院长着荒草小树,荒草小树里也开出了一块熟地,种着玉米、南瓜。玉米穗早已经被人掰去,留下一片枯黄的空玉米秆在微风中摇晃。南瓜秧干枯黑黄,大南瓜已被摘走,留下了两个拳头大小的南瓜挂在小树上。东厢房的顶部塌了几个窟窿,里面的檩条、大梁和椽裸露着,门窗已经被人卸走,墙上被猫狗鸡鼠们掏了很多洞。老上房稍微好些,房顶上长着一簇簇野草,在风里不停地摇晃。

司马征去找王武德,说:“德叔,我六爷家的老院子荒着,划给我咋样?”

“白划给你?”

“那就卖给我?”

“宅基地不让买卖,你不知道?”

司马征半天没有说话,他不知道该再说啥。

王武德看着有些尴尬的司马征,扇了自己的脸一巴掌,吸了一口纸烟,吐出一串烟雾,腔调变得有些弱细:“小征,你准备拿多少钱?”

“村里要多少钱?”

王武德伸出一把手。

“五千?”

王武德有些激动:“五千? 你真能说得出口!”

司马征想:我家是村里老根户,划院地原本是不要钱的。五千还少? 他又问:“五万?”

王武德干脆利索地把手掌翻了过去,又翻了过来,然后顺手扇了自己一巴掌。

“十万?”

“十万。”

司马征吃了一惊:“太贵了吧,就一个老院地,荒着,咋会值恁些钱?”

“嫌贵? 新规划的五环路,已经把咱村划进去了,咱村很快就成为县城了。县城的地有多贵,你应该知道吧?”王武德说完,又扇了自己的脸一巴掌。

十万! 五环路! 成为县城! 这几个概念一直在司马征的耳边回响。

他狠狠心,交给了王武德十万。

司马征满心喜悦,他要把自己老院的上房扒去,推倒和六爷家之间的隔墙,把六爷家的老房也扒去,两个老院子连在一起。他要在宽敞的地面上,给爹再盖一栋楼,这栋楼要建得比后街祖坟上的楼更豪华、更牛×。

司马征不缺钱。

司马征哼着《幸福的家乡幸福的我》小曲,跨着轻盈的脚步跳进了六爷的院子。两只黑色的蝴蝶忽扇着翅膀迎面飞来,几乎要撞到他的脸上。司马征没有理会它们,直奔六爷家的上房。六爷家上房屋门的门鼻子用铁丝扭着,铁丝已经生锈,轻轻一掰铁丝断成几截。推开门,眼前的一幕让他惊呆了:两副黑漆漆的棺材放在屋子的正中间,大头正对着屋门口。一副棺材的大头写着红色的

“福”字,另一副棺材的大头写着黄色的“寿”字。两副棺材上面用苇席盖着,苇席上落着一层尘土。棺材下面的地上堆着几堆浮土,浮土上一群耗子受到惊吓,唧唧地叫着跑走了。两只大的耗子倒显得有些镇静,忽闪着四只鼠眼看着他。

司马征突然想到了爹。

九

三十多年前的一天,六爷已经很老了,拄着根老榆木拐棍,颤巍巍地来找爹司马晃,说:“晃,帮我和你婶把喜木备了吧!”

溴梁村人把做好的空棺材叫作喜木,人死了装进去才能叫棺材。

爹说:“二老身体恁扎实,急啥?”

六爷说:“喜木备好了,放他几十年也没啥,还可以放放粮食。我和恁婶有了三长两短,到时候也不抓瞎。”

司马征听语文老师讲过“三长两短”。老师说“三长两短”是指意外的灾祸事故,特指人的死亡。爹说,恁那老师是瞎胡扯。你没有见过爹给人家做的喜木?没有盖子的喜木是几块板?是三长两短。一块底板,两块侧帮,是长板。大小两块堵头,是短板。人老了,都要有个“三长两短”。有了“三长两短”放在那儿,心里就踏实。人突然死了,把另一块长板拿来盖上就行了,就不会为没有棺材装殓着急。

每当想起爹对“三长两短”的解释,司马征就觉得全中国著名的汉语言学大家也没爹有学问,也都没有溴梁村先人的学问深。

爹说:“叔,用啥料?”

六爷说:“把东院的两棵大香椿树锯了,用香椿木。”

"凤萍啥意见?"

"嫁出去的闺女泼出去的水,再说她跑恁远,经常是多少年没有一封信,叔婶靠不上她,就靠你了!"

爹半天没有吭声。

六爷又说:"叔婶不会白让你尽孝,你虽然是我远房侄儿,从现在起你就是我的亲侄儿。你把我俩养老送终,东院的屋业就归你了。"

爹还是没有吭声。

六爷说:"西院恁弟兄五个,住着多窄强?我和你婶走了,你就搬到东院去。"

爹锯倒了六爷家的两棵大香椿树,爹用手掐着算了算,觉得不够,又锯倒了自己院里的一棵香椿树。三棵香椿树晾晒了两年,爹用拐尺、墨斗量好尺寸放好线,叫上二叔三叔,把树干绑在大街上的老槐树上,两边架上长板凳。爹和叔们裼脊梁,站在长板凳上,双手握着大锯,一推一拉地拉着大锯解板料。拉大锯解板料是一件重体力活。随着刺啦刺啦的声响,锋利的锯齿把圆木中的木质钩拉成一粒一粒的锯末,弧形般地纷纷扬扬洒落下来。随着锯末一粒一粒地钩拉出来,一条锯缝慢慢向下延伸,直到把一块板料完整地锯解下来。拉大锯解板料又是技术活,没有技术会把大锯拉偏画好的墨线,一块板料就会废掉。三叔四叔力气小,经常拉偏,爹经常骂他们,急了爹还上手打过四叔耳光。

解板料用了三个月。天冷了,爹把板料弄到六爷的东厢房,拿着斧、锛、锯、凿、刨等各式家伙,给六爷六奶做喜木。冬天,屋外大雪纷飞,屋内滴水成冰,爹穿着破旧的粗布棉袄棉裤,腰上系根布带,裼巴脚穿着单布鞋,一锛一斧一凿一刨地做喜木,手脚上冻裂的条条缝隙里经常渗出血来。爹整整做了一个冬天,做好了两副喜木。爹买来两脸盆松香,用铁锅烧化了,浇灌到喜木的底部,把缝隙弥漫得滴水不漏。春天,爹领着司马征在北河洼的沙土里捡桐油籽,捡来用铁锅熬成桐油,把桐油和黑墨一遍一遍地涂在喜木上,整整油漆了九遍,把两副喜木里里外外油漆得像黑色的大理石一样。

溴梁村有一个习俗,两口子如果有一个先死了,一般是不埋葬在地下的,只是在树园里或村边盖一个比棺材大一些的小房子,当地人叫丘,把棺材丘进去。等另一个去世后,再一起埋葬到地下。六爷死了。六奶让司马征写信告诉青海西宁的凤萍,让她回来送送她爹。

凤萍回信说:“西宁离家太远,回不去。”

六奶对爹说:“晃,就当俺老两口没有这个闺女,你就是俺的亲生儿,恁叔的后事你办吧。我死了你把俺两口子一埋,这个院子就留给你了。”

爹充当了孝子。他请来了一班乐器,在吹吹打打声中,把六爷装殓进棺材。爹身穿重孝,手捧着香盆,用肩膀扛着幡,走在棺材的前面,棺材后面跟着二叔三叔四叔五叔包括司马征在内的兄弟姐妹们,他们哭哭喊喊地把六爷丘在了村边的树园中。后来,六奶也死了,爹把六奶装殓进另一副棺材里,然后把六爷从丘里起出来,带着一帮孝子贤孙,穿着孝衣举着幡棒,准备把两口子合葬了。

正在这时,凤萍回来了。她对司马晃说:“大哥,我爹妈暂时不入土,老两口先安放在上房屋吧。”

爹问:“凤萍,这为啥?”

凤萍说:“这个院子是祖上留给我的屋业,让爹妈留在屋里给我看院子。过几年我退休了,从青海回来了再送二老走。”

爹说:“东院屋业的事六叔六婶没有给你说过?”

风萍说："说了，我不同意。"

风萍不由分说地把六爷六奶的棺材安放在上房屋里，头也没回地回青海了。

司马征做梦也没有想到，六爷六奶的棺材竟然一直放到了现在。

十

司马征从六爷的院子里出来，去找王武德。太阳挂在天上，云在天上飘着，太阳从云彩后面一会儿出来一会儿进去，地上一会儿阳光灿烂，一会儿昏暗无光。司马征见到了王武德，说了六爷六奶棺材的事。他问：德叔，咋办？

太阳光正好从云里出来了，照在王武德的脸上。王武德脸上一脸金黄。他扇了自己一巴掌，叹口气说：年代太长了，把这事忘了。几十年了，风萍一直没有再回来过，人也不知道还有没有了。这样吧，村委会做主，把那两副棺材弄去火葬场烧了吧。

移棺再葬或者火化，在湨梁村是一件大事。

村委会成立了司马龙飞、司马黄氏等组成的六爷六奶丧葬领导小组，王武德任组长。六爷的父亲和司马征的爷爷是远房叔伯兄弟，司马征在湨梁村成了六爷最近的子孙，他按照习俗充当了孝子贤孙，在六爷家门前的大街上搭建了一座灵棚。一阵鞭炮响过，司马征在老上房里六爷六奶棺材前点了一堆锡箔，烧了三炷香，扑通扑通磕了三个头。村丧葬领导小组派来的抬棺人，呼呼啦啦揭去了盖在棺材上几十年的苇席，在满屋飞扬的灰尘中，把两块红布搭在棺材上。六爷六奶的棺材被移到了大街上的灵棚里。

灵棚前两边摆放着纸扎的金童玉女、电视机、电冰箱等，灵桌上摆放着各种供品,正中间放着两个纸扎的苹果手机,一黑一红,非常显眼。有人议论,怎么给六爷六奶一人一个苹果还让人咬了一口?司马征头顶麻袋片,身着一身白布重孝,跪在棺木旁边守灵。请来的几班响器在灵棚前吹奏着《驾鹤西去》等曲目。

六爷六奶已死去多年,很多年轻人根本不知道村里曾经有过这两个人。年纪大一点的知道他们早已死去,并不知道他们的尸骨至今还存放在这个老院子里。

午时一到,王武德一声"起灵",一阵鞭炮响起,八个小伙抬着两副棺材沿着村里的老路向村外走去。六爷六奶大概没有想到,这条路他们生前走了一辈子,死后几十年待在屋里没有出来,现在又走在了这条路上。他们一定依然觉得那么亲切,那么熟悉。老房老舍老院子除了破旧外,基本没什么变化。只是路两边的树木早已锯光了,树根周围发出的小树一簇一簇的。路沟里长满荒草。

司马征披麻戴孝,手里拿着哭丧棒,走在最前面。他的眼里没有眼泪,也没有什么悲伤,只是脸上带着哭相,嘴里喊着"六爷六奶"地发出哭腔,心里并不怎么悲伤。他想到的是如何去拆六爷家的院墙和房子,如何把两个院子整合到一块,在祖先们原来的基业上,再盖起一栋豪华的新楼。

送葬的乐队笙、箫、笛、弦、唢呐一起响,尤其是吹唢呐的贾老皮,腮帮子鼓得像嘴里塞了两个鸡蛋,满脸通红,摇头晃脑地吹着《喜相逢》,接着又吹《百鸟朝凤》。

突然,乐队停止了吹奏,抬棺材的小伙子们都站着不动了。迎面走来了两个人,大声喝道:"停下! 停下!"

司马征问来人:"你们是谁?"

一个人说:"你他妈的是谁?"

"你怎么张口骂人?"

“我还要抽你哩!”那人说着一耳光扇在司马征的脸上,“你算老几,敢把我们姥爷姥姥抬出来?”

原来是六爷的外孙,也就是凤萍姑的儿子们来了。

几十年没有见面,表兄弟们相互不认识了。

王武德来了,对六爷的两个外孙说:“你们姥爷姥姥在屋里放了几十年了,不能老是这么放着吧?”

两个外孙胸脯挺得老高,说:“放着不放着是我家的自由,你管得着吗?”

王武德扇了自己一巴掌,说:“我是村长,村委会落实政府规定,死去的人要一律火化。”

两个外孙吓了一跳,说:“你不要拿扇自己来吓唬人。我妈说外公外婆临死前留有话,找不到风水好的墓地,就是把他二老放到墙倒屋塌,也绝不火化。”

王武德说:“要不就埋到公坟。”

外孙们说:“公坟哪还有好地方?”

王武德又扇了自己一巴掌,说:“要施行新农村建设,村里已经划到县城五环路里了,二老不能老这么放着!”

一个外孙说:“你再扇自己十巴掌也没有用,吓唬谁哩?这院子,这房子,都是我外公外婆的。法律保护公民私人财产不受侵犯。把二老放到这儿是天经地义,看谁敢动!”

另一个外孙突然拿出一个装满液体的塑料桶,在一只手里不停地摇晃着,另一只手则拿出打火机咔嚓咔嚓地打着,冒出璀璨烂漫的火星。他勇敢地昂着头,仰着恶煞一样的脸,横横地立在棺材前面,对王武德喝道:“我姥爷姥姥咋被抬出来的,还咋给抬回去!不然,我也像俺木头姥爷那样,倒上汽油把自己点了!”

这个远在青海西宁的外孙,咋也会知道老木头的事?村里有人议论说。

天上乌云翻卷着涌了上来,好像要下雨。王武德抬头看看天,回头看看两个外孙,咂巴咂巴嘴半天没有出声。他最后扇了自己一巴掌,对司马征说:“小征,把他们还抬回去吧!”

六爷六奶在老屋里待了几十年,还没有走出老溴梁村,更没有看到欣欣向荣的新溴梁村,看到像煺了毛的鸡大腿一样白光光的水泥路和一栋挨一栋的楼房,就又被抬回去了,放到原来安放他们的老地方。

司马征看着抬回去的棺材,真想哭,不过他没有哭。他拉着王武德,声音有些颤抖地问:“德叔,那……”

晚上,天淅淅沥沥地下着小雨,王武德来了。他披着一件雨衣,蒙头盖脸的,像个电影里雨中接头的特务。他把司马征拉到大门口的屋檐下,低声说:“小征,真没有想到凤萍家还有人。有人在,那老院子就暂时还不能动。恁叔虽说是村委会主任,也不敢硬来。咱村里可不能再出个张木头了,要再出个张木头,那会要恁叔的命。”

王武德的话音有些无奈和凄婉。他掏出一个报纸包,塞进司马征怀里,说:“为了给恁家划这个院子,村委会集体研究了好几次,常研究到半夜,饿了到小吃铺吃饭,花了三千多块。前天招待乡里土地所的丘所长吃饭,又花了两千多。丧葬领导小组为安排今天的事,加上搭灵棚,买纸扎,请响器和交火葬场的费用,总共花了两万多,剩下的还给你吧。”

王武德说罢,隔着雨衣做了个扇脸的动作,转身走了。

天上的雨越下越大了。司马征站在那儿,手里拿着报纸包,突然想到了在英国看的一个电影,电影里有一句台词:和人握完手,先要看看自己的手指头少没少。

十一

司马征在自己家老院子里的石磙上蹲了半天。他看看东院的六爷家，看看西院的镇中伯家，这时他才明白，无论什么时候，土地和院落在老百姓的眼里永远是那么金贵，那么神圣。溴梁村那些老院子看起来长着荒草野树，破破烂烂，鼠狗奔窜，像是无主人家似的，实质上都有自己明确的主人，都是不可侵犯的私产。

快中午了，司马征直起身子，觉得有一股神圣的豪气从心里升起，他变得自豪起来。这个老院子是祖先留下的，就像祖先留下了自己一样，自己就是这个院子无可争议的主人，无论怎么盖，改成什么样的楼，完全自己说了算，谁也没有权利说啥，就像凤萍姑的两个儿子决定六爷六奶的屋业一样。司马征迈开步子，量着自己家的老院地，一步三尺。老院子狭长，东西只有九步多宽，九步之外就是镇中伯的西院和六爷的东院了；南北很长，有五十多步。如何能盖一座气派的楼房，使司马征着实伤了脑筋。

老梁来了。老梁说："征哥，盖座教堂式楼房怎么样？"

"教堂式楼房？"

老梁说："咱们国家的农村人都太土，走遍全国，农村的房子基本一个模样。教堂在欧洲的城市乡村风行一千多年。在溴梁村盖一座这样的建筑，一定比你新院的楼房还要牛×。"

老梁拿出司马征给他的几张照片，说："这一张是英国泰姆河西岸的多尔切斯特村的圣保罗教堂，主楼是方形结构，气势挺拔。这一张是诺福克郡黑登镇乡村的圣三一教堂，建于十五世纪中期，是哥特式建筑晚期的垂直式样。这一张是曼彻斯特普雷斯特伯里村的圣彼得教堂，这一张是斯陶尔河谷戴德姆村的圣玛丽亚教堂……”

老梁说:“伯母生前信教,盖成教堂式建筑,既是对伯母的纪念,又在溴梁村展示了欧洲农村独特的建筑风格,伯父一定会高兴。”

“老院地方够吗?”

“够。”老梁信心十足。

司马征说:“中西结合吧,教堂的尖顶不要太高太尖,窗户要开阔,采光要充分。”

一座教堂式的楼房竣工了。

楼房主楼共有六层,高达二十六米,花岗岩基石。四面墙体用红砖砌成,四个角是半圆柱造型。每层都有圆拱形窗户。主楼安装了一部电梯,从一层到达楼顶。楼顶部四个角的塔式碉楼上,贴着像故宫一样的黄色琉璃瓦。楼顶是一个敞开式阳台,站在阳台上,可以看到整个溴梁村面貌。主楼到大街之间,又盖了一座两层小楼,小楼的一层宽敞明亮,是个大厅。二层是爹的起居室,坐电梯可以上去。小楼到大街是近二十米长的草坪,种着绿茵茵的草。据说那些草是从国外进口的,一年四季都是绿的。楼房既有着欧洲哥特式的风格,又有着中国庙宇的特征。在老村子里,在低矮破旧的老房子中间,鹤立鸡群般地巍然高耸起一座具有国外教堂式风格的楼房,像是溴梁村的中央电视塔。

爹来了,说:“我还没有死,你把庙就给我盖好了?”

司马征说:“爹不知道,国外的农村都是这样的小楼。”

爹说:“净狗比掰哄恁爹哩。爹知道那是教堂。你妈活着看电视时给我说过。”

司马征扶着爹乘坐电梯来到塔楼顶端,站在阳台上。天上没有一丝云彩,温暖的太阳照着他和爹的脸庞。爷儿俩居高临下,心旷神怡,喜气洋洋地俯瞰着整个溴梁村。他们先看到的是老溴梁村。老村子布满破旧的老房舍,不少房顶塌了许多黑洞洞的窟窿,院里和墙头上已经被植物覆盖。司马征知道,那些植物是小树、野草、野麻、洋姜、野菊花和牵牛花等。当然,也有种着的小麦、红薯、茄子、辣椒、小白菜等粮食和蔬菜。这段时间他特意在老溴梁村走了走,发现村里很多老院子真像爹说的那样,都开有一块一片的田地。田地虽然不大,有的只有苇席大,地面也不整齐,七扭八歪的,却都种着蔬菜和庄稼,长得也都生机勃勃。还有的地刚刚被开垦出来,还没有种上东西。大街上,有几只野猫野狗在悠闲地走动。司马征好像觉得又回到了五六十年代的溴梁村,家家户户之间草地杂树相隔,鸡鸭猪羊在林中恣意游荡。只是现在的溴梁村早已没有人再养那些东西了。老溴梁村里除了能看到老鼠、野狗、流浪猫等,已很少看到人的踪影。它像是被一场可怕的瘟疫传染了,成了再也没有人敢于光顾的地方。

老村子的外围是新溴梁村。栋栋楼房五颜六色,高低不一,一些楼顶上架着太阳能、大锅小锅的电视天线等,像是围在老树根上长起的新树,密密麻麻,一片楼的森林。新溴梁村占据了原先的田野,和邻村的新楼几乎连在一起,看来都已城镇化了。

司马征特意看了看东院的六爷家。六爷家的院子在高处看显得很小,房子也显得很低矮。不知道什么时候,六爷家的东厢房房顶和墙上的窟窿已被修补好了,门窗已被安上。上房的房顶被揭瓦一新。院子里的荒草小树也被人割去,整个院子除了房子外,空地变成了熟地,种着小麦,麦苗长出了地面,绿油油的。六爷六奶的老院子一改往日的荒芜凄凉,焕发出一片生机,是不是凤萍姑或她的儿子还是别的什么人住进了六爷家?司马征这段时间只顾着自己家盖楼,并没有注意到六爷六奶的老院子里发生的朝气蓬勃的变化。

再看看西院。镇中伯站在他家的菜地边上,一只手拿着一把大概是刚拔的青菜,一只手搭着凉棚正往他和爹站的楼顶观望。司马征赶紧热情地向镇中伯摆手,可能是镇中伯眼睛不好,没有理他的茬儿,还在往楼顶上观望着。司马征把爹拉过来,指给爹看。爹看见镇中伯,显得有些兴奋激动,大声喊着:“镇中哥镇中哥,你上来看看?”镇中伯也没有理爹。爹又喊:“不用爬楼,有电梯!”镇中伯还是没有理爹。司马征想:镇中伯的眼睛不好,他大概看不到高高塔楼上的爹,可爹的声音他是绝对能够听到的,也一定知道是爹在喊他。可爹那激动的呼喊声像从镇中伯耳边轻轻刮过的微风,镇中伯一声没吭,哑巴了一样。爹喊了两遍,镇中伯都没有任何反应。

镇中伯放下了手搭的凉棚,低下头往地上吐了一口痰,样子有些狠狠的,然后一撅一撅地往他住的破房子走了。

爹不再呼喊,脸上也没有了兴奋和激动。

庆贺新楼落成典礼的鞭炮声在老村子里响着,很多居住在新村里的人都跑来观看。每年春节和红白喜事,鞭炮声只在新溴梁村响。这种声音在老溴梁村已经好多年没有再响过了。

有人边跑边问:“是不是司马征又把他六爷六奶弄出来去火化了?”

也有人说:“是不是老镇中走了?”

老镇中没有走,活得还很硬实。倒是司马征的三叔四叔五叔们来了。他们像一群晚上归巢的麻雀一样,风一样地飞回来了。他们好多年前已经离开了溴梁村,进了城市生活,平时很少回来,就像溴梁村不是他们的家乡一样。

五叔用脚踩着草地,说:“院子里原先长着艾蒿、鬼子姜、野菊花多好，现在只种着一种草，多单调。”

三叔用手抚摸着花岗岩基石和红色砖墙，仰着头观看楼房顶部造型别致的角楼，眼睛里闪动着光芒。

四叔坐在台阶上，低着头一声不吭。

五叔对司马晁说：“哥，贼大一栋楼，你一个人住着不嫌孤得慌？”

四叔抬起头来，把司马征叫到跟前，声音有些严厉地问：“小征，这院子是我们和你爹弟兄五个人的，你拆老房子盖洋楼，给谁打招呼了？”

没有等司马征说话，五叔问：“小征，你这势干，现在这座洋楼算谁的？”

四叔说：“小征，你有钱我们不眼红，可也不能这么不把恁叔们放在眼里啊？”

震耳欲聋的鞭炮声刚刚响过，人们的耳朵里出现了暂时性的沉寂。沉寂气氛中，四叔五叔的话显得分外清晰和沉重。

爹看了看几个弟弟，说：“贼大一个庙，我住着害怕。恁都搬来住吧！”

五叔说：“大哥，这个洋楼我住不惯。”

四叔说：“大哥，这楼是小征给你盖的，我们住着也不合适。”

爹显得有些无可奈何，说：“你们有啥想法，都说说？”

弟弟们相互看了半天，五叔说：“大哥，村里人都知道小征在英国挣了大钱，不到三年在溴梁村盖了两栋最牛×的楼。俺们在城里生活得也不容易，房子贵得要命，孩子们大了，结婚也没有住处。这老院我不要了，看看现在这院子和洋楼值多少钱，估个价，分给我五分之一就行了。”

三叔说：“老五，你说的话是放屁！这楼是征给大哥盖的。大哥住着名正言顺。你愿意回来住就给大哥做个伴。不愿意,还滚回你自己家去。”

五叔梗着脖子,几根青筋绷得老高。他说:“三哥,你愿住你住。我不住,我只要我应该得到的一份。”

三叔说:“这老院子是爹妈留下的,谁都有一份。可这些年咱们都到城市去了,咱们在城里都有房有业,大哥在城里有啥?咱们不能城里村里都占着吧?”

不知道啥时候,二叔来了。二叔说:“老四老五,去找找武德,划块地皮,自己再盖座房。”

四叔嚷了起来:“几年前我回来去找过武德,他说村委会有规定,离开溴梁村二十年都不再算村里人,不给划院地了。”

五叔也很激动:“武德说村里早就没有地了。要是能再划块院地,我们还来老院争啥?”

四叔说:“我早就想着在老院盖楼,没有想到小征不打一声招呼就把老房子拆了,把洋楼盖起来了。小征,你读书真读愚了?在这院子里盖楼只有你爹的份,哪能轮到你?”

五叔说:“你们这一茬小兄弟们十多个呢,个个都来老院子里盖,哪能盖得下?你的眼里还有谁?”

四叔、五叔越说越激动,质问着司马征。

司马征感到无言以对,他盖楼前满怀的豪气,在叔叔们面前像皮球里泄出来的气,顿时消失得无影无踪。他真不知道该怎样回答四叔五叔的话。

五叔回过头又问爹:“大哥,你在后地不是已经划了块新院地,已经盖好了楼,咋还回来占这老院子?”

四叔说:“哥,新院老院你总不能都占着吧?”

爹看了看五叔,看了看四叔,没有吭声,低下了头。就在爹低头的那一瞬间,司马征看到爹的眼眶湿了。

十二

今年冬天雪下得早,不到十一月中旬,天就飘起了雪花。雪花虽然稀疏,却也纷纷扬扬的,很快就把整个溴梁村覆盖了一层,村子变成了银色的世界。司马晃就在这个雪天里倒下了。司马晃躺在床上,拉着司马征的手,看着窗户外面飘扬的雪花,对司马征说:"爹这一辈子真没有出息,没有给你留下一点基业。"

司马征说:"咱盖的那两栋楼还不牛?"

爹说:"那是你拿钱盖的。"

司马征说:"盖时不是说好了?算是爹盖的。"

爹苦笑着说:"小征,爹妈都是土命,在土里刨食,住土屋茅舍,住不了楼房。后地那栋楼盖在咱祖坟上,恁妈死到里面。这栋楼盖在咱老院里,爹又死在这儿。"

司马征眼睛里有些湿润,想哭,但忍着没哭。他看着爹,不知道该说啥。

爹又说:"不光恁爹妈是土命,住不了楼房。整个溴梁村人都是土命,也都住不了楼房。爹算了算,七几年八几年老溴梁村人都住平房,全村一千多口人,一年最多死过六个人,最小的活到八十七岁,最大的活了一百零八岁。有了新溴梁村,地没有了,都住上高楼了,刨去外出打工的全村还不到一千口人,死人咋一年比一年多?最少一年死十几个,去年最多,死了十七个,最小的才几岁,最大的也没有过七十岁。得的都是千奇百怪的病,有些病医生都说没有见过。"

司马征对爹说:"这都是现代化病。吃的化肥农药超标,住的建材涂料不环保，村里水土空气污染严重，得病人就多了。”

爹说：“恁镇中伯比我还大八岁，看他身体多好，活得多滋润。”

司马征说：“镇中伯住在老院里，自己种自己吃，自然就好些。”

爹说：“爹也想自己种粮种菜自己吃，可地没有了。”

司马征说：“我知道，爹一直在想划院地，想盖房。”

爹笑了，笑得有些狡谲。停了一会儿，爹说：“过去村里有地时，爹真是想盖房，可没钱盖。现在咱有钱了，爹只想划块院地，并不真想盖房。”

司马征听了一愣，有些疑惑不解地看着爹。

爹迟疑了一阵，说：“爹是看武德他们弄这基地那基地，办这厂办那厂，把村里祖辈留下的地都日弄光了，爹是心疼，就以划院地盖房做幌子，也想弄块地留着。可划的院地不是在黄河滩人的祖坟上，就是在咱自己家的祖坟上。溴梁村真的没有好地了。子孙后代们吃啥？”

爹显得很累，喘了一口气说：“爹走了，你也走吧，像村西头的王孬，不要再回溴梁村了。”

司马征终于忍不住，抱着爹哭了。

爹走了。

司马征安葬好爹，在后街的院子里刨开雪，捧了一捧埋葬着祖先们的土；在老院子里刨开雪，捧了一捧生养过祖先们的土，用妈穿过的衬衣包着，外面用爹穿过的夹袄裹上，小心翼翼地放在小皮箱里。

司马征离开溴梁村的那天，老梁开车来送他。他是从老院子走的。雪还没有停，雪花依然在纷纷扬扬地落着。地上的雪厚，老梁车开得很慢。司马征坐在车里,看着车窗外的世界,迷迷糊糊,混混沌沌,白茫茫的。一路上,他已经分不出哪是老溴梁村哪是新溴梁村,哪是农村哪是县城,也分不清哪是县城哪是省城。他感到有些悲伤和遗憾。离开生养自己的故乡,离开故去的父母,怎么就偏偏赶上了一场大雪,让自己啥也没能看清楚?

司马征坐上了飞往伦敦的飞机。他的心情一直无法平静。他想到了自己在伦敦大学读博士期间写的那篇论文:《土地·农民·城市化》。那篇论文曾经轰动一时,还得过大奖。司马征有些羞愧地笑了。他想到了爹,想到了爹临死前给他说的话,想到了孙得意、木头爷、镇中伯、黄河滩人和新老溴梁村,这些离开了土地的农民,还有这失去耕地的农村,是否就是城乡一体,完成了城市化?还有凤萍姑、三叔、四叔、五叔,在大城市里生活了几十年,他们都城市化了吗?司马征回到了溴梁村,才感到了自己的无知和浅薄。那些评委们都是当代世界级的专家教授,他们如果有机会到溴梁村看看,会不会也觉得自己太单纯、太幼稚了?

司马征往飞机的窗户外面看去,下面是厚厚的白云,白云反射着太阳的光,地面上啥也看不见。他闭上眼睛,静静地听着飞机发动机在空中轰轰轰地响着。

大马士革来信

一

母鸡惨烈的叫声，把麦花从睡梦中惊醒。她望着窗外，天还没有亮。她知道娘在干啥。昨天她把算好的日子告诉了娘，今天娘一大早就动手了。麦花坐起来披上衣服，墙上的挂钟六点零五分。娘推门进来了，说："三只母鸡都收拾好了，冻在冰箱里。"说完转身走了。

麦花倚靠在床头，地上一堆东西，是昨天临睡前整理好的。红色小皮箱里，是给柳成发买的衣服、鞋袜和自己的换洗衣服。红白相间的蛇皮袋里，装着三十服调理男女生育的药，是县城一个老中医开的。一箱铁棍山药，那是柳成发最爱吃的。她拿起床头的手机，翻看着柳成发前几天发来的短信：相信我，儿子一定会有的。这条短信她记不清看了多少遍。每看着这条短信，心里就一阵发热，像一股潮水涌来，汹涌澎湃，肚子仿佛也鼓胀起来。她下了床，站在大衣柜镜前，镜子里是自己百看不厌的容颜。肉粉色的细纱挎带内衣，浑圆嫩白的肩膀，丰满的胸脯，双乳微微地颤抖，脸庞的皮肤白嫩细腻,只是额头上有了两条细细的抬头纹。麦花不仅在溴梁村,就是在三里五庄,也是个绝色美人。她抚摸着自己的肚子,咳,扁平依旧,无声无息。

麦花家的院落宽敞气派,有栋三层小楼。一棵巨大香椿树枝繁叶茂,喜鹊在上面垒了两个窝儿。繁殖季节,常有小喜鹊们从窝里跌落下来,在地上转着圈儿扑棱。娘在麦秸垛上按出一个小窝窝,双手捧起小喜鹊,像捧着一捧害怕洒落的粮食,小心翼翼地放进窝儿里。有老喜鹊飞来,围着小喜鹊们盘旋飞扑,喳喳喳直叫。也有从外面飞来老喜鹊,嘴里衔着虫子蚂蚱蚯蚓等,小喜鹊们张大小嘴欢叫跳跃。娘站在不远处看,脸上喜滋滋的。香椿树根系发达,在地下炸裂般地四处发散。每年春天,墙根下灶台边犄角旮旯,有一丛丛的小香椿树冒出,嫩绿清香。娘做香椿炒鸡蛋,走不了三步就能揪一大把香椿芽。院内种的韭菜一茬一茬地恶长,三五天不割,长得能盖住乌鸦。还有那三棵梨树,春天花开如雪蜂蝶飞穿,秋天拳头大的黄梨挂满枝头。葡萄架上酱紫色的葡萄,一嘟噜一嘟噜挂着。

院子里恬静幽雅,充满了生机,可就是缺孩子,空荡荡的,没有人气。

麦花和柳成发结婚已经三年四个月零五天了,一直没怀上孩子。柳成发这些年在外面搞建筑盖大楼,每年挣十多万。娘常站在院子里唠叨:“没有孩子,老了爬不动了,谁给你端碗水喝?这院子这楼房,将来姓啥?你就挣座金山银山,有啥狗比掰用?”

溴梁村有闲人,闲人没事干,专门数点结婚三年肚子不鼓的女人。三年肚不鼓,不如地老鼠。全村一百七十六户人家八百多口人,麦花是第十九个连地老鼠都不如的女人。世间事也怪,五六十年代,各家各户住着草房,围着土院墙,里面的孩子成堆成串。炉灰渣土铺就的大街上,孩子们一群一群的,嬉笑追逐哭喊打闹,撵得鸡飞狗跳,村里整日不得安宁。现在的村子像经历过一场瘟疫或战争,年轻力壮的外出打工,年老体弱的多不出门,街道上很少见到孩子。光秃秃的水泥路,两边是水泥墙楼房,地上无草无树,连一只鸡一只鸭一头猪也没有。老头老太太们碰面聊天,常说:“咱们年轻时吃粗粮糠菜住茅屋草棚,孩子就像老鼠,一窝一窝地生。现在住瓦房高楼,吃精米细面鸡鸭鱼肉,咋就生不出孩子来?”

为要孩子,这几年麦花和柳成发没少下功夫。麦花天天量体温,月月算日子。滋阴液、壮阳散、育儿精、铁棍山药和各种中药补品,两口子真没少吃。柳成发在县城盖楼时,每月一到日子,白天在工地干活,下了班骑着自行车往家跑,夜里吭哧吭哧拼命劳作,累得像一头深耕料礓地的老黄牛。可麦花的肚子如同溴河洼的盐碱地,寸草不生,不见一点动静。两年前,柳成发又跑到省城干工程,麦花两年多去了五次,住在工棚里。工地上搅拌机轰轰隆隆响,大卡车呜呜呜叫,金属敲击声,工人呼喊叫骂声,穿透简易的工棚,刺耳碎心。

麦花住不了几天,嫌闹得慌,说:“想回家。”

柳成发释放完体内积蓄的能量,口气也变得平淡起来,吸着烟说:“回去也好,这环境弄出来的孩子质量也不会高,长大了说不定也是个盖楼的。”

柳成发毕竟离家远了,到日子不能回家,麦花急得想爬树。两人常在电话里吵。吵着吵着,柳成发说:“电话费太贵,有事发短信。”啪就把电话挂了。

昨天,麦花又算好了日子,决定去郑州。她给柳成发打电话,关机。再打,还是关机。连续打几次,都是关机。麦花气得差点把手机摔了。晚上电话终于通了,可一直响着《别再等着我》的音乐,没人接。麦花不停地打,柳成发像一头犟驴,就是一直不接。半夜时,回了一条短信:施工忙,有事发短信。

麦花一条短信连发了三次:孩子孩子,我要孩子,你知道吗?

麦花发过短信,气得肚子鼓胀脸色铁青,嘟:"这个龟孙,一定是有相的好了。"

娘说:"不接电话?不接也去,去了他能把你撵回来?"

早饭后,娘俩出了院门,大街上空无一人。一条狗,七齐八不整的黑毛上沾些草屑鸡毛,孤零零地在墙根站着,朝她娘俩张望,狗眼神色疲惫,眼角有泪水溢出,泛着亮光,像是一条无家可归流浪的老狗。娘提着蛇皮袋的中药,从老狗前面走过,一脸的希望,感觉手里像牵着一群子孙。麦花跟在后面,和娘隔着一段距离,耷拉着脸,拉着红色小箱,提着铁棍山药,像一只被牵着去配种的母羊。临上长途汽车,娘再一次叮嘱她:"这次去了多住些日子,别着急忙慌地回来。"

麦花有些不耐烦,说:"知道,不见动静就不回来了。"

娘没再说话,一脸的苦笑。

上了车,麦花给柳成发发短信:下午两点半到郑州,北郊长途汽车站接我。柳成发没回信。麦花重发,还是没回信。麦花连发了三次,都没收到回信。

"这个龟孙到底是咋了?"

长途汽车在国道上行驶。小蹦蹦(手扶拖拉机)、狗骑兔子(带厢的三轮摩托)、农民奥迪(小四轮汽车)、大货车、大卡车,穿梭般地在国道上奔跑。过了莽河桥开始堵车,有人说前面有事故。反方向的路通着,一辆摩托车驶来,"突突突"响,后面冒着黑烟,声音很大,速度不快。骑摩托的男子约四十岁,穿着褪了色的迷彩服，戴着黄色施工安全帽（不是头盔），帽上有斑斑点点的污物，像鸟拉的屎。后面坐着个女人，小三十岁，戴着墨镜，彩发飘逸，向长途车里的人们摆着手，做了个飞吻，得意洋洋地驶过去了。麦花身边坐着个女人，三十多岁，身上香气呛人，眉眼画得很重，像只熊猫；手拿一根棒槌粗的红萝卜，咔嚓咬了一口，边嚼着边骂："破摩托，野男人，有啥狗比掰神气的？"骂过看看麦花，麦花莞尔一笑，低头看手机。手机还是没有柳成发的信息。车堵，麦花心里更堵，堵得着急，急得心里像一团火烈烈燃烧，烧得她满腔愤恨，恨不得踢柳成发几脚扇他几个耳光。

"这个龟孙，真在外面包了二奶？"

长途汽车慢得像乌龟爬，三轮车电动自行车在缝隙里钻行，汽车里的人们有些骚动，司机打开了前面的电视。电视里播着新闻，画面上不少穿着公安工商制服的人，吆五喝六地来去匆匆。赤身裸体的男女蹲了一地，像屠宰场堆着的白条猪。播音员说：执法人员一举打掉了郑州市"人间仙堂"，这是个卖淫嫖娼的窝点……麦花睁大眼睛看，画面上裸男靓女神态迥异。一个女的叉开十指捂着脸，眼睛从指头缝里往外看。有的没捂脸，眼部被遮着一条马赛克，看不清楚。熊猫女人吃完了红萝卜，又掏出一塑料袋西红柿。西红柿很小，有鹌鹑蛋那么大，红得发紫。她往嘴里塞了一个，嚼着说："现在的大城市里乱得很，发廊、旅店、公园、树蓬里，卧着不少野鸡，专门勾引农民工、要饭的和捡破烂的。"说完往嘴里又塞个小西红柿嚼着。麦花没搭腔，她看看手机，还是没有柳成发的回信，心里不由得冒出了一股凉气，有些不踏实起来。

下午三点多快到郑州时，柳成发终于回短信了：施工太忙，郑闹去接你。

郑闹是柳成发的徒弟。

麦花出了北郊长途汽车站，见到了郑闹。郑闹满脸堆笑，接过铁棍山药和三只老母鸡，说："嫂子，师傅忙，我来接您。"领麦花坐进了路边的一辆白色面包车。红白相间的蛇皮袋麦花自己提着。

麦花问："那龟孙忙啥？是不是又找了个小的？"

郑闹说："师傅哪敢？"

麦花说："那咋电话也不接，短信也不回？"

郑闹开着车，表情显得神秘，低声说："公司承接了一个军工项目，师傅带队进去施工，这是保密工程，军方要求全封闭施工，电话不能打，短信不能说，人员也不能随便出入。"

麦花一听，像泄了气的皮球，长长出了口气，心想：我的娘，又白来了？

郑闹开着面包车沿着花园路往北走，过了立交桥，往右拐走了不远，进了黄河宾馆大院。宾馆院里的林荫大道两边花草锦簇。车到主楼前停下，麦花下了车，一个男人走来。

郑闹说："嫂子，这是我们集团的艾董事长。"

艾董事长身高胸宽，大脑袋，歇顶，闪着亮光，耳侧后脑勺长着一圈头发，像山羊毛卷着；络腮胡，高鼻梁，眉毛粗黑，眼眶微凹，双眸闪烁着光泽。艾董事长微笑着，握着麦花的手。艾董事长的手厚实肥嫩，暖滑细腻，富有弹性，说话声音浑厚，带着磁性，能钻进人的心灵："柳工长的情况郑经理给弟妹说了吧？你先在这个宾馆住下，一切费用公司负责。"

前几次来，麦花没见过艾董事长，也没住过这么高档的宾馆。麦花有些紧张，一时语塞，不知道说啥。

艾董事长神态轻松，目光把麦花从上到下扫射了一番，最后聚焦到她的胸部。麦花心跳加快，胸脯一起一伏，双乳不停地颤动。艾董事长微笑着说："弟妹坐车颠簸，一路辛苦了，好好休息吧。"

没等麦花说话,就朝她优雅地摆摆手,坐进一辆奔驰轿车走了。

艾董事长的出现和离去,像有的乡长县长到村里视察,和颜悦色,嘘寒问暖,抱个孩子优雅一番,没等老百姓说话就一溜烟离去了。大人物或有身份的人一般都是这样。郑闹告诉麦花,艾董事长的祖上是中东地区的犹太人,宋朝徽宗年间从天山南路入境,一路经商来到开封。人类的遗传基因通过复制,不仅把遗传信息传递给下一代,还使遗传信息得到顽强表达。艾董事长的祖先们,在中原地区经过几百年的混血杂交,依然把头骨、发型、肤色、眼睛、鼻子等方面的基因印痕,保留在艾董事长身上。

黄河宾馆地点僻静,环境优美。四周长着粗壮高大的法国梧桐,院里种着各种花草,看不见人来人往,听不见车马喧闹。主楼前停着七八辆麦花叫不出名字的轿车。郑闹提着东西,领麦花进了主楼,坐电梯到了703房间,打开房门说:"嫂子,这是个公寓式宾馆,厨房冰箱等家庭生活设施和用品俱全。恁先住着,吃饭自己做或者到一楼餐厅吃都行,有事打我手机。"

郑闹手机响了,艾董事长打来的。郑闹跑到楼道里接完电话,进来说工地有事,急匆匆地也下楼走了。

麦花站在窗户前,看着楼下驶去的面包车,回头看着放在地上的铁棍山药、老母鸡和蛇皮袋里的中药,心里骂:柳成发,你个龟孙的……

二

麦花嫁给柳成发,全源于麦花家盖房。

十年前,麦花家在溴梁村还属于贫困户。娘常年多病,爹一条腿瘸,空荡荡的院子里,一座西厢房,三间薄草房。麦花大了,长得像花儿一样。爹娘想招上门女婿传宗接代，准备盖一座新瓦房。爹叫人锯倒了院里的两棵老榆树，拆了三间薄草房，请来了柳家庄的工匠头柳成发。

柳成发二十七八岁，略瘦，中等身材，一头黑发，高挽着袖子，手拿一把拐尺，眼里透出一种灵气，人显得精明利落。

爹心里没底，恭敬地问："柳师傅，这些木料够不够？"

柳成发没吭声。他迈开两条腿，一叉一叉地迈着步子，仗量完房基地，看看院里的一堆木料，说："没问题。"

爹放心地笑了。

柳成发对徒弟郑闹说："两棵榆树做大梁，旧大梁改成二梁，旧二梁一分为二当檩条，旧檩条一分为三当椽用，旧椽能用的都用上。"

柳成发拿着拐尺皮尺折叠尺，左量右测；耳朵上夹着半截铅笔，时不时取下来算算画画。他带领郑闹几个人，墨斗盒放线，千斤坠吊线，抄起锛、凿、斧、锯、刨等家伙，叮当二五的，三天工夫就做好了两架大梁。接着立大梁，架檩条，砌地基，垒大墙，钉椽，铺苇箔，抹泥，垒带，起房脊。村里人围着看，都夸赞说："这个小木匠手艺好，赶活真炮搔①。"

最后一到工序瓦瓦。柳成发站在两丈多高的房上喊："上瓦。"一个小工两腿半蹲着，两只手握着叠在一起的四片瓦，放在两胯裆间，两腿猛地一蹬，手中的四片瓦像粘在一起似的向房上飞去。柳成发顺势一伸手接住了瓦。郑闹笑着走来，推开了那小工，他两只手里各拿着四片瓦，甩开胳膊左右开弓，"嗖嗖"地往房上扔。柳成发站在房坡上，叉开两条腿伸手去接，轻松得像接扔上来

① 炮搔：溴梁村土语，意思为"手勤脚快""干活利索"。

的蒸馍。

郑闹见围观的人多了,又加上一片瓦,手里捏了五片瓦。他憋足了劲往房坡上扔。没想到失手了,那些瓦散开了飞向房顶,接着像天女散花一样往下落。柳成发跃起身扑过去,魔术般地接住了那些下落的瓦。地上的人们拍手喝彩。忽听咔嚓一声,房坡上冒起一股黄土烟尘。

黄尘散淡,房坡上空荡荡的:柳成发不见了。

郑闹像被人杀了一刀,惨烈地大喊"师傅——"疯一样冲进了屋里。

房坡上塌了个大窟窿,两根断了的椽悬挂在半空中。一束黄白色的光从窟窿里照射进来,光辉灿烂地照着柳成发。

柳成发躺在地上一动不动,两眼不睁,牙关紧闭,嘴歪斜着,像一头被电叉击昏的猪。

房没有盖成,再弄出一条人命?

麦花爹一脸的惊慌,蹲在地上使劲掐柳成发的合谷穴。娘颤动着手,用毛巾在凉水里浸湿了在柳成发额头上擦。麦花端着一盆凉水在旁边蹲着。郑闹用大拇指头,掐他的人中穴,大喊:"师傅,师傅!"

柳成发终于醒了,神情漠然,像是从哪里旅游回来。他看着屋顶的窟窿说:"是旧椽断了吧?"

郑闹说:"是旧椽糟了,恁正好踩到了上面。"

柳成发淡淡地笑了,有些不好意思,说:"想节省木料,新旧椽错开用,没想到……"

柳成发动动胳膊还灵活,扭扭脖子摇摇头没啥不妥,说:"没事,扶我起来。"

郑闹和几个工人扶着柳成发站了起来。可手一松劲儿,柳成发直往地上坐，如同没有筋骨的一团肉。

柳成发说："这两条腿咋啦？软得像棉花。"

柳成发在县医院治了三个多月，上半身好好的，下半身没了知觉。医生诊断结果是：尾脊椎神经摔坏了，短期内没有恢复的希望。

柳成发出院那天，麦花拉架子车送他回柳家村。柳成发还有个妹妹，二十多岁，双手叉腰，蚕眉横立，厉害得像个钟馗爷，横挡在家门口，她说："哥，你下半身残废了，回来家谁伺候你？你是给她家盖房摔的，她家就得管你。哥，她长得像天仙，家又没男人，你去住她家多好？"

爹柳宝山耷拉着眼皮，蹲在大门口前的地上抽烟，一口一口地吐着烟雾。

柳成发没搭理妹妹，问爹："一家之主，您说哩？"

爹说："你给谁家盖房摔的，拉谁家去。"

柳成发说："我不是柳家人？"

爹面无表情，站起来往家里走；走到大门口，从嘴里掏出烟袋在门框上啪啪啪磕烟灰，磕过烟灰，甩下一句话："谁把你治好了，你就姓谁家的姓。"说完，头也不回地进家了。

爹磕出的烟灰，纷纷扬扬的，往地下飘落。

麦花含着泪，拉着柳成发往自己家走，两腿沉得像灌了黄河滩的泥沙。走到莽河大堤路上，天已经擦黑了。今年上游连降大雨，蟒河水暴涨，混浊的河水翻卷着树枝野草，咆哮流淌。

柳成发说："停一停，我想看看河。"

麦花说："天黑了，河有啥看的？"

车刚停下，柳成发爬到车厢外面，就地一滚，顺着堤坡往河水里滚去。麦花一看急了，赶紧跳下堤坡，紧紧抱住了柳成发。麦花觉得柳成发抱她更紧,更有力。

柳成发住到了麦花家,像神仙一样被照顾着。麦花爹三天两头给他擦身子。娘常给他做好吃的。麦花用架子车拉着他,跑县医院、乡卫生院、村卫生所,看西医中医土医。一家人盼望着赶紧把他医治好了,送回柳家庄去。大半年过去了,柳成发丝毫没见好。他每天架着双拐,忽悠着两条失去知觉的腿,在院子里转圈子走动。娘私下说:“两条腿忽悠得像荡秋千,看得人眼晕。一个院子,两个男人,三条瘸腿,这过的是啥日子?”

冬天,一场寒流袭来,爹心脏病发作去世了。麦花已年过三十,登门给麦花提亲说媒的人明显少了。这成了娘最揪心的事。娘说:“这样耽搁着,啥时是个头?”

一天上午,郑闹来了,说:“师傅,我在县城承包了一座楼,放线时好好的,墙垒出地面是歪的,咋弄?”

柳成发说:“拉我去看看。”

两个小工用架子车拉着柳成发走了。

晚上,柳成发被拉回来了。郑闹临走时塞给麦花三百块钱,说:“这是给你的护理费,把我师傅照顾好了,每月都有。”

一年多时间,郑闹发了。郑闹第一次来拉柳成发进城时,用的是架子车,裼脊梁,大裤头,一双黄球鞋露出两个大脚趾,跟县搬运站拉货的脚夫差不多。后来接柳成发,架子车换成了拖拉机。再后来,郑闹开着小汽车。那小汽车开动时,后面冒着一股浓浓的黑烟,声音啪啪响。

麦花说:“像吃红薯多的人放屁。”

柳成发说:“那是从河北旧汽车收购站买的,用汽车废件攒的,车厢、底盘和发动机都不是一个型号。”

麦花说:“不管是不是一个型号,咋说也是辆小汽车。”

郑闹已不再裼脊梁，穿上了体面的西装、皮鞋，留着大背头，像毛主席梳的头型。再后来，改穿了夹克，左胸上还绣着一只金狐狸。脚上改穿了布鞋，说是北京内联升的。郑闹的嘴脸也发生了翻天覆地的变化。原先胡子拉碴蓬头垢面的，像荒山老林里跑出来的野人。现在脸皮刮得铮亮发青，头发上抹层蜡油，脸上涂着男子美容霜，身上喷香水，走过去留下一路香味儿。

郑闹对麦花炫耀："知道吗？这蜡油是英国的，美容霜是德国的，香水是法国的。"

柳成发嚼他："妈那×，你人是哪国的？"

郑闹笑着转身走了，留下的香味儿在院里半天不散。

麦花问柳成发："这人咋恁能挣钱？"

柳成发说："他能挣钱？他就有一把力气，只会和泥砌砖瓦，没我的技术，他挣个狗比掰钱。"

麦花说："城里钱恁好挣？"

柳成发说："城里疯了一样盖楼，三尺见方的水泥地，里面塞一两根细钢筋或铁丝，卖到三千多。那里一地都是钱，用笤帚一扫一堆。"

麦花抬头看着自己家那座盖了半拉子的屋，一半铺着青瓦，青瓦间已长了瓦草。另一半苫着麦秸，麦秸毛剌剌的，在微风中摇晃着。柳成发拄着双拐一忽一悠的，往那半拉子屋走去了。他住在那个屋里。院里露天的灶台前，娘拉着风箱在烧火做饭。灶膛里的火光昏黄，映在娘饱经风霜的脸上，像涂抹了一层蜡。麦花直想哭。

冬天黑得早。吃过晚饭，刮起了大风。后半夜风停了，院子里发出呜——呜——的叫声，那叫声像是谁家的孩子正挨揍在哭，哭得声嘶力竭，凄厉悲惨。

麦花醒了,她知道那是公猫母猫在走窝。猫走窝那撕心裂肺的嚎叫声,吵得她翻来翻去睡不着。她拉开灯起床,拿起那本《中医按摩术讲座》。这书她认真看了半年多,书皮已经摸旧了。书里的人体解剖图、经络穴位,留有她勾勾画画的墨迹。麦花放下书,从抽屉里拿出个小首饰盒。小首饰盒是柏木做的,有杠子馍那么大,做工精美,盖上用彩色贝壳镶嵌着一对鸳鸯,领着三只神态各异的小鸳鸯,在池塘里戏水。这个首饰盒是柳成发做的,不知道他做了多长时间,在麦花三十岁生日那天,用红绸包着送给了她。麦花打开首饰盒,里面没有首饰,有一沓扑克大小的卡片,每张卡片上抄写有诗词,是有关麦花的古诗词:

四时田园杂兴·其二

梅子金黄杏子肥,
麦花雪白菜花稀。
日长篱落无人过,
唯有蜻蜓蛱蝶飞。

——宋·范成大

春　暮

云头红上三竿日,
烟际青来数点峰。
桑葚熟时鸠唤雨,
麦花黄后燕翻风。

——宋·王迈

湘中二首书县斋冰壶·其二

晴垄麦过花，
暖泥秧出水。
宽得一寸心，
人行更千里。

——宋·张埴

渔家傲（次前人）

浪麦风微花雾扫。
痕沙水浅溪桥小。
属玉双双飞杳杳。
山宽绕。
新晴绣得春分晓。
独立无言心事渺。
曾将宇宙思量了。
世变何涯人已老。
休烦恼。
林泉况味终须好。

——宋·陈著

麦花认得是柳成发的笔迹。麦花对古诗词似懂非懂，却经常拿出卡片翻看。她想看懂柳成发的人和心。

柳成发常被郑闹拉进城去，每次很少空手回来。他第一次给麦花买的是一条紫色羊绒围巾，一开始麦花不要，柳成发说："花妹，你每天照顾我多辛苦？这是名牌，鄂尔多斯的，你围着一定更漂亮。”柳成发笑着叫她花妹，话语真诚，声音好听。麦花听着心里发热，热流像通电一样涌遍全身。后来，柳成发给她买红色羽绒服、牛皮鞋、短风衣，还有各种化妆品。柳成发每次给她东西，都是瞅爹娘不在的时候，家里就他俩。麦花接过东西，眼光从柳成发脸上快速掠过，歪头看着别处。她心里像长满了荒草，眼前一片茫然，别处有啥，根本看不清楚。两个人近在咫尺，相互也不再说话。四周寂静无声，空气也仿佛停止了流动，相互间能听见心脏在跳动。一种莫名其妙的东西从麦花心里溢出，令她感到甜蜜、激动和幸福。柳成发对爹娘也好，张口叫伯，闭口叫娘，外人听了像亲生儿子一样。从城里回来，也带肉夹馍、猪头肉、卤鸡和酱鸭，说是给伯、娘补养身子。爹那时还在世，也喝上了司马懿大将军酒。

“柳成发这个龟孙，要是没病该有多好？”

走窝的野猫还在长一声短一声地嚎叫着，麦花心里像开了锅，长了草，死活再睡不着。她盖上首饰盒，拿出红色羽绒服穿上，提着一把笤帚走出屋子。天上星光闪烁，朦胧夜色中，公母猫搅绕在一起，在柳成发住的那半拉子屋门口绵缠滚动，声嘶力竭地嚎歌。麦花把笤帚嗖地朝野猫扔去。野猫像一对通奸的男女被人发现，嘴里发出呜呜的叫声，羞答答地跑了。她抬头看看天，启明星还没有上来，四周寂静如水。麦花走过去捡笤帚，见柳成发的屋门关着，迟疑片刻，手轻轻一推，门开了。她走进屋，低声喊：“成发哥？”没听见应声。又喊了声，还是没有应声。麦花反过身子插上门闩，摸着黑，坐到了柳成发的床边。

黑暗中，柳成发一把抱住了麦花。这个柳木匠，根本就没有睡。他没有再叫她花妹，问：“你来干啥？”

麦花说：“想把你的病快点治好，也到城里头盖楼。”

柳成发问：“有啥偏方？”

麦花说:“我看了按摩的书,喇叭里有广播讲座,说按摩可以治下身瘫痪,我想试试。”

柳成发没再吭声。

麦花把手伸进被窝,摸着柳成发的脚丫子,问:“有啥感觉?”

柳成发说:“没有。”

麦花摸他的小腿:“有啥感觉?”

柳成发说:“没有。”

麦花摸他的大腿:“有啥感觉?”

柳成发说:“没有。”

麦花不再摸了。她坐在床上,叹了一口气,没再说话。

麦花白天看书听广播,隔三岔五地后半夜过来,用手揉柳成发的脚丫子、小腿、大腿。她揉得很轻,在柳成发下半身的各个部位慢慢地揉,边揉边问:“有感觉吗?”

柳成发说:“没有。”

麦花就搓,用十个手指头在柳成发的下半身搓;搓了一阵,问柳成发:“有没有感觉?”

柳成发说:“没有。”

麦花有些生气,改用手指头抠,抠柳成发的脚丫子、小腿、大腿,一边抠一边问:“有没有感觉?”

柳成发的下半身就像个死去的猪,没有一点反应。无论麦花怎样抠,柳成发始终就是两个字:“没有。”

麦花累得浑身出汗,心里着急,就用手掐,死劲掐;掐下半身没有反应,就掐他的上半身,肚子、胸脯、胳膊、脖子、耳朵,逮哪儿掐哪儿,一边掐一边问:“到底有没有?到底有没有?”

柳成发被掐得难受,赶紧说:“有了有了。”

麦花又改掐他的下半身,柳成发又说:“没有。”

麦花在柳成发的上半身下半身,不停地轮换着掐,嘴里不停地问:"到底有没有?"

柳成发被掐乱了,被问糊涂了,有时候麦花掐上半身,他会说:"没有。"掐他下半身,他会说:"有了。"

冬去春来,两个人就这样,在夜深人静的床上,一个胡乱掐,一个胡乱答。

第三年春天,院里的三棵梨树花朵怒放,洁白如雪,弥漫着沁人心脾的芳香。夜里,麦花又来到柳成发房间,掐着柳成发的下身,柳成发突然说:"有感觉了。"

麦花听了一愣:"真的?"

柳成发说:"真的!"

麦花跑出屋外,折了一枝盛开的梨花,放到柳成发的脸上,问:"这是啥?"

柳成发说:"梨花。"

麦花说:"你没傻吧?"

柳成发说:"没有啊?"

麦花一手拿着梨花,一手在柳成发的下半身一个部位一个部位地慢慢掐,掐一个部位问一句:"有没有?"

柳成发认真地说:"有了,真的有了。"

柳成发的下半身真的有反应了,他紧紧抱着麦花。

麦花不再问他,也不再动他,死人一样躺着。

梨花的花瓣,散落了一床。

麦花哭了。

柳成发和麦花结婚那天,特意让郑闹弄了九台小汽车,装上施工队的弟兄们。麦花和柳成发坐在主车里,车头挂着一个大花篮,花篮里装着一对塑料的童男童女和五谷杂粮。门拉手上系着红气球，随风摇晃。柳成发告诉司机："在柳家庄给我转悠，四条东西街、三条南北街，都转悠到，一直转悠到中午再回家。"

打头的是一辆大卡车，卡车厢前头站着郑闹。郑闹胸前挂着一朵大红花，肩挎一个大帆布包，鼓鼓囊囊地装着一大包二踢脚。他一手拿根香火，一手拿着二踢脚，"咚——啪——咚——啪——"不停地燃放，崩得地下尘土溅起，天上炮屑飞扬。卡车厢里或站或坐着二十多人，是一响器班。乐手们各显技艺，吹奏着笙、笛、箫、唢呐，拉着板胡、二胡，敲打着鼓、锣、镲等各式响器。每走一段路，就有村里人拿着板凳椅子横坐在路当中，堵住响器车，让车上那帮家伙们演奏。车上那帮家伙个个都是人来疯，见围观的人越多，就越是变着花样演奏。演奏《梁山伯与祝英台》《小二黑结婚》《朝阳沟》《李双双》。这辆大卡车上的人，把柳家庄崩得、吹奏得像过年一样，满街都是人。

中午十二点，彩车到了柳成发家大门口。柳家大门紧闭，没一个人出来。

郑闹掏出一沓钱，塞给响器班领班的，说："使劲吹，给我往死里吹。"

领班的把钱对着吹唢呐的三个弟兄一晃，说："使劲吹，往死里吹。"

那帮家伙立刻疯了一般，个个摇头晃脑的，鼓起腮帮，涨红了脸，对着柳家大门拼命地吹奏豫剧《穆桂英招亲》《游子拜高堂》等。唢呐声浪像黄河小浪底开闸放的水，汹涌澎湃，直往柳成发家倾泻奔腾。

柳成发拉着麦花跳下车。麦花身穿婚纱，戴玉镯，脖子上戴着金项链，耳朵上戴金环，满头的金银首饰，在阳光下闪烁着光芒。柳成发戴着毡礼帽，大红绸十字披肩，洗脸盆一样大的红花戴在胸前。

郑闹跳下卡车，搬来磨盘大的一挂鞭，说是十万头的，摊开在柳家大门口地上，拿香火点了，鞭炮噼噼啪啪地响了起来。霎时间，柳家大门口火星四溅，炮屑飞扬，青烟弥漫。柳成发在炮火硝烟中，挽着麦花的胳膊，满脸洋溢出得意的笑，昂首挺胸地在街坊邻居父老乡亲们面前走了三圈。人们惊呼：

"谁说成发是残废？这不是好好的吗？"

"成发这鸡巴货真有福气，娶了个天仙。"

……

柳成发从裤口袋里掏出两万块钱，一把一把地抛撒空中。纷纷扬扬的百元大钞，从天上落下来，人们喊着：钱！钱！钱！疯了一样去抢钱。

柳成发拉着麦花，对着自己家大门口，跪在地上，嘭嘭嘭磕了三个头。爬起身来，对着街坊邻居父老乡亲们，又深深鞠了三个躬。然后坐进小车，风风光光地往村外走了。

响器又兴高采烈地响了起来。

司机开着车，觉得有些不对，说："响器吹错了吧？"

麦花细听，说："咋像是《秦雪梅吊孝》呢？"

柳成发倒不在乎："管他吹尿个啥，热闹就行。"

柳成发和郑闹在县城揽工程盖楼，挣了大钱，真的发了。柳成发拿出二十万，把麦花家那一半麦秸一半青瓦的半拉子房拆了，四角落地，重新挖地基，钢筋水泥浇灌的楼架，清一色红砖垒的墙，青瓦盖的顶，漂漂亮亮的一座三层小楼，在溴梁村鹤立鸡群。

娘常对麦花感叹："你苦命的爹要是活着多好！"

三

黄河宾馆的早餐很丰盛,馒头花卷油条豆浆咸菜。午餐晚餐自助,鸡鸭鱼肉应有尽有。麦花心里孤独,几天后就没了胃口。郑闹来了。

麦花问:“那工程啥时候能完?”

郑闹说:“不好说。”

麦花没有吭声。

郑闹说:“艾董事长怕嫂子住这儿不习惯,叫嫂子搬到国际杏花园住。”

杏花园是一个高档住宅小区,是艾董事长的公司开发建设的。郑闹打开了一栋楼的502房门,把一串钥匙递给麦花,说:“这套房子刚收拾好。”

麦花有些犹豫,说:“住这里好吗?”

郑闹说:“咋不好?比宾馆方便,还省钱。”

郑闹走后,麦花给柳成发发短信:“搬到了杏花园502室。”

柳成发回信说:“那是公司的房,领导每人一套。”

这是两室一厅的房子。厅里铺着地毯,一大两小鹅黄色的布艺沙发,对面的电视柜上放着电视机,电视机两边的钧瓷花瓶里,插着色泽鲜艳做工精湛的绢花。主卧室一张双人床,床上被褥床单枕头齐全。床头柜大衣柜梳妆台摆放有致,落地式紫红色窗帘半开着,散发出高雅温馨的气息。墙上挂着一幅画,一个穿着红色兜肚的光屁股男孩,坐在牛背上吹笛,地上一群孩子围着他听,个个兴高采烈的。次卧摆着一张写字台、一把老板椅、两个书柜,显然是个书房。厨房里电冰箱、微波炉、锅碗瓢盆等各种炊具俱全。

这屋里的一切都是新置办的,没有人住过的痕迹。

傍晚有人敲门。麦花开开门,艾董事长在门口站着,身边簇拥着三男两女五个孩子,大的十五六岁,小的五六岁,一人手里提着一个鼓鼓囊囊的塑料袋。艾董事长说:“叫阿姨。”孩子们齐喊:“阿姨好。”呼呼啦啦地把那些塑料袋放在厅里,说:“阿姨再见。”孩子们跑下楼去了。艾董事长静静地站在楼道里,对麦花说:“我家住在对门,需要啥说话。”

麦花没想到和艾董事长住对门,心里有些忐忑,说:“谢谢董事长。”

艾董事长说:“不必客气,叫我老艾就行。我家孩子多,有事可找他们帮忙。”然后也下楼去了,说是晚上去公司加班。

厅里放的一堆塑料袋里,装着苹果西红柿挂面面粉等。麦花收拾好塑料袋里的东西,坐在沙发上想了想,站起来从冰柜里拿出那冻得像冰坨似的三只母鸡,提着那箱铁棍山药,去敲艾董事长家门。

开门的是一个五十岁左右的女人,穿着粉红色碎花睡衣,身材略有些胖,腮肉细嫩,面色红润,眼睛很大,湿漉漉的头发散发着肥皂味道。那女的说:“我是老艾的爱人,刚才洗澡,没过去看你。”

麦花把手里的东西递给她,说:“这是老家养的柴鸡,铁棍山药是老家特产。”

那女人接过东西,说:“好亲不如对门,没事常来坐坐。”

艾董事长老婆叫曾晓晴,麦花叫她晴姐。晴姐把一大盘洗干净的黄瓜西红柿草莓等瓜果端来,拿起一根黄瓜给麦花,说:“放心吃,绿色食品。”

晴姐告诉麦花,吃黄瓜不是看顶花带刺,是要看顶部长花的地方是凹还是凸。凸起疙瘩的就不要吃,激素生长剂化肥用得太多。

麦花吃完黄瓜，晴姐又递给她一块西瓜。麦花看着西瓜，带着很多黑籽，没有下口。

晴姐笑了，说："西瓜不要吃无籽的，草莓不要吃太红的，杏桃枣不要吃太大的，西红柿不要吃太小的，韭菜不要吃根粗叶肥的，绿叶菜不要吃没有虫眼的。"

麦花说："我们溴梁村人这些年吃的，都和晴姐说的正相反。"

晴姐说："现在很多吃的都是转基因培育，无性繁殖，人吃多了会绝育。"

麦花说："村里人都说，那些东西好吃。"

晴姐说："带来口福的食物，大都隐含着口祸。"

麦花说："晴姐对吃的真有研究。"

麦花和艾董事长家住对门，自然和董事长家的来往就多了起来。麦花到晴姐家串门，很少看到过董事长。即使在双休日节假日，也看不到董事长的身影。

晴姐说："干工程的人，没有家。"

麦花想到了柳成发，笑着点了点头。

白天，艾董事长一家人走了，楼道里死一般地沉寂。麦花一个人待在屋里，空落寂静，心里觉得孤寂冷清。

一天下午，是个周末。晴姐来找麦花，说想带她去黄河滩农场散散心。麦花高兴地答应了。晴姐开着黑色帕萨特小车，告诉麦花，十年前，老艾在邙山区的黄河滩，租了二百多亩地，办了个农场。

车行驶一个多小时，下了高速公路，穿过一段弯曲起伏的邙山土路，进了黄河滩。黄河滩很大，茫茫一片，长满红柳野蒿荒草。车在一条隐约可见的沙土路上行驶四十多分钟，到了农场。放眼望去，农场长着玉米高粱红薯冬瓜黄瓜等，一些人散落在田间，戴着草帽手拿农具在忙碌着。大豆谷子地里,栽着几个稻草人。稻草人伸展双臂,手里的蓝色红色飘带随风飘荡。

晴姐的电话响了。晴姐说:“知道了,放心吧,吃黄河大鲤鱼、泡温泉。”关上电话,晴姐又说:“这个老艾,总怕我招待不好你。”

都说无商不奸,无奸不商,艾董事长不是这样。艾董事长给麦花留下的印象是温文尔雅,和善心细,待人宽厚,是个很会关心人的老板。他不像电影电视里的老板,阴险奸诈,用各种手段捞钱。这就是人们说的儒商吧?

炊事员老范五十多岁,把凉拌野苋菜青椒炒瘦猪肉清炖牛肉等各种菜肴摆在桌上,最后端上来一条红烧鲤鱼。晴姐说:“这是黄河大鲤鱼,长着四个鼻孔。”

长着四个鼻孔的黄河鲤鱼?麦花这还是第一次听说。

顺着晴姐筷子头的指点,麦花看见鲤鱼头的两侧,果然长着四个鼻孔。

晴姐说:“黄河滩老渔工讲,黄河泥沙太多,水太混浊,那些长着两个鼻孔的鲤鱼呼吸困难,被憋死淘汰了。有些鲤鱼为了生存,就适应环境,长出了四个鼻孔呼吸。这叫自然选择,适者生存。”

麦花佩服晴姐,觉得晴姐是个知识丰富的女人。

晴姐说:“现在,四个鼻孔的黄河鲤鱼几乎绝迹了,只有我们农场和很少的几家养鱼场有。农场种的庄稼蔬菜,都不上化肥不打农药不用除草剂。养的牛猪羊鸡鸭鹅等,都不喂激素避孕药和各种化学合成饲料。”

晚饭后七点多钟,晴姐带麦花去附近一家温泉度假村泡温泉。度假村里露天的温泉池子很多,每个池子大小不一,鸭蛋形元宝形古瓶形莲花形等形状各异,周围种着芦苇红柳蒲草等,像篱笆一样遮挡着,打着各色彩灯,旁边茶几上放着西瓜甜瓜点心茶水饮料。

晴姐和她穿着泳衣，在咖啡池、牛奶池、当归池、玫瑰池、菊花池、地黄池、铁棍山药池、红酒池、硫磺池、鱼疗池，一个池子接着一个池子地泡。她们兴致勃勃，谈笑风生。泡饿了吃喝，吃喝够了又泡，泡得大汗淋漓，筋骨松软，浑身柔滑。

十一点多，天上有雨点飘落下来。晴姐和麦花跑进室内，洗澡换衣服，返回了农场。

这个周末的晚上，麦花过得十分开心。回到房间，她哼着曲儿，把换下的衣服洗干净晾上；洗漱完毕，躺在床上。双人大床软硬适度，麦花伸展开四肢，身心放松，长长地呼吸了一口气，一种从来没有过的舒服和舒心。她想到了对面的晴姐。晴姐有品位，会生活，和艾董事长大概常来这里度周末。黄河滩的植物茂密旺盛，空气洁净清新，散发出勃勃生机。晴姐和艾董事长大口呼吸着这里的空气，吃着绿色食物、黄河鲤鱼，然后兴高采烈地去泡温泉。吃好泡足后，艾董事长一定会其乐无穷地在晴姐身上折腾。那一堆的儿女，肯定是这种折腾结下的硕果。

麦花又想到了柳成发，他啃着馒头咸菜，踩踏着泥浆，呼吸着水泥沙尘，如一头负重的老牛，整天耕作在嘈杂脏乱的工地上。麦花打开了手机，一段开机的音乐响过，传出了嘟嘟的声音，那是来短信的声音。麦花打开短信，竟然是柳成发来的。她惊喜万分，赶紧坐了起来看。柳成发说：

今天下午进市里办事，特准我回家一晚，等我。

我已经到家了，你在哪？

你啥时候回来？

你现在到底在哪里？

咋不回短信？

咋不接电话？

你是不是跟哪个野男人度周末去了？

一连串的短信，像一颗接一颗轰然爆炸的炮弹，炸得她头脑发晕，热血沸腾，六神无主，人要瘫痪了似的。

“这个龟孙，咋偏偏选这个时候回家？”

麦花发现，还有无数个未接电话，都是柳成发打来的。麦花心中万般地悔恨，想扇自己的耳光，头想往墙上撞。

她赶紧给柳成发打电话，柳成发已经关机了。

她看看表，已是快凌晨一点钟了。窗户外面忽闪着刺眼的电光，咔嚓、咔嚓响着炸雷，大雨下得瓢泼一样。麦花犹如一头困在笼中的母兽，疯了一样不停地在屋里转悠，一直转悠到天亮。

第二天早上，雨停了。麦花打柳成发的手机，关机。她催促晴姐赶紧回去。

中午回到家，床上的毛巾被、床单、枕头乱七八糟的。柳成发昨天晚上回家来了，独自睡了一夜走了。柳成发还拿走了麦花给他带来的衣服和鞋袜。

麦花给柳成发发短信，解释了周末晚上的事，柳成发没有回信。连续发了好几条信息，说你不信可以问晴姐，晴姐可以作证。

柳成发还是没有理她。

“柳成发，你个龟孙，真以为我跟着野男人度周末去了？”

麦花心里很是不安，一直处在焦躁和悔恨之中。不管怎么样，这说明柳成发对自己的心并没有变，还是爱着自己的，自己倒有些对不起柳成发。

三天后，柳成发终于回信了：相信你，好好在家养着吧。

麦花一阵激动。她想起柳成发曾说过，城里一地钱，一扫一堆。麦花进了城才知道，这纯粹是编造给她听的美丽谎言。县城时，他和郑闹为了揽工程，烈性酒往死里喝，好几次酒精中毒昏迷过去到医院抢救。城里的楼高,八九层十几层的,一个泥瓦工在高高的脚手架上,拿着瓦刀抹着水泥,一脚没有站稳掉了下来,摔成一堆肉泥。冬天施工赶进度,柳成发带着工人,天不亮就上工,寒风飕飕,刮得手脚皲裂出横七竖八的血口子。晚上回到家里,手疼得不能拿筷子,脚疼得不能走路。现在搞军队施工,多日不能回家,是多么辛苦。

麦花给柳成发回信:我天天吃闲饭白花钱,还是找点事干吧?

柳成发回信:不用,我养得起你。

一天,艾董事长敲开她的门,在门口递给她一个信封,说:“这是柳工长这个月的工资。”

麦花关上门数了数,整整一万块。杏花园地处繁华街区,出了小区大门,沿街有中原购物广场、花园大型超市、中外名优商店、农贸市场,人群熙熙攘攘,商品琳琅满目,温县县城根本无法和这里相比。麦花闲着没事,揣着钱逛街购物,买衣服零食各种生活用品。裹挟在购物的茫茫人流中,她感到自己也变成了一个大城市人。

夜里洗完澡,她对着镜子,发现自己的腰围粗了,大腿上的肉也多了。她给柳成发发信:人太闲,养胖了。

柳成发回信:胖了好。地肥了,才能多打粮食。艾董事长的老婆就胖,你也像她一样,将来会生养一大堆孩子。

麦花笑了。这个龟孙就是嘴甜,会说话。她想到了艾董事长身后的儿女们,那天阿姨阿姨地喊着,呼呼啦啦地把一堆塑料袋的食物放在厅里。她仿佛身边也有了一群儿女,也被儿女们簇拥着呼喊着,心里顿时暖乎乎的。

双休日,艾董事长的孩子们回来了,在楼道里追逐打闹,哭喊笑骂。麦花的心情又烦躁起来,发短信给柳成发:对门的孩子们真闹腾。

柳成发:咱也想闹腾,人呢?

是啊,人呢?

上两次来时,柳成发也已经有些发胖了。说起要孩子的事,柳成发腮帮子上的两坨肉在微微颤动,眼睛里放射出似笑非笑的光;然后一把抱过麦花,嘴贴在麦花的脸上说:"老婆别着急,面包会有的,儿子会有的。"为了要孩子,她天天给柳成发熬中药喂补品做好吃的,两个人夜里也没少折腾,可她一直没有怀上。

麦花嗔责说:"你真是个废物。"

柳成发说:"还不是给恁家盖房摔的?"

麦花无言以对。她后来一想到这话,就觉得愧对柳成发。

麦花给柳成发发短信,还是坚持要出去上班,找点事干。

麦花坚持要找事干,是常想起娘说"等他"的话。她告诉柳成发,我这次来就是要等你,等你回来,和你团聚,不能像前几次,无声无息地就回去了。这次有单元住房,条件好,不怀上孩子我就不回去了。

几天后,柳成发回信了,说:我请示了艾董事长,他答应给你安排事做。

麦花很高兴:你想通了?

柳成发:想通了。

麦花:没喝醉吧?

柳成发:没喝酒。

艾董事长的司机来了,说是来接麦花去上班。艾董事长的公司叫黄河开发建筑有限公司,公司坐落在省城南郊的眼镜湖畔。穿过湖中间风格别致的石桥,迎面一座三层小楼,楼前一片绿茵茵的草地。

艾董事长已经站在草地上等候。麦花的车还没有停稳，艾董事长就拉开了车的后门，满脸笑容地说："欢迎弟妹来公司上班。"

麦花没有想到艾董事长的公司这么气派，也没有想到艾董事长这么客气。她有些不知所措，也不知道说啥，只是笑了笑，跟着艾董事长进了小楼。上到二楼，艾董事长带麦花进了一个办公室，说："弟妹，你现在是公司董事长助理，这是你的办公室。这一段时间，你主要工作是熟悉公司情况。"然后指着一个姑娘说，"这是尤幽，你的助手。"

艾董事长的手机响了。他一边接听手机，一边对麦花做着"拜拜"的手势，下楼去了。

尤幽大约二十岁，长得跟花儿一样，细眉大眼，胸高臀肥，小嘴红得像转基因的草莓，说话柔情似水，像唱着歌儿一样："麦花总，我在一楼103房间，你有事直接拨房间号。"说完，面无表情地下楼去了。

麦花站在屋里，不知道该干些什么。靠窗的位置放着一张紫檀木桌，桌上放着电脑、电话和传真机等，桌前一把绛红色皮椅。她走过去，轻轻地坐在椅子上，椅子柔软舒适。透过窗前挂着的几条青藤枝蔓，外面是绿色的草地，有工人在修剪。草地上长着几棵杏树。树下的草地上摆着由各色鲜花组成的图形。往远看，是碧波粼粼的眼镜湖。窗户外面有阵阵微风吹来，带着修剪后青草的气息，令人心旷神怡。这哪是办公的地方？简直像仙境一样。麦花坐在椅子上看公司的简介。黄河开发建筑有限公司开得很大，不仅有房地产，还开有门窗厂水泥厂涂料厂农场等。

麦花想到了溴梁村，想到了已经去世的瘸腿爹、年迈多病的娘、一半青瓦一半麦秸的半拉子房，想到了身穿名牌油头香身的郑闹，想到了给柳成发揉搓抠掐的无数个夜晚，想到了到现在不能相见的柳成发……她觉得有些委屈,心里一阵发酸,想流泪。

艾董事长对麦花很客气,像兄长一样,时常不断地到麦花办公室来,每次时间不长,脸上带着微笑,嘘寒问暖几句,不等麦花多说话就走了。

麦花问尤幽:“董事长助理,主要助理啥?”

尤幽说:“看董事长需要,需要啥就帮助料理啥。”

早上起床,麦花拿出体温表量了量体温,知道这几天又到了日子。可柳成发……

下午快下班时,尤幽来电话说:“我和艾董事长晚上有个应酬,董事长说请你在公司先替我值几个小时班。”

麦花答应了。

夜很晚了,照耀在公司院里的草坪、办公楼上的镁光灯已经熄灭了。夜幕下的花草丛里,虫儿们在欢快地歌唱。艾董事长终于回来了。司机架着他,他穿着一件白色衬衣,喝得脸色涨红,酩酊大醉,昏迷不醒。尤幽跟随后面,胳膊上搭着董事长的西装领带,自己也醉得迷三七五,进屋就拉着麦花的胳膊,嘴里舌头发硬,嘟嘟囔囔的,像塞着半截热茄子,意思是:董事长就交给你了。然后,摇摇晃晃地走了。

麦花和司机把艾董事长搀扶到艾董事长的卧室,司机说还要回去酒店送人,也走了。

艾董事长躺在床上,眯缝着眼,呼哧呼哧喘着粗气,满嘴喷着酒气,像一头醉倒的大象。麦花端来一盆热水,拿一条毛巾放进盆里浸热了,拧干,轻轻地给艾董事长擦洗脸。

艾董事长喊:“热死我了,难受、难受。”一把撕开了衬衣,露出毛烘烘的胸脯。

麦花有些不好意思。

看来，艾董事长今天的酒真没少喝。他嘴里不停地喊："热死了，热死了。"三扒两下又褪掉了自己的裤子。

艾董事长只穿着一条裤头，躺在洁白如雪的床单上。裤头是红色的，上面绣着一头黑色的非洲野牛。野牛躬着背，低着头，仰起角，牛眼半闭半睁，气势威严凶猛。

这个艾董事长，平时西装革履的，说话办事彬彬有礼，像个绅士。醉酒后咋变成了这样？变成了一个只穿着裤头的男人，一个浑身上下赤裸裸的男人。艾董事长不知羞耻地躺着，他的大腿小腹胸脯上，长满了一层密密麻麻的黄褐色汗毛。他的胸脯结实厚重，胸肌发达，两条大腿粗壮有力地伸展着。怪不得他和晴姐能生下那么多的子女。

突然，艾董事长坐起身子，张开嘴，瞪眼看着麦花。麦花以为他要说啥，赶紧笑脸迎着。艾董事长没有说话，"噗"把一股液体喷射在麦花的脖子上，随即又闭眼睛倒下了。那液体带着董事长的体温，顺着麦花的脖子往胸脯乳房上漫流。麦花赶紧跑到卫生间时，衬衣和乳罩已经湿透了。红衬衣和鹅黄色乳罩，是上次来柳成发陪她在中原购物广场买的。女售货员说是法国货，不少名模和影星们都穿戴，价格贵得离谱，麦花舍不得买。柳成发说："贵怕啥？男人挣钱就是让老婆花的。"他毫不犹豫地掏出了一沓钱。麦花当时激动得直想流泪。

麦花把浸满董事长液体的衬衣乳罩脱下折叠好，放在浴缸边咖啡色的玉石面茶几上。她接着放热水，把自己清洗干净。浴室墙上挂着一件米黄色丝绸浴衣，麦花取下来穿在身上。浴衣质地细腻柔软，带着一股男人的气息。

麦花心里荡漾起一股热流，像盆里的热水。她一盆一盆地换着热水，轻轻地给艾董事长擦洗身子。艾董事长的脸、脖子、胸脯、胳膊、大腿，除了那个敏感的部位，艾董事长的全身，麦花都擦洗到了。

艾董事长不再喊热，不再折腾。他伸展四肢，闭着眼睛，喘着粗气，像一只打着鼾睡觉的猫。

麦花发现，艾董事长的大腿小腹胸脯上，黄褐色汗毛一根一根的，密密疏疏。艾董事长头上歇顶，光秃秃的，不长一根毛发，原来都长在了这些地方。黄褐色的汗毛在热毛巾的擦拭下，顺从的伏贴在白里透红的皮肤上。当她擦洗艾董事长的腹部时，胸脯上的汗毛挺立起来；擦洗大腿时，腹部的汗毛又挺立起来。那一根根汗毛昂首向上，散发出不屈的活力，透露出男子汉的气魄和威力。艾董事长不仅事业发达，家庭兴旺，身体也是这样的健壮，连汗毛都顶天立地，充满着活力。

麦花又想到了事业成功生活幸福的晴姐，觉得浑身发热，体内的血液在快速地流淌。

突然，艾董事长又坐了起来，像一头凶猛的非洲雄狮，张开两条像钳子一样的胳膊，不由分说地紧紧抱住了麦花。董事长伸出大手，一把撕开了麦花身上的衣服。艾董事长的大手，厚实肥嫩，暖滑细腻，富有弹性。

麦花浑身酥软，无声无息，没做任何反抗。

她也醉了，醉迷不醒。

麦花回到502房间，连续醉迷了三天三夜。醉意蒙眬情迷不醒中，她觉得有个人一直在陪伴着她，那个人好像是艾董事长，又好像是柳成发。应该是柳成发，没错，是柳成发。在蟒河堤上，柳成发爬出架子车滚下蟒河的那一刻，麦花抱住了他，两人一起滚进了蟒河。蟒河河水汹涌澎湃，咆哮奔腾。麦花和柳成发紧紧拥抱着，在河水中翻上翻下，上起下伏，随波荡漾。在滔滔河水中，麦花喘不过气来，几乎要窒息，要发疯，要昏死过去。她像抓住一根救命稻草一样，拼死地搂抱着他，一刻也不放手。她和他在激流中相依为命，在窒息中挣扎、翻腾、滚动。

三天三夜，麦花一直把艾董事长当成了柳成发。

第四天早上，麦花醒了。屋里已经没有了艾董事长。艾董事长已经走了，不知道是啥时候走的。屋里依然冷冷清清，空空荡荡。麦花的心像被掏空了一样，浑身无力。她没有起床，也不想起床，不想再去上班。

麦花看到手机在闪，怕是娘来过电话。拿过来看，是柳成发的短信，昨天发来的：我给董事长说了，你刚上班，不习惯，可以在家里休息几天。

麦花想了想，给柳成发回信：娘来电话说家里有事，我回溴梁村了。

麦花走了。

四

麦花回到了溴梁村，十多天昏昏沉沉的，一直嗜睡。

一天早上，麦花终于不再想睡了。她靠着床头，两个乳房有些发胀，乳沟里有东西坠着。她知道那是个翡翠饰件。从脖子上取下饰件拿在手里，饰件有核桃般大小，雕着一个光屁股的小胖男孩儿，喜气洋洋地骑在一头麒麟上。胖男孩儿额头有一红点，通体翠绿。麒麟色泽金黄，昂首腾飞。一个饰件有三种颜色，天然绝配，合为一体，应是世间稀有之物。饰件质地细腻，水头充足，纯净通透，雕工精湛，更是美轮美奂的精品。这是艾董事长，在她醉迷不醒的时候挂在了她的脖子上。她隐隐约约记得艾董事长告诉她，这叫麒麟送子,是跑遍了省城珠宝店,精心给她准备的一份礼物。

麦花捏着麒麟送子,透过窗户的玻璃,看到外面的梨树上有一张脸盆大的蜘蛛网。蜘蛛网上挂着一片白色的花瓣儿,在微风中轻轻飘动。一只花蝴蝶飞来,落在花上。蝴蝶红白相间,像那个装着调理男女生育中药的蛇皮袋。一只又黑又大的蜘蛛出现在网上,不知道它刚才躲在什么地方。花蝴蝶扑棱着翅膀,想飞,但翅膀被粘在网上,它已经飞不走了。那只蜘蛛迈着骄傲的步伐,慢条斯理地向蝴蝶走去。蝴蝶拼命抖动翅膀,在挣扎。那只蜘蛛停止了步伐,一动不动地注视着网上的蝴蝶。蝴蝶也停止了挣扎,一动不动。蜘蛛伸出两条细长的前腿,在空中优雅地划动了几下,然后飞扑过去,全身趴在蝴蝶身上,八条长腿乱动,瞬间绕成了一张网,紧紧裹住了蝴蝶。奇怪的是,蝴蝶竟然再没有挣扎,死了一般,任凭蜘蛛发落。

那天晚上发生的事,真像自己也醉酒了一样;醒来后犹如一团乱麻,缠绕在麦花的心头。那天晚上的事情,也是在一瞬间发生的,麦花做梦也没有想到。当艾董事长突然扑上来抱住她时,她也像粘在网上的蝴蝶,一动没动。已经粘在网上了,挣扎有啥用?

一个多月后,麦花惊奇地发现:怀孕了。

麦花开始坐立不安起来,她彻夜难眠,不知道该咋办。这个意外收获,令她既惊喜又惊恐。她不再给柳成发打电话了,也很少再发短信。她不但不给柳成发打电话发短信,更怕柳成发给她打电话发短信。柳成发要来了电话短信,她该咋说?好在柳成发一如往常,没给她打电话,短信也很少发。是不是工期到了,工程快完工了?

麦花有些紧张,心里忐忑不安。她打电话问郑闹:“那工程啥时候能完?”

郑闹还是那句话:“军事工程,有保密规定,真的不便多问。”

说心里话,麦花现在倒希望那个工程不要完工,最好永远不要完工。她甚至想:柳成发要真的在外面包了二奶,也不再是啥大事,她也会接受认可。现在的社会宽松开放,不仅大老板、包工头、有钱人包二奶三奶,连城里的农民工、捡破烂的、要饭的,也拿着十块二十块钱去找野鸡发泄。再说,现在的艾董事长算是自己的啥人?她觉得脸面有些发烧。

娘得知了这个喜讯,天天喜笑颜开,合不拢嘴。她搀扶着鼓着肚子的麦花,在溴梁村的大街上、胡同里散步,逢人就说:“县里的那个老中医开的中药真灵验,铁棍山药真是宝。”

溴梁村人的话头也变了:谁说三年肚不鼓不如地老鼠?净是狗比掰瞎扯。看看人家麦花,到大城市一住,肚子还不是鼓起来了?肚子鼓不鼓,还是要看下的啥功夫。那十八家结婚三年以上肚子不鼓的女人和她们的婆婆,看到了榜样和希望,常来麦花家串门聊天。

婆婆们问麦花娘:“县里那个老中医的药,俺家儿媳妇也不知道吃了多少服,肚子咋照样不鼓?是不是恁家有钱,给恁家麦花弄的啥偏方?”

肚子不鼓的女人问麦花:“这次你去了大城市,恁家成发到底给你下的是啥功夫?大城市神医能人多,给你吃了能怀上孕的啥灵丹妙药?”

柳成发那个凶得像钟馗爷一样的妹妹也来电话了,口气格外的亲热:“嫂子,我的亲嫂子,我结婚都三年多了,一直没有怀上。你和我哥咋整的?有啥秘诀传授给我?”

麦花抚摸着慢慢鼓大的肚子,常想起艾董事长。艾董事长做事果断,潇洒自如。他有着厚实肥腻的大手,磁性的声音,长满胸毛的胸脯,肌肉发达的大腿,铁钳一样的双臂。艾董事长性情奔放激烈狂暴,搅得她情欲激荡,翻江倒海一般……是艾董事长把她带进了一个她从来没有感受过的世界。更令她意想不到的是,柳成发几年都没有完成的工程,艾董事长一上手就完成了。可见男人和男人,在这方面确实是大不相同。柳成发,男人中的窝囊废。不过他的窝囊,还不是因为给自己家盖房造成的?他再窝囊,不也是自己的名正言顺的丈夫?他承建的军事工程一旦完工了,回来家看到她鼓着大肚子,质问儿子哪来的,是谁的种,她该如何回答?溴梁村人要知道了孩子不是柳成发的,娘和她的脸面往哪放?

麦花心里冒出一个念头:把孩子做了,一了百了。

可当她一看到满脸喜悦的娘,一想到溴梁村十八个不如地老鼠的女人和她们的婆婆那饥渴般的神情,还有柳成发那个一直没有怀上孩子的妹妹,麦花的心又乱了。肚里的胎儿好像懂得她的心思,每当她一有这样的想法,胎儿在肚子里就不停地欢动跳跃。不知道为啥,麦花曾几次想到了长着四个鼻孔的黄河鲤鱼,仿佛看到了混浊的黄河水里,四个鼻孔的鲤鱼们在欢快地游来游去。麦花下不了这个决心。

一天,柳成发来短信了:麦花,军事工程完工了。

麦花吓了一大跳:我的娘,咋整?

再往下看短信:公司又接到一项国际工程,我们去叙利亚大马士革搞战后重建,在新郑机场马上上飞机了。叙利亚离家太远,国际电话费太贵,短信尽量少发,你自己多保重吧。

麦花腆着肚子,铺开一张世界地图,找到了叙利亚。叙利亚位于亚洲大陆西部,北与土耳其接壤,东同伊拉克交界,南与约旦毗连,西南与黎巴嫩和巴勒斯坦为邻,西与塞浦路斯隔地中海相望。她也找到了大马士革。地图上介绍说,大马士革历史上是伊斯兰第四圣城,阿拉伯帝国倭马亚王朝的首都,号称人间花园,地上天堂,现在是叙利亚最大的城市和首都。那个地方离中国,离溴梁村太遥远了。麦花悬着的心放了下来。

她时常关注中央电视台的国际新闻,那里政府组织和基地组织、伊斯兰国武装天天打仗。

一天深夜,肚子里的孩子不停地折腾,麦花睡不着,打开电视。电视正播新闻:叙利亚政府军与反对派武装人员在距首都大马士革市中心约十公里的城镇杜马发生激战,双方分别使用了战斗机和重炮等装备。此次战斗除造成双方士兵伤亡外,还导致至少五十七名平民和外国人死亡。

麦花一阵紧张,给柳成发发了一条短信:新闻里播,那里正在打仗,你千万要注意安全。

柳成发很快回信了:这里每天枪炮声不断,经常有被打死的平民或失踪的中国工人。

中东地区的战乱不断。伊拉克、叙利亚、利比亚、伊朗、土耳其、沙特阿拉伯等国,硝烟弥漫,枪炮声不断,人们躲避战乱,四处逃难,流离失所。艾董事长的公司干吗要到那儿去揽工程,挣钱再多,不要命了?麦花猛然想到,艾董事长的身体里流淌着中东犹太人的血液,几百年前那里曾是他祖先的家。艾董事长是不是也去了大马士革?麦花的心又揪了起来。

大马士革的战火越燃越烈,麦花肚里的孩子越来越大。随着枪炮声,孩子不停地翻上倒下,伸胳膊蹬腿的,日夜不宁。

娘说:“孩子快要出生了,赶紧去县医院住院吧。”

麦花住进了县医院妇产科。

深夜,麦花突然接到了郑闹的电话。郑闹在电话里哭着,泣不成声,他说:“嫂子,艾董事长和师傅都被打死了,被伊斯兰国武装打死在大马士革郊区工地上……”麦花号啕大哭。

她惊醒了,原来是一个梦。

麦花坐起来,泪眼蒙眬地望着窗户外面。外面黑森森的,一片寂静。她擦去眼泪,长长地吐出了一口气,心里有一种解脱,一种从来没有过的轻松。

黎明时分,麦花肚子鼓胀得厉害,有宫缩的感觉。两个护士把她推进了产房。哇的一声啼哭,孩子出生了,是个儿子。

麦花抱着儿子,儿子在哇哇啼哭。

娘在旁边乐得站不稳脚,说:“快喂奶。”

麦花一脸愁容,说:“没有奶水。”

娘拿着筷子,在蜂蜜瓶里蘸点蜂蜜,放在小碗里用温水和开,用筷子把蜂蜜水涂抹在麦花的胀鼓鼓的乳头上,说:“让我孙子噙着吸,吸多了就有了。”

麦花把乳头放进了儿子的嘴里,儿子大概尝到了甜头,粉红色的小嘴喏喏地吸着。

产科主任来了,身后跟着一男一女两个陌生人,说:“孩子给我吧,到哺婴室喂点奶。”

产科主任抱着儿子走了。娘也跟着去了,迈着欢快的步子。

那个男陌生人的脸色有些凝重,掏出一个证件递给麦花,说:“我们是郑州××公安分局的警官。”

麦花心里纳闷:“郑州的警官找我干啥?”

男警官告诉麦花说:“两年前,艾××为了节约成本,偷工减料,不按施工设计要求打水泥固定桩。一天夜里下大雨,柳成发到十多米深的地基坑里检查,突然大面积塌方,被埋在地下窒息死亡。艾××作为公司法人,为了赶工期多盖楼,和郑闹合谋隐瞒重大事故,偷偷就地掩埋了柳成发,摊平了塌方,浇灌上钢筋水泥地基,盖起了十八层楼房。后因工程款分配矛盾,郑闹举报了艾××……”

晴天霹雳,炸得麦花头晕眼黑。女警官从后面抱住了她,说:“请你冷静,请你冷静。”

男警官又从包里拿出一个手机,递给麦花说:“这是柳成发的,他死后一直拿在艾××手里,里面有艾××和你所有的短信,请你查验作证。”

麦花接过手机,手有些颤抖,不知道那个指头碰到了一个键,手机屏幕亮了,显示出一条短信(待发):麦花,告诉你一个不幸的消息,我在大马士革被伊斯兰国武装绑架了,死活难以预料……

这时,娘抱着儿子回来了。儿子大概吃饱了,不再啼哭。娘一进门就大声说:“柳宝山和成发他妹妹来了,都在外面,来了也不行。闺女,这个儿子说啥也不能姓柳,一定要姓咱家的姓。”

产房里死一般的寂静,空气也仿佛凝固起来。

麦花目光呆滞,默默无语,犹如一尊雕刻的石像,一句话也没说。

两个警官听说柳宝山来了,向外面走去。娘紧跟着也出去了。

儿子闭着眼睛,小脸粉嫩红润,小嘴微微咧动,他在甜蜜地笑。

麦花眼含泪珠,从枕头下取出那个镶嵌着鸳鸯贝壳图案的柏木首饰盒,打开盒盖,从里面拿出一个物件,轻轻挂在儿子的脖子上。麦花泪眼模糊,慢慢地把首饰盒盖上,双手捧着,抱在胸前。

泪珠终于滚落出来,滴在了首饰盒上……

哥,咋整的?

参加文学创作座谈会回来,我收到了一封来信。摸摸信封,感觉里面好像不是举报信、征订单或广告之类的东西。那些东西摸得多了,根据信封里东西的厚度、硬度和光洁度,不拆信封就能猜得八九不离十。这封信里装的,好像不是那些东西。

我拆开信封,是一封来信。信是细毛笔写的,蝇头小楷,字迹工整流畅,一看就知道写信的人有着深厚的书法功力。我翻看最后一页的排序标码,整整三十三页。自从电脑普及后,谁还去用这种传统古朴笨拙的方式,认真虔诚耐心地写这么长的信?不过,这封信吸引我的还不全是因为这些。没有想到的是,这封来信开头第一句就说:哥,咋整的?

我觉得很新奇。泡了一杯清茶,坐在椅子上,我一口气看完了来信。

一

哥,咋整的?我的作品获奖了。

评奖委员会主任吴廖，脸面粗糙得像咱家的老柿子树皮，眼睛笑得像裂开的柿子花瓣。当他把奖杯发给我时，我几乎要疯了。你平时老说我那两片儿嘴能说会道，可吴廖让我发表获奖感言时，我像中了邪一样，两片儿嘴不停地颤抖，发不出一点声音来。男儿有泪不轻弹。你知道，我啥时候流过眼泪？当时竟然流泪了，泪如泉涌，泪流满面，会场里一片唏嘘声。

哥，我这疯，我泪如泉涌，绝对不是高兴，真的不是高兴。用时下一个最时髦的词来表达，好像是叫悲催吧？到底啥叫悲催？我真的弄不太清楚。“悲”就是悲伤，这我懂。干吗还非要加上个鸡巴“催”字？是不是说悲伤是被“催”出来的？还是讲极度的悲伤？弄不太懂。反正现在网络上文坛上很多人都这么叫，我也这么说了。哥，你不要笑话我。我也想时髦时髦，免得你说：都获奖了，咋还恁土？

哥，你知道，我能够获奖是多么地不容易。开始那几年，我风餐露宿，每天躲在水泥管里，地下通道里，吃着方便面，喝着自来水管里的水，混在那些上访的人堆里，没日没夜地搞文学创作。几家小报小刊也刊登过我的几篇作品。可我一直没有能在省级的正式刊物上发表过作品，更不用说获奖了。后来，无意中碰见了咱村的本家老马，他言传身教，向我传授了文学创作的一些秘诀，我才有了今天的收获。

噢，您大概不知道吧？老马就是咱村东头马麦柜他二爷马剑南，村里五十岁以上的人都知道他。马剑南一九六六年于北京大学中文系毕业，“文化大革命”中因参加造反派的“文攻武卫”，在武斗中负有人命案，“文革”后被判刑十年。马剑南出狱后没敢回老家，改叫老马，开始写诗歌散文小说，一直在省城的文坛上混，混得小有名气。我是看了他发表的一篇小说，在作者小传里才知道他是咱县人。找到他见面一聊，原来他就是咱村的马剑南，和咱们是一个祖先的子孙。

按照辈分，我恭恭敬敬地赶紧叫他：二爷。

老马看看周围无人，说：千万不要这样叫，文坛上要避嫌，更不要叫我马剑南。我的笔名叫老马，叫我老马就行。

说着，他从笔记本上撕下一张纸条，写了一行字递给我说：有时间可以到家里去。

我接过纸条，不住地点头说：谢谢二爷，知道了。

哥，我第一次去老马家，是冬末春初的季节，天上飘着小雪。我踩着一寸多厚的雪，提着一瓶茅台酒两袋花生米三包许昌烟。哥，你千万不要心疼那瓶茅台酒，那是假的。丁字口的砖楼旁边有个烟酒小卖部，专门卖这种假茅台，十五块钱买一个空茅台酒瓶，装上一块八毛钱一斤的散装白酒，往里面兑了三滴敌敌畏。城里很多拿茅台酒送礼的人都这么干。

我冒着凛冽的寒风和漫天雪花，钻进一条不到五尺宽的胡同里，拐了四个弯，问了三个人，过了两个垃圾堆，进了一个大院子，才找到了老马家。老马家的这个大院子里有几排平房，老马住在靠大门口的一间平房里，出了大门口往右面一拐就是一个公共厕所。老马家里的陈设很简陋。一张木床、一个衣柜、一张写字桌、一把椅子、两个简易沙发、两个书柜。一进屋，迎面飘来一股怪味，那怪味有些发臊，臊中有些淡淡的臭。大概是公共厕所飘过来的吧。

老马热情地接待我，说：冷吧？来，烤烤电炉。

我一看那电炉，就知道是老马做的。因为这种土电炉，咱村里很多家都会做。在一块砖上凿几条沟槽，买了一根电阻丝盘绕在沟槽里，在电阻丝的正负极接上电线，电线往插座里一捅就行了。

老马拿着两根露着头的电线插在墙上的插座里，电阻丝由青褐色慢慢泛得通红，散发出火一样的热，屋里暖和起来。随着屋里温度升高，那股怪味也越来越大，有些呛鼻子。老马并不在乎，我也没有敢说。

老马个儿不高，一米六七左右，体瘦小，背微驼，穿一件黑色的中式棉袄，袖口和衣襟上发着油腻腻的暗光，左肩上开放出一朵核桃般大小的灰色棉花。头发稀疏蓬乱，脸色憔悴发灰。两只眼睛不大，时而半眯缝时而睁得很大；无论半眯缝还是睁大，都透射出精明狡谲的光。后来和老马接触，发现老马在思考问题或说很机密很深刻很尖锐的话时，一般都是半眯缝着眼睛，像聚光灯一样，把光源积聚在一起，闪动着深邃的穿透力极强的光芒。当他一旦想清楚了，在毫无顾忌地表达时，两只眼睛睁得很大，豁然开放，光芒四射，射出的是无可辩驳的光芒。我之所以能很快发现老马的这个特点，是因为老马这一点很像马麦柜他大爷，也就是老马的哥哥，兄弟两个带像。

老马拿来一个小碗，一个杯子，倒上茅台酒。他用杯子我用碗，就着一包打开的花生米，我们爷儿俩一边喝酒一边聊天。

老马说：我这里平时很少有人来。今天大雪封门，你来看我，我心里很高兴。

我说：二爷，亲不亲，家乡人。见到您我更高兴。

老马说：你我同是马氏家族子孙，心近。

我认真地点点头，看看简陋的房间，问：二奶呢？

老马笑了笑，说：我单身。

哥，咋整的？我有点不好意思，连忙低声"噢"了几声，用来掩饰我不该问的尴尬。

老马说：你发表的几篇作品我看了，有生活，基础也不错。有名师指点，掌握了文学创作的秘诀，很有希望成为著名作家。

我一阵激动，赶紧给老马的杯里倒酒，说：二爷，我热切盼望着您给我传授秘诀。

老马刺溜一声把酒喝到肚里，半眯缝着眼睛问：啥叫秘诀，知道吗？

我说：知道，就是文学创作的巧法和门道。

老马说：你骄傲。巧法和门道很多人都知道了，那还叫秘诀？

我说：二爷说得对。秘诀，就是知道的人极少极少。

老马睁大眼睛说：对。文坛秘诀，就是在这个领域里，只有极少数人知道、会用的巧法和门道。

我说：绝大部分人都还没有觉悟，没有发现哩，就像我。

老马点了点头，吃了颗花生米，用半眯缝着的眼睛看着我，问：想得到秘诀，容易吗？

我的心一下子提了起来，轻声说：二爷，不容易。

老马长长地叹了一口气说：那秘诀都是碰得头破血流才得到的。

我心里感到了一丝的冰凉。我拿起茅台酒瓶，倒了满满的一杯酒，恭恭敬敬地端给老马，说：二爷，我也想碰头流血，可连头往哪儿碰都不知道。

老马接过酒杯，刺溜一声又喝进肚里，放下酒杯看着我。

我脸上带着淡淡的悲伤。

哥，咋整的？

老马笑了，说：谁让我是你二爷哩？你呢，就不用到处乱碰了。跟着我当学生，咋样？

我高兴起来，说：行。毛主席说过，要想当先生，必须先当学生。

老马睁大了眼睛，说：你骄傲。当学生，那是在公开场合说的。在咱自己家里，我给你说实话，当学生，其实就是当孙子。知道吗？

我说：知道。当孙子咱从小就会。咱就是给爷爷奶奶当孙子长大的。

老马说：你骄傲。咋当孙子？

我没敢再吭声。

老马说：当孙子要有耐心，要不怕苦和累，不怕冷落和委屈，要有眼力见儿，从一点一滴做起。比如在老家当孙子，要不要早上要给爷爷奶奶端尿盆，晚上给爷爷奶奶提尿盆？

我说：要，要。

老马说的时候，我发现他的两眼不停地盯着床下。我顺着他的眼光看去，目光的尽头是一个尿盆。原来怪味是从那里飘出来的。

我明白了，立刻站起来，伸出两手去端尿盆。尿盆里黄色的尿泛滥着臊臭味儿，满满的，稍一摇晃尿液就会波浪出来。我迈着小碎步，稳稳地把尿盆端了出去。我知道出了他家的大门口就是公共厕所。

倒尿盆回来，我两手空空，在门口跺了跺脚上的雪，说：二爷，尿盆放厕所了，晚上我再给恁提回来。

老马笑了，说：在家叫二爷，出门叫老马。

我赶紧说：记住了，在家叫二爷，出门叫老马。

老马往嘴里扔了一颗花生米，嚼着说：当孙子也很不容易啊。

我想：有啥不容易的？不过细想起来也是，就像这端尿盆，有人不怕臊臭，愿意端，就显得容易。有人怕臊臭，不愿意端，就显得不容易。老马既然说了不容易，那一定有他的道理，说不定还隐含有很深的学问。

我十分虔诚地看着老马,表示没有听懂。

老马几口酒下肚,脸色有些发红,又吃了几颗花生米,声音变得低沉厚重起来。他说:我是咱县解放后第一个考上北京大学的,县长亲自把我送上了公共汽车。北大读的中文系。临近毕业那年,“文化大革命”开始了。二爷我革命豪情满胸怀,创作了一篇对口词:《枪》。

我问:啥叫对口词?

老马说:曲艺的一种,由两个人朗诵,结合动作表演。现在基本上没有人知道,绝迹了。

我说:从来没有听说过。

老马说:想知道?

我说:非常想。

老马说:比如,一阵铿锵激越的锣鼓声中,甲乙二人持枪跑上舞台,嘴里喊着:革命小将,冲上舞台,开始战斗,战——斗战斗;然后举枪做一个拼刺动作,同时喊:杀——嘿!接着表演正式开始。

甲:枪。

乙:枪。

甲:革命的枪。

乙:战斗的枪。

甲:消灭了日本鬼子。

乙:赶跑了蒋介石匪帮。

甲:枪。

乙:枪。

甲:人民的铁拳。

乙:党的武装。

甲:推翻了三座大山。

乙:把牛鬼蛇神一扫而光。

老马脸色兴奋起来,声音洪亮,气势旺盛,两只眼睛时而半眯缝时而睁大,代表着甲方或乙方,一边朗诵一边表演动作,像在舞台上正式演出一样。

我被深深地感染了,说:二爷写得真好,表演得真有气势。

老马停了下来,脸上飘过一丝苦笑,说:我当时年轻气盛,革命热情火一样红,和同学们一起拿着枪,唱着《枪》的对口词,参加了"文攻武卫"的战斗。无数革命先烈为了打天下,献出了自己宝贵的生命。二爷家几代贫农,为了捍卫毛主席的革命路线,那还不豁出命来干?

我说:那是,必须要豁出命来干的。全国人民当时也都是那么想,那么干,不止您一个。

老马没有接我的话茬,他半眯缝着眼睛,用悲伤的语调,如泣如诉地把我带进了他以往的人生岁月。

老马说:乱枪声中有几个同学倒下了。"文革"后追查凶手,当时参加武斗的人太多,场面太乱,查不清具体是谁开的枪,但都知道《枪》的对口词是我写的,都说是喊着《枪》的对口词开的枪,结果二爷栽了。二爷从高墙里出来后没有工作,流浪在京城。由于二爷当年在北大、北京也是个名人,很多人都知道二爷。人怕出名猪怕壮。二爷在京城不好混。无意中,在丰台看见一辆挂着咱省会牌照的卡车,拉一车木料,司机有五十多岁,面貌憨厚善良。我说:大爷,我和您是一个省的老乡,搭您的车回省城,行吗?司机看我不像坏人,说:上吧。一路上,我给司机打水倒茶递纸烟买饭。到了省城,我举目无亲,无事可做。前途渺茫,路在何方?

夜深人静时,我独自一人躺在路边的荒草地上。夜幕下的野草中,蟋蟀和一些不知名的虫儿拼命嘶叫,叫得周围无比地凄凉。

我仰望着星空，星空浩瀚无垠，我显得那么的渺小无助，心中充满了苦闷和惆怅。我想到落魄到今天这个地步，不就是因为创作的对口词《枪》惹下的祸吗？对口词《枪》，《枪》的对口词，给我带来了一生中永远无法摆脱的灾祸。祸中反思，我猛然间想到自己创作出《枪》的对口词，为什么会有那么大的力量？它竟然能够激励着那么多的同学挺胸扛枪，把死亡踩在脚下，义无反顾地走向武斗的战场，这岂不是说明自己还有一点文学创作的天赋吗？我想到了美国的威廉·福克纳，参加第一次世界大战退伍回到家乡，落魄地穿着一套旧军装，走路一瘸一拐的，四处流浪，到处打工，当船老大、运煤工、粉刷匠，为了挣点钱，什么活儿都干。后来，他想到了当作家比较自由，只要有一支铅笔和一些纸就可以了，便开始进行文学创作，最后终于成了著名作家、诺贝尔奖获得者。这一发现令我激动不已，点燃了二爷心中的创作激情。二爷激情满怀，决定搞文学创作。

咱老家有一句俗话：行行有门道，无师瞎忙道。一天，听说省里正在举办一个文学创作座谈会，我想从那里寻找到一位老师，在他的引领下进入文坛。一大早，我就赶到了会场大门口。参加会议的人陆续来了，他们个个兴高采烈，相互打着招呼，鱼贯而入。我加入到人流之中，想蒙混过关。

到了大门口，把门的人问：你有请柬吗？

我赶紧装模作样地掏了掏几个口袋，不好意思地说：抱歉，忘了带请柬。

把门的人声音严厉起来：没有请柬，不能进。

我央求了半天，把门的死活不让我进去。我只好站在门口的侧面等，想看着参加座谈会的人里面，有没有我认识的。等到入场的大门关上，座谈会已经开始了，我也没有碰见一个熟人。我决定在大门口等。一旦有提前退会的人出来,我借他的请柬,不也是一种进去的途径?我等啊等,等了整整一个上午,也没有碰见一个人出来。我想等到散会,看看来参加座谈会的人里面有没有我认识的人。只要碰见一个熟人,我就有可能被带进神圣的文坛。中午,会场里飘出了饭菜的香味儿。

把门的人说:参加会议的人中午在会餐。

饭菜香味儿阵阵扑来,钻进我的肚子,搅得我肠胃咕咕直叫,口水簌簌直流。我实在忍耐不住,跑到小摊上买了一根老玉米,躲在僻静的地方三两口啃进了肚子,又跑到大门口等。太阳当头,火烧火燎地烤着。口渴得难受,我跑进了路边一个公共厕所。厕所里有一个冲洗厕所的水龙头,水龙头开关的圆圈已经被人拿去了,留下一根光秃秃的螺丝杆。我用手死劲地扭着螺丝杆,手指头扭红发疼了,螺丝杆还是一动不动。我只好用嘴接着水龙头里一滴一滴渗出来的水,滋润一下冒着烟的喉咙。太阳一秒一分地向西偏去。我如热锅上的蚂蚁,痛苦万分地在会场门口转悠着。太阳终于落下去了,我听到会场里面响起了雷鸣般的掌声。一定是座谈会结束了。我立刻又精神起来,两眼直直地盯着大门口,盯了半天,里面还是没有一个人出来。

把门的人说:今天会议设有晚宴。

夜幕降临了,街灯忽闪两下,亮了起来。我用鼻子使劲地嗅着飘荡在空气里的饭菜味儿。饭菜味儿慢慢散去,晚宴终于要结束了。我眼巴巴地看着大门口,怎么还是没有一个人出来?突然,会场里又飘出了悠扬的乐器声、嘹亮的歌声、人们的掌声和阵阵欢笑声。

把门的人说:联欢晚会开始了。

天上有几颗星星在时隐时现地闪烁。月亮从东面的楼顶爬了上来,把苍白无力的光倾泻了一地。月亮升起不久,很快就被团团乌云遮盖了起来。天好像要下雨了。街道上的车辆行人越来越少,喧闹一天的城市慢慢沉寂下来。我肚子饿了,饿得心里直发慌,想去买点吃的。会场附近的小吃铺都已关门,摆摊卖小吃的也已经收摊回家了。我不敢跑得太远,万一晚会散场了咋办?饥饿催生了心里的火焰,一股股无名火焰在烈烈地燃烧着,不时地想蹿泄出来。但一想到文坛求师,我终于一次又一次地把那烈烈燃烧的火焰按捺了下去。

我做梦也没有想到,一个创作座谈会,竟然安排得如此丰富多彩?作家们竟然能够享受到如此优厚的待遇?文坛大师们谁也不会想到,他们自己在享受着丰富多彩的会议和优厚待遇的同时,会场外面会有一颗对文学创作充满希望、虔诚火热的心,分分秒秒地被渴望饥饿无奈无情地刺激着,煎熬着,折磨着。

我,一个堂堂的北京大学中文系毕业的学生,蹲在一个黑暗的角落里,止不住的泪水夺眶而出。

联欢晚会终于结束了。我看看邮电大楼顶上的时钟,已经是十一点二十三分了。走出来的人个个喜笑颜开,气宇轩昂的。那些都是全省文坛上的大家名家啊。我笑着迎了过去,脸上带着像迎接亲人一样的热情。我想和他们搭讪。可他们都用看乞丐一样的眼光看着我,没有一个人理我。好在二爷我在高墙里待过十年,啥眼光没有见过?最后,我看到出来一个老者,提着一兜东西,腿不好,一瘸一瘸的。

我赶紧走过去,说:老先生,我来帮您拿吧。

老者把兜子给了我,说:你们会务服务得真周到。

我问:您家住哪儿?

老者说:不远,前面那条街。

我说:我送您回家吧。

老者说:辛苦你了。

我说:不辛苦,应该的。

电线杆上的路灯放射着昏黄的光芒。我提着兜子,搀扶着老者,像祖孙两个遛弯儿一样。路上聊天,当老者知道我是北京大学毕业,学的又是中文专业,很高兴。走到半路,天下起雨来。我赶紧脱下衣服披在老者的头上,说:您老别淋雨,淋雨容易感冒。我又脱下裤子,包着那兜材料。我穿着裤头,光着膀子,把那兜材料紧紧地搂在胸前。

到了老者家,雨越下越大。老者要我进家坐坐,我说:不了,您老开了一天会,辛苦了,早点休息吧。说完,我冒着倾盆大雨跑了。我听见老者在喊:有时间来家坐坐。

几天后,我来到了老者家。老者很高兴,我们整整聊了一天。老者叫成高,毕业于燕京大学,抗日战争爆发后投笔从戎,到八路军119师当战地记者,腿负伤后到了延安,开始搞文学创作,写过不少文学作品,和丁玲、萧军很熟。五十年代被打成“右”派,从北京下放到省城。“文化大革命”期间被红卫兵批斗,一辈子独身。

面对着这样一位伤残的老革命,文坛上著名的老前辈,我万分激动,像每年春节给爷爷奶奶磕头拜年一样,跪在成老面前说:成老,我也是独身,也是从北京到了省城。今后我就是您的亲儿子,我一定好好照顾您。

成老也很感动,说:以后你就跟着我吧。

我很高兴。在以后的日子里,成老每天遛弯,我端着带盖子的一塑料杯水,跟在他身后。成老爱喝水,每十五分钟左右必须喝两口水。成老参加省里文坛的各种活动,我帮他提着包跟在身后。开始几次,我觉得成老一定会把我带进会场,让我有机会接触文坛名家。可每当我充满希望地到了会场大门口,成老总是接过包说:我进去了,你回去吧。

我像一只被主人抛弃的狗,没有地方去,也没有人管饭,满街上溜达。一直等到活动结束,我迎过去接过成老手里的包,跟在他身后回到家中。

有一次,成老去参加一个创作研讨会,我看了研讨会的议程,有好几个文坛名家参加。送他到会场门口,我实在忍不住了,说:成老,我也想进去听听。

成老就像当年那个把门的,说:你有请柬吗?

然后,成老拿过包,径自进去了,头也没有回。

我在苦闷彷徨和无奈中思索,思索着和成老进一步密切关系的结合点。结合点我终于找到了。成老是从写毛笔字改用蘸水笔写字的,文稿写得又快,字迹潦草,有不少还是繁体字,不好认。

我一脸虔诚地说:成老,您的大作字字都是宝。为了防止丢失,最好一式两份。

成老说:我早就想找个助手帮我整理资料,可文学所的领导一直说没有合适的人选。

我说:我帮您抄吧?

成老说:你是北京大学毕业生,能干这些?

我说:给您老整理资料是我求之不得的,也是我学习的最好机会。

成老的脸上掠过一丝微笑,答应了。

就这样,我开始帮成老抄写文稿。他天天写,我天天抄。成老见我的字写得又快又好,又搬出来过去写的稿子,有七大摞,每摞有一尺多高,让我帮他抄写。有不少稿子成老还不断地进行修改,有的稿子刚刚改抄好,成老就又拿去改,改后我再抄。我经常抄得眼睛昏花,心跳加快,手指头发痛。十多年间,我帮成老抄写的稿子有一千多万字。

确实,我发现成老的很多作品第一稿时很平淡,修改几次后就变得非常精彩感人。我经常抄着抄着,看到了高兴的,哈哈大笑;看到了纠结的,忧心忡忡;看到了悲伤的,泪流满面。奇怪的是,成老的作品很多,却很少拿出去发表。有不少报刊社出版社慕名前来约稿,他总是说:还不太成熟,修改修改再说。

我说:成老,您名扬文坛,大作那么多,为啥不给他们去发表?

成老说:清朝袁枚说过一句名言:“欧阳当日文名重,更要推敲畏后生。”鄙人自不敢和欧阳修相比,只是怕作品有瑕疵被后人耻笑。历史证明:真正有价值、有生命力的作品,绝不是写了就立刻发表的东西。

我心里想:我恨不得今天写出来的东西,明天就能刊登出来。我说:约稿的人说,他们都急切盼望能及时看到您的大作。

成老说:你知道茅台酒为啥好喝,名扬世界?

我说:不知道。

成老说:茅台酒生产出来后,都要封缸入窖,发酵至少五年后再拿出来卖的。有的要入窖发酵十年、二十年、三十年,甚至五十年。

我跟了成老十几年,他的东西一直像茅台酒封在窖里,大概只发表过五六篇作品。

我每天不仅帮助成老抄写稿子,还给成老买菜做饭,洗衣服打扫卫生,一直把他送进了东山公墓。

老马说着,眼圈红了,眼睛里闪动着泪花,声音有些哽咽。

我赶紧把毛巾递给他,问:成老一定给你传授了写作的秘诀吧?

老马擦了擦眼睛，说：没有，一个字也没有。

我说：您给他当了十二年的孙子，他给了你啥？

老马说：成老只是说："文章千古事，得失寸心知。"关键是自己要多看多思多写多改，你好好悟吧。他光让我悟。我陪伴成老整整十二年，也整整悟了十二年。

我为老马的遭遇和付出愤愤不平。我说：这个姓成的，也太不够意思了。

老马苦笑着说：当孙子嘛，就不能计较这些。当孙子要不怕苦和累，不怕冷落和委屈，才刚说过的，你就忘了？

我说：当孙子也该继承一些遗产啊？

老马说：成老去世后，一些报刊想发表他的作品，我经常把抄写好的稿子提供给他们。他们发表时，在最后面的括号里用小一号字标注：此稿由老马整理。我就是靠这整理二字，才在省文坛上慢慢出名的。

老马的脸上，终于露出了一丝笑容。我看得出，那笑容有些凄楚和辛酸。

我说：二爷，您真的太不容易了。

老马睁大眼睛，看了我一下，说：也容易，一熬就熬过来了。实事求是地讲，给成老抄写稿子的过程，也是我向成老学习创作的过程。成老还给我留下了他耿直的人品和对文学创作极端负责任的精神。这叫精神熏陶吧，知道吗？

我没说知道，只是点了点头。

老马叹口气又说：现在世风变了。像成老这样的爷已很难碰到了。你直言说想当孙子，会把爷惊吓跑的。爷们的心里想：现在是市场经济了，无利不起早，哪还有真心诚意来当孙子的？一定是有所图谋。爷们都被吓怕了。你满世界去找爷，哪天才能找到？

我说:也是,也是。

老马说:你小子命好,不用满世界找,在省城你拜我就行。

我说:就是,就是。您正好是文坛名家,一肚子文学创作的真经秘诀,正好也是我二爷,是真二爷。

老马笑了,说:要不我说你命好哩?当孙子需要坚持,坚持从一点一滴去做。一个人当一天孙子容易,难得的是天天当,月月当,年年当,只有坚持下去,时间长了,经受住了考验,才会有人把你当孙子。

我说:毛主席说:"坚持就是胜利。"我一定坚持下去,天天早上给恁端尿盆,晚上提尿盆,给您当一辈子孙子。

老马说:也不用天天端,碰上了就端。要做的事多着呢,比如洗衣服,扫地,做饭。

我想到了二爷当孙子的艰难人生,心情有些沉重,半天无语,看着窗外飘落的雪花发呆。

老马说:行了,今天下雪,你又是刚进文坛的新人,不给你说太多了。你没有亲身体会,太多了你也记不住,搞不好会影响你的情绪。

我赶紧给老马又倒了一杯酒,双手端给他,说:二爷,有啥真经秘诀您尽管说吧,我记性好,能记住。

老马喝了一口酒,用手抹拉一下胡子拉碴的嘴,说:给你说个原则吧,就是在文坛里要永远当小字辈。比你早发表处女作一天的人,都是长辈,见面要笑脸相迎,说话要低声细语,做人要低调,要温良恭俭让,知道吗?

我低声细语说:二爷,我知道了。

我临走时,老马半眯缝着眼睛说:今天咱爷俩说的都是家里话,出去家门,就当是一阵风刮跑了。尤其是二爷走上文坛的曲折道路和艰难往事,千万不要对外人说,我是用来教育激励你的。当孙子,这是咱的家教,谁让我是你二爷哩?

我站起来,毕恭毕敬地给老马鞠了一躬,说:二爷放心,是咱的家教,我记住了。

从老马家出来,雪片满天纷飞,越下越大了。

哥,咋整的?

已经快春天了,咋又下了这么大一场雪?

二

哥,我又一次来老马家,已经是秋末冬初了。夏秋两季,我回老家割麦种秋。我种有十五亩地。等到秋庄稼全部收完,没有等种完小麦,我又急匆匆地来到省城。我这么着急,是因为我在报纸上看到,老马获得了黄河文学大奖。这个消息令我热血沸腾,浮想联翩,夜不能寐。

我到了老马家,把一口袋玉米面放在地上,说:二爷,祝贺您老荣获黄河大奖。咱全村人、全马氏家族的人都为您成为大名人高兴。

老马笑了,笑得很灿烂。

我说:家里人听说我跟着您这个大名家当学生,都说这是马氏家族的祖先有灵,嘱咐我好好在您的教育下也能够成名。没有啥孝敬您,扛了一袋玉米面。这是新玉米磨的,新鲜,熬糊涂好喝,香。

老马摸着玉米面口袋,说:二爷从小就爱喝新玉米面熬的粥。噢,咱老家不叫粥,叫糊涂。

我说:是,老家不叫粥,叫糊涂。

老马说:新玉米面熬的糊涂就是香。

哥,咋整的?我又闻到了那股难闻的味道,低头一看,尿盆放在床下。我赶紧弯腰伸手去端尿盆。那尿盆里依然是满满的一盆发黄的泛滥着臊臭味儿的尿。

倒过尿盆回来,我拿出买来的两瓶二锅头和三袋花生米,爷儿俩又开始边喝边聊。

我说:二爷,您获了黄河文学大奖,为咱马氏家族争了光。您还有啥秘诀赶紧告诉我,我心潮澎湃,夜不能寐,也想获奖,也想为咱马氏家族争光。

老马喝了口酒,半眯缝着眼睛说:袁枚有一句诗,叫:“有磨皆好事,无曲不文星。”不经过磨炼和曲折,哪会成为文坛之星?

我喝了一大口酒,说:二爷放心,作为一个马氏家族的子孙,我一定好好向您学习,不怕曲折,不怕磨炼自己。

老马瞪大了眼睛,说:好。我想了想,有一个秘诀可以告诉你。

我有些迫不及待,说:谢二爷。啥秘诀?

老马没有说话,半眯缝着眼睛,拿起笔在纸上写了三个字:装君子。

我低声问老马:装君子?

老马点点头,说:对。啥叫君子,知道吗?

我心里很紧张,有些胆怯,说:知道。君子也敢装?

老马说:又骄傲?知道了还问?

我没敢再说话。

老马睁大眼睛说:君子咋不敢装?

我说:皇帝早就没有了,哪还有皇帝的儿子?

老马半眯缝着眼睛问:啥皇帝的儿子?

我说:皇帝叫君王,皇帝的儿子不就叫君子吗?

老马笑了。

哥,咋整的?

老马笑过,眼睛睁得很大,说:你真是个农村的土包子,没有文化。君子,指有身份,有地位,道德品行兼优的人,也叫正人君子。从衣着外表到言谈话语,都要装扮成一个正派人。西服革履,和颜悦色,谈吐优雅,不卑不亢,一副文质彬彬、绅士一样的派头。

我说:那不就是伪君子吗?

老马生气了,说:啥叫伪君子?“周公恐惧流言日,王莽谦恭未篡时。向使当初身便死,一生真伪复谁知。”时时伪装,事事伪装,天天伪装,年年伪装,伪装一辈子,不就是真君子了吗?

我多少有些懂了。

老马问:你现在有钱吗?

我说:有。今年卖小麦和玉米的八百多块钱,我都带来了。

老马说:人是衣裳马是鞍。你以后跟我出去参加活动,要先置办一套行头,把自己打扮打扮。

第二天晚上,老马带着我跑到鬼市,花一百五十块钱,买了一套旧西装,十块钱买了双旧皮鞋,五毛钱买了一条旧领带。回来后我看到西装和领带太脏,丢到水里洗了洗。

哥,咋整的?没想到西装和领带干了,变得皱皱巴巴的,活像咱村老土他九十岁娘的脸。

三天后,老马带我出席一个名家作品研讨会,看到我洗过的衣服和领带,嚼我:你真是鸡巴个囟屎,这西装和领带哪能用水洗?要干洗。

老马含着几大口凉水,“噗噗噗”喷到西装和领带上,把壶里的开水灌到茶缸里当熨斗,把西装和领带熨平了,帮我穿戴好,还帮我整了整头型。老马把自己也打扮得焕然一新:头上打了发蜡,头发梳得一丝不乱，衣服熨得没有一个折子，皮鞋擦得锃光瓦亮，身上还喷了些香水。

老马成为名人后，穿衣打扮仪容仪表真的变了。我要不说，没有人会知道他住在厕所旁边一间简陋的平房里，经常蓬头垢面，破衣烂衫，床下放着一个尿盆，尿盆里尿满了发黄的泛滥着臭味臊味的尿。

那天，进了会场门口，每人发了一个口袋。老马被人迎接到主席台上就座了，我坐在最后一排。看看左右没人，我把手伸进口袋掏出来一个东西：哇，一架精美的日本傻瓜照相机。我的心情非常激动，对老马的感激崇敬之情油然而生。老马，我的真二爷，您心胸开阔，待我像亲孙子一样。您不像当年的成老，平时把您当孙子用，可从来不让您参加这样的活动。这个冷漠无情的成老，我始终对他没有一点好感。

会场里的人越来越多了，我赶紧把相机放进包里，掏出了一本诗集《长江与黄河》和一本小说集《难忘的乡村》，作者的名字叫吴池。封面上吴池两个字，每个字有一元钱硬币那么大。还有一份彩色折页，印有吴池的彩色照片和简介。看了简介，知道这是个文坛新秀，出版的作品目录印了两页半。我怀着无比崇敬的心情，仔细阅读了吴池的作品目录，发现他一年中出版了二十八本文学著作，平均一个月出版两本还多。今天的会就是专门为他召开的。相比之下，我为自己的无能而感到深深的愧疚。

哥，咋整的？都是人，人家吴池的年龄比我小那么多，我和人家吴池的差距咋就这么大呢？我恨不得把头往墙上撞，用巴掌扇自己的脸。一阵掌声响起，打断了我心中的自责。我抬头看着主席台上的老马，老马正人君子般地坐着，脸上略带微笑，两只眼睛半眯缝着，注视着会场上的我们。我突然想到了成老。老马跟了成老十二年,成老才发表过五六篇作品,我比成老年轻得多,比成老发表的作品还多,有啥可自责的?我那颗无比愧疚的心终于慢慢平静下来,伸开准备扇自己脸的巴掌也慢慢地握了起来。

哥,就在这一次研讨会上,我和老马有了严重的分歧和对立。不过,我和老马的对立和分歧在会上没敢有任何表现。

当时,老马坐在主席台上,高举着吴池的诗集,两只眼睛睁得很大,放射出炯炯的光,用无可辩驳的声调说:著名诗人吴池的诗,大气磅礴,诗语如歌,诗情如水,诗境如画,读起来令人思绪万千,热血沸腾。吴池是当代诗坛上,又一颗冉冉升起的璀璨的年轻的诗星。

老马真不愧为北京大学中文系毕业生,他对吴池诗的评价把研讨会的气氛推到了高潮。吴池的脸上洋溢着灿烂的笑容。

哥,咋整的?

听着老马的赞誉,看着吴池兴奋不已的脸,我却一直很迷茫,很痛苦,极度地迷茫和针扎一样地痛苦。因为我翻看了吴池的诗集《长江与黄河》和小说集《难忘的乡村》,我的感觉和老马的评价截然两样。回到家里,我翻开吴池的诗集,把有些地方指给老马看。我说:二爷,您看吴池写的:

啊,长江。
啊,黄河。
啊,长江长,
啊,黄河黄。
长江没有黄河黄,
黄河没有长江长,
……

这难道就是大气磅礴，诗语如歌？

老马半眯缝着眼睛看着我，说：咋不是？这诗句朗诵起来多有气魄。

我说：二爷，再比如：

秀秀跑了，
山上长着树，
河里没有鱼。
狗在睡觉，
汪汪乱叫，
……

这也叫诗情如水，诗境如画？

老马睁大眼睛说：这是一幅多么好的山水人狗图啊？

我实在忍耐不住了，说：这叫狗屁不通。

老马说：狗屁咋不通？

我说：通吗？

老马说：秀秀跑了，跑到山上，山上长着树。跑到河里，河里没有鱼。碰见一条狗在睡觉，狗见了秀秀就汪汪乱叫起来，这狗屁咋不通？

哥，咋整的？

听着老马的解释，我一时真的无话可说，心想：老马，我的二爷，您真的是太有才了。

不过，我并没有死心，我还有证据。我拿起吴池的小说集，随便翻出一页指给老马看：

村委会主任苏河桥在大会上要求：苏家庄的新农村建设要统一规划，统一建设，统一色调。比如盖房，必须红砖青瓦。

青瓦好办,关键是红砖。把黄土烧成红砖,往黄土里兑的红色颜料,一定要严格按照比例,不能有的兑多,有的兑少。那样烧出来的红砖,会浅红深红不一样,影响新农村房屋建设的统一色调。

我说:二爷,咱村里世世代代开砖瓦窑,红砖是咋烧出来的,您不知道?往黄土里兑啥红色颜料,这不是净鸡巴胡扯八道吗?连一点基本常识都没有。

我急了,骂出声来。

老马说:我没有烧过砖瓦窑,不知道。

我说:砖在窑里烧到了火候,封窑熄火。自然冷却的窑,出来的是红砖。浇水冷却的窑,出来的就变成了青砖。哪是兑红色颜料烧的?这在咱村几岁孩子都知道,您咋会不知道?

老马半眯缝着眼睛,没有再吭声。

我又翻开一页指给老马看:

> 那棵古老的西红柿树焕发了勃勃生机,长得枝叶繁茂。西红柿熟了,红彤彤的,像一盏盏红色的灯笼挂满枝头。该收获了,大人们搬着梯子靠在粗壮的树干上,蹬着梯子爬到树上去摘西红柿。男孩子们灵巧,不用梯子,双手抱着树干,像猴子一样地爬到西红柿树上……

我说:二爷,世界上有这样的西红柿树吗?

老马说:世界上啥东西都可能有,只是我们还没有发现,人家吴池发现了。

哥,咋整的?

我和老马实在无法再继续交流下去了。我很苦闷:跟着老马,我的作家梦还能够实现吗?

几天后,老马打电话说:着装,提着你的作品到我这儿来。

我顿时又燃起了当作家的希望。老马领着我,说去见星空文化公司的一个编辑室主任,那是一家很有名的文化公司。到了那家公司,接待我们的主任岁数不大,超不过三十岁。

老马的眼睛睁得很大,说:刘主任,这是我老乡,在国外待了多年,写过不少作品。最近又写了一部小说,我看了三遍,看一遍流一次泪,让我硬给拉到你这来了。你看看能不能在你这儿出版?

我心里像做贼一样发虚。别说我根本没有出过国门,连省城也很少来。但为了我的作品能够发表,我必须按照老马在路上的嘱咐,强壮精神,昂首挺胸,君子般地在椅子上坐着,一脸谦恭,略带微笑,用一副大作家的神情看着刘主任。

刘主任看着我,问:您尊姓大名?

我回答:马克吐。

刘主任热情起来:哇,马克吐?和马克·吐温只差一个字。以前发表过什么大作?

我回答:国内发得不多,在美国瑞典英国法国日本发表过一些长中短篇小说。

哥,咋整的?

我说这句话的时候,心里扑腾、扑腾直跳,脸上有些发烧,像喝了烈性白酒一样。这些话都是老马要我这么说的。

刘主任立刻对我肃然起敬,站起来和我握手,说:感谢您对我们星空文化公司的支持,我们一定尽快安排出版。

我和老马昂首挺胸、正人君子般地走了。

出了星空文化公司,我的心还在扑通、扑通地跳,脸还在火烧火燎地发热。我半天没开口,不知道该和老马说啥。

老马睁大眼睛,对我说:搞文学创作,就是要敢于把现实生活当成文学创作,把文学创作当成现实生活,实现二者的一体化、同一化。现实生活中有的,可以创作,这是现实主义的创作方法。现实生活中没有的,也可以创作,这是浪漫主义的创作方法。创作是思维的特殊功能。要敢于用思维的利剑,斩断现实生活的种种束缚,用诡异主义的创作方法在文学创作的崎岖小道上不断攀登,才有可能到达光辉的顶峰。

我问:啥叫诡异主义的创作方法?

老马说:这是在浪漫主义创作方法的基础上,创新发展起来的一种创作方法。比如:我和你正在说话,碰见了一头驴,你趁我没注意,一头钻进了驴肚子。我望望苍天,瞅瞅大地,四处不见你。只见那头驴抬起两只前蹄,咴咴咴地大叫三声,两条后腿轻轻在地上弹跳两下,屁股眼里"啪啦"下出一个小驴驹来。那一头小驴驹落地后摇晃几下,很快站稳了脚步,仰头摆尾,嘴里说着人话,问:老马,你猜猜我是谁?

我说:要是一头公驴咋办?

老马说:公驴能下出你来,情节会更精彩。

哥,咋整的?

我四下看看,路上车来人往,熙熙攘攘,没有一头驴。我想了想也是,这些年马牛驴骡猪羊鸡鸭鹅等物,别说在城里,就是在很多农村,也很难再看到它们的身影。只是,二爷信口能够以驴举例,足见二爷还没有忘记当年家乡的驴。

老马半眯缝着眼睛说:如何把现实主义、浪漫主义,特别是诡异主义的方法结合起来进行文学创作,引导生活,开拓生活,创新生活,这是很多人都在思考探索的课题。

老马一番充满哲理的话,引起了我深深的思考。我想到了一些演员,把演戏当生活,把生活当演戏,分不清何时在演戏,何时在生活。一些电影导演，把导演电影当导演生活，把导演生活当导演电影，实现了二者的一体化、同一化。想到这些，我对吴池诗里的长江黄河、秀秀树鱼狗，小说里的红砖头、西红柿树，对老马在星空文化公司的策划等，慢慢地理解了。

我的心跳趋于平静，脸皮的温度恢复了正常。

老马，我北京大学中文系毕业的二爷，真是把握了文学创作与现实生活内在的、本质的、必然的联系，实现了现实主义、浪漫主义和诡异主义创作方法的完美结合。在老马的教育指引下，我感觉自己信心满怀，下决心一定要沿着崎岖的小路，向文学创作的高峰攀登。

后来，我的那部小说出版了。这是我出版的第一部长篇小说。我的创作成功了，这是老马带领我进行的一次成功的创作。不过，那是个网络小说编辑部，那部小说是在网络上出版的。我有些失望。

小说发表后不久的一天，我特意买了三瓶精品二锅头、两斤猪头肉去感谢老马。我知道老马嗜酒如命，也爱吃猪头肉。到了老马家，打开酒瓶，我们爷俩推杯换盏，不时地往嘴里扔猪头肉。屋里飘散着诱人的酒香肉香，伴随着我们俩朗朗的笑声。等到老马喝六七分醉时，我说：二爷，托您的声望，我的作品将来能不能在正规出版社出版？

老马喝了一口酒，咂咂嘴说：你小子一开始不能期望值太高。我们国家正规的报刊和出版社把关太严，那些编辑要求都很高。咱要从网络上打开缺口，打出一片新天地。不是有好几个作家都是先在网络上走红，才走向今天的辉煌吗？

我说：知道了。像列宁说的那样："社会主义革命，可以在资本主义统治整个链条上最薄弱的环节上进行，并且有可能取得成功。”

老马有些生气了,涨红着脸说:你能不能谦虚点?这话要传出去,能把你打成反革命。社会主义的出版行业,咋能叫资本主义统治链条?网络小说,咋能和社会主义革命相比?

哥,我吓得出了一身冷汗,赶紧说:我只是借用列宁语言的逻辑形式,不涉及具体内容。

老马一脸的严肃,说:这话出去可千万不能说。

我说:知道了,向列宁保证。

老马笑了。

我告诉老马:我那部小说在网络上出版后,邮箱里收到了很多来信。有的请我去讲课,有的请我去当文学评论家,有的作者寄作品请我帮助修改,写评论,向报刊社推荐。二爷,您说我该咋办?

老马说:你现在和我当年一样,已经是小有名气了,这就更要谦虚谨慎,有君子胸怀,君子风度。

老马又一次提到了君子。

我想到了他告诉我要装君子的秘诀,便有些醒悟了。我瞪着渴望的眼睛看着他。

老马酒喝得有些多了,醉眼蒙眬,舌头有些发硬,声音有些发直,但依然谈锋不减。他说:自己发表了作品,那叫有才。别人发表的作品,不管好与不好,都要点头称好,那叫有德。一个人这两方面做好了,叫德才兼备、德艺双馨。成老当年为啥被打成“右”派?在文坛上后来没有再出名?就是因为他自恃有才,对别人的作品爱提意见,爱批评别人。

我若有所思地点着头。

老马说:“百花齐放,百家争鸣”嘛,谁写的都是一家之言,都有自己的风格和表现手法,都是作者呕心沥血的产物。单看一篇作品之缺点，天下没有一篇好的作品。单看一篇作品之优点，天下没有一篇不好的作品。啥好啥不好？有统一标准吗？要有君子一样的胸怀。你小子那天拿着吴池的作品质问我，你以为我心里不清楚？就你知道吴池的作品不行？不行咋能出版？咋还专门召开他的作品研讨会？二爷我说他的作品不行，就真的不行了？你真是个鸡巴直憨。太直太憨，知道吗？

老马又喝了一大口酒，解开衣服扣子，屁股往地下出溜，他想往地上坐。

哥，咋整的？

我赶紧把老马扶到床上，说：二爷，您喝多了，睡吧。

老马躺在床上，半眯缝着眼睛继续说：告诉你小子，对吴池那类作品千万不要说不好，说不同意见。那样大家会指责你心胸狭隘，不能兼容并包，谦恭待人，那会得罪一堆人，将来你不好在上文坛混。那些作品你就是真的看不懂，也不要说不懂。文坛发展日新月异，新的作品层出不穷，谁能都懂？你说不懂，别人会说你层次低，没知识，瞧不起你。为啥有人提出了一种诡异主义的创作方法，懂吗？

我说：二爷，我懂了。

老马睁大了眼睛说：你又骄傲。在文坛上混，一定要有君子一样的风度，君子一样的胸怀。一个人的后面站着一堆人，一堆人的后面站着一片人，一片人就是汪洋大海，大海掀起的巨浪能淹死你。装君子容易吗？

我老老实实地说：二爷，真的很不容易。

老马半眯缝着眼睛问：你知道吴池他爹是干啥的？

我说：不知道。

老马说：作协副主席吴廖，知道吧？

哥,咋整的?

我听了心里大吃一惊,感觉到像一个炸雷,炸得我魂飞魄散,半天没敢吭声。

那天晚上,我也喝多了,没有走,和老马睡在一张床上。

第二天早上,老马起得很晚。我知道老马爱吃油条。为了感谢他昨天晚上告诉我的秘诀,我特意跑出去买了六根油条,用新玉米面熬了一锅糊涂,切了一盘咸菜。丰盛的早餐在桌上摆好,我说:二爷,起床吃吧,刚买的油条,新玉米面熬的糊涂,热乎。

老马起床后坐在桌前。他的脸色发青,眼皮浮肿,两眼看着桌上的油条和糊涂,又看看床下面。我立刻明白了,赶紧说:二爷您吃,我来端。我弯下腰伸出手,把他尿得满满的一尿盆发黄的泛滥着臊臭味儿的尿端了出去。

从厕所回来,六根油条老马已经吃了三根。我想起昨天晚上的事,说:二爷,昨天晚上您喝多了,难受吧?

老马喝了两口糊涂,又夹起第四根油条,咬了一口说:昨晚我根本没有醉。我酒量大,啥时候你见我喝多过?

我说:没有,没有见二爷喝多过。非常感谢二爷对我的教诲,二爷昨晚上给我说的话,我一定牢牢铭记在心。尤其是对待吴池的作品,一定和二爷保持高度一致,自己不随便说话。

老马咽下一大口糊涂,嘴巴停止了嚼动,筷子夹着一截油条悬停在半空,半眯缝着眼睛问:吴池的作品?吴池的作品怎么了?昨天晚上我都给你说啥了?

哥,咋整的?

我有些吃惊地看着老马,心里想:您刚才说昨晚没有喝多,咋记不清自己说啥了?

老马见我没有吭声,咬了口油条,慢慢地嚼动着。油条咽进了肚子，又喝了口糊涂，老马突然睁大眼睛，用自信的口气说：昨晚上，我啥也没给你说。

我用疑惑不解的眼神看着老马，发现老马又半眯缝着眼，也在看着我。我的目光碰撞着老马的目光，就像电子对撞机一样，我被撞得心慌意乱，眼前的老马变成了一团迷雾。

突然，老马张大嘴咬了一口油条，快速嚼动了片刻，一伸脖子咽下肚去。他端起碗，咧开大嘴，呼噜、呼噜几口就把糊涂喝了个精光，然后咂着嘴，睁大眼睛，依然很自信地说：小子，昨晚上，我啥也没有给你说。

老马说完，用筷子敲着空碗，大声说：这新玉米面真香。去，再给我舀一碗糊涂。

哥，咋整的？

三

腊月的一天，飘着鹅毛大雪。老马来电话叫我过去。我徒步走了将近两个小时，才到了老马家。进了屋子，迎着门口大衣柜的玻璃镜里，我看见自己的头上身上披了厚厚的一层雪，眉毛上胡子上也沾着雪花，像个雪人似的。

老马依旧穿着那件中式黑色的旧棉袄，肩上依旧开放着那朵核桃般大小灰色的棉花。我曾经给老马买过一件新的羽绒服，几次劝他把这件棉袄扔掉，老马不肯。他半眯缝着眼睛说：这棉袄贴身，暖和。后来他告诉我，那是他上大学期间一个相好的女同学亲手给他做的。老马进了高墙后，那个女的嫁给别人了。老马很重感情，每年冬天都穿着它。

老马见了我，哭了，哭得悲痛欲绝，眼泪蒙眬溢出，混合着挂在脸上腮上和下巴颏上。

哥,咋整的?

我吓了一跳,赶紧说:二爷,没关系,这点雪一抖就掉了。

老马用发亮的棉袄袖子擦了一下眼泪鼻涕,说:和下雪没关系。我几个月前开始腰疼,越来越重,上个星期去照了个片子,昨天结果出来了,医生诊断说是肝癌晚期。

噢,原来是这个原因。我听了很震惊,心里一沉,看着悲伤欲绝的老马,也想哭,但没敢哭。

我安慰说:二爷,现在的癌症病人有百分之五十是吓死的,百分之三十是吃药毒死的,只有百分之二十是真癌症。您的可能是误诊,不必太忧伤。

老马说:我死了没有啥,二爷在苦难的岁月里已经活够了。今天把你叫来,是还有个非常重要的秘诀要传授给你。

我知道,人在得意时容易说狂话,在急躁时容易说胡话,在冷静时容易说假话,在快要死时容易说真话。老马大概是觉得自己真的是不久于人间了,一定是要把最重要的秘诀传授给我。

我弯下腰伸出手把尿盆端了出去,回来给老马倒了杯水,说:二爷,不急。这省城里就咱两个关系最近,血管里流着同一个祖宗的血,我一定好好伺候您,像当年您对待成老那样。

老马躺在床上,示意我靠他近点。老马说:这个秘诀是我近几年来才发现的,文坛上极少有人知道,会用的人更少。我自己也从来没有用过。我有时也想用,可一想到成老,就没敢用。唉,这个成老,影响了我后半辈子。这个秘诀本来我是想秘不示人,带到棺材里去的。后来想想,你还年轻,不传授给你,怕你思想保守,眼光不敏锐,在文坛上跟不上新形势、新发展和新潮流,落后于时代。今天下着大雪把你叫来,想口授给你。

我很激动,说:二爷对我恩重如山,我会永远记着二爷,不给马家丢脸。

老马睁大眼睛说:你要发誓,这一秘诀只能你一人知道,永不传给别人。

我一脸的感动和悲伤,握紧右拳,庄严地对着老马说:二爷,我发誓:这秘诀只能我一人知道,永不传给别人。

然后,我拿出了笔记本和笔,准备记。

老马说:不能用笔记,只能听,用心记。

我赶紧放下笔,合上笔记本,做洗耳恭听状。

老马咽了一下口水,用舌头舔了舔发干的嘴唇,半眯缝着眼睛,眼睛里光芒闪烁。他声音不大但很清晰:学流氓。

哥,咋整的?

听了老马的话,我几乎不相信自己的耳朵。老马是不是临死前说的胡话?不对吧,人死前容易说真话啊?

我是不是听错了?问:学流氓?

老马睁大眼睛,很肯定地说:学流氓。

我胆怯地说:咱不会学流氓啊!

老马板起脸来,说:谁生下来就是流氓?谁愿意去学流氓?流氓都是被逼无奈才学的。

听了老马的话,我立刻想到了村里的马大喷。马大喷就是个流氓。他调戏侮辱本家嫂子,勾引他舅舅家的儿媳妇,有时假装喝醉酒,脱得光溜溜地满村跑。他在乡粮库下面挖地洞,偷盗粮库里的粮食;深夜拿着短头棍,四处游荡,学着外地人的腔调,打劫过路人的钱财;在周围的几个村子里挖墙钻洞,专门强奸寡妇和孤身女人,后来因为强奸外村一个六岁女孩儿被枪毙了。想起马大喷,我的心里就像吃了个苍蝇,膈应得慌。

老马离开村子早,不认识马大喷。我对老马说了马大喷的事。我说:二爷,搞文学创作的都是知识分子,文化人,咋能像马大喷一样,去当流氓?

老马说:文坛里的流氓和老家农村里的流氓不一样,不是张牙舞爪、偷鸡摸狗的,去弄些乌七八糟的事。文学领域的流氓人数极少,你表面上很难看得出来。他们都很文雅,正人君子样,文质彬彬的。

哥,咋整的?

我疑惑不解地看着老马。

老马半眯缝着眼睛说:这领域学流氓有秘诀。

我很惊奇:有秘诀?

老马依旧半眯缝着眼睛:对,有秘诀。

我问:啥秘诀?

老马说:要做到三个"敢"。

我急切地问:哪三个"敢"?

老马睁大了眼睛说:早上没有吃东西,饿,说不动了。

我突然想到今天下大雪,二爷早上一定没有吃早餐,便赶紧跑出去买吃的。中午,街上的好几家小吃铺都没有炸油条。我买了五个肉夹馍,一瓶二锅头,两碗烩面。

老马大概是饿极了,看着我买来吃的,睁大了眼睛说:反正二爷也活不了几天了,不能让嘴亏着。他一口气吃了三个肉夹馍,一碗烩面,喝了多半瓶二锅头。老马又有些醉醺醺的了。

老马喷着满嘴的酒气,半眯缝着眼睛说:一是敢抄。现在文坛上有几个风起云涌的年轻新秀,其中一个人两个星期写出来三本巨著,一百多万字,还都出版了。他们真是神星?瞎鸡巴扯。他们都是雇人抄袭别人的东西,包括抄袭港台的、国外的,今人的、古人的。成老那么深的学问,那么老的资历,一辈子才写了多少字?出了多少本书?

我说:雇人抄要拿钱,咱哪有钱?

老马睁大眼睛说:自己抄啊?现在抄又不是用笔,都是用电脑搜罗资料,拼接情节,改头换面,移花接木,东拼西凑,狗腿拉羊腿,挂着羊头卖狗肉。

我说:知道。抄袭别人的东西不超过百分之二十,就不违反版权法。

老马说:你又骄傲。超过百分之二十又咋了?百分之二十点五、二十点一就违反版权法了?现在是改革创新的时代,一个字可以有很多种意思,一句话可以有很多种表达形式,一种文体可以有很多种写作方式,谁抄袭谁?你能写这个字这句话这种文体,我怎么就不能写这个字这句话这种文体?天下就你一个人聪明?就你一个人会写?

哥,咋整的?

从老马的嘴里能说出这样的话来,是我万万没有想到的。

老马睁大了眼睛说:你是年轻人,在这方面胆子要大,不要怕别人说,不要去争论,要硬着头皮顶住。鲁迅先生早就说过,走自己的路,让别人说去吧。啥叫抄袭?啥不叫抄袭?都能讲出无可辩驳的理由。

说心里话,我对老马说的这些,并不感到新奇。

停顿一会儿,老马接着说:话又说回来,抄袭也要有水平,也要讲些技巧,不能硬抄。比如当年,苏联有个作家叫高尔基,中国就有人叫高尔其。前些年,省城一家饭店叫大乌鸦,开得很火,有人就开饭店叫大乌鸭。你在这方面也有天分,世界上有个著名作家叫马克·吐温,你就起名叫马克吐。

提到这个名字,有一件事情老马根本不知道。我一开始写过好多篇东西,用真名寄给报刊后,都石沉大海,没有一点声息。后来,我想到了老家人说的话:不改名字不发。为了能发,我就改用马克·吐温的名字,把两篇作品分别寄给了两家杂志社,结果那两家杂志社很快就都发表了。几天后,其中一家杂志社的编辑约见我,问:那两篇马克·吐温的作品发表后,有读者来电话问,原稿出自什么地方?谁翻译的?我说:我自己写的,我就是作者。编辑很生气,质问:你为啥敢盗用世界著名作家马克·吐温的名字?我说:我的笔名叫马克吐,河南温县人,合起来简称“马克·吐温”,咋叫盗用?编辑说:骗子。站起来气呼呼地走了。后来,另一家杂志社的编辑打电话来,张口就骂我是个骗子。我想:那两个编辑大概为我的事,相互之间交流过意见吧。我思考再三,怕再惹麻烦,就干脆把“马克吐”后面的温字去掉了。

看着眼前病危中的老马,我觉得这件事已没有必要让老马知道了。

老马睁大了眼睛,继续对我说:再比如有人写:蓝蓝的天上,飘着朵朵白云。你可以写:朵朵白云,飘在蓝蓝的天上。也可以写:天蓝蓝的,朵朵白云在天上飘着。还可以写:天上飘着白云朵朵,天蓝蓝的。祖先们创造了丰富多彩的语言文字,怎么码不行啊?都是炎黄子孙,这些语言文字允许你用,难道不允许我用?

老马有些激动。

我不以为然,用平静的目光看着老马。好在老马目光呆滞,没有看出我的意思来。

老马半眯缝着眼睛继续说:二是敢写。比如写诗,十个指头在电脑上不停地打字,至于打出来啥字,不用管。打出来的是啥字就是啥字,关键是断句。想写成五言诗,就五个字点一个标点;想写成七言诗,就七个字点一个标点。想写成杂体诗,就随便点标点。

我说:那个吴池,就是用的这种写法。

老马说:有人在学吴池的这种写法,认为是一种创新的诗体,叫牛拉屎体,简称牛体。

我说:那天研讨会上,听人议论说,吴池准备拿这种新体诗集去申报下一届的诺贝尔奖哩。

老马说:他大概还没有睡醒。

我说:二爷不也高度评价吴池的诗,说好吗?

老马嗔怪地说:你真是个直憨,太直太憨。那诗好不好,我心里没有数?

哥,咋整的?

我不想再刺激老马,只是点了点头。

老马说:我在这方面吃过大亏。当年我申报副高职称时,一个考官问:六七十年代写诗时,讲究韵律。现在的诗怎么都没有韵律了?我怎么看不懂现在的诗?请问:是诗歌创新发展了还是我落伍了?我说:说实话?考官说:不说实话给你画叉。我说:不仅你看不懂,我写了那么多诗,其实我也看不懂。八个考官都笑了。结果我没有通过。

老马又喝了一口酒,接着说:妈那×,和我一起面试的吴廖嘴会说。吴廖,就是吴池他爹。他回答考官说:在经济飞速发展的年代,诗歌也有了跨越式发展,这叫无韵律诗,是新时代新生活催生的一种新型诗歌。结果吴廖通过了。

我说:二爷,我不想写小说了,想写诗。

老马半眯缝着眼睛问:为啥?

我说:二爷借给我的那本诺贝尔奖获得者威廉·福克纳的传记我看了,福克纳就说,每个小说家都想先写诗。

老马说:福克纳后来又说,一个人发现自己写不了诗歌以后,才又试着写短篇小说,短篇小说是在诗歌之后最讲究的形式。只有在写短篇小说失败之后,才着手创作长篇小说。这些话你没有看到?

我说:这些话在后面吧?书太厚,我还没有看到哩。

老马说:吃别人嚼过的馍有啥滋味?要敢于创新。人家吴池开创了一个牛体诗,你就不能开创出一个马体小说?

我想了想也是,就点了点头。

老马示意我再靠他近点,他几乎是贴着我的耳朵,喷着满口酒气,低声说:这还不叫够敢写哩。

我急忙问:那咋才叫够敢写哩?

老马说:要够敢写嘛,就得写女人的身体,写女人的胸脯大腿屁股私密处,要敢写男女床下调情、床上运动、性爱技巧……写这些要不厌其详,不厌其细,不厌其多。写得越详细越多就越好。不仅写的人写起来心潮澎湃,文如泉涌,一些编辑们也爱看,看着养眼,看得热血沸腾,一高兴,手一拍,就给你发出来了。关键是读者。一些读者对这方面的描写也很喜欢看,白天拿在手里,走路装在包里,夜晚放在床头,反复阅读,爱不释手。只要读者喜欢,作品就有市场,作者就有影响,出版社杂志社就有效益。马大喷那种流氓是调戏侮辱强奸妇女,光顾自己一个人享乐。文学作品中写女人身体、男女调情、床上运动,那叫感情文学、人性文学,是高雅艺术,能让众人欣赏,众人享乐,没有人会说你是流氓。我最近看到一本获得省级文学大奖的长篇小说,写一个男人在旅游的火车上、北京的胡同里、后海的酒吧间,一个女人接着一个女人地搞,一种做爱方式接着一种做爱方式地换,没有一个他看上了弄不到的女人,没有一个见到了他不愿和他发生关系的女人,小说总共一百六十页，有五十多页都是写的这些内容。

哥，咋整的？

我对老马说：知道了。“三敢”呢？

老马说：又骄傲。你急啥？

我翻眼睛看了老马一下，没有再吭声。

老马睁大眼睛说：你不爱听“二敢”？你对女人不感兴趣？

我还是没有吭声，心想：现在获奖的小说，有几篇几部里面没有写这方面内容？没有写这方面内容，有几个评委爱看？真是的。

老马大概感觉到了我的不屑一顾，叹了口气说：唉，咱村里出来的人就是太古板，太老实，太不解风情。你不爱听“二敢”就算尿了。给你说“三敢”吧。就是敢编。比如编穿越：地球人和外星人谈恋爱，秦始皇热恋慈禧太后，奥巴马和普京的前妻偷情，希拉里勾引斯诺登……

哥，老马临死前才告诉我的这个秘诀，真的很令我失望。这些也叫秘诀？还说要准备带到棺材里去。我热烈渴望、充满无限期待的一颗火热的心，如同遇到屋外面漫天纷飞的大雪，骤然冷却了下来。

哥，就在我获奖的前七天，老马走了。

老马的后事都是我操办的。我特意为老马买了一套新衬衣新西装新黑呢子大衣，一双三接头的新皮鞋，一顶鸭舌帽戴在他的头上，一条鄂尔多斯纯毛围巾围在他脖子上。按照老马的遗愿，我把他安葬到东山公墓成高墓旁。安葬老马那天，按照咱老家埋葬人的习俗，晚辈要摔盆摔碗，要让死者带着他生前常用的物品和心爱之物到另一个世界享用。我就把老马的那个尿盆，狠狠地摔碎在他的墓前。我把他那件肩上开着核桃般大小灰色棉花的中式黑棉袄，连同我买的花圈和纸扎的童男童女手机电脑奔驰轿车豪华别墅等放在一起，在他的墓前烧了。在熊熊的烈火中，它们都化作了一堆灰烬。一阵旋风刮来，灰烬随风升起，像一群黑色的蝴蝶在天空翻飞远去。

我领奖的那天，正好是老马的头七。

不管怎样说，老马的离去对我来说真是打击太大了。宋朝人唐子西在《唐子西文录》里记载一句话：天不生仲尼，万古如长夜。咱村如果没有生出老马，我肯定还在文坛中摸索着艰难前行，我的作家之路也许是一片黑暗，永无光明。如果没有老马，很可能就不会有我的今天。

老马，敬爱的二爷，我将永远怀念您！

哥，需要向您说明的是：我之所以把老马告诉我的、我曾经对老马发誓绝不外传的这个秘诀写信告诉你，绝不是我有意失信于老马，而是因为这个秘诀不像前两个，知道的人少。这个秘诀早已不是什么秘密，文坛不少人都知道。尤其是我，对这个秘诀更是早已心领神会，身体力行。我这次获奖的、以前发表的、包括星空文化公司发表的那部长篇小说和我现在手里的一堆稿子，哪一篇不是用这种套路写出来的？老马毕竟是年纪大了，受五六十年代文坛风气的影响太深，尤其是成老罩在他身上的阴影太重，面对着日新月异的发展形势，老马真的是反应迟钝，已经远远落后于文化跨越式发展的时代步伐了。

哥，老马把当今一些人这种创新的、即将流行开来的创作方法，称之为“学流氓”，则是我万万没有想到的，真的没有想到，连做梦也没有想到。临死前的老马，真是语出惊人。

哥，咋整的？

我清楚地记得，老马是用半眯缝着的眼睛和睁大着的眼睛两种神态交替着说出“学流氓”那三个字的。自从那天老马用两种眼神交替着给我说了这三个字以后，我就经常想起村里那个挖墙钻洞偷抢财物调戏妇女强奸六岁女孩被枪毙的流氓马大喷，就时刻感到如芒在背，万箭穿心，夜不能寐，心里很不舒服。老马那时而半眯缝时而睁大的眼睛，村里被枪毙的流氓马大喷，秘诀三个“敢”……像一团团钢丝乱麻，交织在一起，盘绕在心头，压得我喘不过气来，极大地破坏了我的创作欲望和激情。直到现在，我再也没有心思进行创作。我不知道，我以后还能不能在文学创作的道路上再走下去。我还想到，一旦那些像我一样用这种方法创作的人听了那三个字，会不会惊叫着跳将起来，骂着很难听的话去和死了的二爷老马算账？

哥，好像有人在敲门，你等等。是哪个鬼叫门，偏偏这时候来？影响我给您写信。

我醒了。是敲门声把我惊醒的。

哥，咋整的？原来，我做了一个梦。

哥，我这些年很少看文学作品，也根本不知道文学创作领域里的事，梦中的情况大概在这个领域根本就不存在。我醒后思考了好几天，只是觉得这个梦很有意思，就把它写出来了。

哥，我是无意中在废纸堆里捡到了一本杂志，那杂志里有对您的介绍，看了介绍才知道，原来你是个著名的文学编辑，也是个长期在文坛上混的人。你可真能保密。哥，如果说信中的内容冒犯了您，请您一定多多原谅，因为我真的不是有意的。您就只当是痴人说梦吧，千万不必当真。

看完信，我蒙了，云里雾里的。

我虽然姓马，可我的爷爷、父亲和我，都是独生子，三代单传，哪来的这个弟弟？再说，我们家从曾祖父那辈子起就居住在省城，哪会有这个同村同宗的弟弟？他信里写的那个活跃在省文坛上的老马，我怎么从来就没有听说过？

难道他真是痴人说梦？

不管怎么样，信中的内容还是极大地吸引了我。我看了看信封上的地址，找地图估算一下，离省城不是太远。第二天吃过早饭，我拿着信，按照信封上的地址，开车去寻找这个“弟弟”。

车出省城上了高速，道路两旁的森森林木片片花草，纷纷向后倒去。一个多小时后，车下了高速，一条坑洼不平的柏油路伸向远处的县城。路旁杂树稀疏，树木中间泛滥着一片一片的油菜花。路边停着一些小车，各色男女兴高采烈地举着相机手机在拍照油菜花。他们大概不知道，这些油菜花是鸟吃了品质优良的油菜籽没有消化拉屎到这里，落地后野生的。这些野油菜花根系扎地很浅，只能长半尺多高，枝细叶弱，花朵色艳瓣薄，虽然好看，花却只有几天时间就凋谢了。野油菜花结的荚很少，荚里的籽也很小，有的根本不结荚。

开车穿过县城，柏油路变成了一条乡间土路。土路两边的田野里，全是半人高的油菜花。油菜花枝干粗壮，花朵虽然不太稠密，但朵朵盛开，蝴蝶蜜蜂在花丛中飞忙。令我意外的是这里没有一辆小车，没有一个观赏拍照油菜花的人。我下了车，仰望着一望无际的田野，金波涌动，黄浪滚滚，花香扑鼻，令人陶醉。为了观赏拍照油菜花，我曾经去过二月的云南罗平县，三月的重庆垫江县，四月的陕西汉中盆地，五月的江苏兴化市，六月的新疆昭苏县，七月的青海门源县，怎么不知道这里竟然有着如此漂亮的油菜花？由于受各种媒体广告舆论忽悠，我过去走了太多太远的弯路。看来，会不会宣传造势，效果真的是完全两样。

我又开车继续行驶。半个多小时后，终于在一个小镇上找到了一个院子,门口的牌子上写着信封上的地址:湖州道圳桦路××号。

我拿着信,问传达室的保安:你们这里有这个人吗?

保安接过信,看了一眼,问:你认识他?

我说:不认识。

保安说:那就别找他了。

我问:为啥?

保安说:他是个神经病。

我大吃一惊,有些不相信,又问:这里是啥单位?

保安说:精神病院。

保安看我还是有些不相信,指着地上的一堆纸袋包裹,说:你不相信?那些都是给他退回来的东西。

我的情绪一落千丈,心乱如麻,堵得慌,用手拍打着那一沓信,禁不住喃喃自语:

兄弟,咋整的?

尘灰满街

记录下消失的事物，比哭泣与伤心更重要。

——（土耳其）奥尔罕·帕慕克

一、怕被杀吃了

早上一睁开眼睛，就觉得肚子里空得慌，一阵一阵的，像有小刀在刮，一刀一刀的，刮得浑身松软，像一团棉花。星期天不想起床，爱看报纸。太阳升了起来，霞光透过窗户纸，金色灰黄，照着床边的土墙。土墙上，奶奶糊着一片杂七杂八的报纸。

《河南日报》1958年6月11日讯：遂平县卫星农业社亩产小麦3530斤。

《新乡日报》1958年8月×日讯：×县人民敢想敢干，破除迷信，秋粮又放卫星：培育出红薯王，一个净重1206斤。

《×县报》1959年5月×日讯：黄河滩养猪场，一头英雄老母猪，一次下崽69只。

《××公社卫星战报》1959年9月×日通讯员报道：青峰岭大队学习苏联科学家米丘林技术，把苹果树和梨树嫁接在一起，一棵梨树结 1357 个梨苹果，最小的 3 斤 7 两。

《××公社卫星战报》就贴在枕头边上，头一歪就可以看到。这份报纸是我最爱看的。在溴梁村长这么大，我只吃过青杏酸枣和小毛桃。青杏苦涩，酸枣倒牙，小毛桃嚼在嘴里如同锯末满嘴发麻。不仅没见过梨苹果，就是连苹果和梨也没有吃过。报纸近在咫尺，我盯着梨苹果三个字看，仿佛眼前有一棵梨苹果树，硕果累累，结满了一个个巨大的梨苹果。闭上眼睛，仿佛双手捧着一个梨苹果，咔嚓咬上一大口，那声音那味道，脆巴巴、香喷喷、甜滋滋的，禁不住有口水溢出……

爱看且能看懂这些报纸，是一九六三年，我八岁，上小学二年级。墙上贴的这些报纸颜色都有些发乌变黄了。

天刚糊糊明，一只黄鹂鸟就开始叫了。这种鸟人们叫它黄瓜哩喽，那是根据它叫的声音音译命的名。那叫声婉转明亮，音律清晰，听上去很像叫“黄瓜哩喽”。有人把这叫声的音速加快，音译为嚼人：“恁妈那臭鸡篓。”

我知道是司马坷垃来找我了，那只黄鹂鸟叫是出自他之口。他会学各种鸟叫，包括乌鸦、麻雀、布谷鸟，学得惟妙惟肖，难分真假。

司马坷垃比我大三岁，个子没有我高，身上的肉比我多，腮帮上的两块肉一颤一颤的。司马坷垃的两道眉毛很重，弯刀形，眼皮很薄，眼睛不大，眨动得很快，说一句话能眨上好几次。具体几次，难以数得清楚。他说话越快越急，眼眨得就越快次数就越多，以至于你都看不清他眼珠中流露出来的是啥神情。

司马坷垃和我有要事联络，常学鸟叫。

司马坷垃和我是同学，同班同桌，最老怀。上学放学逃学，去厕所，粘蚂唧哩（蝉）掏麻雀窝打群架，总之，你只要看到我们中的一个，旁边一般都会有另一个。我喜欢考试。每次考试前，司马坷垃一准会偷偷塞给我半块玉米面饼、半截红薯、一根胡萝卜啥的。为此，我天天盼望着考试。吃了他的东西，我考试时肚子不空，心里不慌，能坐得住，各门功课成绩很少有低于九十分的。当然，老师只要表扬我，一般也会有司马坷垃。

我听见他叫，便匆匆忙忙起床。

今天的司马坷垃，显得很神秘。他躲在我家的院子影壁墙后面，不说话，脸上带着一丝狡猾的笑。他看见我，伸开一个巴掌，另一只手的食指顶着巴掌心。这是学体育课老师的手势，意思是停止。他不让我说话，用那双小眼睛滴溜溜往院子里乱瞅，像个来我们家偷东西的贼。

时候有些早，东方才微微放亮，夜色还没有褪尽。我奶奶和家人都没有起床，院子里空荡荡的，一片寂静。石榴树上的麻雀们还没有开始吵窝儿呢。偶尔有一两只先醒来的麻雀，胆怯地发出唧唧叫声。麻雀们要是都醒了，叽叽喳喳地吵起窝儿来，那真是吵得让人心烦。

司马坷垃窥视完，用食指朝我一勾，转身向后院走去。后院是荒芜废弃的老院，一道围墙，无门无路，从我记事起就没见住过人。东西厢房早已房倒屋塌，梁檩全无，只留下被风雨剥蚀的房架土墙，狗尾巴草、野蓖麻、艾蒿等半人多高，牵牛花的藤蔓兴致勃勃地缠绕攀爬在别的植物上，白色紫色粉色红色的花朵随意开放着。

贼不走正道。司马坷垃这人，天生一块做贼的料。平时开玩笑，我常这样夸他。

我俩像偷偷摸摸的小老鼠，蹑手蹑脚地穿过老院，翻过那堵快要坍塌的半人多高的土围墙，出了院子。院外是一片小树林，静悄悄的。小树林里无路，矮榆树、小酸枣树、毛毛柳疯长，野菊花、牵牛花、野桃树花盛开，各种乱七八糟的野草没过膝盖，野葡萄藤横穿斜绕地缠脚。我俩磕磕绊绊呼哧带喘地穿过小树林，到了村外，迎面是司马家族的老坟。

一棵古柏，不知道长了多少年，树干苍劲，粗得两个人合抱不住，孤零零地耸立在老坟地的北面。老坟地长满了鬼见愁、蓑衣草、野蓖麻和小酸枣树、矮榆树等灌木。金黄色的菟丝子一堆堆一片片盘绕在草叶上。太阳还没有出来，草木叶上挂着灰蒙蒙的露珠。老坟地有一个挨一个的墓骨堆，至于到底有多少，没人去数清楚。这大概只有司马家族人知道。平时没事，外姓人谁吃饱了撑的，会跑这鬼地方来数坟头？

夜色渐渐散去了，太阳还没有升起。贴着墓骨堆的野草和灌木顶上，飘浮着几团烟雾，淡蓝色的，不散不动，神秘静谧，显得肃杀瘆人。

我怀疑这些烟雾，是司马家族祖先们的阴魂。这些年，他们的子孙饿得浑身浮肿行走无力，从不来给他们烧纸钱上供品。这些祖先们在坟墓里一定也饥饿难忍，夜里跑出来游荡，找东西吃，天亮了也不愿回去。

司马坷垃把我带到他们家的祖坟干啥？我突然警觉起来。

司马家族老坟的北面，是一大片高粱地。高粱长得又细又高，一棵挨着一棵，密密匝匝的，隐蔽私密。农村厮跟人①干坏事甚至杀人，也包括独享清静、戏儿子②们练嗓子唱戏，首选的场所就是高粱地。有句歇后语叫“高粱地唱戏——自个乐”，就是说那些五音不全的人唱戏怕人笑话，都是钻到高粱地里独自一个人偷偷地

① 厮跟人：溴梁村土话，指男女之间长期偷情，也指两个或两个以上的人相随相伴而行。

② 戏儿子：指在戏剧团学习唱戏的孩子。

唱。看司马坷垃的架势儿,是要带我钻高粱地。

我脚步停了下来。

大清早的,寥天野地,空旷无人,他带我进了高粱地,把我杀吃了咋办?

我这样说绝对不是耸人听闻,你们不要不信。

前几天,玉莹姨来我家,向我妈借纳鞋底绳。她一边往巴掌上缠纳鞋底绳,一边对我妈说:“姐,现在人都饿疯了,听说县城有人买肉包子吃,吃出一截小孩子的手指头来,还带着指甲。”

我妈说:“瞎胡扯吧?民国三十二年,咱这里蝗虫吃秋,遭了大年馑,我经过,有人吃人的。”

玉莹姨说:“姐,真不是胡扯,现在也有。听说有大人吃孩子,好人吃病人,活人吃死人。”

玉莹姨说这话时,用她那双漂亮的大眼睛瞟了瞟我。我立马惊恐万状,骨炸毛酥,心里咚咚直跳,不由得抬起两只手看。我的十个手指头和指甲都在。

我妈看了一眼窗外,低声说:“玉莹,这话出去可不敢乱说。村里风言风语说过这事,老靳一直在追查哩。”

玉莹姨抿了抿嘴,说:“姐,放心,家说,出去不说。”

老靳是山西人,驻村工作组长,天天黑封着脸,像幽灵一样在村里地里四处游走。前年夏天,犟驴妈偷捋了两把坟头上的麦子吃,被老靳抓住,全村开大会批斗犟驴妈。妇女队长王秀银上去脚踢拳打,扇她耳巴,最后还让她戴高帽游街。去年秋天,六十多岁的林八爷偷了生产队几穗玉米,被老靳发现,要批斗他,就自己放火烧死了自己。这个老靳,淏梁村的黑煞神,村里的大人孩子干部群众都恨他怕他。

我妈似乎对玉莹姨有些不放心,又交代说:“这话要让老靳听见,那可不是要的。老靳说,凡是说这种话的人,都是饿肚公鸡社会主义,要批斗坐监牢。”

玉莹姨点了点头。

我妈说:“真弄不清,饿肚公鸡还有啥社会主义?谁说了还要批斗坐牢?”

我和玉莹姨扑哧都笑了。

玉莹姨说:“姐,不是‘饿肚公鸡’,是‘恶毒攻击’,就是嚼”。

我妈像被啥东西咬了一口,赶忙“噢”了一声,说:“那可不敢嚼,不敢嚼。再饥,不管吃啥,也不敢嚼社会主义。社会主义多安稳,没有兵荒马乱,也没有土匪放火抢东西杀人。”

我妈说完,长长叹了口气,自己不好意思地笑了。

我妈也是。再饥,不管吃啥?拿今天的事情来说,司马坷垃要真把我杀吃了,你也不敢嚼司马坷垃?

因此,我对我妈说的这句话一直很有想法。

长大了我才弄明白,错全在老靳。老百姓说的有些话做的有些事,本来和社会主义没有一丁点儿关系,你老靳干吗非要把它们和社会主义连在一起?

我扫了一眼司马家的老坟,摸了一把自己没有肉的脸。我虽然瘦,但个子高,把脸上胳膊上屁股上大小腿上的肉都刮下来,是足够司马坷垃吃一顿的。再说,昨天下午司马坷垃告诉我:“秋假后再开学,我就不上学了。”

我当时很诧异,问:“不上学,你干啥?”

他说:“老搅让我当生产队记工员。”

我想到了考试,咂了咂嘴说:“还是上学好。”

他说:“俺爹说,上学有屌用?多挣工分多分粮食,吃饱肚子比啥都强。”

司马坷垃说这些话的时候，两只小眼睛盯着我，一眨也不眨。

啥叫杀人不眨眼？啥叫卸磨杀驴？我越想越怕。

司马坷垃心野胆子大，溴梁村的孩子们都知道。他敢吃带壳的生乌鸦蛋、麻雀蛋、鸽子蛋、斑鸠蛋，敢吃棉花虫、蚯蚓、老鼠和蛇等。当然，司马坷垃敢吃这些东西也是被逼的。

今年春天，我在院子里的榆树上捋榆钱吃，听见犟驴在街上哭，哇哇大哭，凄厉悲惨，像有人要杀他。我塞着满嘴榆钱跑出去，见黑老瘫的胳膊弯里夹着犟驴，夹到大石磙上按倒了，用一根纺线锭尖儿，从犟驴的屁股眼儿里往外剜，剜出来一疙瘩一疙瘩的，是带血的大粗糠。

大粗糠就是谷子的皮。谷子脱了皮就成了小米。谷子皮也叫谷子壳，没有一点油水，吃起来像柴火，干擦擦的，扎嘴刺胃，吃多了肚子胀，拉不出屎来。

黑老瘫说："这孩子吃的大粗糠太多了，再不掏出来，会憋死他的。"

司马坷垃也在看，他并不同情犟驴，对我说："这鸡巴孩儿，活该。前天我逮了一条蚯蚓，分他半截，他说恶心，不敢吃，我全吃了。"

司马坷垃真是啥都敢吃。有一件事，说出来能让人浑身发麻。一天下午放学，司马坷垃爬到路边一棵老榆树上，老榆树还没有吐芽，光秃秃的树杈上有个鹌鹑窝。他把手伸进窝里，掏出一只刚刚孵出的小鹌鹑。小鹌鹑有鸡蛋大小，浑身没毛，叽叽叫唤。

我和一群同学围在树下，喊："扔下来，扔下来，裹上泥，烧了分着吃。"

司马坷垃低头看看地上的我们，大概很像一群嗷嗷待哺的鸟儿。他没有理会我们，也没有丝毫的犹豫，像我后来看到契科夫小说《圣彼得节》里的那个将军:“把雌鹌鹑拿到嘴边,用犬齿咬断它的喉咙。”司马坷垃把那只小鹌鹑撕剥撕剥吃进了肚子。

我们当时都吓傻了,死人一般地站着。

不知谁喊:“快跑,别让他下来把咱们吃了。”

树下的同学一愣,立马跑了个精光。

这时,东边的天上露出了几缕红色霞光,太阳看样子要升起来了。司马家族老坟上飘浮的烟雾,不知道啥时候已经散去了。司马家族祖先们的阴魂,又钻回了坟墓。野草灌木叶上的露珠,晶莹清透,闪动着光泽。

呜哇——呜哇——一只乌鸦叫着从头顶上掠过。

乌鸦是不被人喜欢的,人们尤其讨厌乌鸦叫唤。淏梁村人认为,乌鸦叫唤预示着不祥,不是遭大灾难就是死人。

这气氛真有些瘆人。我站着没动。

司马坷垃见我不想走,脸上神秘的笑消失了,面皮有些绷着。他警惕地四处看看,一把拉着我的手,往高粱地里拖。

这一拉一拖,让我又想到了另一件事。

去年过春节,生产队要杀那头老驴,据说是那头驴病了,干不了活儿,也没钱给它买药看病。那头老驴大概对自己的前景有所预料,使劲犟着,不肯往前走。大队支书老搅拉着缰绳,硬是拖着,把老驴拖出了驴槽,拖到了马坊院中间的空地上。

司马狗勺挽起袖子,提着一把大铡刀赳赳走来,脸上带着阴险的笑。那大铡刀二尺多长,半尺多宽,刀背比两个鞋底还厚,刀刃薄得闪着青光。司马狗勺是大队会计。他走到老驴跟前,抡起大铡刀,咔嚓就把驴头剁了下来,血就像我们玩的竹筒水箭喷出的水,喷射了好远。无头的老驴真够可怜的,四蹄站着摇晃了晃,扑通栽倒在地上死了。

司马狗勺心狠手辣，他拿起一把柳叶刀，刺啦一刀刺啦一刀地剥驴皮。

据溴梁村年纪大的人说，司马狗勺他们家祖上就是玩刀的。他老爷他爷在县衙门当刀斧手，县城南门口法场毁人，抄起刀来抹人得脑儿①，快得就像切萝卜。到司马狗勺他爹时，不兴杀人了，他爹就当了屠夫，一辈子走村串街的，杀马、剥驴、宰猪、屠狗、抹羊。现在他年纪大了，司马狗勺就接了他的班儿。

司马狗勺在欢快地剥着驴皮，那把大铡刀扔在旁边的地上。司马坷垃跑了过去，掂起那把带血的大铡刀，看样子他想抡。

司马狗勺一侧脸看见了，大声吼道："放下！恁妈那×，你想找死啊？"

司马坷垃站着，看了看旁边的我，扔下大铡刀，脸上的神情，显得既不甘心又无可奈何

司马狗勺是司马坷垃他爹。

干啥都有祖传。

还有一件事也该说说。就是司马狗勺家的人说起他们祖上杀人，从来不说杀人，只说是抹人得脑儿。这一杀一抹，我疑惑了很长一段时间。后来实在忍耐不住，请教了司马坷拉，才知道二者之间的差别。

司马坷拉说："俺爷说，杀人，是打仗时战场上用的刀法，论英武拼力气，抡起刀来见人就砍，也叫东劈西砍。刀抹，是法场上毁人用的刀法，讲究的是刀技。就是用手腕儿倒握着刀把儿，刀背紧紧贴在胳膊小肘外侧，刀尖朝上，刀刃朝外。毁人时，犯人是跪着的，俺祖宗们倒握着刀，走到犯人身后，前腿弓着，把刀刃贴着犯人

---

① 得脑儿：溴梁村土话，指人或动物的头。

脖子，脖子上有位置，找准了位置，用胳膊肘向前横着一推，就把犯人的得脑儿抹掉了。俺老爷曾经一口气抹过十三个犯人的得脑儿，只用了吸几袋烟的工夫，轻松得像玩儿一样。用刀抹得脑儿的巧劲儿发自手腕儿，靠手腕儿的诀窍和功夫。不在高师手下学徒几年，不经过刻苦训练好好学习，是抹不好人得脑儿的。”

司马坷垃说起他祖宗们拿刀抹人得脑儿时，一脸的豪气，时常会捡一根树枝棍棒啥的，当成刀比画着。

我曾一度怀疑，人们常说某些人不露声色就能置人于死地，靠的就是耍手腕儿。这耍手腕儿，是否就起源于历代衙门那些拿刀抹人得脑儿且刀技精绝的刀斧手们？这个问题直到现在我也没弄清楚。

想到这些，我两条腿有些发抖，问：“坷垃，咱干啥去？”

司马坷垃看看周围，声音阴沉地说：“吃肉。”

我说：“我没肉。”

司马坷垃说：“到地方就有了。”

我一使劲，甩开了司马坷垃拖着我的那只手，一屁股坐在坟地上，想哭，但没敢。

我说：“腿软，走不动。”

我在心里嚼司马坷垃：“恁妈那×，我太相信你了，出来也没给俺奶奶说一声，你要在这寥天野地把我杀吃了，有谁知道？”

司马坷垃见我决意不走，站了片刻，自己一声不吭地径直往前走了，钻进了高粱地。

满眼的荒草野树坟堆，高粱地寂静无声，连个蝈蝈蟋蟀的叫声都没有，四周阴森森的。我心想：这人，会不会去找他爹司马狗勺去了？这里正好是他们家祖坟，下面埋着他家饥饿难耐夜里跑出来寻找东西吃的祖先们。司马狗勺要是提着大铡刀来了咋办？

一只小黄蚂蚁咬着一条小白蛆欢快地跑着，两只大黑蚂蚁跑来，一只大蚂蚁一口咬断了小黄蚂蚁的脖子，叼着那条白蛆钻进了草丛。另一只大蚂蚁叼起小黄蚂蚁的尸体也钻进了草丛。

高粱地里，传来黄鹂鸟的叫声："恁妈那臭鸡篓，恁妈那臭鸡篓。"

我一激灵，赶紧站起来，跟了过去。

司马坷垃没有回头，他钻出了高粱地，往西一拐，走过那片山药地，又进了玉米地。玉米已经长得一人多高了，顶缨正在扬花，半腰正结穗吐丝。

我终于明白了：玉米地中间就是生产队的养猪场，他一准又是去偷猪饲料吃。

太阳出来了，金光灿烂的，照耀着玉米地中间的养猪场。养猪场里大人孩子有十八九个，围在猪圈外面往猪圈里看。我发现，这些都是大队干部五小队干部和他们的家人。

司马狗勺媳妇，就是司马坷垃他妈，在那堆人里格外显眼。她像个怀孕的母蝈蝈，夯着圆鼓鼓的大肚子。

我跑过去，站到司马坷垃身边。

司马狗勺站在猪圈里，脚下踩着猪屎，手里提着一根棍子，眼巴巴地盯着那头老母猪。老母猪肚子鼓鼓的，屁股一撅，哗啦下出了一个肉团来，带着血水。那血肉团一抖擞，变成了一头小猪，光溜溜的。

司马狗勺跑过去，提起小猪两只后腿，扔给了猪圈外的大队支书老搅。老搅转身把小猪丢进了一口大锅。那口大锅是平时煮猪食用的。

地不平在烧火，他三十多岁，一脸兴奋，往灶火里又搟了两根劈柴。噢，地不平真名叫瘸根，一条腿瘸，走起路来一高一低的，村里人文雅，都叫他地不平。

田野里刮来阵阵风，轻得让人感觉不到，却把灶膛里的火吹得旺旺的，火舌从灶膛口按捺不住地冒出来，舔着被熏黑的灶口。

那头老母猪断断续续地下着小猪崽，哼唧哼唧的，听不出它到底是高兴还是痛苦。小猪崽一落地，就被丢进了圈外的大锅。

人们手撕嘴啃，都不说话，只听见一片嘎吱嘎吱声，一个个吃得津津有味，像一群只顾吞食没工夫喊叫的狼。

突然，司马狗勺说："没了，下完了。"

人们的嘴停止了咀嚼，伸长脖子往猪圈里看。

司马坷垃说："咋才下了六只？"

我也直纳闷："才下六只，不会吧？"

我捏着一截寸把长的猪尾巴，正放在嘴里刺溜刺溜地嘬着。我见猪圈里的母猪肚子，确实已经干瘪了。

我想起了《×县报》登的黄河滩养猪场那头英雄的老母猪，一次下了六十九只小猪崽。我们队的这只老母猪，不说下三十九只、二十九只、十九只，哪怕只下九只，也够我们每人吃半只啊？

老搅跳进了猪圈，掂起母猪尾巴仔细看看，又按了按猪的肚子，终于做出了权威性结论："没了，下完了。"

风把灶膛里的火吹得更旺了，锅里的水哗哗翻滚着。

十八九个大人孩子，各个油嘴滑舌，满手油光闪亮的，都没有说话，脸上似笑非笑皮笑肉不笑的，似乎都有些不甘心。

司马狗勺说："赶紧的，都滚蛋吧。"

老搅低声交代："分开走，别让老靳碰见。"

人们依依不舍地四散开来，隔开距离，往玉米地钻。我肚子里虽然没觉得饱，却热乎乎的，感觉比过年还幸福。

四五十年后，一些富商大款们在豪华餐桌上大快朵颐，吃乳牛乳羊乳猪乳鸽和活猴的脑,都未必有我当年的感觉,也未必有司马坷垃在老榆树上撕吃小乌鸦时的满足。

我觉得司马坷垃真是我的老怀。我紧紧拉着司马坷垃的手,学着他的样子,用袖头抹了两把嘴上的油,往玉米地走。

突然,后面的人们骚动起来。

我扭回头,看见司马坷垃他妈坐在猪圈旁边的地上,老搅媳妇和几个女人快步围拢过去,有人脱褂子,有人去抱干草,阵势有点像刚才抢猪肉吃。

司马狗勺更是急匆匆的,两只手提着两只桶,跑到不远处的大水缸旁,把桶按进水缸里,提出两桶水来,又急匆匆走了回来。看那样子,像是要去灭火似的。

我看看四周,没见哪里着火。

司马狗勺把两桶水倒在洗干净的大锅里,边倒边对地不平说:“快,大火烧。”

一阵忙乱。

我和司马坷垃在不远处站着,没动脚步。

她们是不是要吃老母猪?要不就是那头老母猪肚子里的崽刚才没有下完,又开始下了?

我心里又激动起来,想问司马坷垃。不过我想了几想,没有张口。

时间不太长,最多有嚼吃几口猪肉的时间,那一群媳妇们站起身来了。她们的嘴里并没有吃东西的痕迹,倒像是生产队干部刚开完了碰头会,圆满地研究完了有关事项。

那群媳妇堆里传来了啼叫声,和刚才小猪崽的叫声完全不是一个腔调。

地不平已经不再烧火了,一瘸一拐地向这边走来,搓着两只黑黢黢的大手，嘴里嘟囔："日死他娘，真他妈×地能下，下了俩。"

马鹞眼儿有些吃惊："唵？下俩？"

地不平很肯定："俩，一个带鸡巴的，一个丫头。"

司马二哏问："这是第几个？"

鹰鼻说："坷垃老大，这是老八老九。"

司马二哏说："狗勺媳妇的肚子，就是他妈的聚宝盆，下个月他家又能多分两个人的口粮。"

有人无声地笑了。

司马坷垃呆呆站着，像芝麻谷子地里为吓唬鸟雀啄食插的稻草人。

我发现鹰鼻媳妇、马鹞眼儿媳妇脸上带着微笑，用手在抚摸自己的肚子。她们的肚子都有些鼓胀。

司马二哏媳妇很瘦，站在猪圈旁边。我看见她斜扫了司马二哏一眼。她和司马二哏结婚已经三年多了吧？肚子到现在还是干瘪的，活像刚刚下过猪崽的那头老母猪。

第二年春天，司马坷垃不见了。

二、犟驴妈

司马坷垃失踪，溴梁村人包括司马狗勺和他媳妇，并不太在意。我看到，大人们照样干活、吃饭、侃大山、睡觉，孩子们照样上学藏老蒙①、打架、偷东西、掏鸟窝儿。我想：大概是村里的小猫狗（小孩）太多了。家家户户的院子里，小猫狗就像老鼠一样成堆成串，满街疯跑，多一个少一个的，没人在意。

① 藏老蒙：溴梁村土话，意思为"捉迷藏"。

令人没想到的是，学校放了秋假第三天，犟驴妈上吊死了，吊死在一棵老柿树上。时间大概是后半夜，也许是天刚糊糊明。那棵老柿树旁边，是淏梁村的“四清”办公室大门。

犟驴妈是我和苇根最先发现的。

放秋假前，我和苇根就盯上了那棵老柿树。那树上结满了柿子，火红火红的，有些柿子已经空了。每天上学放学，学生们来来往往，像散养的鸡到处乱窜，说不定会有不安分的流窜到这来，不好下手。地主张磨油家的院子里那三棵大柿子树，也是结满了红彤彤的柿子，空柿子多些，但张磨油这老家伙天天看着，也不好下手。放秋假那天，我和苇根预谋：后天一大早，去偷“四清”办公室大门口柿子树上的空柿子吃。那地方阴森冷僻，估计一放假，就很少会有人去那儿。没想到一去，看见一个人吊在树上，吓得我两个撒腿就跑。

马鹞眼儿带着人来了，他是五小队副队长。这人名字叫马细，个子不高，鹰钩鼻子，一双鹞眼儿透出奸诈狡黠的光，村里人背后都叫他马鹞眼儿。马鹞眼儿说话爱带“唵”，一张嘴就“唵”，有时是“唵？”问的口气。有时是“唵！”肯定的口气。有时是“唵……”不轻不重，弄不清啥口气。不管是啥口气，听起来总是让人感到有些审问人或至高无上的味道。不少人听不惯他满嘴带“唵”，司马二哏、鹰鼻们经常嚼他：“唵唵唵，一张嘴就是‘唵’，‘唵’个屎？”“光知道‘唵’，整天地‘唵’，也不知道你是‘唵’个鸡巴啥？”

这时的马鹞眼儿站在板凳上，把套在犟驴妈脖子上的绳圈取下来，说：“唵？你这是为屎个啥，唵？”

鹰鼻和王吼横站在地上，鹰鼻两只手托着犟驴妈的屁股，王吼横提着犟驴妈的两只脚，像抬着一尊司马祠堂里的神像。司马二哏从“四清”办公室里跑出来，胳肢窝里夹着一卷高粱秆箔，手里掂着一张苇席。他把箔铺在地上,苇席铺在箔上。王叽横和鹰鼻把犟驴妈放在苇席上。犟驴妈躺在苇席上,吐着舌头,半闭着眼睛,样子狰狞可怕。

司马二哏说:“老靳让我上午去通知你,来‘四清’办。没有想到,你咋一大早就跑来吊死在这儿?”

王叽横说:“‘四清’运动是清老搅狗勺那些村干部,你是死屌个啥?”

鹰鼻说:“是啊,你是个平头百姓,别说‘四清’,就是‘八清’,能清出你啥来?”

他们都在问犟驴妈。

我纳闷:犟驴妈已经死了,你们还这么问她?他们大概是平时和犟驴妈说话习惯了,一时还没有改过来吧。

马鹞眼儿说:“夜隔黑儿①,老靳叫犟驴妈来过‘四清’办公室,也不知道给她说的啥,唵……”

听马鹞眼儿说老靳找过犟驴妈,其他人都不再说话。

四个人弯下腰,掂着高粱秆箔和苇席的头用手卷,像烙馍卷大葱一样,把犟驴妈卷了。然后,四个人用绳子把两头一捆,穿上两根柳木棍,两个人抬一头,抬着犟驴妈往后地走了。

后地有片乱坟岗,估计是往那里抬犟驴妈。

这是一九六三年的秋天吧?一场霜冻下来,村外百亩红薯地,满眼碧绿的红薯叶一夜之间变成了黑色。

犟驴爹一九五八年大跃进比赛扛麻袋,年轻气盛,一次扛了三麻袋,脚下一软被压趴在地上,弄成了下半身瘫痪。他一九六〇年春天就死了,死时浑身肿胀,肚子鼓鼓的,像个怀孕快要生孩子的

---

① 夜隔黑儿:溴梁村土话,意思为“昨天晚上”。

妇女。

犟驴妈说:“他吃的臭椿树叶柿树叶太多了,得了鼓症,浑身浮肿,下不来床,他非要下,下来没走几步,就一头栽倒在地上,人就不中了。”

犟驴妈见人就说,溴梁村大人孩子都知道。

秋风缓缓地刮着,百亩红薯叶像一地黑色的蝴蝶,翩翩欲飞,沙沙作响。马鹞眼儿他们抬着苇席卷里的犟驴妈往乱坟岗走,已经走到了红薯地中间。从远处看去,大概很像黑色银幕上,演着一幕丧葬的动画片。

犟驴在后面跟着,手里拉着妹妹加加。犟驴十三岁,加加十岁。他们都没有哭,只是两眼圈红着。兄妹像两只没爹没娘的羊。

我和苇根也跟着,在犟驴兄妹两个后面。我们不是犟驴妈的孩子,但我和苇根是犟驴的老怀。再说,犟驴妈活着时,待我俩也好。大前年冬天吧,有一天夜里,我俩去家里找犟驴耍,犟驴妈从煤火洞里掏出一个红薯,一掰三块,塞到我们三个人嘴里,说:“快吃,快吃。”

犟驴的妹妹加加站在旁边,眼巴巴地看着。犟驴妈说:“他们是男孩,你小闺女家看啥?快睡去。”

在犟驴妈的眼里,好像男孩是孩子,女孩就不是似的。不管咋说,犟驴妈对我,比对她闺女加加好。我当时曾这样认为,后来犟驴妈有一些事,证明我的这种认为没有错。

看着卷在苇席里的犟驴妈,一步一步往乱坟岗走,我想到了犟驴妈当年给我的红薯,鼻子一酸,想哭。

不过,犟驴妈活着时,我不愿意让别人知道她对我好。我去她家找犟驴,一般都是在夜里,没有人的时候,翻墙进的她家。我这样做,不是因为老靳在社员大会上说她是贼,偷生产队的东西吃,批斗过她，而是她活着时，神经不太正常，不认人。今天她看到你，和你说话："坷垃妈，干啥去?""二眼媳妇，哪天闲了，帮我剪剪头发。""小同，下学了，去俺家寻驴耍。"见谁喊谁，多远就打招呼。也许明天再见到你，就冷若冰霜，不再搭理你了；迎面碰到，就像不认识或没看到你似的，自顾自地走了。

村里人叫她迷糊蛋。

犟驴妈变成了迷糊蛋，是在犟驴爹瘫痪后不久。犟驴爹一死，就迷糊得更厉害了。这一点我记忆深刻。人们说她是被气的。男人突然瘫痪在床上，拉屎撒尿不能自理，吃饭喝水需要人喂，自己还带着两个孩子，放在谁身上能受得了？男人死了，一个女人带着两个半大的孩子，是非多，日子过得艰难，被气疯、气傻，甚至吃老鼠药、跳井、上吊、寻死觅活的女人村村都有。

"只要没人按着你的锅盖不让你吃饭，啥难坎都能过去。人不能生气，一生气，准得病。"这话我妈常说。我妈还说："高兴治百病。人要高兴了，啥病不用找医生吃药，准能治好。"我们弟兄几个只要不听我妈的话，偷懒逃学打架掏麻雀粘蚂叽哩——淏梁村人把蝉叫蚂叽哩，尤其是不爱干活，我妈就嚼："你们看看整个淏梁村，哪个人是干活使死了？都是气死的。你们成天就气我吧。"

二〇一四年四月下旬《文摘报》的第四版和第五版分别登了《李光耀养生秘诀》和《名媛严幼韵：109个春天的故事》。李光耀的养生秘诀是"很少吃肥肉"，"注重锻炼"，"锻炼身体从不间断，跑步、游泳和骑车是他经常运动的项目"。严幼韵则完全相反，她说："我长寿的秘诀：一不锻炼，二不吃补药，三最爱吃肥肉，四不纠结往事，永远朝前看，每天都是好日子。"李光耀活了九十一岁，严幼韵今年一百一十岁。

我被我妈五十多年前“高兴治百病”的这一说法深深折服。

犟驴妈变成了迷糊蛋，一定是气的。难道她真的遇到我妈说的那道难坎：有人按住了她的锅盖不让她吃饭了？不过，她也不是一直迷糊，而是一个时期迷糊一个时期清楚。一般是夏天秋天，她不迷糊。

生产队割麦子，我提着大荆篮拾麦穗，拾到她后面，她朝我一笑，故意多掉些麦穗，低声说：“快捡，别让老靳老搅看见。”

我知道她怕被老靳老搅看见。

老靳老搅要是看见她割麦掉得多，一准会张口训斥她：“咋弄的，吃的没有拉的多？”老搅脾气暴，弄不好会上去踢她一脚或者扇她一巴掌。老靳老搅要是心情都不好，正在气头上，搞不好会开现场批斗会批斗她。地不平妈、马鹞眼儿媳妇、王吼横媳妇，队里不少妇女都有过这种待遇。

一次，我和苇根偷队里的西红柿吃，犟驴妈看见了，说：“快往西跑，老靳打东面来了。”

犟驴妈清醒时就是这样，待我真的很亲。

可一进入冬天，我就很少能碰见犟驴妈；偶尔碰见了，她也变得有些痴呆，僵硬地微笑着，从不主动和你说话。到了春天，春暖花开，榆树柳树发芽，洋槐花飘香，她迷糊得更厉害。碰见她，我亲热地叫她婶，她皮笑肉不笑的，只是“啊”地应付一声就走了，像丢了魂一样。

春天，生产队活儿不多，生产小组长派活儿，也是捡关系好的男劳力派——多挣工分可以多分粮。到了这个季节，人们偶尔看见犟驴妈，会发现她胖了，肚子胀得圆鼓鼓的，很大，脸也有些肿。人们说：

“她这，一准是吃了臭椿树叶柿树叶，吃得太多了。”

“犟驴爹就是吃死的,她咋就一点也不长记性?”

“人饥很了,啥不敢吃?”

……

榆树叶、柳树芽、柳蒲穗、枸蒲穗都可以吃,唯有臭椿树叶、柿树叶,不到饥得厉害,人是不敢吃的。臭椿树叶那个臭,像夏天茅坑池里发酵的粪尿,熏鼻子刺肺,闻到就恶心。我奶奶弄过,煮熟了在清水里泡,泡好几遍;泡了好几遍,臭味不大了,可吃不了几口就恶心,肚子发胀。柿树叶不臭,可它涩,涩得满嘴发麻,也是吃了肚胀,鼓鼓的,拍起来咚咚响,像正月十五村里耍老虎时敲的司马懿得胜鼓。我想:犟驴妈把肚子吃得那么鼓,一定是饿得没有办法了。

我注意过,一到了夏天秋天,她的体形就又变得顺溜了。

马鹞眼儿媳妇老母猴(还是叫“老母吼”?)说:“犟驴妈夏天偷麦子,秋天偷玉米红薯萝卜,见啥偷啥吃。”

地不平他妈说:“这媳妇手眼儿高,会偷。”

王叽横媳妇说:“老靳一直想逮她。”

夏天秋天,小麦、玉米、红薯、萝卜遍地,偷的人多了。傍晚从地里下工回来,鞋壳篓里装麦子,裤腰里卷玉米粒,裤裆里塞红薯,嘴里嚼芝麻,用啥办法偷的都有。基干民兵巡逻抓小偷,队里的很多妇女孩子和老太太都被抓住过。老靳对各个小队抓到偷东西的人,集中起来在大队开会批斗,全村游街。

妇女队长王秀银,四十多岁,人个儿不高说话尖辣,体形瘦小走路呼呼带风。她经常把在村口检查下工回来的社员,无论男女老少几乎都不放过。看见谁可疑,上去不是脱衣服就是扒裤子。批斗会上像只母狼似的,对小偷们日娘八扯地噘,甚至跑上去就用脚踢,用巴掌扇。

村东头的王六指，是个有名的老偷。有一次，王六指用野麻皮扭成细绳子，拴着两个玉米穗挂在裆部，王秀银让他脱裤子检查时抓了个正着。王秀银把那两穗玉米取下来挂在他的脖子上，带他游走了半条街，最后交给了老靳。

老靳看着王六指冷笑了两声，上前揪着他的第六根手指头，摇晃着说："你这个狗日的，三只手偷，你这六个指头也偷？你是不是把社会主义的粮食都偷光了，把人民公社、生产大队、生产小队都偷空了、偷垮了，才收了你那贼心？"

六指木囊着脸，没说话。

老靳问："再抓住咋办？"

六指说："把这六指剁了。"

后来，王六指偷东西又被人抓住，交给老靳。王六指二话没说，果真拿起切面刀，咔嚓一刀，剁下了左手多出的那第六个指头。剁下的指头像秋末一条死而未僵的大毛毛虫，在地上一抽一抽地动弹。王六指真够汉像的，他用嘴刺溜刺溜地吸吮着滴血的伤口，像吸吮着一根甜格挡①里的汁液，好像剁下的手指头根本不是他的。

王六指剁第六根手指头时，老靳把我和苇根犟驴一帮孩子叫来，围在旁边看，说是教育我们："从小不要偷东西。"

我记得那是在一九六〇年夏天吧？犟驴妈偷东西被抓过一次。其实犟驴妈那哪叫偷？她只是看见一个坟骨堆上长了两棵小麦，捋了两把麦子吃，被老靳抓住了，老靳全村开大会批斗犟驴妈。

犟驴妈不服，说："墓骨堆上的小麦又不在生产队地上，咋不能吃？"

---

① 甜格挡：溴梁村人把不结穗的玉米秆叫甜格挡，因其吃起来有甜味。

老靳说："呵，你偷麦子吃还有理了？我问你，这墓骨堆上的小麦不是生产队的，难道是墓骨堆里死人的？我告诉你，现在的天，是社会主义的天；地，是社会主义的地。这天上的一朵云一滴雨，地上的一寸土一棵庄稼，都是生产队集体的。"他说完一挥手，王秀银冲上去一脚踢在犟驴妈的屁股上，接着扇她耳巴，噼噼啪啪的，扇得犟驴妈头发蓬乱，嘴角流血。打成这样，老靳仍然不放过她，又让她戴高帽游街。在她的前胸后背，挂着两块硬纸牌，上面用黑毛笔写着碗口大的字：我是小偷。

后来，犟驴妈再也没有被逮住过。

老靳说："治乱就得用重典，她这是改好了。"

王叽横媳妇说："改好了？改好个屁。犟驴妈还是照样偷，就是手段更高了。"

地不平媳妇麻西犊，噢，不对，应该叫她老挑媳妇了，也在老靳面前喋显①犟驴妈，说："犟驴妈经常夜里出去，披着床单出去偷。碰见人，就蹲下，缩变成一个小黑疙瘩。一会儿忽地站起来，伸开四肢，像要飞的妖精，吓死人啦。"

老靳摇摇头，说："不可能，犟驴妈是改好了。"

麻西犊说："她要不偷，她家几口人咋都不再喊饥了饿了哩？"

一天，我和苇根在家门口弹琉璃蛋玩儿，看见老靳来了，迎面碰见了犟驴妈，他黑封着脸说："犟驴妈，你要再偷东西让我逮着，不光掐你一个人的面够点，要把恁全家的面够点都掐了。"

我感觉，老靳一定是听了王叽横媳妇和麻西犊的话，在冒诈犟驴妈。

犟驴妈好像根本不认识他，一声不吭，一脸呆傻，自顾自地

---

① 喋显：溴梁村土话，指进谗言，打小报告，背后说别人的坏话。

走了。

啥叫面够点？就是人口粮。夏天，生产队给每人分小麦多少斤。秋粮收了，给每个人分玉米红薯高粱多少斤。淏梁村人咋会把人口粮叫成面够点？真的弄不清楚。

全县人好像都这么叫。

面够点按人头分，不论大人孩子，斤两都一样。一个孩子的面够点，占一个壮劳力干一年挣工分分的粮食的百分之四十。因此，女人不爱下地干活儿，都拼命生孩子。一对夫妻生五个六个不算啥，八个九个很常见。进了谁家，都是孩子遍地跑，比养的鸡都多。

今天中国人口十三四亿多，都是那个时候种下的根。

现在，犟驴妈死了，她的面够点不用老靳掐，自然就没有了。犟驴和他妹妹咋办？

这时，挂在老槐树上的半截钢轨响了：当当当……

全村人知道，这是老靳敲的。老靳天天在这个时候，拿一把铁锤，一锤紧接一锤地敲那半截钢轨，声音不重，节奏紧急，像唱《铡美案》戏里敲的催命锣似的。那是全村人出工干活儿的信号。

果然，老靳在扯着嗓子喊："社员们，出工喽……"

鹰鼻嚼："出工？出恁妈那×，正出殡哩。"

王叽横也嚼："这个鸡巴货……他……他还是人吗？"

马鹞眼儿和司马二哏都没有吭声。

后地乱坟岗，大大小小有很多墓骨堆。个别墓前立着石头碑，碑的下半截被杂草小树遮掩，野葡萄藤蔓不安分地爬到碑顶，在碑顶辉煌地盘绕成一团，又无可奈何地从碑顶四周耷拉下来，藤蔓上结出了一簇一簇黑豆大小的葡萄，碑上半截的字迹已看不清楚了。这里埋葬的，不知道都是谁家的祖先。

我们到了乱坟岗，豹腿叔司马祥叔一帮大人都已经在那里了，他们脸沉如水,手里拿着铁锨錾镢,在墓骨堆中间的空地上挖出了一个墓坑。

社员们听见钢轨响,从各自家里出来,手里拿着铁钎耧耙镢头等各式农具,像一群散放的羊,哩哩啦啦地往村外走。走到半路,不少人拐到了乱坟岗。他们大概是听说犟驴妈死了吧?

老靳也来了。他手里提着敲钢轨的锤,像随时要敲人似的。他一定是看到社员们都往这儿跑,没有去干活。他走得很快,像只牧羊犬,气哼哼的。

犟驴妈已经被放进了墓坑,静静地躺着。看不见她人,只有一卷高粱秆箔和苇席,两头用绳子捆着。周围站着一群社员和一些孩子们。

犟驴和加加在墓坑前跪着,眼眶里含着泪,但没有哭出声来。也不知道这兄妹俩个咋了,一直没有放声大哭,好像墓坑里躺的不是他们的妈。总之,这兄妹俩对他妈的死并不是太悲伤。

老靳走到了墓坑前,看着箔席卷里的犟驴妈,脸色一下子也凝重起来。他把手里提的锤子扔到了地上,双手垂立,默默无声。他肃立了半天,语调沉重地问:“社员们,知道她为啥要上吊?”

墓坑周围的人,没有一个人吭声,都看着老靳。

老靳又问:“犟驴爹是一九六〇年死的吧?”

豹腿叔问:“老靳,你问这,与犟驴妈上吊有啥屌关系?”

老靳说:“×村她姐不会生孩子,从一九五八年开始,她每年给她姐夫生一个孩子,一共生了四个女儿,一个儿子。”

司马祥叔问:“你咋知道?”

老靳说:“××公社的‘四清’工作组,在她姐夫村清出来的。他姐夫是大队长,前天被公安局逮走了。”

社员们听了,都默不作声,也没有表现出惊讶。

我听了,真感到不可思议。

忽然,听见有小猫狗们的哭声。

人们扭头看,那片满是黑色蝴蝶翻飞的红薯地里,一个女人带着几个小猫狗,共四个闺女一个小男孩,正哭着往这里走。

那个女人和小猫狗们走近了,我差一点没喊出声来:“这个女人,咋会是糊涂蛋哩?”

不知道谁说:“噢,想起来了,犟驴妈和她姐是双胞胎。”

三、玉莹姨

女人最注重现实,最讲求实际,最懂得咋势才能够生存下去。这是司马坷垃妈、犟驴妈和迷糊蛋,给我最深刻的感受。其实,溴梁村的女人中,我最想说的还有玉莹姨。

玉莹姨不是我亲姨。她姥姥家和我妈的姥姥家一个村子,就因为这,我妈让我们问她叫姨。我从来没有见过玉莹姨她爹。玉莹姨家的院子里,只有玉莹姨和她妈,我们叫玉莹姨的妈姥姥,看样子有五十多岁。

玉莹姨比我大十多岁,人长得那叫个漂亮,在溴梁村找不出第二个。瓜子脸,细眉大眼,精巧的小嘴,脸上常常带着甜美的笑。马鹞眼儿媳妇外号老母猴,夸他们家闺女葡萄长得好看,但和玉莹姨比,用司马二哏的话说:“呸,他们家葡萄算个狗比掰。”

司马二哏有些怕老母猴,这是他在背地里说的,好像玉莹姨也在。

我最先注意玉莹姨,是她的两条辫子。那两条辫子又粗又长,耷拉在她的背后,辫梢上系着红绸花,随着玉莹姨走路一甩一甩的,像两只欢快的红山雀,不停地啄着她圆鼓鼓的屁股。有时辫子会跑到她的胸前，耷拉在她的大腿根，玉莹姨抬手一甩，红山雀随着辫子，欢快地飞到了背后，又开始啄她的屁股。

“卜卜楞楞，卜卜楞楞……”

摇拨浪鼓的那个货郎不知道是哪个村的，三十多岁，个子细高，脖子细长，长得獐头鼠目，肩上一根扁担，忽悠忽悠地走在溴梁村街上。他摇一把拨浪鼓，扯着嗓子喊几声：“皮麻绳头，换针换洋火，头发换糖人。”

五尺长的扁担，一头挑着小炉子，炉子上架着小铁锅，小炉里飘出淡淡的青烟，锅里是黏稠状的糖稀，半天扑哧一声，鼓破一个泡儿，冒出一股热气，像消化不良的人放屁。另一头挑着劈柴小板凳等杂物，还有一个麦秸扎的小圆捆，上面插着用糖稀捏成的公鸡、猴子、兔子、小狗、小人等。那糖稀不知道是啥东西做的，很甜。听见货郎的拨浪鼓一响，我和弟弟抢着去掏我们家土墙上的窟窿。土墙是用土坯垒成的，时间长了，土坯的边缘棱角或缝隙受到风雨剥蚀，会形成一些窟窿，那里面塞有我妈梳头梳下的头发，一团头发可以换一个小糖人吃。每当这时，我就会想起玉莹姨那两条又粗又长的辫子。

一天，我发现货郎的麦秸捆顶部，新插着一个猴王，红脸红屁股，一手提着金箍棒，一手搭着凉棚往远处眺望，弓着腰，弯起一条腿，做腾云驾雾状，形象逼真，活灵活现的。关键是那个猴王个儿大，足足有一根玉米穗那么大，糖稀皮厚，色泽深暗。一看就知道，捏这猴王用的糖稀多，绝对够吃上十几口，还不一定能吃得完。一群孩子围着货郎，叽叽喳喳地议论那个猴王。

我问货郎：“猴王咋换？”

货郎说：“两条辫子。”

那天夜里，溴梁村笼罩在寂静的夜色中。好像天上有月亮，月亮躲在云彩后面，时隐时现，放射出羞羞答答的光。村里绝大多数人都睡了，我死活睡不着，像一只不安分的野狗，在大街上胡同里游荡。生产队仓库和司马家祠堂之间，有一条三尺宽的司马胡同。游荡到司马胡同里，见地上有一小布口袋。这么晚了，谁把布口袋丢在这儿？里面装的啥？我觉得奇怪，弯腰捡了起来。正想打开看，没想到玉莹姨来了，不知道她是从哪里飘过来的，无声无息地，当时吓了我一跳。

玉莹姨说："那口袋是我的。"

玉莹姨说这话时，声音很低，听上去有些羞涩。

羞羞答答月色中的玉莹姨，和我近在咫尺，体态婀娜，朦胧动人，仙女下凡一般。我大概当时还想过，在这夜色朦胧星稀人静的时候，仙女来到人间，来到幽静的司马胡同，是不是和牛郎有关？抬头看没看天上的银河，真是记不清了。不过我记最清楚的是，我看到了玉莹姨那两条粗长的辫子，一条甩在背后，一条挂在胸前，她的头发有些凌乱，神情有些慌张，身上飘散出一股淡淡的清香。这种香味很新鲜，很好闻，有醉人的感觉。这有原因。我妈给我们洗衣服，从来都是从院子里那棵老皂角树上钩下两三个皂角，用锤子砸碎了，泡在水里洗。我们家人的衣服上身上，不是汗臭味儿，就是皂角味儿。

多少年后我才知道，玉莹姨身上飘散的清香，是年轻女人的肉体和皂角混合的产物。

司马胡同里月色弥漫，寂静幽幽，就我和玉莹姨两个人。一种亲情油然升起，温暖而又甜蜜。玉莹姨的话刚一出口，我没有丝毫的犹豫，立刻用双手捧起小布口袋，齐眉递给了她。就在手捧口袋的刹那间，我感觉到里面装的应该是小米。我的动作很大方，很豪爽，也很恭敬，绝对是一副讨好献媚玉莹姨的样子。

玉莹姨一手提着口袋,一手抚摸着我的头,问:“这么晚了咋不回家睡觉?”

我头脑有些乱,心也慌,没正面回答她,伸手去抚摸她胸前耷拉着的一根辫子,顺势往下捋,想抓住那讨人喜欢的红山雀,嘴里说:“姨,我想要……”

玉莹姨问:“要啥?”

话到嘴边,我又不好意思开口了。

玉莹姨像在微笑,语气温柔亲和,说:“要啥?给姨说。”

我已经抓着了那条辫梢上的红山雀,鼓了鼓勇气,羞怯地说:“要你……你……”

我突然想到,玉莹姨的这两条辫子是她很金贵的头饰。听我妈说,那么长的辫子,要精心梳洗养护好多年才行。要别人积攒了多年的金贵东西,咋好意思张口?再说,这种场合提出要玉莹姨的辫子,真不是时候。

我有些后悔了,没再往下说。

令我没有料到的是,啪的一声,重重一巴掌,打在我的后脑勺上。

那一巴掌打得实在是太狠了,我没有丝毫的防备,踉跄了两步,一阵头晕目眩,几乎要栽倒在地。

我用尽全力,才站稳了。回头看,是司马二哏。司马二哏凶神恶煞一样地站着。

他声音不高,却恶狠狠的。他嚼我:“恁妈那×,小鸡巴熊孩儿,你想干啥?”

夜深人静,秋寒袭人,偏僻深幽的司马胡同里,一个是面目狰狞的司马二哏,一个是妩媚娇柔的玉莹姨,这两个人几乎前后脚站在我的面前,来势突然,你能想象到一个孩子的心情吗?

更让我没有想到的是就在那一瞬间，我竟然又想起了玉莹姨给我妈说的话：“吃肉包子，吃出一截小孩子的手指头来，还带着指甲。”

大概我还想到了美女蛇、狐狸精、女妖精之类的故事。

司马胡同的气氛霎时变得阴森恐怖起来。月色也不再羞答柔和，变得狰狞可怕。我不寒而栗，心扑通扑通狂跳。我当时肯定是撒腿跑了，绝对没错，我是撒腿跑了，跑得飞快，像一只逃脱了猎人精心设置的陷阱又在被猎人紧紧追杀的兔子，一蹦一跳地跑了。

我一边仓皇逃跑，一边捏着自己的十个手指头，可能还不时地掐着指甲。

连续几天，我惊魂难定，精神恍惚。司马胡同的深夜遭遇像一场噩梦， 直闪现在我的心头。有好几次，要路过司马胡同，我都绕道走了。

玉莹姨来找我。她脸上带着愧疚的笑，拉着我的手，抚摸着我的头，一副很亲热的神情。她说：“有误解，二哏他不该打你。一个大人，咋能动不动伸手打孩子？”

我不明白啥叫误解。我当时是和玉莹姨你说话，想要你的辫子。可话才说了半截，他司马二哏就出我不意，狠狠地扇了我一巴掌。你是我姨，我和玉莹姨你是亲戚，我们之间的事，他司马二哏管得着吗？他凭啥打我？他算是哪家地里的葱？我不能原谅他。何况我对司马二哏的印象本来就不好，这人脾气暴躁，性格怪僻。他在生产队仓库当保管，听人风言风语地说他偷仓库东西，还厮跟女人。厮跟哪个女人？对我来说是个谜。反正，不管玉莹姨你咋解释，司马二哏这一巴掌，我会记恨他一辈子。

当然，玉莹姨今天来了，说了司马二哏有错，我的心里多少好受了些。几天来，我心里一直有些怨恨玉莹姨。玉莹姨今天好像刚洗过澡，至少是刚洗过头，浑身干净利落，面色红润，黑发蓬松，辫子梢上的两只红山雀格外吸引人。我和她挨在一起,又闻到了她身上的清香。那清香弥漫开来,清新扑鼻,令人陶醉,顿时消解了我对玉莹姨的怨恨。

这味道的神奇和魔力,真令人不可思议。

后来,我也总结出一个教训:对别人说啥,自己先要想清楚,想清楚了就直言明说。吞吞吐吐的,保不准哪天会被误解,吃亏。

三个多月后,玉莹姨也不见了。

这些年,各村经常听到有人失踪。失踪的人多了,人们也就习惯了。后来看电影《焦裕禄》,知道兰考县那时候跑的人更多,县委书记焦裕禄亲自到火车站去劝阻,拦下往外面逃难的乡亲。但玉莹姨失踪,在溴梁村还是引起了一些人的关注。

比如工作组长老靳,他问司马二哏:“玉莹去哪了?”

司马二哏说:“这,我咋会知道?”

“谁信。”说这两个字的是马鹞眼儿儿媳妇,就是老母猴,她当时也在场。她本来说话声如狮吼,这次话音却很轻柔,有些自言自语的,像是在不经意间说出了两个字。

司马二哏看上去有些生气了,嚼:“净瞎鸡巴扯。”

这些话有头无尾,我听了一头雾水。

我听村里人说得最多的是,玉莹姨跑北山去了。我妈也这样说。村西北面有座山,村里人把它叫北山。村里人说起北山时,那口气就像是北山就在村边,就在眼前,跑上几步就能站到山跟前似的。其实,真有北山,北山离村子远着哩。长大了才知道是太行山。北山有煤矿,村干部家里烧煤,都说是从北山煤矿拉来的,拉一趟煤来回要地蹦[1]三天三夜。据我知道,溴梁村别说到过北山

① 地蹦:溴梁村土话,意思为“步行”。

的人没有几个，就是平时想看看北山也很难。

司马二哏家住在村北边，和玉莹姨家邻居，中间隔着一道齐腰高的土墙。院墙外长着一棵高大的香椿树。不见了玉莹姨，我心里空落落的。一开始，我三天两头偷偷爬到那棵香椿树上，像一只饿老鹳，伸长脖子往西北面看看。地上是一眼看不到边的庄稼坟头树木村庄，头上是蓝莹莹的天。再往远处看，天和地连在一起，哪有啥北山？

一天，我在香椿树上，看见院儿里的那个姥姥，隔着土墙问司马二哏："二哏，俺玉莹到底去哪了？"

哪有娘不知道闺女去哪儿的道理，还要去问二哏这个鸡巴货？这真让人不能理解。

我猜想：姥姥一定是年纪大，被气糊涂了。

司马二哏把头探过土墙，和顺得像个孙子，说："婶，真不知道，您有啥活儿要干，就隔墙喊我一声。"

后来，我落下一个毛病：只要一听见那个货郎的拨浪鼓响，就忍不住往香椿树上爬，唰唰唰的，爬得飞快。

这个毛病被司马二哏发现了，他嚼我："你这个小兔崽子，拨浪鼓一响，你往我家香椿树上爬干啥？"

我懒得搭理他。

司马二哏嚼："恁妈那×，咋像新野县老曾耍的猴儿，鞭子一响就往树上爬？"

我跳下树，看都不看他，悻悻而去，心里嚼："恁媳妇才像猴子哩，一只不会下崽的母猴。"

我恨司马二哏，好像也不仅是因为他那一巴掌。

春天，久旱无雨，榆钱柳芽刚刚长出来，就被人们捋光吃了。司马二哏媳妇死了，说是身体有病。也有人说，她不会生孩子，不能多分面够点，司马二哏老打她，打起她来没轻没重，抄起啥就用啥打，身上经常青一块紫一块，她是硬怄作死了。我很后悔，也有些悲伤。我是因为司马二哏才骂她的，她人其实挺好，平时不爱说话，样子很和善，说起话来弱弱的，细声细语的，像只温顺的猫。不像司马二哏，说起话来札手舞脚的，咋咋呼呼，唾沫星乱飞，像一只要咬人的狼狗。

又见到玉莹姨，已经是两年多以后了。

玉莹姨回来淏梁村时，身边带着一儿一女。儿子快两岁，女儿才几个月大。她已经没了系着两只红山雀的辫子，短发披肩，面容憔悴，也没了往日的风采，一副落魄的样子。

不过，见到玉莹姨还是让我眼睛一亮：她上身穿了一件劳动布的工人服。

农村人穿的衣服都是自己纺织的粗布，一针一线缝制的。把分的棉花弹轧好，搓成卷纺成线，把线浆了安到织布机上，咔嗒一梭子咔嗒一梭子织成布，烧一大锅开水，丢进明矾和各种颜料，染成各种颜色。马鹞眼儿王大喷穿的绿军装，就是把织好的白粗布丢进锅里，放些槐米（未开的槐花骨朵）染成的土绿色。农村人做的上衣宽松肥大，没腰没形。男人裤裆前面没有开口，大掩裆，两条裤腿上下一样粗，走起路来像甩着两只装粮食的布口袋，很土气。劳动布是机器纺线机器织的，线细布精。工人服是劳动布（就是现在做牛仔服的布料）用机器缝制的，上衣翻领掐腰，袖子捏口，裤子前面也留有男人方便时的开口，有扣子扣着，裤腿上粗下细，穿着很洋气。

更重要的是，这种衣服是一种身份的象征。

农村人一看到穿劳动布工人服的人，都肃然起敬，非常羡慕。这种人是工人，是国家的主人，是领导阶级，有城市户口，在工厂里开机器,每月发工资,吃商品粮。驻村工作组员有好几个都是工人,炎热的夏天也穿着劳动布工作服,在村里仰头撅尾的,走起路来带风,傲得不行。农村孩子都渴望有一天自己能脱离农村,当上工人,也穿上这种衣服。每当焦作煤矿来村里招挖煤工人,哪怕是招抢险队员、救护队员、敢死队员,村里的小青年都争着去,为的是能穿上一身劳动布做的工人服。结果只有一个最多两个能去,他们都是村干部的孩子。记得地不平娶媳妇时,专门跑到县机械厂借了他一个亲戚一身工人服。

我注意到,玉莹姨的下身也穿着劳动布的工人裤,前面留有开口,肯定是男裤改的。

我明白了:玉莹姨能穿上这种衣服,一定是嫁了个吃商品粮、有城市户口的工人。

一天,玉莹姨抱着女儿来我家。

我妈问:"那人不中了?"

玉莹姨点点头,说:"不中了。"

我妈问:"煤窑咋恁大股劲儿?"

玉莹姨说:"瓦斯可毒气了,一炸,煤窑塌了,人都没有出来。"

我妈叹了口气说:"人都有自己的命,认命吧。"

玉莹姨苦笑着,没再吭声,看上去并不是太悲伤。

我妈说:"不管咋说,你跟着他也吃了两年多饱饭,熬过了这饥荒,还有了一双儿女。这过日子就是熬啊。熬着吧,辈辈人都这样熬着过的。"

玉莹姨还是一脸的苦笑,点点头。

我妈说:"现在的日子也好熬了。队里偷偷给社员们分饲料地,说是让老百姓养鸡养猪种饲料,其实都是种粮种菜,人吃。河堤、坟地、路沟、犄角旮旯的地,社员们夜里去开小片荒地,种些高梁、谷子、红薯等,谁开谁种谁收。”

玉莹姨问:“老靳哩?”

我妈说:“老靳也变了。看见了这些也装着没有看见,身影一飘就过去了。有一次陪公社牛书记巡查,他故意问,这些地的庄稼长得不错,是哪个生产队的?这个老靳,纯粹是装的。你在淏梁村贼些年,能不知道这些地是生产队的还是私人的?老靳有一次在全村大会上还说,房前屋后,可以种瓜种豆。”

玉莹姨拍着怀里睡着的女儿,点点头。

我妈说:“现在,生产队给社员们分了自留地。人勤地不懒,年年好收成。”

玉莹姨说:“自留地只有我和我妈的,这两个孩子没有,正托人跑哩。”

玉莹姨要走了。她临走时,给了我一个蓝粗布小包。我捏捏,里面的东西油丝般的滑润柔软。我打开一看,是两条粗黑的辫子。

不过现在,这辫子对我已经失去了往日的诱惑。

近两年,那个货郎没再来过淏梁村。听说政策宽了,他在村里开了个小卖铺,不再游村串街了。再说,我现在能吃上白馍了。白馍不是麦面馍,是白玉米面做的,看起来颜色是白的,吃到嘴里刺沙沙的,还是玉米面的口感。白玉米和玉米棵长相一样,只是撕开了穗子,才看见结的玉米粒是白颜色的。后来,这种白玉米很少再看到过。那时种白玉米,大概是为了满足人们渴望能吃上白蒸馍的虚荣心吧。不管怎样,这时我肚子里的食儿多了,那糖稀我已经不再稀罕了。

但我看着眼前的玉莹姨,手里捏着她的两条辫子,心里还是很感动,说:“谢谢姨。”

其实,我最想要玉莹姨身上的一样东西,但我没好意思开口。

老槐树下的饭场，冷清了多年，这两年又开始热闹起来了。半条街的男人孩子端着面条，筷子扎着蒸馍，手里卷着菜馍，到饭场摆龙门阵，展示各家饭菜的花样。饭场的北面，正对着司马二哏和玉莹姨两家大门口。

一天中午，我妈做的豆角蒸面，那个香，满院儿都能闻见。我端了一大碗在饭场吃。我看见司马二哏背着一捆青草回来了，手里牵着一只活蹦乱跳的小母羊，从自己家的大门进去了。很快，他竟然从玉莹姨家的大门里走出来了，端着一碗鸡蛋擀面条，还是头号大碗。

是我看错了？还是司马二哏会变魔术？

司马二哏一脸的喜悦，用筷子挑着面条，“噗喽”一口“噗喽”一口地日馕着，往饭场走来。

“馕”，原本指人拼命往嘴里塞食物。溴梁村人在“馕”前加个“日”，叫“日馕”，把人吃东西不要命的形象和人的性交动作结合了起来。这大概是溴梁村人的独创。这一独创把那种吃东西不顾一切，甚至连命都不要的人的吃相，表现得淋漓尽致。

马鹞眼儿问：“二哏，平时在哪个院儿吃，俺？”

司马二哏咽下一口面条，说：“东院儿。”

马鹞眼儿又问：“在哪个院儿日，俺？”

司马二哏一愣，眼角杀了他一眼，没搭理他，又挑起面条“噗喽、噗喽”地日馕着。

王狗眼说：“那还用问，西院儿呗。”

司马二哏大概太饿了，也可能感觉到饭场的人都有些跟他过不去，三扒两塞“噗噗喽喽”地，一大碗面条很快就日馕完了。然后，他敲着空碗，像一只被众人奚落的狗，灰溜溜地走了。

鹰鼻也吃完了，站起来，对着马鹞眼儿和王狗眼说：“啥鸡巴东院儿吃西院儿日？现在是一个院儿，又吃又日。”

马鹞眼儿说：“唵？你说啥，唵？”

鹰鼻说：“说啥？那道土墙早就推倒了。”

德爷辈分长，他拿着空碗站起来，一脸的奸笑，没有说话，他要走了。他走了两步，又回过头来，不紧不慢地丢下了一句话：“看过《红灯记》吧？李奶奶对邻居那个女的说啥？过去咱两家有道墙，就是一家人。现在打开了墙，咱就更是一家人了。”不阴不阳的德爷走了。

原来，玉莹姨回来溴梁村一个多月，就和司马二哏结婚了。溴梁村有个习俗，二婚不摆席面，不宴请亲戚朋友街坊邻居，不再张扬，手续一办，就滚到一起住了。

鹰鼻和德爷的话，让我心里像针扎般的难受，肚子里胀鼓鼓的，一碗豆角蒸面只吃了半碗。

玉莹姨来我们家慢慢少了。

我把玉莹姨的头发藏在一个很秘密的地方，心里不时地浮现出玉莹姨当年的模样。有时候，我拿出玉莹姨的辫子，捧到鼻子前闻。那味道没变，还和那天晚上，就是在司马胡同司马二哏打我一巴掌的那天晚上玉莹姨身上的味道一样，依然清香沁人。

自从玉莹姨嫁给了司马二哏，我从来不去他们家。在街上走或者地里干活，碰见了司马二哏，也像不认识似的，侧身而过，从不搭理他，更没叫过他姨父。

后来还有一件事，更是让我对司马二哏耿耿于怀仇恨难消：他竟然穿着一套和玉莹姨身上一样的衣服——劳动布的工人服。

四、黑老瘫

“听说了吗？明隔①在南门外枪毙黑老瘫……”

“听说他杀人了？”

“不能吧，黑老瘫咋会去杀人？”

这一消息无异于晴天霹雳，在淏梁村炸响开来。但淏梁村很多人不相信这是真的，都没料到真会发生这样的事。

黑老瘫官名叫马笑哗，出身贫苦，民国三十二年，他十多岁时，爹娘去西安逃荒，饿死在半路上，剩下他孤身一人，被周至县一个劁猪匠收养，解放后回到了淏梁村。他不仅面皮粗黑，人也非常邋遢。一件黑粗布衣服成年不洗不换，胸襟前鼻涕、饭渍、油花沉积一层，黑黢黢的，拿根白头火柴②在上面嚓地一划，就能燃起火苗。人们都叫他黑老瘫。“瘫”，就是没有脾气，软软塌塌，没有性格，你无缘无故骂他几句，他并不还口，也不争辩，只是笑，不紧不慢地说：“我操，你恁横干啥哩？”你毫无原因地推搡他一把，他不还手，还笑，嘴里说：“别这样，君子动口，小人才动手哩。”

你说，这哪像个男人？这样的人会去杀人？

不过，黑老瘫大字不识几个，却绝对是个遇事爱动脑筋的人，这在淏梁村是公认的。

比如在饭场吃饭，他看见老搅家的大狼狗，就问饭场的人：“你们说说，这狗为啥比人跑得快？”

有人说：“狗有四条腿呗。”

---

① 明隔：淏梁村土话，意思为“明天”。

② 白头火柴：二十世纪五六十年代生产的一种火柴，白颜色头，极易燃，随便在石头、砖头、鞋底等硬的东西上一划就着。

黑老癞说:“你用两条胳膊两条腿,爬到地上跑跑看,能比狗跑得快?”

有人问:“那……你说为啥?”

黑老癞说:“为啥?你的腿膝盖骨朝前,狗腿的膝盖骨朝后,往前面蹬弹起来的劲儿大。”

淡蓝色的晨雾还没有散去,司马二哏司马狗勺王狗眼们拿着钓竿,在村东头的大水坑里钓鱼。

黑老癞从不钓鱼,他站在旁边看,嘴里说:“一帮囟屎货,我支给你们一个钓鱼的新招,保准下钩就能见鱼。”

黑老癞支完招走了。

中午吃饭时,那几个人背着鱼竿回来了,汗流浃背呼哧带喘的,满脸丧气,像几只败下阵来的狗。他们路过黑老癞家的大门口。

司马二哏嚼:“老癞,你这个龟孙,把爷们的腿跑断了,一条鱼儿子也没钓着。”

王狗眼也嚼:“啥鸡巴钓鱼新招?坑爷们的损招。”

黑老癞从家里出来了,一脸微笑:“不可能吧?一定是你们的鱼钩有问题。”

司马二哏说:“鱼钩是铁的,带尖,有倒刺儿,又不是木头棍儿做的,直钩,有啥问题?”

黑老癞也有些不理解起来,一本正经地说:“让我想想,好好想想。你们看,这鱼钩钩着蛐蟮(蚯蚓),放在一个地方不动,有几条鱼能碰见去吃?要是拖着鱼竿在水里跑,鱼钩和鱼碰面的机会不就多了?起码多上几百上千倍吧?何况那鱼还爱吃活食哩。恁都没钓上鱼来,这真让人不能理解。”

黑老癞的这种分析,让王狗眼他们哑口无言。

我印象最深的，是黑老瘫关于地球和月亮的理论。

“文化大革命”一开始，全校学生就像一群散放的羊，跑回村里“破四旧立四新”闹革命去了。教室里乌鸦搭窝麻雀乱飞，老鼠盗洞鸡鹅下蛋，校园里长满了野草野麻，有人把猪羊赶到校园里放养。

一九六七年十月十四日，中共中央、国务院、中央军委、“中央文革”小组于联合发出了《关于大、中、小学校复课闹革命的通知》。我们又回到了学校。

全校师生站在操场上。前面用黄土垒的高台上，站着黑老瘫和黑乌鸦他爹等村里的几个老贫农代表，看样子要给我们做重要讲话。黑乌鸦他爹双手袖着。那几个老贫农代表不认识，一个倒背着手，一个用手指头掏耳孔，还有一个在揪胡子，另一个一动不动，木偶般地站着。

黑老瘫站在中间，把尺把长的旱烟杆放进嘴里，刺溜——深深吸了一口。吸时，他不看烟袋锅，而是翻开眼皮看着台下的师生。然后“扑哧”——痛痛快快地吐出了一团烟雾。接着，他把手伸进烟雾中摆了摆。那手势摆得很沉稳，很庄严，像是在驱散烟雾，更像是模仿着毛主席在天安门城楼上挥手接见红卫兵。

挥罢手，黑老瘫说：“红小兵们，我给大家提个问题，看看谁能回答。”

我们静静地听着。

黑老瘫说：“地球和月亮是啥关系？”

有人回答：“不知道。”

黑老瘫说：“我就知道你们不知道，不学习咋会知道哩？我告诉你们，这地球和月亮的关系，就像男人和女人的关系，像恁爹和恁妈的关系。地球是男人，是恁爹；月亮是女人，是恁妈。地球上有多少个山,月亮上就有多少个坑。地球上的山有多高,月亮上的坑就有多深。地球和月亮以前结合在一起过,山对坑,坑对山,严丝合缝,就像恁爹和恁妈结合在一起一样。笑啥?你们不要笑,有啥可笑的?你们都是恁爹恁妈对到一起生出来的,人和地上跑的天上飞的水里游的,也都是那次地球和月亮对在一起时生下来的。"

同学们还是禁不住笑出声来。

这个黑老瘫,肚子里还真是有东西,也真敢讲。

"再出个问题,"黑老瘫刺溜又吸了一口旱烟,"扑哧"吐了出来,说,"将来有一天,地球是会爆炸的。地球一爆炸,你们说,地球上的人都到哪去了?"

同学们鸦雀无声。

"贼浅的知识都不知道?"黑老瘫扑哧一声笑了,笑得很自信,挥着旱烟袋杆接着说,"地球一爆炸,人不就掉到大海里去了吗?你们看看,不学习,没知识,多可怕?"

几个老师扭过头偷偷笑。

就这样一个黑老瘫,依他的性格脾气,依他的聪明度,咋就会弄出了个人命大案哩?

村里有人猜测:会不会与他那手艺有关?

黑老瘫有一可怕的手艺——劁猪。他从十多岁在周至县跟着养父操家伙劁猪,劁过多少头猪,恐怕他自己也说不清楚。农闲时,他骑着一辆破自行车,车把上竖根尺把长的铁丝,铁丝上拴着几缕红布,那是劁猪的招牌;腰间挂一个油乎乎的皮盒,把盖子往上一拉,几把明晃晃的刀具闪现出来,小孩子见了,立刻往后退出几步。

不过,黑老瘫手里也有孩子们喜欢的东西——纸蚂叽哩。黑老瘫会用泥和纸做蚂叽哩。他从淏河洼地弄来胶泥,用水和软了,在木板上擀成两三毫米厚,切成宽一寸左右长三四寸左右的泥条,卷成直径一寸左右的圆筒。晒干了,在一面糊上一层报纸,报纸中间穿过一根一尺左右的线,线头拴半寸长的火柴棍,另一头松松地系在一根木棍上。手摇动木棍,纸蚂叽哩转动起来,发出"知了知了"的叫声。泥筒大小,报纸薄厚,绳子长短,摇动快慢,纸蚂叽哩发出的声音基调不变,音色音质变幻无穷,悦耳动听。

黑老瘫骑着自行车,一手扶把,一手摇着纸蚂叽哩"知了知了"地叫。那是他招人劁猪的信号。要不人们都说他肯动脑筋哩?黑老瘫非常喜欢孩子,身边常常带着一些纸蚂叽哩,遇到谁家的孩子哭,就从自行车横梁上的帆布兜里,掏出一个纸蚂叽哩,"知了知了"摇响了送给那孩子。

一天苇根来叫我,说:"我妈请黑老瘫去劁我们家的小母猪。那只小母猪买来两个多月了,才长两三斤,满院狂窜乱奔,长膘很慢。"

我跟着苇根跑到他家,黑老瘫已经到了。那只小猪平时欢蹦乱跳,此刻见了黑老瘫,竟趴在地上一动不动,浑身发抖。人们说,黑老瘫劁猪太多,身上散发出一种杀气,不仅猪见了他服服帖帖,连凶猛的狗见了他也不敢叫,不敢咬,远远躲着,耷拉着尾巴悄无声息地走开。

黑老瘫一声不吭,眼睛盯着猪,慢慢走到离小母猪两米多远的地方,站了片刻,忽然抬脚往地上一跺,口中喊着:"过来吧!"随着声落,那头猪不知道咋回事就被他抓在手里。猪在嗷嗷叫着挣扎,黑老瘫把猪往地上一放,用一只脚踩着猪脖子,另一只脚踩着猪后腿,用手在小母猪肚子上的一个地方揪下几把细毛,掏出家什在鞋帮上蹭了几下,刷地切开一道两三厘米长的口子,然后用手一挤一掏,一堆软乎乎的东西被弄了出来。黑老瘫手起刀落,把那堆东西割了下来,随手抓一把土,往刀口上一抹,小母猪就劁完了,连“扑哧”一袋旱烟的工夫都没有。

我不止一次看过黑老瘫劁猪。

村里不少人说,黑老瘫最喜欢劁公猪,因为他喜欢小公猪的蛋。只要是劁了公猪,蛋都要拿走,一个不留。这些公猪蛋拿回家,他不是煮了吃,就是泡酒喝。

司马二哏说:“你要是看见黑老瘫脸涨红得像刚刚开膛破肚拿出来的猪肝,满街乱跑,见到女人两眼瞪得像牛蛋,那一定是公猪蛋酒喝多了。”

黑老瘫的那副尊容我看见过。

一年冬天,天飘着雪花,黑老瘫穿条大裤头,一双破单鞋露着脚趾,裼脊梁,掂着半瓶公猪蛋酒,在大街上走几步咕咚喝一口,走几步咕咚喝一口,眼睛发直,布满血丝,如同一条发情的公狗。他一反常态,模样狰狞可怕,魔鬼一般,走到马鹞眼儿家的猪圈旁站了下来,一条腿蹬在猪圈墙上,看着圈里的老母猪,嘴里唱起了流氓小调。

马五蛋说:“有时他看见老搅家的大母狼狗,也对着大母狼狗唱,大母狼狗平时恁厉害,见了黑老瘫,也吓得撒腿就跑。”

溴梁村人都知道,黑老瘫只要喝多了公猪蛋酒,就一定会唱流氓小调;见到围拢的人越多,就一定会唱得越起劲儿。他最喜欢唱的是《五更天张秀才》:

一更天张秀才,你把老娘门拍拍。
拍拍拍拍白拍拍,老娘不是那货色。
二更天张秀才,你把老娘门卸开。
卸开卸开白卸开,老娘不是那货色。

三更天张秀才,进到老娘屋里来。

进来进来白进来,老娘不是那货色。

四更天张秀才,你爬到老娘床上来。

上来上来白上来,老娘不是那货色。

五更天张秀才,你钻进老娘被窝里来。

进来进来白进来,老娘不是那货色……

男人们听了流氓小调,如同喝了一副兴奋剂,蹦跳呼叫欣喜若狂,不停地撺掇:“黑老瘫,再来一遍,再来一遍。”

黑老瘫这人控制不住自己,会毫不客气地再唱上一遍,有时会唱内容更加流氓的。

女人们则紧紧绷着一副想笑的脸,似笑非笑,面露羞色,七嘴八舌地乱嚼:

“这个老娼子,唱的是狗比掰啥?”

“老流氓,真不要脸。”

……

女人们嚼归嚼,可并没有一个人离开。

黑老瘫喝多了公猪蛋泡的酒,咋就一反常态,变成了另外一个人哩?这真让人弄不清楚。

第二天一大早,村里很多人跑到县城去看枪毙黑老瘫,我和苇根也去了。溴梁村不少人心存疑虑,不相信城南门外被枪毙的会真是自己村的黑老瘫。

苇根在路上问我:“你发现没有,这半年多,黑老瘫穿的衣服变干净了,胡子也刮了,还穿了一条新蓝粗布裤,一双新的灯芯绒鞋。”

我说:“发现了,他把自己收拾得比过去干净利索多了,这难道是为了去杀人?”

苇根说："憨囟㞞。你没有看见，公鸡去和母鸡轧蛋（交配），总是先用嘴把羽毛梳理整齐？公狗去和母狗恋蛋（交配），先要抖抖毛，把身上抖干净？"

我还是有些不太明白苇根的意思。

温县在夏时被称温国，曾诞生了春秋时期著名思想家卜商、三国著名政治家军事家司马懿、晋武帝司马炎、北宋著名画家郭熙等历史名人，是闻名中外的太极拳发源地，是温、苏、邢等姓氏起源地。温县设县，始于春秋时期，至今已有两千六百多年。

以往每次进县城，我都会想到县城这悠久的历史和名留千古的先人。走在县城的磨盘大街上，仿佛踩踏着卜商司马懿郭熙留下的脚印，厚重踏实，心里有说不出的骄傲和自豪。可这次进入县城，竟然是为了看溴梁村被枪毙的黑老瘫，我的脚下有些飘浮，心情有些黯然。

踩着脚下的磨盘街，我想起了一桩人命案。据说古代一个人被淹死在水井里，身上系着一扇磨盘。此案久拖未破，县太爷下令把全县所有的磨盘三天内送到县城。凡两扇磨盘齐全的无事，只有一扇磨盘的，必须说清另一扇磨盘的去处。案破后，凶手在磨盘堆旁被斩首示众。不少送来磨盘的人感到不吉利，或嫌路途远，就把磨盘扔在了县城，铺就了这条磨盘街。

磨盘大街从南到北，地上铺的全是磨盘，一直铺到县城中心的丁字口。这里平时商贩云集，人流熙熙攘攘，今天则显得很冷清。街道两边摆放着各种摊位，卖烧鸡、青菜、油条、糖包、菜三角、烧饼、炒凉粉的，却看不到一个顾客，只有卖主们傻呵呵地站着或坐着。

卖油炸食品的老太太嘴里嘟："妈那×，都跑去看枪毙人了，看枪毙人能顶饥？"

卖青菜的老头说:“老妹别急,赶紧多炸些油条、糖包、菜三角放着,今天来看枪毙人的很多,吃货一定不少,一毙完了,都会跑到你这来吃,到时候别不够卖。”

卖烧鸡的中年人说:“这真要感谢这个姓马的,不枪毙这个龟孙,县城里哪能招来贼些人?日他娘,我是今早看到布告才知道这事,夜隔做烧鸡太少了。”

卖炒凉粉的老崔乐呵呵的,说:“平时我一天最多才卖一坨。一九五二年枪毙王高升那次,我半天就卖了五坨凉粉,还卖脱了。今天我带了八坨,备得足足的。”

老崔我认识,奶奶带我吃过他的炒凉粉。他面前架一个大平底铁锅,锅底直径二尺多,锅沿高两寸多,豆黄色的凉粉摊了多半边,凉粉被炒得外焦里嫩,吱吱发响,上面撒些小青葱段和蒜末,满街散发着诱人的香味儿。

王高升在温县是个家喻户晓的人物,村里人动不动就说起王高升。王高升一九三七年七月参加中国共产党,曾任村支部书记、区委宣传部长、县司法科副科长、审理员、科长等职,一九四九年任温县法院院长。“三反”斗争中,他被揭发包庇反革命分子、贪赃枉法、强奸妇女等罪行。王自供,三年内共强奸妇女四十四人。当时是一个惊天大案,政务院和华北行政委员会、前平原省组成了调查团到温县进行调查。一九五二年七月八日,在县城内举行了公审大会,一万多群众参加,判处王高升死刑并立即执行。

看来只要是县城枪毙人,就能给这些街头小商小贩们做一锅好饭。

我没见过王高升,却想到了临被枪毙前的王高升,想到了现正在南门外等着被枪毙的黑老瘫,还有王高升和黑老瘫的家人亲戚朋友,他们都是啥心情?

丁字口的拐角处，有几个人在看墙上贴的一张布告。

我们走过去，布告上赫然写着：强奸杀人犯马笑哗，男，现年38岁，温县溴梁村人……

布告下面是温县人民法院院长刘××的签名，后面画着一个红色的“√”。马笑哗的名字上画着一个红色的“×”，就像老师批改我们的作业时画的对与错的符号。

那一瞬间，我对这两种符号有了新的深刻认识。平时，老师在我的作业和考试卷上，无论是打“×”还是画“√”我从不在乎。这些符号打得再多，还能当饭吃？没想到法院院长在布告上打了个“√”，在马笑哗的名字上画一个红“×”，就决定了黑老瘫的命运，人就被押赴南门外枪毙了。后来参加工作，考察干部、推荐干部、搞民主测评，同意或不同意，也都是打这两种符号。看来这两种符号岂止是能当饭吃？符号可以决定人生，人生原本就是个符号。

苇根拉着我，拼命往县城南门口跑。

当时，我心里想的好像并不是去看黑老瘫。黑老瘫天天见，有啥稀罕的？关键是从来没有见过枪毙人，不知道咋势用枪去把一个活蹦乱跳的人毙掉。用的是长枪还是手枪？在离黑老瘫多远的地方开枪？枪打他的得脑儿还是心窝儿？黑老瘫站着还是跪着？他极不情愿还是束手待毙？哭着还是笑着？要不就是吓傻了，呆呆的一脸死相，屎尿拉了一裤？黑老瘫是在一声枪响中旋即倒下，还是挺胸不倒，再有一阵乱枪射击才扑通倒下？我想起了看过的电影。电影里都是好人只打坏人一枪，坏人就“噢”的一声倒下了，不再有丝毫的挣扎。好人则不是这样，从来没有只挨上坏人一枪就倒下的，往往是在坏人砰砰啪啪的枪击下，咬紧牙关，两眼射出刚毅不屈的光，身体摇摇晃晃，摇晃上好一阵子才慢慢地慢慢地倒下的，倒下时神态安宁，姿势优雅，很有尊严。紧接着就是青松翠柏鲜花草地，巍峨耸立的高山，波涛汹涌的大海，伴随着雄浑激越悲壮的音乐，有时还唱着激动人心催人泪下的歌曲……这些画面不停地叠加转换，场面十分隆重，常常弄得我心潮澎湃热血沸腾，做梦也想以这种方式去死。在这种场景里，哪怕死上一百回一千回，也感到无上光荣，无比幸福。黑老瘫肯定是享受不到这种待遇的，一枪打不倒他，马上就会有人再给他一枪，他肯定就得倒下了……

总之，我的脑子在飞快地转动，云天雾地，不着边际地想了很多。

我跑到南门口外，才知道啥叫人山人海。黑压压的人们拥挤在一起，像一堵一堵叠加起来的墙。我和苇根往人缝隙里拼命挤。一个五大三粗的男人，横起肥硕的屁股一扭，把我俩顶了出来，嘴里嚼："挤鸡巴啥？想进去挨枪子啊？"我俩回头又往城门楼上挤。城门楼虽已残破，可上面也是人挤人，还是挤不进去。转过头来，见到一棵小腿粗的泡桐树，我们两个就猴子般地爬了上去。爬树是我俩的强项。没有料到刚刚爬上去，还没有定睛看，就听见咔嚓一声，泡桐树枝折了，我俩抱着泡桐树枝栽了下来。好在离地面不高，又是沙地，我俩没有摔伤半点皮毛，只是弄得惊慌失措，满身满脸沙土。周围有人大概被倒下的树枝划碰上了，恶狠狠地嚼：

"妈那×，想把恁爹们砸死呀？"

"兔崽子们，是不是也不想活了？那边枪毙一个，这边再摔死两儿？"

"这两个鸡巴孩儿是哪村的，来陪斩的吧？"

……

"幸灾乐祸，都是些啥鸡巴人？"我也嚼他们，不过只是在心里嚼，没敢嚼出声来。

就在这时,听见啪的一声响,就像春节时我们把大雷炮埋在虚土里点放的声音,沉闷,沉重,憋屈。

人群立刻骚动起来,乱嚷嚷:

"毙完了,毙完了,咋一眨眼儿就毙完了,贼快?"

"咋才打了一枪?当年枪毙王高升,连打三枪都没有倒。"

"王高升是啥人?三七年入党的老革命。这鸡巴货算啥?草民一个,能和王高升比?"

"啥老革命,啥草民,都是为了小得脑儿享福,大得脑儿被崩鸡巴了,都一个下场,一个屎样。"

"都是作死。没好好想一想,为了小得脑儿一时舒服,把命丢了,值吗?"

"值个屎。嘿,你以后可一定要管好你那小得脑儿,不敢乱弄。走吧,逛丁字口去。"

"走,到丁字口吃炒凉粉油条糖包去,好不容易到城里来一趟。"

……

人群在议论中渐渐散去了。等我和苇根跑到枪毙黑老瘫的地方时,被枪毙的黑老瘫已经被装上卡车拉走了。不知道谁在沙土地上画了一个圈,圈里有一个浅浅的坑,有头号大碗那么大,坑里有一摊血迹。不知是谁,把一个纸蚂叽哩扔在圈里,一看就知道是黑老瘫做的。旁边站着三三两两的人在议论:

"这家伙咋势会把那寡妇给杀了?"

"啥是杀了?这家伙是个劁猪匠,厮跟上那个寡妇了。怕那寡妇怀孕,两人不能尽兴,就把那个寡妇给劁了。没想到那寡妇流血太多,死屎了,结果弄了个大噗出①。"

---

① 大噗出:温县土话,意思为"大灾祸"。

“这鸡巴货,真是个憨囟㞞加胆大,他一定以为,女人和母猪长得都一样。”

五、鹰犬

鹰鼻在淏梁村也是个名人,大我二十多岁。

我注意观察过鹰鼻,发现他的鼻子真的很像鹰嘴。鼻梁骨弓着,鼻头很尖,弯个钩,再长半截手指头,就能钩着他自己的上嘴唇。鹰鼻这副长相,既不像他爹也不随他娘。这且不说,他爹娘已经五六十岁了,天天面对黄土背朝天在庄稼地干农活,都是老实巴交的农民。鹰鼻不干这些。

据说,鹰鼻当年土改、“三反”“五反”“大跃进”时,也是村里有名的积极分子。他白天黑夜地跟着老靳干,暗中和老搅较劲竞争,想当淏梁村的头儿。成立大队时,老搅当上了大队长,他当了副大队长。三年自然灾害期间,他辞去了副大队长,说自己愿意当个普通社员。他嘴上是这么说的,行动上却是个我行我素天不收地不管的臭光棍。他整天小臂上端着一只鹰,唱着豫剧:“我本是卧龙岗散淡的人,闲无事在敌楼我亮一亮琴音,我面前缺少个知音的人……”他满野地乱跑,放鹰抓野兔。队里分给他的自留地饲料地蔬菜地,他从来不种,全都长满了半腿高的野麻青蒿野草。

人们议论说:“鹰鼻这是对老靳老搅的不满和抗议。”

鹰鼻虽说斗不过老搅,可他能把天上飞的凶猛的野鹰弄到手里,端在小臂上,呼来唤去,让鹰抓野兔吃,这不能不说是一大本事。

春天,麦苗开始泛青拔节了,还没有盖住地皮。鹰鼻在村外麦地里撑开一张大网,像一堵看不见的墙一样。大网后面的地上楔一根木头橛，橛上拴着三只半大鸡。鸡已经被饿好几天了，不停地跳跃叫唤，相互间也不时地啄一两口。鹰鼻坐在不远处一棵大树下，嘴里噙着尺把长的旱烟袋，“扑哧、扑哧”吸吐着烟雾，两眼盯着天空。

天空中飞来一只野鹰，展翅盘旋，飞姿优雅。鹰发现了那些不安生的鸡，飞扑过来，一头扎在网上。网哗啦倒了下来，把鹰裹绕在里边。

鹰鼻把烟袋往腰上一别，跑过去三把两下就把那只凶猛的野鹰弄到了手，嘴里说：“操，我叫你飞。”

他妈来了，一个小脚老太太，走路一崴一崴的，嘴里嚼：“恁妈那×，一辈子就和你那鹰一块过吧。”

老太太掂走了那三只半大鸡，骂骂咧咧地走了。那些鸡毛翎斑脱伤痕累累已吓得半死不活。

鹰鼻没搭理他妈。他掏出一根皮绳，二尺多长，一头拴住鹰腿，另一头拴个精致的铜环，套在一根二十多米长的铁丝上。鹰鼻的小臂架着驯，站在铁丝的一端，另一端坐着村东头的马五蛋。马五蛋手里拿着一只死野兔，对着鹰不停地摇摆，嘴里发出“啊——啊——”的声音，呼唤着鹰。鹰唰地飞了过去。铜环套在铁丝上，发出一道白光。

马五蛋见鹰飞过来，把死兔往背后一藏，鹰没抓到兔子，气得两眼骨碌碌地转。

鹰鼻在那边喊：“回来，回来！”

鹰无可奈何地顺着铁丝又飞回到鹰鼻的小臂上。

驯鹰大概要用半个多月二十来天吧，直到不用铁丝，把鹰放出去，呼唤一声“回来”，鹰自动飞回来为止。

熬鹰也需要工夫。鹰被放在一根架空的木棍上，既不喂鹰食，又不让鹰睡。鹰只要一闭眼，鹰鼻不是大声喝，就是小棍子敲。一连折腾好几天，把鹰熬得又饿又困。

我们最爱看鹰鼻放鹰抓野兔。鹰鼻架着驯熬好的鹰走到村外，一抖擞小臂，把鹰撒出去。鹰展翅飞向天空，在天空中盘旋。它发现了目标，一个猛子扎下来，把一只野兔死死抓住。鹰真的是饿困急了，在空旷的野地上，和兔子撕咬滚打成一团。

鹰鼻飞跑过去，按住兔子，说："操，兔崽子你跑啊？不跑了？"说着，掂起兔子耳朵，抡起一根小木头棍，在兔子脑袋后面啪啪啪敲打三下，兔子立刻四腿挺直，死了过去。鹰鼻扔下小木棍，掏出一把锋利的小刀，剖开兔子皮，嚓地割下一块兔子肉递给鹰。那肉冒着热气滴着鲜血，鹰一口叼住，一伸脖，吞进了肚子。

"文化大革命"一开始，鹰鼻起来革命了，和马鹞眼儿一派。人们说："鹰鼻鹞眼儿，正好是一对。"不过鹰鼻的心气已经没有那些年盛了，他当了似火烧战斗队副队长，说："我们是最最最忠于毛主席的红卫兵，是响当当的革命造反派。"他们"破四旧立四新"，闯家钻户砸神像，摔香炉，烧中堂，大街上贴老靳的大字报，造老靳的反，把溴梁村闹得翻了天。

老靳成了溴梁村头号走资本主义道路的当权派。

批斗老靳时，鹰鼻来了。他小臂上端着一只凶猛的鹰，说老靳："这些年，你跟着刘少奇跑，在溴梁村搞'三自一包四大自由'，带广大贫下中农走资本主义，你知道犯的啥罪吗？"

老靳一脸木然，好像根本看不起鹰鼻。他问："你知道啥叫'三自一包四大自由'？啥叫走资本主义？"

鹰鼻不愧为曾经在老靳手下干过副大队长，口才依然不减当年。他回答得很干脆："老靳，你把社会主义的地，以自留地、饲料地、蔬菜地的名义，自作主张包给了一个人，这就是'三自一包'。

你把这三块地包给了一个人，这不叫‘三自一包’叫啥？这就是走资本主义，是地地道道不折不扣地走资本主义，知道吗，老靳？老靳，我还告诉你，你分给我那三块资本主义的地我就是不种，不种，坚决不种。我家几代都是老贫农，对毛主席的感情比山高，比井深，走社会主义道路不动摇，绝不动摇。那三块资本主义的地，我宁可让它长满社会主义的草，也绝不种一棵资本主义的苗。”

老靳冷蔑地笑了，没再搭理他，

鹰鼻说：“你老实交代，你是不是刘少奇的孝子贤孙？是不是带着我们走了资本主义？”

老靳的眼皮也没再抬一下。

鹰鼻晃一晃胳膊，说：“再不交代，让鹰端你的眼。认不清社会主义的路，长那眼有屌用？”

老搅来了。

老搅已经不是大队支书了。“四清”运动一开始，老搅被督察队员打得喊“娘啊疼死我了，疼死我了，我的娘啊……”也没有说不干大队支书。运动后期，老靳和老尚就像我妈鏊上的烙饼一样，翻了个儿没多长时间，就想辞职不干了。他说：“政治风云多变幻，当干部道路太艰险。”还没等他辞职，文化革命开始了，马鹞眼儿们“踢开党支部闹革命”，夺了他的权。

王大喷最看不惯马鹞眼儿，借机对老搅说：“搅哥，咱们一派，和鹞眼儿鹰鼻他们斗，保老靳。老靳打年轻时候起，跟着毛主席打老日本，打国民党，斗争地主恶霸，掂着脑袋为咱贫下中农打天下，是毛主席无产阶级路线上的人，这谁不知道？”

“操，”马鹞眼儿说他们，“一帮资产阶级的残渣余孽，地地道道的保皇派。”

老搅贫农出身，一九四六年温县第一次解放，他就是溴梁村贫协主席,现在虽说不干支书了,树老根壮,虎去余威在,也没人敢把他咋样。他身后总是带着一条大狼狗。那狼狗一身棕黄色的毛,狗头高昂,耳朵竖起,两眼透露出凶光,盯着鹰鼻小臂上的鹰。

老搅还没说话,那只大狼狗就汪汪叫了起来。

鹰鼻端着鹰赶紧后退了两步,嚼:"恁妈那×,你这只保皇狗,屎壳郎挡车,迟早要被革命的车轮碾得粉身碎骨的。"

老搅一挥手说:"大黄,上。"

大狼狗忽地向鹰鼻扑过去,鹰鼻吓得往后退了两步,一抬胳膊,鹰飞了。

借这个机会,我说说这条大狼狗。

老搅从那次私分小麦被老尚弄来的督察队员修理以后,不知道从哪弄来了一条狗。狗才尺把长,刚刚断奶,老搅把它抱在怀里,嘴里嚼碎了窝窝头往狗嘴里抹。晚上老搅躺在木板床上睡觉,狗卧在床头。白天老搅走哪儿,狗跟到哪儿。人狗黏在一起,形影不离。狗慢慢大了,人们才看出是条狼狗。

老搅那时还当大队支书,它十分威风,常年跟在老搅身后,尾巴耷拉着,耳朵下垂,一声不出,一副俯首帖耳的样子。遇到生人,或者老搅对着高声嚷嚷的人,那狗立刻四脚立定,两耳竖起,尾巴高扬,嘴里呜呜发响,像是要随时准备扑过去,把那人撕咬得粉碎。

鹰鼻说:"它不就是条狗吗,有啥鸡巴可怕的?我从来就不怕那条狗,是那条狗怕我。"

鹰鼻这话不假。

我们都发现,老搅家的狗见了鹰鼻,永远是贴着墙根,夹着尾巴悄无声息地走开,灰溜溜的。

个中原因,无人知道。直到"文化大革命"鹰鼻起来造反,鹰鼻才英雄豪杰般地说出了其中的奥秘。

鹰鼻说:“开始那条狗见了我也是汪汪狂叫。可我就是不跑。跑啥?俗话说:狼怕戳,狗怕摸。再厉害的狼,你只要手里拿根棍,一戳它,它就害怕。再凶恶的狗,你只要一弯腰捡东西,它就赶紧跑。你越是跑,狼和狗就越是追着咬你。就像老搅,你要服软,他天天熊瓜[①]你。你要真横起来,他敢把鸡巴给你咬了?”

你看看,鹰鼻这鸡巴货,还真不是个一般人物。

鹰鼻说:“我站着笑着瞪着狗,狗也不再狂叫。看看周围没有人,我把衣服脱下来提着衣领,脸上堆着和善的笑,慢慢向狗走去。”

“你是憨囟㞞还是不怕死,不赶紧跑?”有人问。

鹰鼻说:“那狗大概和你想的一样,凡见了它的人不是跑就是吓得站着不动,这人是咋了?那狗扬起了头,张开嘴,吐着红泄泄舌头,屁股慢慢往下蹲,狗视眈眈地看着老子。”

听的人都为鹰鼻捏了一把汗。

鹰鼻说:“老子一个箭步飞扑过去,抡起衣服,出狗不意地兜裹住了狗头蒙住了狗眼,抬起一条腿骑在狗身上,把狗压趴在地上,脱下一只鞋塞在狗嘴里。这也不过有吃口面条还没等你咽进肚里的工夫。”

“啧啧,你小子真行!”

“老子从裤兜里掏出两根‘狗龇牙’辣椒,掐断了,在狗牙上嚓嚓嚓擦,辣得那大狼狗眼泪水直淌。”

“鹰鼻,你可真有办法。”

“狗不长记性。”鹰鼻说,“一天,我走到老搅家门口,那狗又狂叫起来。我拿一根红薯对着大狼狗一晃,狗汪的一声没吼完,立刻

① 熊瓜:也叫兑瓜、日瓜,意思为“训斥”“教训”。

像撒气的皮球，声音由高变低变得尖细婉转，像唱着一首让人心软的歌。我掰了一块红薯扔过去，没等红薯落地，狗一纵身跳到半空中，张开嘴接着吞进了肚子。一根红薯快喂完时，大狼狗已经跟着我走到了司马胡同里。我看看没人，从怀里掏出用烂棉花套裹着的小铁盒，打开盖子，向狗抛出一块东西。狗一纵身跳起来接到了嘴里，狗嘴里吱的一声，冒出了一股青烟，青烟带着用烧红的火柱烙猪头的焦煳味道。那条狗像被杀了一刀似的叫着，撅着尾巴在原地团团转圈，头不停地往地上摔打，疯了。"

人们嚼："操，你他妈的可真够狠的。"

鹰鼻惩治大狼狗的手段，令溴梁村人大开眼界，唏嘘不已。

不过村里很多人都知道，鹰鼻也栽倒在大狼狗身上过。

鹰鼻最恨种地。他说："农民年年种地，夏天晒得流油，冬天冻得像猴，啥时候富过？"他时常偷跑到郑州、广州倒腾铁棍山药、地黄、牛膝、菊花四大怀药，做中草药生意。

秋天，一个黎明，整个溴梁村还在沉睡。鹰鼻背着一箱铁棍山药，悄悄打开自己家后院的小柴门，走过一片树园，绕过大水塘，钻进了村外芦苇丛中的小土道上。他轻手轻脚，快步行走，眼前就是打缸桥。相传从前有个卖缸人，用全部积蓄买了一独轮车缸，推车过这个桥时，拼老劲把一车缸推上了桥，没想到腿脚一软，独轮车翻了，一车缸打碎得一个不剩。卖缸人一气之下跳河死了。

打缸桥这地方本来就不吉利。

鹰鼻刚走上桥，听见身后有响声，回头一看："他妈的，是老搅家的那条大狼狗。"

鹰鼻停下脚步，看着狗。狗也停下来，眼睛并不看鹰鼻，而是看着密密匝匝的芦苇丛，像是芦苇丛里藏有啥东西。

鹰鼻对着大狼狗啪地跺了一脚，脚下飞起一股尘土。

大狼狗根本不把鹰鼻放在眼里，只是稍稍后退了两步，站着，眼睛依然歪斜着看芦苇，不正眼看他。

这时，鹰鼻听见有人说话，狗猛地跳跃起来，冲着他汪汪汪狂叫起来。

鹰鼻抬头一看，是老搅，后面还带着民兵队长马达达和几个基干民兵。

这些细节，也是鹰鼻吹牛皮吹出来的。

我记忆犹新的是：鹰鼻被马达达几个基干民兵押到大队部时，我正在吃早饭。我端着正喝的半碗稀汤寡水玉米面糊跑去看，大队院里围了很多人。

老搅问："你为啥要日七倒八？"

"日七倒八，有吃有喝。"

"你现在没吃没喝？"

"吃的是红薯面窝头，喝的是照人影的汤。"

"你这叫投机倒把，知道不知道？"

"不知道。"

"你这叫搞资本主义复辟，知道不知道？"

"不知道。"

老搅脸色铁青，抬腿在木箱子上咔嚓、咔嚓跺了两脚。箱子被跺得龇牙咧嘴，露出了里面的铁棍山药，白花花的，都是搓好了晒干的上等货。

老搅的那条大狼狗跷起一条后腿，对着铁棍山药哗哗哗撒尿。狗尿热，撒在铁棍山药上，冒出一股白色蒸汽。那蒸汽弥漫开来，臊臭。

老搅冷笑一声，说："伟大的革命导师列宁教导我们，资本主义在灭亡的时候，它的尸首是不能装在棺材里埋进坟墓里的，它在散发着臭气，毒害着我们的空气。你倒卖这些铁棍山药，就是搞资本主义，就是让资本主义的臭气毒害我们社会主义的空气。”

老搅这人脑子好使，经常参加村里和公社举办的背诵革命导师语录比赛，装了一肚子导师们的语录。

鹰鼻说：“这臭气是你家狗的，和资本主义、铁棍山药有鸡巴毛关系？”

老搅咽了一口唾沫，说：“资本主义制度在社会主义农村已经灭亡了，你咋还挖空心思地搞资本主义复辟？”

鹰鼻说：“我弄不懂啥资本主义复辟不复辟，只想吃饱饭，有钱花。”

鹰鼻胸前挂着一张硬纸板，上用毛笔写：走资本主义道路黑典型马鹰鼻。“马鹰鼻”三个字上用红广告色打了个叉。

村里人一看，就知道是村会计王狗眼写的。这种版式批斗犟驴妈、老黑妈和王六指时都用过。王狗眼就是老搅的狗头军师，属于农村里的低级流氓加上略有文化的那种人。

鹰鼻背着箱子在溴梁村游街。箱子已经被老搅踩破了，用草绳胡乱捆了两道。老搅倒背着双手在前面走着，后面跟着那条大狼狗。大狼狗后面是鹰鼻。鹰鼻左右两边是四个基干民兵，后面是妇女队长王秀银、突击队长王吼横和马戏子等一帮革命的青年积极分子。他们呼喊着口号：

“打倒投机倒把分子马鹰鼻！”

“谁敢日七倒八，就让他没吃没喝！”

“马鹰鼻走资本主义道路，贫下中农坚决不答应！”

……

鹰鼻走得不快，和老搅大狼狗拉开了一段距离。这家伙不知道是脚崴了还是故意学地不平走路，一瘸一拐的，箱子一摇一晃的，里面的铁棍山药不时地从裂缝里钻出来，掉在地上。孩子们在后面抢着捡山药。

街道旁边的王叽横媳妇往鹰鼻身上吐痰。马戏子他妈往鹰鼻身上扔坷垃，马戏子他弟弟往鹰鼻身上擤鼻涕。

王边撍手里举着白铁皮卷成的喇叭筒，声音洪亮地喊："鹰鼻的投机倒把走资本主义的行为，在溴梁村引起了广大贫下中农的强烈的革命义愤。伟大领袖毛主席早就指出：'群众中蕴藏了一种极大的社会主义的积极性。''我们必须相信：(1)广大农民是愿意在党的领导下逐步地走上社会主义道路的；(2)党是能够领导农民走上社会主义道路的。'"

这种场面，局外人看起来很热闹很感人。不过我知道，王叽横媳妇马戏子他家人平时和鹰鼻都有矛盾。

王叽横媳妇曾给我妈说："鹰鼻把俺家的铁棍山药弄出去卖，说好是三毛五一斤。妈那×，卖回来他说赔了，只给两毛一斤。"

马戏子他妈恨鹰鼻，全溴梁村人都知道原因：鹰鼻把她十八岁的二闺女带出去倒中草药生意，回来没有几个月肚子就大了。

我又想起，当年批斗犟驴妈老黑妈王六指时，那几个喊口号往他们身上扔东西扇他们耳光嚼他们的，也都是平时和他们有矛盾的人。

咳，这些都是过去的事，不再多说了。

再说鹰鼻刚才被吓飞的鹰。鹰被老搅的大狼狗吓飞了，落在不远处一棵大槐树上，鹰好像很不甘心，眼骨碌骨碌直转，不时往下面看。

老搅和鹰鼻们辩论，那劲头还像当年当大队支书时作报告："恁都给我听着，不光恁能革命……"

"谁都给你听啊？你以为还当大队支书啊？屎！"

“你当大队支书时，带着我们走资本主义，还没找你算账哩。”

“你是革命吗？你是保皇派，保老靳走资本主义道路。”

……

鹰鼻们嘴里的唾沫星雨点一样，齐往他脸上飞……

鹰鼻一派和老揽一派，进行了激烈的辩论。他们说的话太多了，乱糟糟的，有些话简直可以说是东拉西扯，云山雾罩，有影扯没影。

比如鹰鼻说老揽：“你和老靳天天跟着刘少奇跑，打着红旗反红旗。你难道不知道，老靳走的是资本主义，和伟大领袖毛主席是两股火车轨道上跑的车，走的不是一条路？”

老揽说鹰鼻：“你老好？没跟着刘少奇跑，没走资本主义道路，可你经常偷生产队地里的红薯、玉米、芝麻，见啥偷啥，能偷啥偷啥，你到底想干啥？你就是想把社会主义偷光了，偷垮了，偷垮了，好让国民党反动派蒋介石再从台湾回来，带着你走资本主义道路，把广大贫下中农再推到水深火热中过日子。”

全都是这一类的话。

总的印象是：他们的辩论是紧紧围绕着这些年走的是资本主义还是社会主义。

老揽的屁股后面，那条大狼狗像忠实的护兵，瞪着两只警惕的狗眼，始终紧紧跟着，偶尔也狂叫几声。

夜深人静，整个村子都沉睡了。

我苦睡不着，躺在床上寻思：淏梁村这些年，开展的大跃进人民公社“四清”运动和正在进行的“文化大革命”，像一本书，一页一页地在脑海里翻过。书上页页写的都是社会主义资本主义，社会主义道路资本主义道路。当年，老揽让鹰鼻背着铁棍山药游街示众。现在，鹰鼻又批斗老靳，恨得想让鹰端他的眼。他们都是打着社会主义的旗号,抡着批判资本主义的斧子。到底啥叫社会主义?啥叫资本主义?谁走的是社会主义道路?谁走的是资本主义道路?

这真是高深莫测,变幻无常,迷雾一般,谁能读得清楚?

我觉得这些人之间,好像根本就不是什么资本主义与社会主义的矛盾。都是一些大字不识几个的农民,祖祖辈辈只知道在土里刨食吃,啥季节种啥庄稼。天热了,跑到树荫下或门洞里乘凉;下雨了,往避雨的地方跑;下雪了,躲在屋里烘一堆玉米芯、花材杆烤烤火。饿急了,偷地里的红薯玉米西红柿吃,麦子熟了捋一把,搓一搓塞到嘴里嚼了嚼咽进肚里,也不管是哪个生产队的,懂得啥叫这主义那主义、这道路那道路?

他们之间,纯粹是日常生活中发生的矛盾。

人和人之间难免会有矛盾。可怕的是,一旦社会提供了适宜的政治环境和舞台,人们就会穿上华丽的政治外衣,喊着时髦的政治口号,冠冕堂皇地登上政治舞台,把这些日常生活中发生的矛盾,演绎纠集成一场场你死我活、惊心动魄的政治斗争悲喜剧。

我后来上大学时看到一本书《政治学》,说这叫政治生态。不同的政治生态,会培育产生出各种不同的人物,有人物政治,有政治人物,就像不同的气候土壤地理环境,产生出不同的动物植物一样。亚马逊河孕育了三千多种鱼类,黄河里才有多少?

我还看到过一个材料。阎锡山问幕僚赵承绶:"什么叫政治?"赵引经据典,滔滔不绝。阎笑道:"没那么复杂!所谓政治,就是让对手下来,咱们上去!"阎又问赵:"什么叫宣传?"赵又洋洋洒洒,说古论今。阎更加不屑:"没那么复杂!所谓宣传,就是把别人说得一无是处,自己完美无缺,让大家都认为咱们好,别人不好!"

政治这东西,看不着,抓不住,玩起来可真有些令人可怕,不寒而栗。

鹰鼻这人爱玩鹰,可每年到了冬天,就把鹰放走了,拿根棍子凭着两只脚在雪地里追逮野兔。

鹰鼻说:“一次,一只野兔被追得实在是跑不动了,突然转过身子瞪大一双兔眼看着我,兔眼里流露出可怜巴巴的神情。我心里一惊:这只野兔在大雪天里出来找东西吃,是不是一只刚生了一窝小兔崽子的母兔?它一定是为了小兔崽子们不被饿死才冒死出来寻找食物的。咦,我日他娘,当个野兔也是多么不易?”

鹰鼻说:“我想到了兔子深情人兔和谐,心中可怜它,便没有下手……”

老搅说:“听他瞎鸡巴扯,这人是心黑手辣猫哭老鼠假装慈悲。要是真的遇见那样的母兔,他会悄悄跟在后面,把老兔小兔一窝儿端𪨊了。”

我和村里不少人都认同老搅的话。因为我们注意到鹰鼻和他家人,冬天耳朵上戴的护耳圈,都是用小兔皮毛做的。

这人,说一套做一套,嘴和心不照,奸着呢。

有人说:“冬天没东西喂鹰,那鹰要是饿急了,敢端他的眼珠吃。”

后来,他真的让鹰端瞎了一只眼,变成了独眼龙。那是他又张网捕鹰时,栽进网里的那一只野鹰个儿特别大,极其凶猛,拼死反扑,啄掉了鹰鼻的一只眼珠。鹰鼻这货,真的是要鹰不要命,一只手拼死抓紧鹰腿不放,另一只手把鹰啄出的眼珠子从鹰嘴里掏出来又塞进了血淋淋的眼眶里。

塞进去还有𪨊用?鹰鼻从此变成了一只眼儿。

老搅幸灾乐祸,说:“敢和鹰斗?常玩鹰,玩一辈子鹰,最后还栽倒在鹰嘴里,你别以为鹰都是好惹的。”

五黄六月,骄阳似火,社员们汗流浃背地挥着镰刀割麦。割断的麦茬管里,流淌出新麦的清香,弥漫在田野上,沁人心脾。架在老柿子树上的三个大喇叭里,一群男女拼着命在大合唱:“拼命干,流大汗,贫下中农斗志坚。一颗麦子一颗心,为世界革命做贡献……”

一望无际的麦田,经过贫下中农几天拼命干,只剩下了三亩多小麦,像田野里的孤岛。突然,从里面蹿出来一只野兔,二尺多长,拼了命似的打着滚儿向远处跑。

野兔也够可怜的,连最后的隐身地方眼看都没有了,不跑咋办?

老搅喊:“大黄,上。”

大狼狗撒开四蹄,飞也似的追了过去。

大柿树下的鹰鼻,眼睛跟着大狼狗追了过去,龇开了长着两颗大板牙的嘴,一抖擞胳膊,喊:“出——”,放出了那只凶猛的鹰。

地方上流传着一句歇后语:狗撵兔子——多管闲事。在溴梁村,狗撵兔子是正事。不少人家养狗,一年四季带到地里撵兔。那大狼狗一阵狂奔,一口咬住了那只野兔。几乎同时,鹰鼻放出的鹰也飞到了。那鹰两只爪子抓住野兔,用嘴啄大狼狗的眼睛。

大狼狗、野兔、鹰互相间拼命争斗,撕咬滚打成一团,麦茬地里尘土、狗兔鹰毛飞扬。

马鹞眼儿黑老瘫们,挥着镰刀,挥着拳头,疯了似的跑了过去,嘴里呼喊着:“追啊,逮兔子吃肉噢……”老搅和鹰鼻、割麦的社员们,也齐往那儿飞奔。人们还没赶到,大狼狗野兔鹰都不见了。

它们一起掉进了一口水井里。

老搅这人爱大狼狗不要命,竟然没有丝毫犹豫,扑通跳进井里去救他的狗。好在井筒不深,一丈多吧,可井底的水很深,老搅踩不到底,在井里抱着大狼狗咕咚咕咚直喝水。

社员们慌了,忙乱成一团,赶紧找来竹竿、绳索绑着五指爪①丢进井里,喊:

"搅叔,快抓着五指爪上来吧,大狼狗算个屎?"

"搅哥,快上来吧,俺姑家的大母狼狗刚下了一窝崽儿,明天我去给你再弄个小母狗回来。"

"老搅,你这鸡巴货,囟尿啊?那狗算个狗比掰,你连命都不要了?"

……

老搅媳妇跑来了,哭着喊:"我的老天爷啊,你这老不死的,那狼狗是恁爹呀还是恁娘啊?要狗不要命。你要和恁那狗爹狗娘走了,撇下俺这一家老小可咋活啊……"

这个女人哭天喊地抹着眼泪,简直要疯了。

社员们七手八脚地把老搅从井里捞了上来。老搅衣服全湿透了,贴在身上。他喝得肚子鼓胀,像只鼓肚子的蛤蟆,趴在井台上,嘴朝下,哇啦一口、哇啦一口地往外吐水。

老柿子树上的大喇叭里依然在唱,歌词换了,换成了毛主席语录歌:"前途是光明的,道路是曲折的。我们面前困难还多,不可忽视。我们和全体人民团结起来,共同努力,一定能够排除万难,达到胜利的目的……"

歌声激越雄壮,荡漾在田野上。骄阳似火,田野上热浪滚滚。

张磨油在井台上挖个炉灶,支起一口杀猪锅,把狗兔剥皮鹰褪

---

① 五指爪:一种耧松土地的农具,像人弯着的五个手指头,前面两个,后面三个。也常用来打捞掉进井里的水桶和人。

毛宰杀了，煮了满满一锅。

社员们欢天喜地像过年，坐在大柿树下的麦茬地里会餐。

老搅过了难受期，四仰八叉地躺在井台上，闭着眼，不吭声，像条昏迷不醒的落水狗。张磨油往他手里塞了一个东西，低声说："搅哥，拿着，吃吧，香着哩。"他拿在手里，大概感觉到是一只鹰腿。他只是拿着，并不往嘴里塞。他的眼里好像有泪水溢出。

鹰鼻倒无所谓，手里拿着一块狗脖子，一口一口地撕扯着上面的肉。这人嘴里吃着狗肉，心往别处飞，时不时睁开那只独眼儿往天上瞅。

老靳坐在一个麦个儿上，背靠着大柿树，嘴里嚼的不知道是一块啥肉，只听他自言自语地说："操，斗啊？不斗了？"

六、王大喷

王大喷手拿广播筒喊："广大贫下中农和革命造反派同志们，今天下午，在村革委会大院召开批判大会，斗争走资本主义道路当权派老靳，请务必积极参加！"

很多人正端着碗在街上吃中午饭，听了感到很新奇："操，大喷，你是不是夜里没睡醒？"

王大喷一脸正经，说："啥鸡巴时候了，还没睡醒？睡醒了。"

"那，喝酒多了？"

"三天都没喝了，真的，哄你是孙子。"

豹腿叔走到他跟前，伸出一只手放在他额头上，问："没发烧吧？"

王大喷似乎觉察到有些反常，把头一甩，说："少啰唆，你到底想说啥吧？"

“斗错人了吧?”

“没错,斗老靳,一点没错!”

王大喷竟然会反过来斗老靳,村里很多人一开始都不敢相信这是真的。

“文化大革命”刚开始,王大喷就成立了“井冈山战斗兵团”,自己当团长,拉老搅,保老靳。马鹞眼儿鹰鼻他们的“似火烧战斗队”,斗老靳。两派势不两立,对着干。只要马鹞眼儿他们斗争老靳,王大喷就揪斗大队仓库保管李大栓,说:“李大栓偷盗仓库粮食,乱搞男女关系,是个十恶不赦的坏分子。”李大栓是马鹞眼儿的亲妹夫。鹰鼻嚼:“王大喷这个鸡巴货,忘本了,堕落成一个铁杆保皇派,哪像个穷苦人出身?”王大喷根红苗正,佃户出身,祖上几代住在王家祠堂扫地清厕所,当杂役,连个自己的窝也没有,穷得掉渣,谁敢把他咋样?

这两派势不两立,针锋相对地斗了两年多。

不过世间有很多事情,往往都出人预料,尤其是在汹涌澎湃摧枯拉朽的革命洪流中,革命阵营和反革命阵营,随时都会出现分化瓦解,弄出一些让人意想不到瞠目结舌的事情来。

斗争会开始了,王大喷叫老靳站在半截石磙上,低着头,弯着腰,撅起屁股,两条胳膊从背后架起,像一架即将腾空起飞的飞机。

这叫驾飞机。往常斗争老靳和“地富反坏右五类分子”时,造反派让他们摆好这种架势,也就是驾好飞机,大声喊:“起飞!”老靳和坏分子们就从板凳上或石磙上双脚蹦起,纷纷跳下来。然后再上去驾好飞机,再蹦起来跳到地,循环往复,不停地折腾。

这一次,王大喷让老靳驾好飞机,没有喊起飞,就突然飞起一脚,蹬在老靳的屁股上,老靳咕咚一声,一头栽倒在地上,额头上的血汩汩流了出来。

“飞机倒栽冲？老天爷，咋玩起这来啦？”

“这是要把老靳往死里整啊？”

……

溴梁村人议论纷纷。自从一九四六年温县第一次解放，到现在快二十年了，老靳这架飞机至高无上，一直在溴梁村的上空轰鸣翱翔，飞来飞去，俯瞰着溴梁村大地，掌管着溴梁村的芸芸众生。当然，“四清”运动中栽过一次，但那次时间很短，也没有人让老靳驾过飞机，更没有人敢让老靳玩“飞机倒栽冲”，老靳很快就又翻过个儿来了。“文化大革命”一开始，马鹞眼儿那派整天批斗老靳，也没人敢这样弄老靳。

王大喷这样弄老靳，他对老靳该有多大的仇恨？

这家伙比马鹞眼儿狠。以往，马鹞眼儿们虽然经常批斗老靳，嘴里却老是那几句话：

“唵？老靳是溴梁村最大的走资本主义道路的当权派，是一个隐藏在革命队伍里很深的反革命分子。”

“溴梁村第一次解放，唵？没错，就是第一次解放，他就混入了我革命队伍。”

“老靳大跃进搞浮夸，吃大食堂饿死人，‘四清’运动偷分集体粮食，挖社会主义墙脚，唵？他从来没有和党一条心过，和我们贫下中农一心过……”

……

你听听，云山雾罩的，有啥新意？

王大喷这次可不同，他揭发老靳说：“老靳是杀害老焦的凶手。”

这让全村人感到震惊。

提起老焦，溴梁村谁人不知？父亲经常说：“老焦是八路军太行游击区四分区区长，区队部就设在淏梁村。老焦带领区小队，搜剿国民党军队的散兵游勇。组织棍棒队，斗地主打恶霸。那些人只要听见老焦的名字，就吓得浑身发抖，撒腿就窜。老靳是副队长，天天屁股后挂着盒子枪，跟着老焦打冲锋。一九四七年八路军战略转移撤回太行山，国民党还乡团回来反攻倒算，老焦没来得及跑，被还乡团逮着毁了。"

淏梁村人众口一致，都是这个结论。

王大喷揭发说："前几天碰见老尚，老尚说，前一段在县档案馆存的敌伪档案中搜查历史反革命，查到一个叫李山的人，就是咱村那个外号土匪的李山。李山一九四七年被镇压时，供出他一九四六年带领老焦老靳去太行山，遇到还乡团和一队国民党兵，那个国民党军官张口就喊出了老靳的名字，口气亲热得很，像亲兄弟一样。就是那个国民党军官，放跑了老靳，杀害了老焦。老焦的死，就是老靳告的密，设下的圈套。"

有人问："哪个老尚？就是在咱村搞'四清'的那个老尚？"

王大喷："没错，就是那个老尚，尚组长。尚组长因为在咱村搞了桃园经验，回去就把馆长给抹了，现在也参加了毛主席的红卫兵，口诛笔伐，没日没夜地造走资本主义道路当权派的反，是响当当的无产阶级革命造反派。"

王大喷质问老靳："你认不认识那个国民党军官？"

老靳很坦然，说："认识。"

"哪人？"

"山西。"

"啥关系？"

"一个村的。"

"叫啥名？"

"靳连种。"

"咋都姓靳？恁是一家的吧？那人呢？"

"跑台湾去了。"

王大喷像个高明的油画大师，斑斑点点，给老靳画了一幅新的形象。

王大喷说："你们看看，你们看看，这个老靳，隐藏得多深？真是一个地地道道的历史反革命……"

王大喷和马鹞眼儿一派，不顾老靳额头上流出的血，拳脚齐上，把老靳打得鼻青脸肿，头发乱蓬蓬的，衣服被撕破几个口子，扣子也被拽掉了几个，像个要饭花子。

斗争会即将结束，王大喷带领他"井冈山战斗兵团"的战友，和马鹞眼儿的"似火烧战斗队"的队员，一起列队站在伟大领袖毛主席像前，举手庄严宣誓："毛主席啊毛主席，我们都是您老人家的红卫兵，都是为了造走资本主义当权派的反，经过了血雨腥风的考验，今天终于走到一起来了，实行了革命的大联合，成了一个战壕的战友……"

老靳坐在墙角地上，额头上粘着黄土，黄土上洇渗出黑紫血，像一只被打伤擒获的猎物。

原本势不两立的两派，现在联起手来了，把老靳按在鏊上一面烙，那还不烙焦烙煳烙死他？

几天后，公社革委会来了一个副主任宣布："王酒量（王大喷官名）同志虽然一开始是保皇派，但是在后来的斗争中，提高了无产阶级觉悟，敢于揭发批判淏梁村最大的走资派老靳，反戈一击有功，经公社革委会研究同意，王酒量同志作为革命群众组织负责人的代表，'三结合'到淏梁村革命委员会，任副主任。"

一只黄鹂鸟在臭椿树上叫得正欢，声音婉转曲折，一直在不停地嚼人:“恁妈那臭鸡篓!恁妈那臭鸡篓!”不知道谁家的老苍狗,嘴里衔着一块鸡骨头,在大街上跑,两条半大的黄狗,在后面紧紧跟着。

晚上,我和马五蛋苇根一帮小猫狗们玩捉迷藏。

月色溶溶,深秋夜晚的风还真有点凉。一些秋虫还在唧唧歌唱。一只野猫悄无声息地,爬上了一堵土墙,又轻轻一跃,跳上一座茅草房。我顺着野猫的足迹,也爬上了那座茅草房。那是大队后院的马坊屋,原先生产队在那儿养了几头牲口。后来牲口没了,院子也荒芜了。草房破旧,偏僻幽静。我蹑手蹑脚爬上房坡,刚走几步,扑通一声掉了进去。

我的娘,卓房坡糟了,被我踩塌出一个大窟窿。好在屋里软绵绵的,是一堆麦秸还是原来牲口没吃完的草料,轻柔地接纳了我。

我万没想到的是,马坊屋里竟然亮着一盏煤油灯,昏黄的灯光下竟然住着一个人。更令我没想到的,那个人竟然是老靳。

老靳的额头上缠着白色布条,布条有些发灰发黑,人瘦了很多,蓬头垢面,胡子拉碴的,颧骨凸出,眼窝深陷,像地狱中受苦受难的鬼。他还是穿着那件破旧的中山装,坐卧在马槽里。马槽是用青石头錾凿成的,六七尺长,一尺多高,二尺多宽,活像一副石头棺材,三长两短,就是缺一个盖子。老靳大概是为了取暖,在马槽里按着一窝麦秸,麦秸上盖着一副破烂不堪的被子。老靳背靠着马槽一头,两腿埋在马槽麦秸中,马槽沿上棚着一块木板,木板上点着一盏煤油灯,旁边放一个空碗,一双筷子,还有半个啃剩下的玉米面窝窝头,老靳在木板上用铅笔写东西。

我吓得魂飞魄散,半天没有缓过神来。

王大喷对村里人说:“老靳被县里的造反派逮走了,等到今年老焦的祭日,在老焦牺牲的地方,举行一场轰轰烈烈的批斗会,把老靳批倒批烂批臭,再踏上一只脚,让他永世不得翻身,用革命的大批判来祭奠革命烈士老焦。”

谁都没想到,老靳还在淏梁村,被关在这凄凉偏僻的马坊屋里。

老靳认出是我,笑了:“恁叔让你来的?”

俺叔?俺叔要是知道我白天逃学疯跑,夜里翻墙上房捉迷藏,还不剥我一层皮?

好在我脑子转得快,顺口说:“是。”

老靳说:“正好,我这儿有份材料,拿回去交给恁叔。千万别丢了,千万别让谁看见,你千万也不能看,要向我保证。”

老靳的话,让我感到这材料非同一般。就在那一瞬间,我的脑子里立刻浮现出《红灯记》里的李铁梅从奶奶手里接过密电码时的情景。我学着李铁梅,庄重地点点头,答应了老靳。

老靳又写了几笔,把一沓纸折叠好,用一块旧蓝布包好,掖到我的胸前。

老靳站在草料垛上,举着我的两条腿,像举着一个将要放飞的风筝,把我从草房顶的窟窿里推了出来。

月色溶溶,秋风习习。猫头鹰咴咴咴地叫了几声,凄厉悲凉,我浑身打了个激灵,以为自己在夜里做噩梦。

我摸了摸掖在胸前的蓝布包,轻轻扇了一下自己的脸,才确认不是在做梦。

出了马坊屋没几步,突然一个黑影从黑暗处斜蹿出来,一把拦腰抱住了我,说:“狗日的,可逮住你了。”

我差点吓晕了过去:操,莫不是遇到了王连举?

我定过神来,发现是马五蛋。

马五蛋说:“你们那一伙儿都逮到了,就剩你了,你刚才藏哪儿去了？”

我吐出了一口气，赶紧弯下腰，双手搂着那旧蓝布包说：“不好，我拉稀了。”

马五蛋手一松，我脱身跑了。

回到家里，我上好大门闩，全家人都已入睡了。我躲到灶火里，点上煤油灯，看着眼前老靳写的一沓材料，想到刚才的老靳，心里一阵酸楚。

我这人心里存不住事，想看老靳写的东西。

老靳的字写得真好，刚劲有力，潇洒飘逸。第一句话写道：王酒量为了钻进溴梁村“三结合”领导班子，借机搞阶级报复，这与当年被镇压的土匪李山有关。李山是王酒量的亲姑父……

土匪是我们村人，真名叫李山，土匪是他的外号，生活在上个世纪前半叶。土匪虽然已经死去多年，但村中的老人们茶余饭后还常常谈起他。据说，土匪虽然个子不高，但长相凶野；说话声音虽然不大，但敢作敢为，办事仗义。他常常昼伏夜出，做出些惊动村野的事来。

土匪懂得兔子不吃窝边草的古训，在本村很少作恶，而且还常常做好事。父亲说，有一次，村中一个孤老太太夏天推磨磨面，一双小脚颤巍巍的，推着沉重的磨盘一步几晃，累得浑身大汗。

土匪看见了，说：“三婶，费那劲干啥？等着，明天我给你弄头驴来。”

第二天，土匪果然从西乡弄来一头毛驴，送到老太太手里。当时，像土匪李山这样的人在我们那个地方大概很多。时值兵荒马乱，地方政权走马灯般地轮换，因而产生出一批这样的人物。

土匪在村中唯一作恶的就是勒死了一个叫二旺的人。二旺住在村东头，人长得很瘦小猥琐，家境也不太好。但经媒人说合，父母同意,竟娶了一个如花似玉的媳妇。媳妇叫玉,肤色白皙,胖瘦适中,樱桃小嘴,撩人心魄。

结婚那天,土匪一见新娘就破口大骂:“真他妈的一朵鲜花插在了牛粪上,二旺这龟孙子也有这命?”

二旺和玉结婚后,日子过得也还和睦,只是家境贫穷,生活比较拮据。土匪常常借机献殷勤。玉在推磨磨面,土匪很快就会从外村牵头驴来送她。玉在水沟边洗衣服,土匪很快就把一副新水桶送到她身边。玉在烧柴做饭,土匪很快会把一担木炭倒在她灶前。玉贪占便宜,很快就和土匪厮跟上了,做了他的姘头。二旺人穷志短,也就睁一只眼闭一只眼,得过且过。不料土匪为了能长期霸占玉,一年冬天,把二旺勒死扔在村外的一口井里。二旺死后,土匪也没娶玉为妻,可整天住在玉家,明铺暗盖,形同夫妻。土匪后来又和邻村一个年轻女人好上了,玉发现后又哭又闹。土匪就用绳子勒死了玉,也扔在当年二旺死的那口井里。这件事人们虽然都没有亲眼所见,但村里大多数人判断肯定是土匪所为。

一九四六年,八路军第一次解放了温县。老焦老靳带领工作队在村中清地痞,斗恶霸。土匪由于家里穷,在本村作恶不多,当时并没有被列入被打范围。后来,八路军战略转移撤回太行山,国民党军队和还乡团卷土重来,四分区区长老焦和老靳没来得及撤走,被围困在溴梁村。

土匪对老焦说:“焦区长,我送你们上太行山!”

老焦问:“你,中吗?”

土匪说:“中,走!”

土匪带着老焦老靳他们夜里出发,往太行山走去。走到邻村的第一道关卡,站岗的还乡团问道:“谁?”

土匪走上前去,打招呼说:“我,兄弟,溴梁村的李山,我姑姑病了，这是我请的医生，这个是俺表弟。”

“啊，是李山，没事，走吧！现在是咱爷们的天下。”

过了关卡后，土匪对老焦说：“不瞒你说，这些都是我的拜把子弟兄，关系亲密。你们八路军上山后就别再下山了，回来也是东躲西藏的，活受罪，搞不好会把命搭上，图尿哩？”

老焦没料到土匪和这些人渊源这么深，便悄悄地对老靳说：“这个人很危险，要注意提防他。”

老焦老靳他们快到沁河边时，被另外一帮还乡团堵住了。这一帮还乡团不认识李山，李山正和他们交涉，来了一队国民党兵，带队的是个连长。土匪李山见状，撒腿就跑。老焦为掩护老靳，被国民党兵和还乡团杀害了。

一九四七年，八路军第二次南出太行，解放了温县。土匪李山被老靳带领的区小队抓住，五花大绑，枪毙在溴梁村东北面的乱坟岗。

这件事，村里人当成故事讲，田间地头饭场常说。

老靳写的材料厚厚的一踏，估摸有十好几页。第一页下面，我看到老靳写的两句话：李山说的那个国民党军官靳连种，是我的胞兄，他杀害了老焦，放走了我。现在，我把这件事如实向组织详细交代……

“老天爷，你老靳，这是真的不想活了？”我惊吓得浑身颤抖，差点喊出声来。

我还是忍住了，长长吐出了一口气。没注意这口气吹灭了煤油灯，灶火里立刻又变得漆黑一团。

黑暗像一团乱麻，紧紧地缠绕包裹着我，我感到害怕，感到窒息。我不敢再看下去。再看下去，不知道我的心脏能否承受得住。一母同胞，亲兄弟两个，一个是国民党军官，杀害过共产党大官老焦,跟蒋介石跑到了台湾。一个是共产党干部,跟着共产党毛主席出生入死打天下,解放后积极参加搞土改、“三反”“五反”、大跃进、人民公社、“四清”运动……

老靳呀老靳,恁到底算是哪路人?

我把材料小心翼翼又包了起来。第二天早上,交给了父亲。

父亲不识字,我只对他说了老靳开头写的那两句话。父亲说:“老靳搞错了,李山不是王大喷的亲姑父。那个叫玉的,是王大喷的亲姨,活着的时候,经常拿土匪抢来的东西接济大喷家。没有他玉姨,大喷活不到现在。”

我明白了:王大喷在“文革”一开始保老靳,一定是因为老靳当年枪毙了李山,替他姨和姨父报了仇。现在又举报老靳,是为了反戈一击有功,想借“三结合”之机,弄个村革委会副主任干干。

这个王大喷,还出身佃户哩,革命的依靠力量,有他妈的啥阶级立场?简直是个无耻之徒。

父亲拿着老靳的那一沓材料,样子有些为难。他说:“老靳说没说,这材料送给谁?”

我说:“给你。”

父亲四下瞅了瞅,在鸡窝上找来一个架子车的旧里胎,剪下一段,把材料卷成卷装了进去。在土墙旮旯找到一个窟窿,把那卷材料两头折好,塞了进去。在石榴树根旁刨个小坑,端盆水和了一团稀泥,把墙窟窿弥上。

父亲弥好了墙窟窿,回头发现我在旁边,瞪了我一眼,说:“你在这儿看啥?”

我胳肢窝里夹着课本,耳朵上夹着笔,手里拿块红薯吃着走了。

十多天后,老靳走了。不是离开了溴梁村,而是离开了这个世界。

那天早上，村革委会副主任王大喷向村里人宣布了一个消息：“历史反革命分子靳××，畏罪自杀了。他以死，来对抗无产阶级专政，对抗无产阶级对他的审查，自绝于党，自绝于人民。”

豹腿叔老搅和村里很多人都去收殓老靳的遗体。

老搅说：“老靳骨瘦如柴，胡子拉碴，头发老长，像个逃荒要饭似的，人还没有一个麦个儿沉。”

豹腿叔说：“老靳浑身上下伤痕累累，旧枪疤新伤痕，看着让人直掉泪……”

我父亲也去了，回来说：“老靳把那件中山装撕成布条，编成绳子，把自己挂在马坊屋的梁上走的。”

父亲站在院里，脸色如水，中午没有吃饭，两眼直直地盯着那个塞着材料弥着泥的墙窟窿看。

我走到父亲身边，低声说：“老靳的材料里，还写有一句话，很要命。”

天上电闪雷鸣，团团阴云翻卷着向头顶上爬来，像是要下雨。

豹腿叔赶着生产队的那辆旧马车，那匹枣红马驾着辕，马车上放着老靳的薄棺材，棺材上搭着两张苇席。马车吱吱扭扭哭泣着，慢慢出了马坊院的大门。

大门外，站着不少人，男女老少都有。人们面色沉重，哑巴了似的。

父亲走过来，拦住了豹腿叔，手里端着我们家的那个头号大白瓷碗。那年夏天夜里，老靳偷分了小麦，轮到我家管饭时，我妈特意用白面红薯面和在一起，给老靳擀了满满一大白瓷碗的宽面条。后来每次我家管饭，老靳就一直用这个大白瓷碗。

父亲把大白瓷碗放在老靳的棺材前，从怀里掏出老靳写的那沓材料,放在大白瓷碗里,划根火柴点上。火苗一闪一闪的,火焰着了起来,老靳写的材料顷刻间化成了灰烬。

父亲端起大白瓷碗,高高举过头顶,狠狠地摔在地上,大白瓷碗被摔得粉碎。

溴梁村送死去的老人上路,都要举行这样的仪式。

天下起雨来,蒙蒙如烟。鸟不飞,鸡不叫,狗不咬,空气也仿佛停止了流动,整个村子死一般地阴冷寂静。

马车启动前,豹腿叔总是先要扬起牛皮鞭,在空中啪啪啪打上几个响,像放爆竹一样。这一次,他没扬鞭,没打响,只是用手轻轻拍了一巴掌枣红马的屁股。

枣红马慢慢起步,驾着马车,拉老靳出了溴梁村。

不知道谁说:“老靳家在山西运城,恁远,啥时候他才能到家?”

溴梁村手记

一

我到温县溴梁村的第一天,就认识了司马柳树妈。那天,一大早从县城出发走到溴梁村大队部时,天已经过中午了。四月天,太阳虽然不太热,但由于我急着赶路,还是走得满头大汗,心里直发慌。驻溴梁村工作组组长老靳见到我,嘴里咝咝地吸溜了一下口水,不轻不重地说:你是专门赶来吃饭的吧? 说完径直往大队院外走了。快到大门口时,他才头也不回地又说了一句:跟我走吧。就出了院子。

老靳是山西人,个子不高,微胖,经常穿着一双旧皮鞋,据说是解放县城时从一个死去的国民党连长脚上脱下来的。一九四五年豫西北没解放,他就参加了地下党,配合八路军太行支队在这一带活动。解放后,他在县政府农工局工作,我工作的县文联和他在一个大院。大概是做地下工作时间太长的缘故吧,老靳对谁都很戒备,脸上带笑的时候不多。我和他虽然是熟人,但没有啥交往,心里也并不喜欢他。现在他是组长,我是副组长,又晚来了十多天,就没再解释什么,只跌跌撞撞地跟着他,来到了一户人家。

老靳一进门就喊:司马柳树妈!

院里有一间茅草棚,茅草棚里烟雾缭绕,缭绕的烟雾里立刻有个女人答应说:靳组长恁来了? 就吃,就吃。

一个女人小跑般地从烟雾中出来,双手捧着一碗面条,面条黑乎乎的,我一看就知道是红薯面擀的面条。那女人把面条恭敬地放到了院里的小石桌上。

老靳坐在石桌旁的木凳子上,又厚又短的双唇向外凸着,像短嘴猪一样。他滋滋地吸溜了一下口水,对司马柳树妈说:这是新来的,给他也弄碗面条吧?

司马柳树妈抬头看着我,目光有些怯生生的。我因为太饿,充满希望地看着司马柳树妈。司马柳树妈大约三十岁,中等身材,一头黑发扎在脑后,眉清目秀,人长得也算漂亮。她穿件蓝色粗布短褂,圆领子很低,低到能看见两个半露的乳房;肩带很窄,窄得肩膀、脖子几乎全都露着,汗水浸湿的短褂贴在胸前两个像窝窝头大小的乳房上。司马柳树妈拦腰系着白色围裙,膝盖下的腿露着,迎面看好像没穿裤子似的。后来我看到她是穿着裤子的,只是裤腿短,没有围裙长。

司马柳树妈还没来得及说话,不知从哪儿跑来三个小女孩,围在放着面条的石桌旁,六只眼睛像饿狼似的盯着石桌上的面条,吧唧着小嘴,都没说话。上房屋的窗户上传来了嘭嘭嘭的敲击声,司马柳树妈对着厨房喊:快送去吧,又敲了。

厨房的烟雾里又走出一个小男孩,只穿一个裤头,上身裸露,满是汗灰,头上粘着草屑,双手端着一个大碗,往上房屋走去。我看见那是一碗面汤,汤里漂着几片红薯叶和几根红薯面条。司马柳树妈回头看着老靳,双手在胸前搓着,脸上露出难色,半天没有说话。我知道这个时期的农村，正是青黄不接的时候，群众家里都不富裕，一定是我的突然到来让她为难了，就说：老靳你吃吧，我不饿。

我说不饿纯粹是胡扯，半晌午时肚子就开始咕咕叫了。我只是不想让司马柳树妈太为难，太尴尬，更不想听老靳的嘴里再说出什么难听的话。我说完，转身走出了司马柳树妈家。

回到大队部院里，我坐在行李上等老靳。饭没吃上，我就想找地方睡，睡能治饥，睡着就不知道饿了。时间不长，老靳回来了，说：司马柳树妈家没有面了，她借去了。她家的街屋空着，没人住，以后你就住在她家。

我背着行李又去了司马柳树妈家。

司马柳树妈正好端着一碗面条走出了厨房，看到我就递过来说，用凉水刚过过，凉散散的快吃吧。我一看是白面条。老靳吃的是黑乎乎的红薯面面条，我吃的竟然是白光光的白面条，心里一阵喜欢，真应了那句俗话："迟饭是好饭。"我已经好几个月没吃过白面条了，我知道农村人也只有到过春节才可能吃上一顿白面条。

司马柳树妈一脸愧色地看着我，语调谦恭地说：薛组长，很对不起，让你饿得难受了，真的很对不起。

我听了心里发酸，赶紧说：早饭吃得多，不饿不饿。

司马柳树妈手脚麻利地给我收拾好街屋的床铺，我就在司马柳树妈家的街屋住下了。

二

驻淏梁村工作组共有四个人，老靳是组长，我是副组长。工作组的人分散住在老乡家里。工作组的主要任务是领导淏梁村农民搞好总路线、大跃进和人民公社运动。县文联还交给我一项任务，就是体验生活，创作一部反映农村开展这一伟大运动的文学作品。

溴梁村不大，千把口人，坐落在古老的溴河西岸，村子因溴河而得名。我国最古老的地理志《尔雅·释地第九》记载："梁，莫大于溴梁。"郭璞注曰："溴，水名。梁，堤也。"据民间传说，远古时期的溴河汹涌澎湃，水大浪急，先民们就在这里修建了我国有史以来最早最大的"溴梁"工程。宋代诗人文彦博有诗曰："谁谓溴梁大，不能容舫舟。"可见到了宋代，溴河已经河道渐淤，水浅不能行舟。现在的溴河已经根本没有了河的模样，堤岸变成了平地，河道变成了良田，溴梁村有几十户人家把房子都盖在了原来本是溴河的堤岸和河道上。溴河也就成了一个符号，成了溴梁村人一个古老的传说。

司马柳树妈的家在村子东头，院里长着很多树，一座街房，一座上房，都是旧瓦房。挨着上房还有一间茅草棚，那是厨房。司马柳树妈有四个孩子，男孩叫司马柳树，八岁；其余三个都是女孩，分别是十岁的司马柳枝、六岁的司马柳叶、四岁的司马柳花。司马柳树爹是个老病号，得啥病我不清楚，自从我住进这个院子就只是听见他在上房不停地咳嗽，很少看见他从屋里出来过。我住在司马柳树妈家，并不在她家吃饭。工作员吃派饭，每家吃一天，全村轮流吃，一直吃到溴梁村办起了大食堂。

民以食为天。人活着要吃饭。自古以来吃饭有很多方式。开办大食堂是驻村工作组改变农村人吃饭方式的一项主要任务。老靳是个很有韬略的人。为办好大食堂，他带着工作组和大队干部进行了精心策划。

先是营造大跃进的环境。溴梁村一个叫彭孝先的人上过私塾，写得一手好毛笔字。他根据老靳的要求，每天提着一个破洋铁桶,桶里装着水,兑上红土和颜料,手里拿一把旧笤帚,在村中主要大街两边人家的房墙上写标语。那些标语都是老靳给他说好的,每个字都有面簸箩那么大,血红血红的。内容如:一年超英,二年赶美,三年进入共产主义;砸碎小锅铸大锅,大食堂里笑呵呵;三天一小宴,五天一大宴,大食堂天天像过年;人有多大胆,地有多大产;插红旗拔白旗,很批到顶论;一天等于二十年,等等。主要大街上写完后,彭孝先又用一些彩纸剪成条条,在那些纸上写上小标语,贴在一些大树上、小胡同和大队部院里的墙上、屋里。一时间,大跃进的标语满街、满院、满眼都是。

全村社员像牲口一样被圈进大队部院子,老靳在开成立大食堂动员会。他吸溜一下口水说:共产主义是天堂,第一步先吃大食堂。小河没水大河满,小河有水大河干。各家各户的桌椅板凳、粮食都要交到生产队的大食堂。从今天起,家家不许冒烟,户户不能存粮。

老靳话说得很严厉,尤其是最后几句话。

大队长王净横宣布了分队方案和各小队社员名单,淏梁村原先的十八个互助组分成了九个生产小队,每个小队开办一个大食堂。个个小队又成立了收交队、运输队。收交队负责到各家各户把粮食、桌、椅、板凳、锅、盆等物搬到院外的大街上。淏梁村的街道两边,很快就像家具、炊具展销的自由市场。运输队负责用架子车拉和手搬肩扛,把这些东西弄到各小队食堂大院。大队还专门成立了督察队,负责对全村这项工作的督察。三个队一过去,家家户户干净得像秋风扫落叶一样。

太阳快落时,我回到司马柳树妈家。淏梁村大队长王劲横正带着督察队在司马柳树妈家督察。他拉着我进了上房屋,说:薛组长你来检查检查,看督得彻不彻底。

他拿根一米多长的铁条往衣柜箱的缝隙里捅捅，向床底下的黑暗处扎扎，嘴里问司马柳树妈：你还有啥东西就自觉交出来，省得搜出来斗争你。再说薛组长住在你家，你更要带头，可不能给薛组长带来不好影响。

这个王大队长，真能扯，把司马柳树妈和我拉扯上了。

司马柳树妈像一只将要被宰杀的羊，不好意思地看看我，语调虔诚地说：全交了，都交了，啥也没剩，真的啥也没剩。

大队妇女队长王希英瞥了她一眼，一屁股坐在司马柳树爹躺的床上，满面春风地说：大兄弟，病快好了吧？来，老嫂摸摸你腿凉不凉。她不由分说地把手伸进了司马柳树爹的被窝。

我第一次看见了司马柳树爹。他脸面干瘦，眼眶塌陷，皮色蜡黄。这是一个久病卧床、营养不良的人，嘴里"啊啊"叫，嗓音嘶哑，听不清说的是什么。我的脑子里突现一念，就是这么一个男人，竟有着这么旺盛的生命力，和司马柳树妈生育了四个孩子？

妇女队长王希英从被窝里掏出了一个小布包，小布包里是几个鸡蛋。王希英乐呵呵地说：大兄弟常年不起床，原来是卧床在下蛋呢？都要吃大锅饭了，你还留这鸡蛋干啥？

司马柳树爹瞪着王希英，嘴里还是"啊啊"的，只是声音有些大，显得有些激动。

突听咚的一声，一个小伙子从屋的顶棚上跳了下来，浑身像在尘土里打过滚儿的驴，脸上黑乎乎的，手里抱着三棵白菜。他说：棚上太鸡巴黑了，啥也看不见，真不好搜。他转身又问司马柳树妈：棚上还藏有啥？

司马柳树妈瞪了他一眼，没有说话。后来我知道这个人叫牛大嘴。

屋外有人喊："搜到了一袋麦。"

我们出了屋子，见一个督察队员正从红薯窖里爬出半截身子，灰突突的，手里举着一个布口袋。

大队长王劲横笑了，皮笑肉不笑的。他用铁条指指督察队员手里提的那小布袋、牛大嘴怀里抱着的三棵白菜和妇女队长王希英手里捧着的几个鸡蛋，问司马柳树妈：这是都交了？这是啥也没剩？

司马柳树妈被带到了大队部，被一起带来的还有二十多个人，都是家里被搜出来藏有东西的。老靳板起脸，狠狠地训斥了他们一顿，就把人都放了。

司马柳树妈回家见到我，显得有些不好意思，甚至有些愧疚，说她对不起我，给我带来了不好影响。接着，她一脸委屈地问我：薛组长，那些粮食是我们全家流汗出力，舍不得吃舍不得喝，从牙缝里省下来的，为啥要收走交给大食堂？大食堂是大锅饭，大家吃。刘财旺那些懒汉不干活，乱流逛，家里穷光光的，啥也没有，开了大食堂不就白吃我们的？你那天到我家吃饭，我借狗剩妈的面，放在红薯窖里的一袋麦本来是要还她的，收走了我拿啥还？

司马柳树妈的质问，我无以对答。我觉得她问的问题，尤其是前一部分，太直接，太现实，也太大，这些问题应该由县长、县委书记，至少应该是工作组长老靳来回答。其实，我也可以回答她。我在县工作组培训班上集训了十天，十天里我学会了很多话。这些话的内容很多，都是上面一些很有文化的秀才们写的，都是回答在农村走集体化办大食堂时社员们要问的问题，其中也包括司马柳树妈问的问题。

不知道为什么，面对司马柳树妈，这些话我不想说。是这些话太冠冕堂皇，离农村的现实和老百姓的生活太远，还是我自己在思想深处也没有完全理解？弄不清楚。面对着司马柳树妈那张纯朴的脸,那双真诚的眼睛,那种渴望我能给她一个满意回答的神情,我张不开口。话说回来,回答那些问题的话我都是烂熟于胸的,我可以在大会小会上说,可以在广大社员群众面前满怀信心地说,理直气壮地说。这方面我比老靳强。老靳没啥文化,嘴里就那几句话,他的话远没有他吸溜进肚子里的口水多。但是,就在那一瞬间,我决定对她前一部分的问题一句也不说,不回答她。至于她说她借面粉藏小麦是因为我,我就不能不说了。

我敷衍她说:"以后都吃大食堂了,狗剩妈不会再要了吧?"

"不要? 那这个人情,我不是要落了她一辈子?"

听了司马柳树妈的话,我想起了老靳吃的那碗黑乎乎的红薯面条,想起了我吃的那碗白光光的白面条。

三

溴梁村大食堂开火了。

每当开饭前,九小队炊事员老斜火拿着洋铁皮卷成的广播筒满街喊:社员们,开饭了,带碗带筷一起来。

那声音像雷声一样响,在空中回荡。社员们兴高采烈地拥进食堂,拿着碗到大锅里舀玉米粥。能放下两三头猪的大杀猪锅里,粥稀稠适中,颜色金黄金黄的,里面还下有豆。农村人在粥里下豆是生活奢侈的象征,流行有"三年不下豆,盖间瓦门楼"的说法。大食堂的粥里现在不仅下豆,而且很少只下一种豆。经常是蚕豆、黄豆、花生豆、玉米豆等交叉着下,有时下两种,有时下三种,有时各种豆全下。

社员们用筷子到大簸箩里扎杠子馍,杠子馍又白又暄腾,随便扎,有人一筷子扎上三四个。杠子馍在农村是一种很奢侈的馍,是两个馒头连在一起不用刀切开的大蒸馍。不过在淏梁村人的嘴里，很少光说杠子馍，往往在杠子馍前面要加个“大”字，有人还故意把“大”字的音拖长，说“大——杠子馍”，就显得很豪气，很富气。淏梁村过去只有少数富裕人家遇到大喜大庆大节日时才蒸一次大杠子馍。现在的大食堂顿顿都是大杠子馍。往往是簸箩里的大杠子馍还没完，老斜火和马黑土就又抬着一笼冒着热气的杠子馍兴冲冲地走来，一边往簸箩里倒一边对旁边等着扎馍的人说：“放开肚皮随便吃，大杠子馍有的是，撑死了别怨炊事员。”

舀了下豆粥扎了大杠子馍的人或席地而坐，或坐在收交来的桌椅板凳上，听着老榆树上挂的喇叭匣里“大食堂就是好”的歌声，大吃二喝，谈笑不断，热闹非凡。杀猪锅里金黄金黄的下豆粥从来就没有被喝得见过锅底，大簸箩里热气腾腾又白又暄腾的大杠子馍从来就没有被吃光过。

社员们尽情享受着吃大食堂的优越性。

在歌声和社员们吃喝笑闹声中，我经常看到司马柳树妈背着司马柳树爹进到院子，放在固定的柳圈椅子上，然后去打饭菜，用筷子扎大杠子馍。她把两根筷子分开扎，每根筷子上都扎两三个。一根筷子上的大杠子馍自己吃，另一根筷子上的大杠子馍一口一口地喂司马柳树爹吃。满院的吃饭人快走光了，司马柳树妈还在喂她的丈夫吃，吃得很香甜，很喜悦。司马柳树爹大概很少有过这样的生活，嘴里不停地吃，不停地“啊啊”。别人听不懂他说的是啥，柳树妈说：他是高兴，高兴了就“啊啊”。大杠子馍太好吃了，吃不够。

终于有一天，司马柳树爹吃出问题来了。那天是司马柳树喂他爹吃，他爹直“啊啊”，司马柳树以为他爹还要吃，就不停地喂。岂不知他爹是吃得太多了，想拉屎；最后憋不住，拉在了裤裆里。

他爹卧坐在柳圈椅子里，腰带是根细绳子，深深地陷在胀鼓鼓的肚皮里，怎么也解不开。他爹“啊啊”的声调就变了，像是在骂人，眼睛里还有泪水溢出。司马柳树急得两眼直抹泪。炊事员老斜火等人跑来，看看也没办法。正在这时来了司马柳树妈。她叫老斜火去拿小擀面杖和剪刀来。老斜火很快就拿来了。司马柳树妈把司马柳树爹的后背搬出来，用小擀面杖尖尖的头，顺着司马柳树爹的脊椎骨沟插了进去，细绳子腰带终于从紧勒的肉里被挑了出来，咔嚓一剪刀下去，周围的人才松了口气。人们问司马柳树妈，这一手哪学的？司马柳树妈淡笑着说：娘家妈。我很小时，还没有遭年馑，娘家爹外出吃酒席，回来后娘家妈经常这样做。

看来很多绝招都是有家传的。

尽管遇到了这件事，司马柳树妈还是逢人就说：大食堂真是好啊，大食堂就是像天堂，天堂的饭就是香。要知道这么好，早就该吃大食堂。

我觉得司马柳树妈对大食堂的赞扬是发自内心的。她一个人在队里劳动，全家六口人在大食堂吃饭，回家自己不用做饭，不会再因没有米面而发愁。四个孩子和司马柳树爹不仅能吃得饱，还能吃得好，吃得高兴，天天像过年一样，不到一个月就吃得满面红光。看着司马柳树妈掩饰不住的喜悦，不知道她是否还记得她曾经问过我的那些话，尤其是说大食堂大家吃，刘财旺懒汉们开了大食堂就白吃他们的那些话？

大食堂的春风在淏梁村弥漫荡漾，男女老少过去青菜色的脸，现在被吹得像路沟里、树园里的芍药花，朵朵盛开，红润娇艳。淏梁村的大跃进运动也搞得轰轰烈烈，大跃进的高潮正在淏梁村蓬蓬勃勃兴起，全村群众大跃进的热情从来没有像现在这样高涨过。

大跃进的各种活动老靳都进行了精心安排，比如小高炉炼铁。

溴梁村的大街上，家家户户的门前都有一个用土坯垒成的小高炉，家家户户都用小高炉炼铁。小高炉里填上旧门板、树疙瘩、麦秸、玉米秆、豆秆、铁棍山药秧等柴火，柴火上放着砸碎的铁锅、铁桶、铁门鼻等。点上柴火，满村烟雾缭绕，呛得人们直咳嗽。县里、公社检查哪个村大炼钢铁搞得好不好，标志就是看哪个村的烟雾大不大。

一天，老靳听说检查组快到溴梁村了，就让工作员和大队干部往各小队跑，指导社员们在高炉外面也堆上柴火猛烧；又让一些社员跑进一些没人住的空院，把大门反锁上，在里面点上一些柴草烧。为了制造更大的烟雾，在那些干燥的柴火上洒上一些水，或者盖上一层新拔的青草。检查组的老爷们一进村口，黄烟滚滚扑面而来，呛得他们睁不开眼睛，鼻涕眼泪直流。他们拉着老靳的手直往村外跑，一边跑一边说："老靳，你们溴梁村的小钢铁炼得不错，炼得真不错。"

再比如拉大车。为了表示人的力气比牲畜大，村里组织进行拉大车比赛。三队的辛大民赤裸着上身，肚皮上画个红太阳，两个耳朵上挂着大雷炮，双手驾着辕在溴梁村的那条主街上跑。辛大民满以为没人敢和他叫板，没料到迎头碰见了司马柳树妈。司马柳树妈也拉一辆大车，也是赤裸着上身，耳朵上系着两条红绸飘带迎风摆动，胸前挂的大红花鲜艳夺目。司马柳树妈双手驾辕，昂首挺胸，一脸神气，一边拉大车一边唱：

大跃进，像大车，
俺拉大车像飞马。
一天能跑一万里，
转眼跑到老君家。
太上老君哈哈笑，

要到咱村拉大车。

司马柳树妈的行为着实让全淏梁村的人们对她刮目相看。谁也没有想到她能这么勇,这么泼,这么能干,以至于以后多少年,淏梁村还流行着一句歇后语,叫“柳树妈拉大车——真能干。”

司马柳树妈在没有吃大食堂前,受司马柳树爹和孩子们拖累,为一家人的生计奔忙劳作,在淏梁村默默无闻。大食堂的富裕生活把她养育得精神饱满,青春焕发,调动了她火一样的激情。

老靳说:妇女能顶半边天,女人就比男人强。老靳还说:辛大民是哑巴拉大车,光会拉,不会唱,不知道他给谁拉大车。司马柳树妈比他强,不仅能拉大车,还能唱大跃进,都知道她是为大跃进拉大车。最后老靳拍板,司马柳树妈拉大车比赛拔了头筹,得了第一名。

司马柳树妈成了村里的名人。

王劲横说:这娘们贼能干,过去咋没发现?

屋檐下的一个老太太低声说:这媳妇咋二半调?活像村北头的疯戏子王丘妈。

晚上,天上明月高挂,地下皎洁如银。司马柳树和他的妹妹们不知到哪里去了,院子里很安静。蟋蟀和不知名的夜虫在欢快地歌唱。司马柳树妈像是刚洗过澡,满头秀发披在肩上,浑身冒着皂角液的香气,靠在街屋前的一棵香椿树上。她已经完全没有了白天拉大车时的雄姿和潇洒。月光中的她,娇丽妩媚,像仙女下凡一般,说话像月光一样纯洁柔和。

她对我说:你是工作组副组长,恁有文化,带我们往好日子奔,又住在我家,我一定不能再给你丢人。

听了这话,我心里突然乱得像一团麻。

四

老靳一声令下,全村开始收割麦子。一望无际的麦田像金黄色的海,在微风里掀起层层波浪。布谷鸟在麦海上空欢快地飞翔。湨梁村在吃大食堂的第一年迎来了夏粮大丰收。老靳早上下令开镰后,就到公社开会去了。湨梁村的麦收工作暂时由我负责。

社员们在熟透了麦田里弯腰弓步,挥镰割麦。村里和地头架起的大喇叭里,不停地播着温县夏收、夏耕、夏种"三夏指挥部"的特大喜讯。刚播王庄村小麦亩产一千斤,接着就播南湾村亩产三千斤,还没有割几把麦子,又播庙林塔村亩产八千斤。到了下午,崔村的小麦就达到了亩产一万二千斤。喜讯一个接一个,很多村子的亩产不断地翻新、暴涨。湨梁村人开始听了感到很兴奋,接着是很惊讶,后来听着听着,人们停下手里的镰刀站了起来,张着嘴看着喇叭不再说话,仿佛傻了一样。都是一样的地,一样的种法,亩产差别咋就这么大呢?

司马柳树妈把镰刀往地下一扔,说:这是王祥吹猪吧?俺表妹的婆家是崔村的,我见过他们的麦子,还没咱村长得好,咋能亩产一万多斤?

我见过湨梁村的王祥吹猪,是司马柳树妈带我去的。王祥是个屠夫,专门杀猪宰羊。那时候农村穷,猪少,杀猪就更少。不像后来的村里家家户户养猪,过年过节时杀猪,村里一片猪叫声。那时候杀猪在农村是件大事,谁家要杀猪早半个多月前在村里就吆喝开了,杀猪时半个村的人都跑去看。我跟着司马柳树妈到了杀猪的地方,见那个叫王祥的人一只手捏着猪嘴,不让猪叫唤;一只手提着一尺多长的柳叶刀,从猪脖子的地方一刀进去,直插猪的心脏。一股冒着热气的鲜血喷射出来,猪哼了几声,伸展开四蹄弹了几下,就没气了。司马柳树妈低声告诉我,要吹猪了。

王祥拿刀在猪后腿上拉个小口,用根三四尺长的铁条捅进去,在猪皮和肉体之间不停地乱捅;捅了一阵后,就让徒弟用嘴对着那个小口开始吹猪。徒弟一口接一口地吹,吹得很有节奏,死猪的肚皮慢慢鼓胀起来,但是一直鼓得不大,鼓得不快。有人喊:王祥吹,王祥吹!王祥把手里的刀往地下一扔,推开徒弟,一手撕着小口,一手捏着小口下面的猪蹄,鼓起肚子,张开大嘴对着小口,像拉风箱一样呼哧呼哧直往死猪的身体里吹气。王祥吹猪时,徒弟拿根棍子,在猪身上不停地敲打。吹猪是需要气氛的,需要把气氛烘托得十分热闹。围观的人分为两拨,开始起哄。一拨人喊:使劲吹!另一拨人喊:使劲打!在一片呼喊着“吹、打”的热闹气氛中,王祥越吹越勇,大口地吸气,大口地吹气,憋得脸红彤彤的,像刚从猪肚子里掏出的肝。死猪的肚子急剧地鼓胀起来,很快就被吹得变了形,变得像牛那么大,完全没了猪的模样。

司马柳树妈告诉我:死猪只有吹得大,吹胀得变了形,在杀猪锅里用开水烫了,猪身上的毛才能刮得干净,刮得光溜溜的,一根毛也不剩。

晚上,老靳还没有回来。公社有人带信来说,会上让每个村的工作组长报小麦亩产。老靳由于拿不准溴梁村的亩产,报了几次都没有达标,公社就把他扣下了。公社说哪个村再拖一天报的亩产不达标,驻村工作组的副组长也得到公社开会。老靳很着急,让我和在家的干部研究,拿个意见报他参考。我想起了司马柳树妈的话,就派她连夜去她表妹的婆家崔村取经。

后半夜,司马柳树妈回来了,风风火火的,衣服都湿透了。她说:薛组长,明天你去公社报产量吧,就说溴梁村小麦亩产一万五千斤，接着又自言自语地说：王祥吹猪，谁不会？

第二天下午，老靳回来了。

和老靳在一起时间长了，发现他有个习惯，爱吸溜口水，经常在说话前先咝咝地吸溜一下口水。是不是他口腔里的水腺太丰富，聚在嘴里的水太快太多了，还是有别的原因？我弄不清楚。有一次回文联，在院里碰见农工局的老孙，聊到老靳，老孙说老靳吸溜口水的毛病小时就有，这是老靳自己说的。老靳说他爹做小生意，琢磨什么事时就爱端着铜水烟袋吸溜吸溜地抽。那吸溜声不大不小，不紧不慢，不瘟不火，津津有味的。老靳看多了也想吸，他爹不让，他就用嘴空吸溜。时间长了，就养成了这毛病。

老靳吸溜一下口水说：这次在公社开会真是长了见识，也真是受了洋罪。我开始报溴梁村亩产小麦八百斤，王村的老樊张口就报一千斤。我咬咬牙想报一千五，西蒙村的崔大嘴连眼睛都不眨报了两千五。停了半天，没有村子敢再报了。

马副社长说让我们长长见识，就让广播室的小黄拉根广播线，安个喇叭对着我们播。喇叭里播的数可真叫刺耳。刚播了林赵公社的南湾村亩产三千斤，一袋烟没吸完，就播秦凌公社的庙林塔村亩产达八千斤。到了下午，又播大崔公社的崔村亩产达到了一万二千斤。

马副社长急得直跺脚，说把你们的驴耳朵撑大了好好听听，别的公社卫星、火箭一个接着一个地放，直往天上蹿，蹿到了九霄云外太上老君的家门口。咱公社可好，连鸡巴个火星都看不见，你们心里不急？我把话放这儿，哪个村报的产量低于五千斤的工作组长，一律留在公社继续开会。实在不行，把各村的副组长也弄来开。开一天不行开两天，开两天不行开三天，啥时候报的产量不给咱公社丢脸啥时候散会。

有几个村组长木着脸报了五千斤走了。我们留下开会的中午还管饭吃,晚上就光喝稀粥了,第二天早上连稀粥也没了。

马副社长拿着一把破蒲扇不停地呼扇,用手端着我们的脸说:连小麦亩产量都上不去,你们还想吃饭,吃个鸡巴!牛社长被弄到县里开会,到现在都三天了还没让回来,天天在那喝冷水,急得在电话里直骂我。都是让你们这些屌货给拖后腿拖的。

老靳很感慨。

他吸溜一下口水说:真的很感谢司马柳树妈,一个女人家,黑天半夜地跑了几十里路,到崔村取到了真经,才把我救了;又指指我说:把你也救了。不是她,说不定咱俩都在公社圈着哩。

按照司马柳树妈的建议,老靳号召溴梁村向像崔村学习。社员们把几十亩收割的麦子堆放在一块地里,中间放着小板凳。夜里,县里和公社检查组来了。司马柳枝、柳叶、柳花和一帮孩子们站在麦堆中间的板凳上,拍着手唱着歌。

老靳汇报说:今年溴梁村小麦大丰收,上午在公社报的产量太保守了,回来看了一估摸,一亩地产小麦足足有三万五千斤。

老靳正汇报,突然停了一下,然后用两只手提着裤腰继续汇报:这一亩麦子长得多好!麦秆又粗又壮,麦粒又大又饱,上面能站得住孩子。

检查组啪啪啪地鼓起了巴掌。

老靳低声对我说:赶紧找根布条给我,裤带断了。断得真不是时候。

我赶紧把我的布裤腰带解下来,撕成两个布条,我系一条,老靳系一条。老靳裤子还没有系好,孩子们乱了,哇哇喊叫。我隐约看到不知是司马柳枝还是司马柳叶一脚踩空,从板凳上掉了下去了。好在是夜里,检查组没能看得太清楚,以为是孩子们在表演节目庆祝丰收达到了高潮。

溴梁村开始收秋。玉米高粱谷子大豆几天时间就被割倒了。平原的田野上没了遮挡,一望无际,看得很远。为了响应温县秋收、秋耕、秋种“三秋指挥部”的号召,营造溴梁村“三秋”大跃进气氛,掀起溴梁村“三秋”大跃进高潮,司马柳树妈作为大队妇女队长,组织全村的妇女、老人和孩子糊了很多纸灯笼。村外的大树、小树、坟头、土岗、河堤、井架上,都挂满了纸灯笼。有的地块空旷,就散插上一些棍子,棍子上挂着灯笼。到了晚上,点起灯笼。远远望去,溴梁村外的田野里遍地灯火,亮如白昼。

《温县大跃进战报》上有人写诗称赞说:太上老君跺脚问,银河何时落人间?

“银河”里的溴梁村社员们,出红薯,剜地,种麦子,干得热火朝天。剜地应该是一锹接着一锹地剜,不能留生地,这样一个壮劳力一天最多能剜几分地。可是在夜里,大干的热情可以创造出很多人间奇迹。司马柳树妈的办法是,剜起一锹土往地面上撒,隔一尺多远再剜一锹土撒在地面上,整块地剜撒完,用耙一耙,就变成了土细如面的秋耕地。这样一个人一晚上可以剜好几亩地。

司马柳树妈出红薯也创造了奇迹。她带着几个娘们,一晚上每人能出近十亩红薯。老靳听说了很兴奋,拉我陪他去现场看看。他说:看看她们到底用的啥新技术,出红薯竟然能够比用苏联老大哥的双轮双铧犁耕地还快那么多?

到了南河洼地,我才明白司马柳树妈们出红薯用的新技术是脚跺手拽。先用脚在红薯根周围跺,跺几脚,土松了,然后抓住红薯秧猛一拽,一两个细小的红薯就带在秧上出来了。一堆一堆的红薯秧上,稀稀拉拉地带着几个红薯。司马柳树妈说:拔去红薯,用耙一耙,就成了秋耕的新地。

我知道,有很多红薯,包括一些很大的红薯就留在地下了,地上薄薄的一层新土是虚的。

在县工作组学习班上,县委李林书记教育我们:工作组到了农村,要千方百计地保护、支持和赞扬群众大跃进的热情,不能泼冷水,讲怪话。我看着老靳和司马柳树妈们自豪、自信和喜悦的脸,没敢说啥。

老靳让我写诗歌颂扬司马柳树妈的先进事迹。我领命夜战,在司马柳树妈家街屋的煤油灯下写道:

柳树妈,真能干,
一夜剜薯九亩半。
昨天遍地是红薯,
今天变成种麦田。
社员全像柳树妈,
土地哪还有空闲?
明晚抖抖老精神,
后天种地到云间。

第二天,这篇顺口溜被贴在了大队部的先进人物园地上。几天后又登在《温县大跃进战报》上。《温县大跃进战报》还加了我写的编者按:河南温县是三国时期著名的政治家军事家司马懿和晋武帝司马炎的故乡。自从“八王之乱”和“永嘉之乱”之后,司马家族在中国的土地上就销声匿迹了。可是在一千多年后的今天,在如火如荼的大跃进年代,司马家族又诞生了一位很能干的女将——司马柳树妈。很快,这篇带着编者按的顺口溜又被《河南日报》刊登出来。全省全国不少人知道了司马懿的故乡温县,有个村子叫溴梁村,在溴梁村有个很能干的司马家族女将叫司马柳树妈。

司马柳树妈对我说:薛组长,恁真有文化。

根据司马柳树妈的突出表现,老靳决定吸收她进村领导班子,接替王希英当溴梁村大队妇女队长。王希英的丈夫叫彭孝先,解放前在温县城丁字口路东的一家药铺当过账房先生,双手能打算盘,因为写标语有功,老靳安排他在第九小队当司务长。老靳说夫妇两个不能都当干部。

司马柳树妈当了大队妇女队长,大跃进的劲头更加高涨。她的脸上洋溢着青春的朝气,英姿勃勃,神采飞扬。她走起路来,两条腿倒腾的速度很快,两条裤腿在摩擦中唰唰发响。她胸脯挺得老高,两个窝窝头大小的乳房在胸前不停地摇晃。她说起话来底气十足,声音洪亮,老年人说像溴梁村过去寺庙里的铜钟声一样。看来当不当干部,人的精神面貌是大不一样的,尤其是女人就更不一样。

我在每天创造着人间奇迹的大跃进浪潮中经受着洗礼和锻炼。我想写东西,我想在安静舒适的环境里写溴梁村人在大跃进中的创造和奇迹。我有这样的环境,这样的环境是司马柳树妈给我创造的。街屋里的桌椅总是一尘不染,床铺总是平整洁净,地上总是没有一点杂物,桌子上的暖水瓶里的水总是满满的,滚烫滚烫。我的衣服裤子,包括散发着脚臭的袜子,也总是洗得干干净净,叠得整整齐齐。这像是我在县城里的家,有时觉得比县城里的家还要温馨。我知道这些都是司马柳树妈干的,因为街屋的门从不上锁。但我不知道她是在什么时候干的。最使我感动的是她当了妇女队长后,村里家里的事情那么多,那么忙,她依然对我照顾得这么好。我的生活待遇一点没有降低。

奔波劳累一天回来,街屋里洁净利落,散发着柳树妈的气息。

那气息有着淡淡的幽香，甜滋滋的，沁心入脾。我经常眯起眼睛做深呼吸，细细品味那气息，觉得那气息充满着青春的活力。充满着青春活力的气息像涓涓暖流，慢慢流淌，滋润浸泡着我的脸、我的脖子、我的胸脯、我的肚子、我的双腿、我的周身。我紧张疲劳的肉体在活力的滋润浸泡中慢慢变得松弛，变得活力充溢。尤其是在夜晚，那气息使我的心里阳光灿烂，洋溢出无比的愉悦和希望。

我越来越感觉到，司马柳树妈是个在农村大跃进高潮中脱颖而出的新人，头脑精明粗中有细，是个适应社会浪潮又能在社会浪潮中发挥着旺盛生命力的女人。

静静的夜晚，我躺在弥漫着司马柳树妈气息的街屋的床上，经常神使鬼差般地想起离我不足百米外的上房屋里的司马柳树妈。

五

一场霜冻在夜幕里悄悄降临，原本生机勃勃的树木叶子上挂了一层洁白的霜。霜很薄，在朝霞里闪动着晶莹的光。太阳升起来了，还没有升得太高，白霜就化了，化出一层淡淡的烟雾，很快就消失了。中午的太阳还有些热，照射着霜打后的树木。树木的叶子一下子就变黄变黑变干，西北风一刮，哗哗啦啦地掉在地上。几天后，树枝光秃秃地伸向天空，在大风里呜呜响。冬天来了，来得很快。

大食堂的院子里已没有了往日的热闹，主要是饭的质量在下降。开始是大杠子馍变成了蒸馍，蒸馍比杠子馍整整小了一半还要小。再后来，簸箩里一半是蒸馍一半是窝窝头。人们已经不用筷子去扎了，而是下手去抓，去抢蒸馍。这是开办大食堂以来从没有过的。金黄金黄的玉米粥已经看不见了。玉米粥已变得很稀，黄泻泻的，里面已经没了蚕豆、玉米豆、黄豆和花生。

牛大嘴舔着手指头说：过去一个大杠子馍咬了十大口还咬不完，现在一个蒸馍只咬四口就咬到手指头了。

刘财旺端着一碗粥，坐在一块土坯上，用筷子敲着碗说风凉话：大食堂是天堂，天堂里的粥咋就能当镜子照？

每当司马柳树妈把司马柳树爹背来放进柳圈椅子，再去拿馍舀粥时，蒸馍早被人抢光了，只剩下几个又硬又冷的窝窝头。粥也很稀。司马柳树一手抓个窝窝头，另一手抓个蒸馍。牛大嘴的儿子牛小宝突然跑过去，伸手去夺司马柳树的蒸馍。司马柳树捏得紧，牛小宝只抢走了半个蒸馍。司马柳枝、柳叶、柳花只抢到一个窝窝头，气得哇哇哭。司马柳树爹咬着干涩的窝窝头，喝着能当镜子照的稀粥，嘴里"啊啊"直叫。司马柳树爹很快就又瘦了下来，和吃大食堂前一样。

司马柳树妈以妇女队长的身份去找炊事员老斜火，说：妇女老人孩子都吃不饱，大食堂咋办成了这样？

老斜火两手一摊说：仓库里的粮食已经快空了。找老靳要，老靳说大队仓库里的粮食早就被县粮食局调走了，我有啥法？再过几天，窝窝头和稀粥可能也喝不上了。

司马柳树妈跑去工作组反映大食堂的情况。

老靳坐在大队院里的土堆上，看蚂蚁搬家。有的蚂蚁嘴里咬着东西，正往窝里拖。有的嘴是空的，在快速地穿梭奔忙找食。听完司马柳树妈话，他吸溜一下口水，说：吃亏了，吃大亏了。去年夏天小麦亩产实际上不到五百斤，可各村比着往高里报，虚报得太高、太多，上面按照报的产量每亩征调了一千斤，仓库里的小麦几乎全征走了。

当时我也在场，禁不住地说了一句：这像不像王祥吹猪？吹得越大，毛刮得越干净。

老靳没理我，站起来拍拍屁股上的土，又说：秋庄稼长得不错，但上面要求“三秋”工作要快，掀起了队与队、村与村、公社与公社比进度、争先进的热潮，很多玉米随着玉米秆割下来喂了牲口，绿豆、黄豆子没打就连棵埋在了地下，像那时你们一个妇女，一天就出了十亩红薯，把很多红薯都埋在了地里。粮食多了不心疼，糟蹋得太多。大食堂都快没有粮食了。溴梁村的九个小队全都这样。

司马柳树妈的脸红了，半天没再吭声。

老靳想了想，吸溜一下口水又说：大食堂看来不能再这样吃了，要定量。青壮劳力一顿一个馍，妇女老人孩子一顿半个馍，粥可以放开了喝。

溴梁村的九个小队大食堂都开始按人定量。

司马柳树妈一家六口人，每顿只领三个馍。馍不够吃就喝粥，喝粥灌大肚，总比饿着强。人们又抢粥喝。司马柳树妈带着柳树、柳枝、柳叶、柳花好不容易挤到锅边，锅里的粥就剩下锅底一点了。锅底里有几个前面抢粥人掉进去的碗和小盆，在稀粥里晃荡。

司马柳树妈向老靳建议：粥也应定量。不然，妇女老人孩子连粥也喝不上。

老靳说：粥是稀的，咋定？

司马柳树妈说：叫王铁匠用洋铁皮按一碗的量打个勺，两碗的量打个勺，每家按人数用勺打到饭桶里自己回去分。

每次食堂打粥时，司务长彭孝先喊：

王发臭五口人，两大勺一小勺。

孙满收三口人，一大勺一小勺。

……

王斜火是掌勺的,按照彭孝先喊的打。没过几天,有人骂彭孝先有时把人数喊错,有时把勺数喊错。也有人骂王斜火,骂他掌勺不公平,经常给干部和关系近的人家多打。

一天中午,王斜火给司马柳树妈打完粥,后面排队的牛大嘴喊:多打了,多一勺。

老斜火说:多一勺? 不会吧。

牛大嘴说:倒出来量量。

司马柳树妈气呼呼地把桶里的粥倒在一个盆里,老斜火用大、小勺一量,果然多了一勺。

一天,老靳给我说:近来群众反映有些村干部、司务长和炊事员多吃多占,群众很有意见。听说前几天九队炊事员老斜火给司马柳树妈多打饭,让群众当场抓住,影响很不好。一个是大队妇女队长,一个是小队的炊事员,怎么能够这样? 他又问我:你和司马柳树妈住一个院子,有没有发现她别的什么迹象?

老靳是地下党出身,有着鹰一样的眼光、猎狗一样的嗅觉和狐狸般的判断能力。我看着老靳那张长期做地下工作的脸,他的嘴里又在吸溜口水,吸溜的后音还拖得还很长。

我警觉起来,想了想说:有一天后半夜,听见院里扑通一声响,好像有什么东西跌落在院子里。我以为有贼,悄悄从门缝里往外看,看见了司马柳树妈,她正从地上捡起一包东西,看看周围没动静就提着东西进上房屋去了。还有一次也是后半夜,我去她家上房后面的厕所大便,发现厕所里放着一个小布口袋,摸摸是小米。谁在这个时间这个地方放了一袋小米? 抬头看看厕所的外面,月光下小树林里一片冷清寂静。我迟疑半天没敢拿。清晨我再特意去厕所小便,那袋小米已不见了踪迹。这些是不是和老斜火有关? 我拿不准。

老靳听了说，百分之百是老斜火干的，司马柳树妈肯定和他有关系。

“关系”一词，在农村就是指男女关系。农村人对男女之间偷情说得很含蓄。我听老靳这么一说，立刻感到有些后悔。

我最不该说的还有一件事：一天晚上回去，街屋的桌上不知道谁给我放了半小碗煮熟的黄豆。

话一出口，我就想自己扇自己耳光。我怎么能给老靳说这些？

我给老靳说这些，本来是想打消老靳对我的怀疑，证明我心胸坦荡，光明磊落，证明我和司马柳树妈井水不犯河水，没有任何私情。可当时我发现老靳看了我一眼，在他看我的那一瞬间，那双鹰眼鬼火般地闪动了一下，他不仅吸溜一下口水，还把吸溜的口水咽进了肚去。

可话一出口，我立马想到了“弄巧成拙”和“此地无银”的典故。老靳会不会觉察到我和司马柳树妈真有关系？

老靳吸溜完口水，口气坚毅地说：司马柳树妈是妇女队长，还有人反映她偷生产队的粮食。干部多吃多占和偷盗集体粮食是绝对不允许的。更何况司马柳树妈是个大跃进中的名人，省里县里公社里都知道她？这样的人怎么能当村干部？

老靳吸溜一下口水，忽然一巴掌扇在自己脸上。原来有一只蚊子在叮他的脸。他打迟了，蚊子飞了，没有打着，自己白扇了自己一巴掌。我轻轻笑了，提拔司马柳树妈难道不是你老靳的意见？老靳有些不好意思，摸着自己刚被打过的脸说：你当时还在县报省报上吹她是个司马家族的女将，好像她比司马懿还强。司马懿啥时候多吃多占和偷过粮食？

老靳说完，自己也笑了。

六

老靳是个果敢决断的工作组长，很快就免去了司马柳树妈妇女队长的职务，重新起用了王希英。老靳说溴梁村能干的妇女太少了，挑来挑去还是王希英合适。

女人之间的妒忌像熊熊烈火，燃烧起来非常可怕。王希英自从被撤销妇女队长那天就恨上了司马柳树妈，官复原职后就更是死死盯上了司马柳树妈。她不断给工作组反映司马柳树妈的问题。她说：司马柳树妈在地里拉出的屎，我偷偷去检查过，发现屎里有没消化的麦子。都春天了，别人都吃树叶野菜，她从哪弄的麦子吃？这肯定和炊事员老斜火有关系。

有人发现司马柳树妈偷捋过生产队的麦子，那几棵麦是长在王家祖坟上的，她跑过去捋下来搓搓吃了。

打麦场上的木桩上挂的玉米穗，有人发现司马柳树妈路过时偷偷揪了几个别在了腰里。

有人看见司马柳树妈在天糊糊明时，偷刨队里平整好的土地，寻找去年秋天埋在地下的红薯，把平展展的地刨得跟猪拱的一样。

总之，妇女队长王希英把有关司马柳树妈的坏信息，源源不断地吹到了老靳和工作组的耳朵里。

说实话，我亲眼看见司马柳树妈一家生活的艰辛。四个孩子正在长身体，每天要吃要喝。司马柳树爹病瘫在床，不停地用棍敲打窗户，不停地“啊啊”叫。吃，成了司马柳树妈一家人天大的事。

春天来了，但院里并没有春天的气息。树的嫩芽刚刚冒出来，司马柳树妈就带着司马柳树、柳枝、柳叶把这些树的嫩芽捋下来吃了。臭椿树芽很臭，柿子树芽很涩，楝树芽很苦，司马柳树妈都把它们放在洋铁桶里煮了,再在清水里泡泡,然后捏成一个一个团子塞进嘴里吃。司马柳花小,吃不进臭涩苦的树叶,饿得哇哇直哭,喊着要喝粥,要吃馍。司马柳树妈抱着她,把树叶放在自己的嘴里嚼,嚼成糊糊吐出来,塞到司马柳花的嘴里。

榆树芽没有异味,连着捋几茬后就不再出芽了,村里人说榆树被狙死了。司马柳树妈把院子里的几棵榆树皮剥下来,撕出第二层又白又嫩的细皮,剪成寸段晒干了,放在碾子上碾,然后磨成粉,再熬成榆树皮面粥。

司马柳树妈告诉我:榆树皮面粥很黏,像胶,撕扯不断,喝时必须先放凉了,憋着一口气,一下子全部喝进肚子;绝对不能长时间地在碗里留一些,嘴里含一些,肚子里进一些,因为有人喝时倒不过气来被噎死过。

我经常看到司马柳树妈和她的孩子们端着一碗放凉了的榆树皮面粥,在大口大口地憋气。以后好几年,在司马柳树妈的院子里就再没有见过活着的榆树。

春天,不仅司马柳树妈家的院子里没有春天的气息,整个溴梁村都天干地荒,没有了春天的气息。正是小麦苗分蘖的季节,天没下一滴雨,麦地裂得口子像小孩嘴一样,麦苗分蘖不好,长得稀稀拉拉,叶子一天到晚蔫着。村里村外的野菜、野花和柳树、槐树、椿树等树的叶子被饥饿的人们吃光了,榆树皮也被剥光了。

牛大嘴常说:每天最想听到的声音是,老斜火用洋铁皮卷成的广播筒喊:社员们,开饭了,带碗带筷一起来!可老斜火早已不再这么喊了。这个老不死的,只是半死不活地喊几声开饭了,就不再喊了。

牛大嘴说时,经常用舌头舔着干裂的嘴唇,伸着脖子把嘴里仅有的一点口水咽进肚去。他还说:更可恶的是打饭时,不仅司务长彭孝先还是像以前那样,故意把社员家的人数和大勺小勺的数念错,而且掌勺的老斜火也开始不停地抖动饭勺,有时还抖动得很厉害,经常是一勺粥从锅里舀出来时是满的,倒进社员桶里时就剩七八分满了。

很多社员都说:彭孝先和老斜火这么做,是想多剩下饭留给自己和跟自己好的人吃。群众编顺口溜说:一天吃一钱,饿不死炊事员;一天吃一两,饿不死司务长。

一天深夜,老靳把我叫到大队部,王希英也在。老靳说今天晚上有情况,他像当年做地下党一样,很神秘、很严肃地宣布了这次行动的纪律。然后跟着王希英,我们悄悄来到了九队食堂大院。

王希英指着大院土墙上的一个豁口说:司马柳树妈就是从这儿跳进去的。

当我知道了是关于司马柳树妈的事情,心里像吃了苍蝇似的,有说不出的滋味。

老靳的手里拿一把食堂大院门的钥匙,全村九个小队的食堂和仓库他都拿有钥匙。他打开锁,又把一小瓶液体倒在门轴上。事后我才知道,那瓶里的液体是润滑双轮双铧犁的油。老靳轻轻一推,厚重的大门无声无息地开了。我又一次领教了老靳的老练和狡猾。

大院里静悄悄的。我们蹑手蹑脚地先来到食堂,食堂的门锁着,听听里面没有动静;又来到仓库,仓库的门也锁着,耳朵贴在门上、窗户上听,也没有任何动静。

王希英的声音很低,但语气很坚定。她对老靳说:不会错,一点也不会错。我晚上没吃饭就盯着司马柳树妈,直到启明星挂到天上时,清清楚楚看见她从那个豁口跳进了食堂院子。

老靳摆摆手,示意王希英不要再出声。

我清清楚楚地发现，老靳自从进了食堂院子到现在，一直没有吸溜过口水。我想让他吸溜，吸溜出咝咝的声响，声响越大越好。但他始终没有吸溜，好像他根本没有这个习惯似的。

朦胧的夜色中，我看见地面上有一片旧瓦，就故意使劲踩到瓦上，咔嚓一声旧瓦碎了。那声音在寂静的夜里显得有些响，有些大。

王希英吓得一惊，老靳瞪了我一眼，没有说话。

老靳毕竟是老靳。他睁大了鹰一样的眼睛，审视着夜幕下的院子；用猎狗一样的鼻子，细细地嗅着大院里的气息。片刻，他像一只经验老到的狐狸，轻轻走到了藏红薯的地窖旁边。

红薯窖是在地上挖的坑，有三四丈长，两丈多宽，一丈多深，上面架着木棍，木棍上覆盖着两尺多厚的玉米秆和麦秸，麦秸上抹着一层泥。红薯窖上有两个洋铁皮做的拔气筒，通往下面的地窖里，倒换着窖里的空气。老靳把耳朵贴在一个拔气筒上听；听了一会儿，有些兴奋起来。他让我去听。

我听见窖里有一男一女。男的声音很低，闷闷的，听不清说的啥，也听不清是谁，但感觉到男的很欢乐。女的声音时大时小，仔细听像是司马柳树妈。

王希英听到了司马柳树妈的声音后，英雄般地笑了。

老靳要抓现行，拉着我们躲在墙角的偏僻处，等着红薯窖里的人出来。我看着夜幕下的红薯窖，想着红薯窖里的司马柳树妈，耳朵里响着那个男人闷闷的欢乐声，我周身的血液在快速流动，心中燃烧起仇恨的火焰。我看了老靳一眼，发现他也正看着我。我的脸立刻红了，心里的烈火一下子蹿到脸上，脸上发起烧来。不过好在是夜里，老靳肯定没有看见我发红的脸。

红薯窖里的人终于出来了。先出来是男的，像一只钻出洞的老鼠，四下望望，发现没有什么异常，就弯腰伸手拉出了窖里的司马柳树妈。老靳猛地打开手电筒，一道刺眼的白光照在那个男的脸上。

我们大吃一惊。

立刻，王希英像被杀了一刀，号啕大哭起来，接着像疯了一样扑向那个男的，又抓又打。司马柳树妈看见了我，像木头人一样站着，手猛地抖动一下，抱着的小布口袋掉在地上，里面的几个红薯滚落出来。老靳阴沉着脸，半天没吭声。王希英疯子一样在撒泼。我们都没有想到，从红薯窖里出来的那个男的不是炊事员老斜火，而是王希英的丈夫九小队司务长彭孝先。

树上的鸟儿们受到惊吓，鸣叫着扑扑棱棱飞向夜空。

七

批斗司马柳树妈的大会是在溴梁村大队部的院子进行的。

社员们三三两两地进到院子，稀稀拉拉地坐成一个半圆圈。听村里人说，溴梁村开大会形成的这种阵势是有根源的。原来开大会时，全村社员坐成一个圆圈，大队长王净横站在圈中间讲话，手舞足蹈，眉色飞扬。不知道谁私下说，这阵势多像黄河滩人弄的耍猴场？王净横像猴在中间玩，社员们围着一个圆圈在耍他。这话在村里传开了，人们就都在背后叫他王猴子。这话传到了王净横的耳朵里，他很气愤。他思考再三，反复琢磨，就改成了现在这种阵势：社员们只能坐半圈，半圈的两头之间有一条无形的直线，王净横的固定位置就在直线的中间。直线的另半圈空无一人，它是王净横一个人的地盘。这象征着他的权威、他的势力、他的至高无上，他一个人能顶着全村的人。工作组进村后开会，也沿用了这种阵势。

溴梁村社员们自觉摆好了半圆圈的阵势,等着开会。大队长王净横来了,他站到直线中间位置,挥着手喊大家:坐开了,坐开了,坐成一个圆圈。

人们不明白为啥突然要改变多年形成的阵势,半天没人动。王净横就点了几个人的名字,让他们带头,嘴里骂骂咧咧的。一些人只好站起来,坐到了空着的半圈位置。一个圆圈的会场形成了。

批斗司马柳树妈的会场弄成这样的阵势,是王净横向工作组建议的。他提出摆成这样的圆圈阵势,大概是想起了黄河滩人的耍猴场,想像当年全村社员耍自己那样耍司马柳树妈。

司马柳树妈被两个基干民兵带到了会场,站在圆圈的中间。按照老靳的要求,司马柳树妈和彭孝先要分开批斗,免得两个人在批斗中互相串供。现在的彭孝先还关在第三小队的空仓库里。

司马柳树妈的头发有些凌乱,脸色也不好,蜡黄蜡黄的。仔细看,她好像并不觉得太羞怯,也没有显得太害怕。我又一次想到了她赤裸着上身,耳朵上戴着红绸,胸前挂着红花,嘴里唱着歌拉大车比赛时的雄姿和潇洒。

大队长王净横是第一个上去质问司马柳树妈的。他说:你为啥偷东西?

司马柳树妈说:没吃的,孩子和他爹要活,不偷吃啥?

王净横问:你为啥恁不要脸,和别的男人搞腐化?

司马柳树妈白了他一眼,说:你为啥没有妈?

这一句在我听来是莫名其妙没头没脑的回答,会场上的社员们竟然哄地大笑起来,有不少人笑得前合后仰。王净横的脸立刻红得像猪肝。

后来溴梁村的人告诉我,民国三十二年,也就是一九四三年遭蝗灾时,没东西吃,饿死了很多人。王净横妈丢下她的几个孩子和丈夫,跟县城里一个摆摊卖烧饼的瘸腿男人跑了。当时王净横十多岁,最小的妹妹才三岁多。解放后,王净横和他爹托人到处找,有人说那个卖烧饼的瘸腿男人后来没有烧饼卖了,就把他妈卖给了洛阳的一家妓院,弄了点本钱又到别处卖烧饼去了。也有人说他妈往陕西跑,没跑到三门峡就饿死了。反正到现在村里人谁也没有见到王净横妈的踪迹。

司马柳树妈在这样的场合质问王净横这样的话,是全村人都没有想到的。她令王净横羞愧得无地自容,就像是用刀子直往他的心窝里戳。

王净横暴怒起来,伸手一个耳光,扇在司马柳树妈的脸上。司马柳树妈呸地一口痰吐在王净横的脸上。

王净横脱下一只鞋拿在手上,跳过去用鞋抽打司马柳树妈。鞋底打在司马柳树妈的脸上,司马柳树妈的鼻子嘴里立刻有鲜血流了出来。

司马柳树妈像一头发狂的狮子,猛扑过去,在王净横的脸上咬,咬得王净横哇哇直叫。

会场上社员们立刻闹腾起来。

几个年轻人很快跑到会场中间,拉开了厮打在一起的司马柳树妈和王净横。有一个叫司马柳墩的小伙子夺过王净横手里的鞋,扔出了会场。王净横的腮帮上、耳朵上有血流了下来。

有人质问王净横:为啥打人?兴你问柳树妈,就不兴柳树妈问你?

有人说王净横:问你为啥没有妈,哪儿错了?真他妈的不是好东西。

我发现护着司马柳树妈的人大多是司马家族的。

也有人在帮王净横擦脸上的血,说司马柳树妈:偷东西养汉,还揭别人短,太不要脸了。

这些人里有王姓家族的,也有包括刘财旺、牛大嘴在内的杂姓人。

老靳喝令大家:安静,安静,都回去坐下。他批评了王净横,说:你是大队长,怎么能动手打人?这又不是当年斗争地主恶霸,司马柳树妈是个贫农,主要批斗她的作风问题和偷盗行为,不能动不动就打人。

王净横坐在地上喘着粗气,他不服气,说:贫农咋啦?贫农就该偷东西养汉?

话音未落,王希英跑上前,用食指在离司马柳树妈的脸大约不到一寸远的地方,像敲打锣鼓点似的,不停地做敲打状。这样的动作溴梁村人叫端脸,象征着最大的仇恨、蔑视和侮辱。她端着司马柳树妈的脸,歇斯底里地喊:臭破鞋,养汉精,你到底还要不要脸?

王净横捂着被咬烂的脸,附和道:对,要不要脸?

司马柳树妈抹一把脸上的血,倔犟地说:先要命。命都没了,哪还有脸?

正在这时,司马柳树拉着柳枝、柳叶、柳花到了会场。司马柳树眼睛里没有泪水,三个妹妹大声哭着,一起扑向妈妈。司马柳树妈弯下身子,抱着自己的儿女哭,抽泣着说:苦命的孩子,妈养不活你们,溴梁村咱不待了,找你舅舅去吧。

不知道啥时候,司马柳树爹来了,是一个小伙子背他来的,后面还跟着四五个女人,一个五十多岁,另外几个都很年轻。那几个女人跑过去,推开司马柳树姊妹几个,撕拽司马柳树妈的头发,用手打司马柳树妈的脸,嘴里骂着很难听的话。司马柳树抱住其中一个女人,在她的大腿上猛咬,咬得那个女的“娘啊娘啊”直喊。

司马柳墩等人拉开了那几个疯了似的女人。司马柳树爹嘴里“啊啊”喊叫着，手里拿着那根敲窗户的棍，就像在家里要饭吃时敲窗户一样，往司马柳树妈身上乱打。一棍子敲在司马柳树妈的头上，鲜血从脸上流了下来。

会场上又乱了起来。

斗争会没办法再开下去，老靳宣布批斗会散了。

八

大队部里，工作组和大队干部在研究对司马柳树妈和彭孝先咋处理。王希英是彭孝先的老婆，老靳要她回避，她没参加会议。我发现王净横的脸上有好几个牙印，有两个咬得太深，还在出血。会上两种意见争执不下。

王净横说：司马柳树妈偷东西养汉，猖狂破坏大跃进大食堂，批斗会上拒不接受改造，大咬革命干部，是个地地道道的现行反革命分子，应该立即逮捕法办。他的意见得到几个村干部和一个工作组员的同意。

我说：古人讲民以食为天。春秋时期有个先人叫管仲，他说仓廪实则知礼节，衣食足则知荣耻。司马柳树妈说：命都没了，哪还有脸？这话有一定的道理。这件事我看就算了吧，不能再说了，再说会出人命的。几个村干部和一个工作组员同意我的意见。

王净横说：不法办司马柳树妈，要都像她那样去偷，去抢，去养汉，大食堂还咋吃？

我说：要法办就先办彭孝先。他身为小队干部，利用职权，多吃多占，勾引妇女，品质恶劣，是典型的坏分子。

我知道彭孝先是王希英的丈夫，是王氏家族的女婿，第九小队王姓人多,彭孝先当司务长,王姓人吃大食堂没少沾他的光,我就拿他当撒手锏。

王净横说:我问过彭孝先,他说是柳树妈想吃红薯,勾引了他。他是革命干部,意志一时薄弱,被柳树妈利用了。

我说:彭孝先的嘴里很少说过实话。据群众反映,他勾引的不止柳树妈一个。

老靳觉得很难有统一意见,就说再研究吧,会就散了。

散会后,老靳把我留下,说要给我谈谈。

老靳站起身来两只手掏着裤口袋,一副很悠闲的样子。他背对着我,吸溜了一下口水,问:在食堂院里,你把啥东西弄得那么响?

我说:瓦,一块旧瓦。

老靳说:光溜溜的地,就一块瓦,我绕过去了,你就偏偏踩上了?

我说:我没你眼好。

老靳转过身说:老薛,眼好还是心好?你最清楚。刚才在会上,你说的——对——还是——不对?

我说:哪不对?

老靳没回答我,像口吃似的,故意一个字两个字三个字地往外蹦:早——有人——反映,说你们——有——关系。我——点拨过,可你——没说——实话。

我有些气愤了,站起来说:老靳,说话要有根据。

老靳吸溜一下口水,继续说:听说——帮洗——臭袜子,还有——内裤——然后就不吭声了。

老靳真会说话,话说得真艺术。他先说"听说",又不说谁"帮洗","帮洗"的还是"臭袜子","还有内裤",下面就又没话了。老靳像是在审犯人，只提示关键词，给我留下了回答问题的广阔空间。

我看了老靳一眼，没有说话。

老靳停了一会儿，又吸溜一下口水后，以同样的方式问了一些问题。总的意思是，司马柳树妈在村里夸我肚子里墨水多，有文化，写过书，写过很多文章都登在报纸上，是个大文化人，还特意提到了我说的那半碗煮熟的黄豆。老靳最后吸溜一下口水，说：干柴烈火的，能是啥——关系？

我真的很佩服老靳。

但老靳不知道，我到溴梁村不到几个月，就和司马柳树妈好上了。

那天我病了，发高烧，迷迷糊糊地睡了。半夜醒来，发现身边躺着个女人。是司马柳树妈。她说在帮我收拾屋子时，看见了桌子上我写的书、报纸上我写的文章。她娘家爷爷是教私塾的，自己小时候也认得一些字，就是太浅。她很崇敬我，崇敬我有文化，是个大文化人。她说工作组到村里来，搞大跃进，吃大食堂，就是要让社员们过好日子。她对我说：从着你是工作组长，我一定要好好参加大跃进。

老靳并不知道，司马柳树妈在大跃进中的突出表现其实是和我有关系的。

司马柳树妈对我说：柳树爹瘫在床已经好几年了，每天只会"啊啊"，孩子们又小，连个说话的人都没有，心里很苦。你住进这个院子，我心里才亮堂些。你病了，单身一人，一定孤得慌，躺在身边陪陪你。

对天发誓，司马柳树妈那天晚上和我躺在一起，也仅仅只是躺在一起，相互之间啥也没做。这是千真万确的。我贴着她鲜活的肉体，闻着她身上散发出的女人香气，心里旌旗摇动，魂不守舍，有着强烈的冲动，但我没有越线。男女之间越是冲动，越不越线，双方的感情积累就会越厚重，就越是显得神圣、神秘、高贵和高尚，就越会产生巨大的吸引力。就像两条水流迎头冲向同一条堤坝，水流越急，堤坝越高，两边的水就积聚得越深，蕴含的能量就越大。一旦堤坝垮了，两股水合在一起，就变得平平淡淡，变得索然无味，它们的能量就消失了，相互之间的吸引力就会荡然无存。

司马柳树妈和我的肉体紧紧贴在一起，我明显感到她那两个窝窝头大小的乳房柔软、温热、细滑。她的手在我的头上、身上滑过，像揪着我的灵魂在走动。我始终没动她一根手指头。因为我病着，浑身无力，但我很享受，很满足。

司马柳树妈对我喃喃细语，说她也很满足，说能和我做个伴，能陪着我躺在一起说说话就心满意足了。

我对司马柳树妈的不满或者叫仇恨，是从我发现有人往院里扔东西、在厕所发现那一袋小米和那半碗煮熟的黄豆开始的。

这些事情后来我从没问过她。这种事不能问，谁都有秘密。有的秘密能够点破，有的秘密不能点破。粮食这么紧缺，还有谁能给她院里扔东西？还有，谁能深夜把小米放到她家厕所里？她给我送的半碗黄豆又是哪来的？

这些秘密本来是不能说的，我却都告诉了老靳。为什么当时话一出口我就想自己扇自己嘴巴？就是我把不该说的秘密都告诉了老靳。

告诉老靳这些秘密，并不因为我是溴梁村的工作组副组长，有责任向组长反映这些情况。掏心窝的话，告诉老靳这些秘密根本不是出于我的责任，只是因为我发现老靳已在怀疑我和司马柳树妈的关系。

老靳每当和我谈起有关事情时，总是漫不经心地咝咝吸溜口水，吸溜得我心惊肉跳。他每吸溜一下口水，都好像是吸走了我心中的秘密，坚定了一分他对我的怀疑。老靳是个很可怕的人。反右派时老靳是农工局党支部书记，局里十二个人有八个被打成右派，其中有个人和老靳是山西老乡，平时和他关系也不错。一天，这个人在办公室开玩笑说："互助组好是好，牛头能用麻秆挑。"老靳连续吸溜了两下口水，说他恶毒攻击互助组，互助组的牛怎么会瘦得用麻秆就能挑起来？第二天这个人就被打成了右派。老靳给了他那个老乡一把笤帚，让他打扫厕所去了，一直打扫到现在。我害怕老靳吸溜口水，尤其害怕他不停地吸溜口水。因此，我要向老靳表明我的清白，我要他消除对我的怀疑。

其实，我告诉老靳那些秘密更主要的原因是我恨司马柳树妈。我恨她对我的不忠诚，不专一，恨她在我之外还有另外一个男人。

司马柳树妈并不知道我发现了她的这些秘密，更不知道我把她的这些秘密已经报告给了老靳。她每天照常帮我收拾屋子，洗衣服叠被子，开水瓶里灌满滚烫滚烫的水。她只要看见我，就两眼秋波闪动，嘴唇微微张合，两手在自己的腿上轻轻地抚摸。我知道她想和我亲近。

我用坚毅的目光拒绝了她。我不能容忍她在我之外还有一个男人，虽然她和我躺在一起时堤坝高筑，两个充满激情的肉体也仅仅只是躺在一起而已。尤其是发现了她和彭孝先在红薯窖里偷情后，我对她的仇恨更加强烈。

本来，在研究如何处理司马柳树妈时，我心灵深处和王净横的意见是一样的，把她定为坏分子，逮捕法办，关进监狱，以解除我心头之恨。我说不清当时为啥态度会突然转变，坚决地和王净横截然对立。没想到我这样做，让老靳更加坚定了对我的怀疑。

九

我回到司马柳树妈家的街屋时，天已经很黑了。我心里很乱。想起老靳给我说的话，句句像小虫子，在我心里不停地乱钻乱爬，难受得慌。点上煤油灯，昏黄的灯光下，我看见屋里的一切都还是早上起床时那样，被子床单胡乱摊在床上，脏衣服扔在椅子上，桌子上的茶杯口敞开着，盖子不知道放在啥地方了。拿起暖水瓶想倒水喝，发现里面空空的，猛然想起昨天就是空的。

屋里的光开始昏暗下来，窗台上的煤油灯火慢慢变小，忽闪几下就熄灭了。屋里完全黑了。我知道煤油灯里的煤油已经耗尽了。这种情况是以往从来没有过的。我躺在床上，感到从没有过的孤慌。眼前漆黑的夜幕遮住了一切，什么也看不见。唯有我的心还在像江河一样波澜起伏，奔流不息。

我想到了司马柳树妈对我的种种好处。想到了我吃的那碗白光光的白面条。想到了她说"从着你是工作组长，我一定要好好参加大跃进"。想到了她给我布置收拾的这个温馨舒适的屋子。想到了她柔软温热细滑的肉体和揪着我灵魂走动的手。总之，想到的都是司马柳树妈给我的关心照顾，给我的享受和满足。

我想到了批斗会。眼前又开始不停地晃动着她那被王净横用鞋底打流血的脸，晃动着她像头愤怒的狮子一样在咬王净横的脸。晃动着那几个疯了一样的女人撕拽她的头发，用巴掌打她的脸。晃动着司马柳树爹用棍子打破她的头，头上流出鲜红的血。耳朵里不停回响着她搂抱着儿女们那撕心裂肺的哭声，回响着她说的那句"命都没了，哪还有脸"的话。

我心里像有无数根钢针在扎，扎得我心惊肉跳，疼得我直想掉眼泪。

屋外的树上传来猫头鹰的叫声,凄婉悲凉。我知道天已经是后半夜了。睡不着,想去厕所。我来到司马柳树家上房后面的厕所蹲下,才发现自己并没有上厕所的必要。这时,听见有声音。我站起身来,见一个黑影用脚在跺司马柳树上房的后沿墙。声音不大,但很沉重。跺了两脚后,那个黑影直奔厕所走来,没想到在厕所里碰上了我。

我严厉地低声喝黑影别动。黑影没动,站在那儿。仔细看着黑影,是个中年男人,手里提着一个小布袋,布袋里装着东西。这是一张我不认识的脸。但我肯定,他一定和那次厕所里发现的半布袋小米有关,一定是司马柳树妈在我之外的那个男人。

我亮明了自己的身份,是溴梁工作组副组长。驻村工作组在那时的农村是最有权威的,主宰着村里的一切。

正在这时,司马柳树从家里跑来,紧紧地拉着那男人的手说:这是我舅舅。

司马柳树妈的哥哥说:他家住在黄河南边。黄河南边农村的大食堂早就散伙了,搞单干。社员们分到了自留地、饲料地,还可以开小片荒种粮。路沟、坟地、树林、河堤,只要有空闲地都可以开垦种粮。自己的房前屋后,也可以种瓜种豆。谁种谁收谁吃,社员们家家都有粮食吃。

从司马柳树妈哥哥的嘴里,我知道了以往所不知道的司马柳树妈。

司马柳树妈的小名叫璧玉,娘家在黄河南边巩县。一九四三年,当地人说民国三十二年,河南遭遇了蝗灾旱灾,树皮草根都吃光了,人走着走着,倒在地上就没气了。璧玉爹饿死了,妈带着璧玉的哥哥弟弟妹妹坐一条破船漂到黄河北边躲灾荒。他们发现了半畦萝卜，就拔了几个，还没吃几口就被一个男人抓住了。这个男人就是淏梁村的司马百思，他手里拿着一把砍柴刀。他说：抓住小偷，要剁掉一个手指头。你们看剁谁的？

母亲说：剁我的，孩子们太小。

哥哥说：剁我的，少一个指头没啥。

璧玉说：剁我的，我迟早要嫁人。

司马百思看着有一副美人胎的璧玉，笑了。他说：谁的也不剁了，把这个闺女留下吧，给我当儿媳妇。

璧玉妈满口答应了。全家人吃了一顿萝卜，娘背着一升小米带着其他几个儿女走了。璧玉趴在地上给娘磕了几个头，留在了司马百思家。解放那年，娘惦记着璧玉，让哥哥到淏梁村找她。璧玉已经是一个孩子的母亲了。她告诉哥哥，司马柳树爹叫司马魁，已经娶了一房妻子，生的全是女孩。她当了二房。解放后实行一夫一妻，司马魁就和大老婆离了婚，和璧玉一起过。没想到璧玉又生了三个孩子后，他得了一场病就再不会走路，不会说话，只会"啊啊"。

从厕所回来，我连夜去找老靳。

老靳的屋里人声嘈杂，很乱，王净横和在批斗会上打骂司马柳树妈的那几个女人都在。老靳看见我，就让那几个女人走了。我把刚才的情况给老靳做了汇报。老靳听得很认真，他吸溜一下口水说：风言风语听说过黄河南面的事，可不知道是真是假。

王净横捂着被司马柳树妈咬破的脸，说：肯定是造谣。她哥散布反动言论，恶毒攻击大食堂，是个流窜的反革命分子，马上派民兵去抓吧？

老靳说：把他叫来问问情况再说吧。

王净横去了。

老靳对我说:刚才那几个女人,是司马魁的大老婆和四个女儿。她们说柳树妈为嘴不要脸,败坏了司马家族的门风。司马家族在溴梁村,在温县,以至在全国,都是很有名望的,提到司马懿、司马昭、司马炎这些司马家族的先人,天下谁人不知?司马柳树妈当年也借助于司马家族的这些先人才上的报纸,名扬全县全省全国。司马家族绝不能再容下这种人。她们要求政府让司马柳树妈和司马魁离婚,大老婆要和司马魁复婚。

司马家族在溴梁村并不是大家族,但由于祖上出过司马懿、司马昭、司马炎,司马家族的人到现在依然显摆着祖上的威风和排场。连半憨半傻的司马炮也经常歪着嘴,流着口水,不清不楚地说:我们老祖宗当年可比你老靳威风,你老靳恁厉害,不是也没见过诸葛亮?

我看过《三国志》和《三国演义》,看了这些书就很崇拜司马懿。我觉得他雄才大略,勇谋超世,确实是中国历史上少有的人物。我印象中隐约记得一幕:曹爽派人刺探司马懿身体状况,想把他杀掉。司马懿装着得了风痹病,喂饭饭从口中流出,穿衣衣服掉在地上,话也说不清楚,只会"啊啊"。看来是风烛残年,将不久于人世了,结果骗过了曹爽。曹爽陪魏帝曹芳去洛阳城外祭奠祖陵时,司马懿脱去伪装,威风凛凛地指挥军队封闭城门,举行兵变,挟持皇后发诏书罢免曹爽,为司马家族登上皇帝宝座打开了通道,三国归晋,司马炎最终当上了皇帝。司马家族的这种行为一直为以后一千多年来的封建道德所不容,说他们利用欺骗手段夺取天下。但是在臭梁村,司马家族却一直为他们先人的雄才大略而自豪。他们认为,古往今来那些成就大业者,这种手段有几个人没用过?

司马魁有点像他的祖上司马懿,饭来张口还经常流出口外,衣来伸手也经常掉在地上,一句话也不会说只会"啊啊"。平时看不出他头脑清醒，以为他是个靠喂饭喂水度日的行尸走肉，没想到他得知司马柳树妈和彭孝先偷情后不仅头脑清醒，而且疯狂得像一条健壮的狗，咬得司马柳树妈遍体鳞伤。我暗自庆幸，庆幸我和司马柳树妈躺在街屋床上时没被他发现，否则我的头上也会被他用棍子敲得鲜血流淌。

司马魁在批斗会上用棍子敲打司马柳树妈是我没有想到的。我当时觉得他应该去敲打彭孝先，至少应该去敲打用鞋底抽打自己老婆的王净横。但他没有，他把满腔仇恨撒在日夜陪伴自己，每天给自己喂水喂饭，给自己端屎端尿，给自己生儿育女的老婆身上。事后有人指责司马柳树爹，司马家族的人说王净横王希英彭孝先都是村干部，他哪敢？敲打司马柳树妈是因为她丢了司马家族的脸。

司马魁在大老婆一家人的簇拥下来找工作组。他脸上肌肉扭曲，一只手挥舞着棍子，嘴里不停地"啊啊"。大老婆解释说：老魁的意思是坚决和那个养汉精离婚，工作组要是不批准，他要碰死在你们面前。

司马魁是个很古怪的人。他坐在院子里晒太阳时，经常昂着头眯着眼往天上看，好像天上有五彩缤纷的景色，让他永远看不够似的。每当我进了院子，他明明知道是我，却从来就没有低下过他那高贵的头用双眼看我。现在，他却不时地低下他那高贵的头用眼睛瞟着我，目光呆滞却暗射锋芒，刺得我心里有些发毛。因为我心里有鬼，怕司马魁在我没有注意时用棍子敲我。

老靳问我：老薛你啥意见？

我觉得这个时候和司马魁站在一起是明智的选择。再说司马柳树妈和这个半死不活的司马魁待在一起如同守活寡一般，离了婚，也是一种解脱。同时在我的心灵深处还有别的想法，这些想法是永远也不能说出口的。我很干脆地回答老靳说:离吧,离吧,离了也好。

司马魁在大老婆一家人的簇拥下走了。

十

司马柳树妈上吊了。

批斗会后的第三天快到中午时,我才听到了这个噩耗。我当时犹如五雷轰顶,像丢了魂一样,倒腾着沉重的两腿向现场跑去。司马柳树妈是昨天晚上在关押她的小队磨坊里上吊的。等我赶到时,司马柳树妈已经被人抬走了,只有老靳和王净横在。他们表情肃穆,眼睛里流露出悲伤。我看到房梁上挂着一个绳圈,那绳圈在半空中微微摇晃。

老靳用手给我指了一下磨坊的后沿墙,没有说话。后沿墙上抹着一层白灰,白灰墙上有司马柳树妈用一块破碗片写下的遗言。遗言很简单,只有几句:

> 我不游街,自己走了
> 有文化人,更要有良心
> 柳树柳枝柳叶柳花,忘记妈,去你舅家吧!

我的心里乱得很。我觉得她上吊前一定想了很多很多。我晚上一夜没睡好觉。她大概没有想到,漆黑的夜里,我一个人躺在街屋的床上,一点一滴地回忆着和她往日的温情。她大概不知道,当她把上吊的绳子套在脖子上时,也许他的哥哥正在把一袋粮食往她家的厕所里放,放粮食的时候碰巧遇见了我。

最让我不能忍受的是她的遗言里的那句话:有文化人,更要有良心。这句话像锋利的钢刀，深深地插在我的心上，插得我心里鲜血直流，流得我几乎要晕厥，要窒息，要昏死过去。

看得出来，老靳心情也很沉重。他一直没有吸溜口水。沉闷半天，老靳才对在场的干部们说：司马柳树妈上吊了，但有些事情还是要弄清楚。

县公安局来了两个人，老靳不知道出于什么目的，说我有文化，要我协助公安局的人调查，了解一些情况，好给公社写个报告材料。

我现在特别反感有人说我有文化。

司马柳树妈遗言里说"有文化人，更要有良心"，全村的人都说那是说彭孝先的。彭孝先上过私塾，在溴梁村人的眼里，他是个最有文化的人。就是因为他和司马柳树妈在红薯窖里偷情被抓住，才害死了司马柳树妈。人们都说：司马柳树妈临死前还不放过彭孝先，还在墙上谴责他。

只有我心里最清楚，这句话是对谁说的。

因为昨天晚上老靳告诉我，批斗会当天晚上，他找了司马柳树妈，把我告诉他关于夜里有人往司马柳树妈家的院里扔东西，在厕所里发现小米，包括我屋里煮熟的那半小碗黄豆的事，都一一向司马柳树妈进行了核实。老靳说，司马柳树妈听后哭了，哭得很伤心。她让老靳一定要转告我，那都是她黄河南的哥哥送的，包括那半碗煮熟的黄豆。那半碗煮熟的黄豆是她和孩子们舍不得吃送给我的，她说我经常有病，身体太虚弱。

我百分之二百地断定，那天老靳见司马柳树妈时，一定像那次询问我一样：吸溜着口水，像口吃似的，漫不经心地往外蹦着关键词，向她了解关于洗臭袜子、内裤和与我的关系。

我断定，司马柳树妈定肯定把我和她的关系全都招了。因为我知道司马柳树妈没我老练，绝对没有我老练。我当年是北京大学地下党的外围组织成员，虽说是外围组织成员，但我知道啥话能说，啥话变着花样应对也不能说。你老靳只是太行四分区领导下的地下党。我知道用啥办法对付老靳。可司马柳树妈毕竟是个农村妇女，太朴实太单纯了，尤其是她快言快语，心无遮藏，哪能对付得了老靳鹰一样的眼睛、猎狗一样的嗅觉和狐狸般的狡猾？

我还断定，司马柳树妈一定没有想到，老靳绝对不会全相信她说的话。尤其不会相信她和我睡在一张床上时能够堤坝高筑，从没垮坝。老靳是个自信武断的人，他断定干柴烈火般的男女睡在一张床上，该做的事情一定都做过，要不干吗睡在一张床上？后来，事实证明了我的这一判断是绝对正确。

我欲哭无泪。我恨死了老靳。

公安局的人调查了司马柳树妈偷生产队粮食的事。村里人说，饥饿出盗贼，自古都一样。淏梁村也绝不是司马柳树妈一个人偷粮食，户户偷，人人偷，红薯、玉米、大豆、芝麻、白菜、萝卜，见到啥偷啥。能偷就偷回家，不能偷回家的就地吃到肚子里去。队长见队长，麻袋往家扛；社员见社员，比比裤口袋。王净横、王希英和他们的家人谁没有偷过？为啥专抓司马柳树妈？包括刘财旺、牛大嘴这些杂姓人现在也改了口，都向着司马柳树妈说话。

公安局审问彭孝先关于红薯窖里的事。彭孝先听说司马柳树妈死了，心情也很沉重。公安局的人还没有问，他就流着泪说了实话。他说那天确实是他欺骗了司马柳树妈。他告诉司马柳树妈晚上派她和牛大嘴媳妇加班，到红薯窖里倒腾红薯，红薯在窖里放时间长了，要倒腾，不然会烂。加班后有红薯吃。因为大门的钥匙在老斜火手里，就从土墙的豁口跳进了院子。下到红薯窖里，司马柳树妈发现红薯窖里根本没有牛大嘴媳妇，只有她和彭孝先，彭孝先欺骗了她。她要走，彭孝先抱住了她，占有了她，事后塞给了她一袋红薯。

公安局在调查过程中了解到，司马柳树妈临上吊前的那天晚上，大队妇女队长王希英也去找过她，要她承认是她勾引了彭孝先。司马柳树妈说尽胡扯，是彭孝先利用欺骗的手段占有了她。彭孝先用司务长的权力，偷盗生产队粮食，勾引强奸不少妇女。她手里就有证据。

王希英说工作组和大队班子研究，定她为破坏大跃进的反革命分子，是个勾引小队干部的大破鞋，明天就要像当年的王寡妇一样，让她游街示众。

提到王寡妇，我心里咯噔一下。

王寡妇的事情司马柳树妈给我说过。那是在一天夜里，她躺在街屋的床上给我说的。那时我的感冒已经好了，恢复了体力，心里有些欲望涌动。司马柳树妈和我躺在一起，我经受不住诱惑，把一只手放在她胸脯上，慢慢挪到她窝窝头大小的乳房上。我还想做下一步动作。司马柳树妈轻轻把我的手推开了，她说：不能这样，躺着说说话就行了。

我问：为啥？

她说：想起了王寡妇，不想学她。

接着她像讲故事一样给我讲了王寡妇。解放前夕，溴梁村西头有个女人叫刘翠花，嫁给了同村的王姓人家，就是大队长王净横的二爷。儿子五六岁时丈夫得暴病死了，村里人叫她王寡妇。王寡妇当时才二十多岁，孤儿寡母，日子过得很艰辛。后来和邻村的一个男人有了关系。王氏家族发现后，用绳子把那个男的捆起来打得遍体鳞伤，后半夜把他撺进了村后地的一口砖圈井里。王氏家族说王寡妇败坏了门风，辱没了祖上，让王氏家族的后世子孙的脸上无光,按照族规让她游街示众。王寡妇头发被剪得七零八落,脸上涂抹着锅底黑,赤裸着上身,胸前用麻绳挂着两只破鞋,手里各拿一只破鞋,一边走一边用破鞋底抽打自己的脸,嘴里不停地吆喝:我是养汉精,我是大破鞋。

溴梁村一街两行的大人孩子都在看,不少女人,尤其是王氏家族的女人,怀着满腔愤恨用手指头狠狠地端她,用农村人最解恨的话辱骂她,一些孩子用鸡蛋、牛粪、人屎往她脸上身上扔。她那不懂事的儿子、她唯一的亲人,在王氏家族大人们的教唆下,也往她的脸上吐唾沫,骂她是养汉精、大破鞋。

女人其实是最要脸面的。游街让她受尽了侮辱,在村里村外包括自己儿子在内的人们面前颜面扫尽,没了脸,没了做人的尊严。王寡妇游完街,当天晚上就用被单抱着头跳井自尽了,跳的也是那口砖圈井。

司马柳树妈一边讲着王寡妇,一边捏紧我的手,语调凄婉地说:我不想让司马家族的人把你撺进井里。你有文化,是国家干部,不能丢这样的人。我也不想游街,我还有一堆儿女,儿女们都还小,在溴梁村还要有脸面。男女之间有情不怕,怕的是越界,就像村口那条清沟里的水,水聚满了,一旦开了口子就把不住了。

我想:司马柳树妈临上吊前肯定是想起了王寡妇。

公安局的人告诉我,大队长王净横昨天晚上去抓司马柳树妈的哥哥,她哥哥闻讯跑了。王净横找到关押着的司马柳树妈的地方,也没有找到她哥哥。王净横告诉司马柳树妈:司马魁用棍子敲你是轻的,他说司马家族人的脸让你给丢尽了。他和大老婆一家人找到工作组,要求和你离婚,和大老婆复婚一起过。老靳还没有表态,薛副组长就首先表示同意了,接着老靳也同意了。

司马柳树妈听了两眼发直,一句话也没说。

更令我没有想到的是这个王净横，他居然在司马柳树妈面前还说：你经常夸薛组长有文化，是大文化人。可人家薛组长揭发说，他住在你家，知道你很多情况，准备把你的事写出来，登在报纸上，要让你像当年一样，在全县全省扬名。

这真是天大的冤枉！我仰天无语，心中如锥扎刀割。

司马柳树妈死后没有几天，湨梁村的大食堂就散伙了。

十一

我进了司马柳树妈家的院子，没想到竟然迎头碰见了司马柳树妈。她面目憔悴，一脸委屈，看见我，两眼放射出仇恨的光，一句话也没说，气呼呼地往上房屋去了。我吓得两腿发抖，说不出一句话来，拔腿就往外面跑。

我慌慌张张地跑到大队部找老靳。老靳听完我的话，就像没听见一样。他吸溜一下口水，低头看着他那只裂了口的皮鞋，那只破皮鞋随着他的脚在不停地摇晃；摇晃了一阵，老靳狡谲地冷笑了。他用一副胜利者的神气说：司马柳树妈没有死，这你没有想到吧？

老靳告诉我，司马柳树妈把绳子套到脖子上，蹬翻了小板凳，两腿悬空，舌头从嘴里吐了出来，响声惊动了看守的民兵马哒哒。马哒哒赶紧跑进去，用镰刀割断了绳子，救下了司马柳树妈。司马柳树妈躺在磨坊的地上，人已经没有气了。王净横等人闻讯赶来时，老靳正在把摸司马柳树妈的鼻子和脉搏。老靳像一个经验丰富的医生，摸罢完后站起来悲伤地说人已经不行了，就派他的心腹、工作组的赵小米和马哒哒把司马柳树妈抬走了，说是送公社卫生院再抢救看看，以后就严密封锁了消息，对外说司马柳树妈死了。

这时我才突然发现，那几天我在溴梁村一直就没有看见过赵小米和马哒哒。

老靳给全村人设置了一个假象，欺骗了全村人，包括工作组和村干部。在这个假象笼罩着全村的悲伤气氛中，老靳通过公安局的人把很多谜都揭开了。老靳利用司马柳树妈的死，看清了溴梁村人的真相。

老靳，狐狸一样狡猾。

老靳采取了干净利索的组织手段，免去了王净横王希英的村干部职务。彭孝先因强奸妇女，偷盗贪污集体粮食被逮捕法办。公安局的人在大队部院子里开逮捕大会，宣布他的罪行。大个子老孙用绳子把彭孝先五花大绑，捆紧后用肩膀把他背起来离地两尺多高，然后又狠狠摔在地上，摔得彭孝先哎哟哎哟直叫。下面有群众鼓掌。我当时也感到非常解气。这些人都是罪有应得。如果司马柳树妈不是以命相拼，没有上吊；如果不是老靳把司马柳树妈的假死真做，这些人就不会有这样的下场。司马柳树妈用自己的一条人命才洗去了身上的冤情，换来了事情的真相，换来了人们对她的同情，其中也包括王净横、王希英。因为我看到他们再没有了往日的骄横跋扈。当人们提起司马柳树妈时，他们都面色沉重，眼睛里流露出羞愧和懊悔。

逮捕大会后，老靳把我叫到他的办公室，宣布了对我的处理决定：根据组织上调查，你和司马柳树妈之间有着不正当的男女关系。报请上级批准，撤销你工作组副组长职务，给你留党察看处分，调县农场接受劳动改造。

我吃惊过后很快就冷静下来，因为我知道跟着老靳迟早会是这种结果。再说，我确实有愧于司马柳树妈，真的是对不起她，我这也是罪有应得。

我迈着沉重的两腿，回到司马柳树妈家的街屋，收拾东西，准备前往黄河滩的县农场。

街屋里曾经有过干净的地面、整洁的被褥、整齐的衣服、清新的气息，如今变得凌乱冷清。一只小耗子在窗台上的暖水瓶口上悠然自得地趴着，两只鼠眼骨碌碌地转动。它在盯着我，好像在嘲笑我。这个暖水瓶里曾经每天都灌满了滚烫滚烫的开水，但自从司马柳树妈出事后就再没灌过开水，一直是冰凉冰凉的。我把手里的一本书狠狠向它砸去，它吓得吱吱叫着，跳上床跑了。就在这张床上，曾经躺过司马柳树妈鲜活的肉体，曾经充满着令我心醉的女人气息。这种气息使我浑身充满燃烧的激情，感到无比地满足和欢乐，伴随我在溴梁村度过了一段难忘的时光。现在这气息早已消失殆尽了，闻到的气息有些发冷，有些陈腐。我感到了悲伤和凄凉。

我背着行李和书包走出街屋，特意看了一眼上房。上房屋的门洞开着。这几天上房屋里再没有传来司马魁那种令人讨厌的"啊啊"声，也再没有听见他用棍子敲打窗户那种令人心碎的声响。他为了司马家族的名誉，提出和司马柳树妈离婚，是我首先表示同意的。他已搬到大老婆家里去了。这对于司马柳树妈来说，应该是一种解脱。我也走了，对她来说，也真的是解脱了。老靳告诉我，为了司马柳树妈的脸面，对我的处分是党内的，溴梁村人是不知道的。

我走出街屋，看见了门口那棵香椿树。香椿树上曾经倚靠过仙女下凡般的司马柳树妈。就在那个月光如水的夜晚，她倚靠着这棵香椿树，含情脉脉地告诉我：你住在我家，我一定不能再给你丢人。这曾经让我心乱如麻。我知道这时候司马柳树妈就在上房屋，我看见她在屋里影子一晃就不见了。我故意使劲关街屋门，把关门声弄得很响。响声过后，我故意站着没动，用眼睛瞟着上房。上房的门大开着，我没有看见司马柳树妈。我想：她一定是在故意躲我吧？或许正在从窗户上那块玻璃往外看我？

突然，我看见上房屋的一扇门在轻轻地移动，心里一阵惊喜。我觉得司马柳树妈知道我要走了，一定会出来见上我一面的。我有很多话要告诉她，特别是一定要把老靳的阴谋和我对她的误解告诉她。一直以来，我们之间有着太多太多的误会，这种误会从很大程度上讲都是老靳造成的。我要告诉她，这些误会像一座座连绵不断的大山时时刻刻压抑着我的心灵，使得我痛苦万分，一直无法摆脱。

接下来的一幕使我彻底绝望了。我看见上房屋的门在慢慢地移动，最终被人从里面关上了。就像一场好戏演完了，无论热情的观众怎么鼓掌，两扇帷幕还是毅然决然地拉上了一样。

我死心了。就在那一刻，我又想到了老靳吃的那一碗黑乎乎的红薯面条，我吃的那一碗白光光的白面条。我两眼含着泪，慢慢走出司马柳树妈家的大门。

突然，咔嚓一声雷响把我惊醒了。我坐起身来看看窗外，窗外是黑漆漆的天，一阵电闪雷鸣。一场大雨很快就要来了。

原来，刚才我做了一场梦。

补　记

这是根据我父亲生前留下的手记整理的。那天，我坐在大厅里父亲生前常坐的老布沙发上，翻阅着一本人民出版社出版的《大跃进亲历记》。书中写道：三教堂养猪场一头母猪一胎产下 62

头猪崽，应城县“保证一个红苕1万斤，力争一个红苕2万斤”，亳县亩产水稻40808斤，象山县最大的一颗“卫星”亩产水稻16万斤，昌邑县的中学生提出为亩产20万斤小麦而奋斗。浮夸风浮躁风和接踵而来的大旱带来了灾难性的后果：亳县农民因缺粮只能吃树叶、树皮、谷糠、稻壳、棉籽壳充饥，一些农民因大量吃槐叶、椿叶、蓖麻子、苍耳子中毒死亡。芜湖县殷港村殷港小队22户人家86人得过浮肿病，饿死11人。叶县旧县公社妇女得了浮肿病，子宫下垂，“不是一般的下垂，而是掉出体外，挂在裤裆里”。

我出生于二十世纪七十年代，偶尔听到从那个年代过来的人们讲起那个年代的事情，仿佛在听一个遥远的故事和传说。

我看到这些类似于天方夜谭的亲历记，禁不住掩书嘘唏，思绪翻滚。我深深地被那个年代忽视经济规律、脱离客观实际、浮躁浮夸及其带来的灾难所震撼。

母亲走过来，看看我手里的书，问了问我的感受，回她的房间去了。不一会儿，母亲拿出一包用牛皮纸包裹着的东西放在我的手上，说：这是你父亲留下的，你好好看看，整理整理，不知道有没有刊物能发。

包裹手稿的牛皮纸颜色已很陈旧了，外面用纸绳扎着，像是一包年代久远的文物。我打开包裹，急切地翻了翻，发现是父亲上世纪五十年代末到六十年代初，在温县溴梁村当驻村工作组副组长时写的手记。手记中，父亲记录了溴梁村的一些事情和人的故事，其中引起我注意的是一个叫司马柳树妈的女人，父亲在很多地方都写了她。有时写得很有文采，洋洋洒洒；有时则欲言又止，几笔带过，好像有意隐藏着什么。

我静下心来，用了一段时间研读父亲的手记，整理出《溴梁村手记》寄给了省里的《黄土地》文学杂志社，很快就发表了。

一天,一个男人找到我。这个男人大约五十岁,波浪般的长发披在肩上,额头上勒着银灰色的缎带,戴着墨镜,身后跟着几个青年男女,众星捧月一般。他们手里拿着一本《黄土地》。那个男人说:我叫司马柳树,是溴梁村的。

我一听是溴梁村的司马柳树,立刻紧张起来,没料到野地烧香引来了群鬼。我赶紧让座倒茶,说:我只是把父亲的手记整理整理,有什么不妥,你们多多包涵。

司马柳树摘下墨镜,笑了。他说:薛老师,你的《溴梁村手记》勾起了我的回忆和思考。我们父母之间个人的恩怨情仇已成为历史了。那时的社会太浮躁,浮躁得近似疯狂,真像我母亲当年说的王祥吹猪。不过,我们有责任让历史告诉未来。

我说:那是,那是。

司马柳树说:我想把你《溴梁村手记》改编后拍成电影贺岁片,名字暂定为《疯狂的年代》,预计能收入十个亿。想请你当顾问,不知道你意下如何?

我吃惊得有些语无伦次:你拍?拍电影?十个亿?

司马柳树没有说话,他用两个手指头夹着一张黑色的名片,很优雅地画了一个圆圈,然后递给我。我看见上面没有地址,没有电话,只有几个烫金的大字:中国司马懿影视集团有限公司董事长司马奥卡。我立刻瞪大了眼睛看着他:噢,你就是司马奥卡?

司马奥卡还是没有说话,只是微微点了一下头。

司马奥卡是中国影视界的大腕,是名扬国内外的大导演,拍过很多大片和贺岁片,经常到戛纳电影节去走红地毯,有时一次轮番走好几趟,有时站在红地毯上有人推他也不肯下来。可惜他拍的电影我一部也没有看过,他的大作、大名和参加戛纳电影节的活动我都是从报纸电视上知道的。

我的脑海里立刻浮现出那个穿着裤头、上身裸露、满身汗灰、头上粘着草屑、端着一大碗面汤和抱着一个女人大腿猛咬、咬得那个女人“娘啊娘啊”直喊的孩子，我无论如何也想不到他竟会是眼前的这个著名大导。

司马柳树半眯缝着眼看着我，一字一句地说：司马奥卡，我的艺名。

正说着，和司马奥卡一起来的小伙子手机响了。小伙子捂着嘴接听了一会儿，弯下腰，把手机捂着夹在裤裆里，轻声问司马奥卡：董事长，王总电话，说胡导的《人鬼绝恋》报纸上登了，一周票房收十个亿，我们的《狗马情深》两周才七个多亿，咋办？

司马奥卡很平静，用嘴呼呼地吹了两下手里的墨镜，说：给王总打五百万，起用水军，说《狗马》五天票房十五点七六三个亿。

小伙子点着头，从裤裆里掏出手机，捂着出去回电话了。

我有些发呆，说不出一句话，脑子里发木，一片空白。过了好一阵，我才有些清醒。我突然想起了父亲的《溴梁村手记》里写有一句话：

历史往往有着惊人的相似之处。